民国文论精选

黄 健 编著

西泠印社出版社

图书在版编目（CIP）数据

民国文论精选/黄健编著. —杭州：西泠印社出版社，2014.2
 ISBN 978-7-5508-1033-4

Ⅰ.①民… Ⅱ.①黄… Ⅲ.①文艺评论—中国—民国—文集 Ⅳ.①I206-53

中国版本图书馆 CIP 数据核字（2014）第 018669 号

民国文论精选
黄　健　编著

出 品 人	江　吟
责任编辑	叶康乐
责任校对	刘玉立
责任出版	李　兵
封面设计	王　欣　郑潇洁
出版发行	西泠印社出版社
地　　址	杭州市西湖文化广场 E 座 32 号 5 楼
	邮编：310014
	电话 0571-85393580
排　　版	杭州大漠照排印刷有限公司
印　　刷	浙江海虹彩色印刷有限公司
开　　本	710mm×1000mm　1/16
印　　张	25.25
字　　数	505 千字
印　　数	1-3000
版　　次	2014 年 2 月第 1 版　第 1 次印刷
书　　号	ISBN 978-7-5508-1033-4
定　　价	48.00 元

序言

民国建立以来,随着现代传媒和出版的迅速发展,新文化、新思想得以广泛传播,一种新的文学形态随之诞生。文学理论受近代以来西方文化、文学的影响,也一改传统文论那种重感悟和点评式的传统,转而注重新文学的理论建构,注重文论的逻辑体系建构,形成了一种"大文论"的格局,具有丰富的现代性价值内涵,成为中国文论发展史上一个重要的里程碑,对后世文论发展产生了广泛而深远的影响。

传统的文论注重个人阅读和体悟的经验性表述,往往是针对创作中的具体问题,结合个人的认识进行分析论述,具有较为鲜明的感悟、点拨和论道的特点,其逻辑结构一般不是那种宏大性的、思辨性的、体系性的外显结构,而是微观性的、体验性的、解读性的内化结构,表意性特征比较鲜明,与文言的表意系统十分吻合,但也还存在着不够清晰、比较模糊、笼统的特点。民国之后,受近现代西方文化、文学的影响,一些留学海外的作家、学者,倡导文学理论的体系建设,注重文学批评的理论建构,强调将个人对文学创作的认识和体悟纳入理论体系中予以表达,如同蔡元培在《中国新文学大系·总序》中所指出的那样"文学是传导思想的工具",因此,文论的建设就应该纳入新的文学理论的整体建构范畴之中。在蔡元培看来,尽管"我国的复兴,自五四运动以来不过十五年,新文学的成绩,当然不敢自诩为成熟。其影响于科学精神民治思想及表现个性的艺术,均尚在进行中",但是,"吾人自期的"文化建设,以及包括文论在内的新文学建设,应"使吾人有以鉴既往而策将来"。在这种共识中,民国文论建设具有一种"大文论"的恢宏气度,其特点是注重在对历史与时代的审视和把握当中，在社会转型及其现代文化价值观重建当中，强调文学的理论构建应与整个民族文化的复兴、新文化建设与发展保持紧密联系，兼容中、西文论各自的特点，创建与中国向现代文明转型和发展相适应的文学理论体系。

民国"大文论"的出现，指的不是文章内容与篇幅的大与小，而是指整个文学理论建设理念和体系构建，顺乎时代发展的主流，具有一种世界性的眼光。胡适在《文学改良刍议》中依据历史进化论指出："文学者，随时代而变迁者也。一时代有一时代之文学。"其意思也就十分鲜明，中国的历史发展已经进入民国时期，理应建立起与民国这个新的共和体制相一致的文学体系，而不再是沿用传统的文学方式来表现现代中国人的思想和情感。在他看来，面对日新月异的世界，再囿于传统的方式来进行文学创作，也就无法展现置身于世界发展潮流之中的现代中国社会发展境况和现代中国人的精神面貌。他指出："吾国近世文学之大病，在于言之无物。"因此，他提出从具体的"八事"入手，设计出新的文学建设方案，务必使新的文学在表现现代中国人的"思想"和"情感"方面，具有一种创新的特质。胡适的文学主张不仅仅只是单纯的就事论事，也不仅仅只是单纯强调对传统的叛离，而是展现出一种以世界文学发展为参照，以革新中国文化、文学为己任的创造性诉求，是在"破旧"的过程中展现出"立新"，也即是展现出一种致力于民国的新文化、新文学的全新设计理念。从历史发展的现代进程上来看，强调"破旧立新"，这对于建立一种富有"新质"的民国文学、文论来说，其价值和意义都是积极的、进取的，极其富有建设性和创造性，也是极其具有世界性的发展理念和宽广的视野的。

说到民国文论具有世界性的发展理念和宽广的视野，当然最主要的还在于：它是在接受现代西方文化、文学的影响下而生成的。如王国维，他就是较早运用现代西方哲学来研究中国文学的先驱者。他从康德、叔本华、尼采的哲学那里获得全新的认识观念，开始自觉地运用西方文化观念和理论方法来研究中国历史、文化和文学，从而获得一种透视中国历史、文化和文学的全新观念与方法。像他对《红楼梦》的全新阐释，就不再是传统文论那种经验感悟式的点评、考据，而是在接受现代西方文化、文学的影响下，运用现代的理论思维和价值标准来进行认真研究的结果。还有像周作人对"人的文学"的倡导,显然也是受到现代西方自文艺复兴以来的人文主义、人道主义的思想与理论的影响。在《人的文学》一文中,他要求新文学必须以人道主义为本,观察、分析、思考和严肃认真地对待社会"人生诸问题",尤其是社会底层人的"非人的生活",必须对改造社会、改造人生持积极的态度,而非"游戏的态度",要充分地展示人的"理想的生活"。针对民国新型的民族国家体制的建立,他还特别强调了新的文学要与新的民族国家建立及其所需求的思想文化启蒙和现代性价值取向相吻合的重要性,即要通过对新的民族国家共同体的想象与认同,突出思想文化启蒙的现代性核心价值,赋予新文学一种鲜明的目的性,一种思想文化启蒙的使命感,同时,也使新文学自身成为朝着向未来发展的重要意识指南,一种精神性的向导,使诞生于民国的新文学,能够真正地成为现代中国的"人的文学"。

民国文论对现代西方文化、文学影响的接受,促成了自身理论体系和框架的建立,也逐渐地形成了具有自身特色的话语系统和权利,获得了自身的独立性价值品格,也使民国文学开始真正地摆脱"文以载道"的传统思想束缚,并把文学看作是一种对于现代社会和现代人生都具有积极意义的产物。所以,民国时期的文学家在新的文学建设中,大都表现出了一种时代的精神,一种历史的使命感。像鲁迅当年作出"弃医从文"的决定,就是看到了"文艺是国民精神所发的火光,同时也是引导国民精神的前途的灯火",所以,他大声的呼吁:"世界日日改变,我们的作家取下假面,真诚地,深入地,大胆地看取人生并且写出他的血和肉来的时候早到了;早就应该有一片崭新的文场,早就应该有几个凶猛的闯将!"他还强调:"没有冲破一切传统思想和手法的闯将,中国是不会有真的新文艺的。"民国文论虽然处处可以看到现代西方文化、文学影响的痕迹,但绝不是全盘的照搬、移植,相反,则是形成一种"融西于中"、"中西贯通"的开放、整合的格局,积极地吸纳西学思想和价值资源,逐步地建立起真正具有"中国作风"和"中国气派"的新的文论体系。

因此,就民国文论建设和发展的实际情况而言,它也是对传统文论进行积极扬弃的结果。特别是对于一个处在"新"与"旧"的交替、转型时代的民国来说,在新的文化、新的文学建设中,如果不积极地对待传统,不从传统中寻找具有创造性转化的价值资源,那么,新的体系建构,也只能是缘木求鱼,不可能获得整体性的建构。尽管在民国初期,新文化、新文学的倡导者们曾大力呼吁要打倒"萎琐陈腐"①的旧文学,也曾出现过简单化的对待传统的态度和行为,但深究其思想根源,还是要谋求建立与新的共和体制的民族国家相一致的新文化和新文学体系与架构的动机,而不是一味地抛弃传统,任意割断与传统的联想。民国文论采用激进、大胆的"破"的方式来倡导新的价值建构,对于建立新的文化和文学来说,应是一种积极的文化、文学建设的策略,真正目的还是在于"立",在于致力于新的价值观念和体系的建构和建设。因此,用这种视角来审视民国文论,人们就不难发现,整个文论体系的建设,其实是包含着许多传统因子的创造性转化的,像蔡元培在为《中国新文学大系》作总序时对古代文论的特点进行总结点评所指出的那样,如果没有一种对传统的积极继承,实际上也就难以创造出新的文学。就总体而言,民国文论的建设与发展,虽然在某些特定阶段有过激进的反传统倾向,甚至一度出现全盘西化的势头,但整体上还是在中西交汇和融合的道路上行进和演化的。

民国的建立,是中国历史发展的一个新的时代、新的纪元。这种态势反映在民国文论建设上,就整体性地形成了一种以自觉的历史理性批判精神,开辟新文学的新局面,推动中国文学由古典向现代转型的发展格局,使诞生于民国时期的新文学,能够以积极进取和革新开放的姿态,广泛地以古今中外文学经典为参照,积极探索现代中国新的文学建设与发展道路,引导现代中国文学精品和经典的产生。如民国文学发展史上所出现的,在新文学取得十年的发展进程中开始编纂大型的文学丛书——《中国新文学大系》,就由蔡元培亲自撰写总序,民国时期新文学的重要倡导者们胡适、鲁迅、周作人、茅盾、郑振铎、郑伯奇、郁达夫、朱自清、洪深等人亲自担任主编,撰写序言,分别对小说、诗歌、散文、戏剧等新文体、新理论和新的创作现象进行评说,及时地为新文学发展总结经验和教训,谋划新的发展方略。可以说,民国建立以来,无论是宏观的思想层面上对新文化、新思想、新道德的倡导,还是在微观层面上对白话文创作的具体提倡,以及新诗的创作尝试和现代小说、戏剧等新形

---

① 语出陈独秀《文学革命论》。

式的创造,都充分地显示出其历史的合法性和文化的合理性,从而确立起了中国新文学的正宗地位。就民国文论建设来说,胡适的白话文学论和新诗观,陈独秀的文学革命论,鲁迅的"为人生"文学观,周作人的"人的文学"倡导,茅盾的自然主义文学理念,郭沫若的个性自由的浪漫主义文学观,郁达夫对"自我抒情"文学的推崇,等等,都为民国时期的新文学开辟出新的发展天地,对于建立与民国这种新型的共和体制国家发展相一致的文学理论体系,促进新文学的进一步发展,推动中国文学的现代化进程,作出了重大的贡献。从民国文论发展的历史进程上来说,它所探讨过的一系列文学问题,都为后世的文论建设、文学发展,提供了可借鉴的丰富资源和宝贵的历史经验,在中国文论发展史上,占有重要的一席。

黄 健
二〇一三年八月

目　录

王国维　　　　　　　　　　　　　　001
（一）文学小言　　　　　　　　　003
胡　适　　　　　　　　　　　　　　010
（二）文学改良刍议　　　　　　　012
陈独秀　　　　　　　　　　　　　　023
（三）文学革命论　　　　　　　　025
鲁　迅　　　　　　　　　　　　　　029
（四）论睁了眼看　　　　　　　　031
周作人　　　　　　　　　　　　　　036
（五）人的文学　　　　　　　　　038
傅斯年　　　　　　　　　　　　　　046
（六）怎样做白话文　　　　　　　048
郭沫若　　　　　　　　　　　　　　060
（七）生命底文学　　　　　　　　062

成仿吾	064
(八) 新文学之使命	066
沈雁冰	073
(九) 自然主义与中国现代小说	075
郁达夫	091
(十) 日记文学	093
朱自清	099
(十一) 论现代中国的小品散文	101
宋春舫	106
(十二) 话剧的将来	108
蔡元培	115
(十三) 《中国新文学大系》总序	117
林语堂	125
(十四) 论幽默	127

冯乃超		135
（十五）	文学的阶级性(节选)	137
梁实秋		143
（十六）	文学的美(节选)	145
老　舍		153
（十七）	言语与风格	155
熊佛西		161
（十八）	写意与写实	163
梁宗岱		165
（十九）	象征主义	167
胡秋原		183
（二十）	论美与艺术	185
苏雪林		194
（二十一）	文以载道	196

沈从文 208
(二十二) 《习作选集》代序 210
叶灵凤 216
(二十三) 谈现代的短篇小说 218
施蛰存 222
(二十四) 小说中的对话 224
洪深 230
(二十五) 剧中人物的塑造 232
刘呐鸥 241
(二十六) 影片艺术论 243
李健吾 257
(二十七) 自我和风格 259
郑振铎 265
(二十八) 何谓"俗文学"(节选) 267

张恨水	278
(二十九)　武侠小说在下层社会	280
程小青	284
(三十)　谈侦探小说	286
林同济	292
(三十一)　寄语中国艺术人——恐怖·狂欢·虔恪	294
王任叔	301
(三十二)　中国气派与中国作风	303
毛泽东	308
(三十三)　在延安文艺座谈会上的讲话(节选)	310
胡　风	334
(三十四)　论民族形式问题(节选)	336
朱光潜	348
(三十五)　自由主义与文艺	350

傅　雷	354
（三十六）　论张爱玲的小说	356
李广田	372
（三十七）　谈散文	374
曹　禺	377
（三十八）　悲剧的精神	379
后　记	387

Wang Guowei　王国维

【题解】 王国维(1877—1927),字伯隅、静安,号观堂、永观,浙江海宁人,清末秀才。在文学、美学、史学、哲学、古文字学、金石学、考古学等多个领域,著述甚丰,成就卓著,著有《红楼梦评论》《宋元戏曲考》《人间词话》《观堂集林》《古史新证》《曲录》《殷周制度论》《流沙坠简》等62种著作,批校古籍逾200种,是近代中国最早运用西方哲学、美学、文学观点和方法评论中国文学的开风气者,确立了较为系统的现代学术标准和方法,被誉为"中国近三百年来学术的结束人,最近八十年来学术的开创者"。

《文学小言》共17则,最初发表于1906年12月《教育世界》第139号,后由他的助手赵万里整理编辑,重新发表在1928年3月10日《小说月报》第19卷第3号。该文反映了王国维早期的文学思想,他将文学定位为"游戏的事业",以"情"和"景"作为文学的二原质,认为文学的审美风格应"自然而简约",文学作品的优劣标准应由情感和语言的真实性、个性化与创造意义来进行认定,而文体的更替则体现了文学盛衰的规律,是文学发展的一个标志。王国维的文学思想具有一种新的特质,他对于文学的特性、艺术方式和表现特征的认识,已有别于传统文学的认识,对于民国初期新文学的理论建设来说,具有一定的影响。

王国维肖像

一　文学小言

一

昔司马迁推本汉武时学术之盛,以为利禄之途使然。余谓一切学问皆能以利禄劝,独哲学与文学不然。何则?科学之事业,皆直接间接以厚生利用为旨,古未有与政治及社会上之兴味相刺谬者也。至一新世界观与新人生观出,则往往与政治及社会上之兴味不能相容。若哲学家而以政治及社会之兴味为兴味,而不顾真理之如何,则又决非真正之哲学。以欧洲中世哲学之以辩护宗教为务者,所以蒙极大之污辱,而叔本华所以痛斥德意志大学之哲学者也。文学亦然;铺缀的文学,决非真正之文学也。

二

文学者,游戏的事业也。人之势力用于生存竞争而有余,于是发而为游戏。婉娈之儿，有父母以衣食之，以卵翼之，无所谓争存之事也。其势力无所发泄，于是作种种之游戏。逮争存之事亟，而游戏之道息矣。唯精神上之势力独优，而又不必以生事为急者，然后终身得保其游戏之性质。而成人以后，又不能以小儿之游戏为满足，于是对其自己之感情及所观察之事物而摹写之，咏叹之，以发泄所储蓄之势力。故民族文化之发达，非达一定之程度，则不能有文学；而个人之汲汲于争存者，决无文学家之资格也。

三

人亦有言，名者，利之宾也。故文绣的文学之不足为真文学也，与铺缀的文学同。古代文学之所以有不朽之价值者，岂不以无名之见者存乎？至文学之名起，于是有因之以为名者，而真正文学乃复托于不重于世之文体以自见。逮此体流行之后，则又为虚玄矣。故模仿之文学，是文绣的文学与铺缀的文学之记号也。

四

文学中有二原质焉：曰景，曰情。前者以描写自然及人生之事实为主，后者则吾人对此种事实之精神的态度也。故前者客观的，后者主观的也；前者知识的，后者感情的也。自一方面言之，则必吾人之胸中洞然无物，而后其观物也深，而其体物也切；即客观的知识，实与主观的感情为反比例。自他方面言之，则激烈之感情，亦得为直观之对象、文学之材料；而观物与其描写之也，亦有无限之快乐伴之。要之，文学者，不外知识与感情交代之结果而已。苟无锐敏之知识与深邃之感情者，不足与于文学之事。此其所以但为天才游戏之事业,而不能以他道劝者也。

五

古今之成大事业大学问者,不可不历三种之阶级:"昨夜西风凋碧树,独上高楼,望尽天涯路"(晏同叔《蝶恋花》),此第一阶级也。"衣带渐宽终不悔,为伊消得人憔悴"(欧阳永叔《蝶恋花》),此第二阶级也。"众里寻他千百度,回头蓦见,那人正在灯火阑珊处"(辛幼安《青玉案》),此第三阶级也。未有不阅第一、第二阶级,而能遽跻第三阶级者。文学亦然。此有文学上之天才者,所以又需莫大之修养也。

六

三代以下之诗人,无过于屈子、渊明、子美、子瞻者。此四子者苟无文学之天才,其人格亦自足千古。故无高尚伟大之人格,而有高尚伟大之文学者,殆未之有也。

七

天才者,或数十年而一出,或数百年而一出,而又须济之以学问,帅之以德性,始能产真正之大文学。此屈子、渊明、子美、子瞻等所以旷世而不一遇也。

八

"燕燕于飞,差池其羽";"燕燕于飞,颉之颃之";"睍睆黄鸟,载好其音";"昔我往矣,杨柳依依"。诗人体物之妙,侔于造化,然皆出于离人、孽子、征夫之口,故知感情真者,其观物亦真。

九

"驾彼四牡,四牡项领。我瞻四方,蹙蹙靡所骋。"以《离骚》《远游》数千言言之而不足者,独以十七字尽之,岂不诡哉!然以讥屈子之文胜,则亦非知言者也。

十

屈子感自己之感,言自己之言者也。宋玉、景差感屈子之所感,而言其所言;然亲见屈子之境遇,与屈子之人格,故其所言,亦殆与言自己之言无异。贾谊、刘向其遇略与屈子同,而才则逊矣。王叔师以下,但袭其貌而无真情以济之。此后人之所以不复为楚人之词者也。

十一

屈子之后,文学上之雄者,渊明其尤也。韦、柳之视渊明,其如贾、刘之视屈子乎！彼感他人之所感，而言他人之所言，宜其不如李、杜也。

十二

　　宋以后之能感自己之感，言自己之言者，其唯东坡乎！山谷可谓能言其言矣，未可谓能感所感也。遗山以下亦然。若国朝之新城，岂徒言一人之言已哉？所谓"莺偷百鸟声"者也。

十三

　　诗至唐中叶以后，殆为羔雁之具矣。故五季、北宋之诗（除一二大家外），无可观者，而词则独为其全盛时代。其诗词兼擅如永叔、少游者，皆诗不如词远甚。以其写之于诗者，不若写之于词者之真也。至南宋以后，词亦为羔雁之具，而词亦替矣（除稼轩一人外）。观此足以知文学盛衰之故矣。

十四

　　上之所论，皆就抒情的文学言之（《离骚》、诗词皆是）。至叙事的文学（谓叙事诗、诗史、戏曲等，非谓散文也），则我国尚在幼稚之时代。元人杂剧，辞则美矣，然不知描写人格为何事。至国朝之《桃花扇》，则有人格矣，然他戏曲则殊不称是。要之，不过稍有系统之词，而并失词之性质者也，以东方古文学之国，而最高之文学无一足以与西欧匹者，此则后此文学家之责矣。

十五

抒情之诗,不待专门之诗人而后能之也。若夫叙事,则其所需之时日长,而其所取之材料富。非天才而又有暇日者不能。此诗家之数之所以不可更仆数,而叙事文学家殆不能及百分之一也。

十六

《三国演义》无纯文学之资格,然其叙关壮缪之释曹操,则非大文学家不办。《水浒传》之写鲁智深,《桃花扇》之写柳敬亭、苏昆生,彼其所为,固毫无意义。然以其不顾一己之利害,故犹使吾人生无限之兴味,发无限之尊敬,况于观壮缪之矫矫者乎?若此者,岂真如汗德所云,实践理性为宇宙人生之根本欤?抑与现在利己之世界相比较,而益使吾人兴无涯之感也?则选择戏曲小说之题目者,亦可以知所去取矣。

十七

吾人谓戏曲小说家为专门之诗人,非谓其以文学为职业也。以文学为职业,铺锾的文学也。职业的文学家,以文学为生活;专门之文学家,为文学而生活。今铺锾的文学之途,盖已开矣。吾宁闻征夫、思妇之声,而不屑使此等文学嚣然污吾耳也。

选自1928年3月10日《小说月报》第19卷第3号。

【延伸阅读】

1. 王国维:《<红楼梦>评论》,《教育世界》第76、77、78、80、81号连载(1904年)。

2. 王国维:《人间词话》,《国粹学报》第47、49、50期连载(1909年)。

3. 王国维:《屈子文学之精神》,《教育世界》第24期(1906年,总第140号)。

4. 王国维:《宋元戏曲考》,商务印书馆1915年版。

Hu Shi 胡 适

【题解】 胡适(1891—1962),原名嗣穈,学名洪骍,字希疆,后改名胡适,字适之,安徽绩溪人,著名学者、哲学家、历史家、文学家、诗人。曾留学美国,在哥伦比亚大学师从约翰·杜威学习哲学,1917年获哲学博士学位,同年回国,任国立北京大学教授,并参加《新青年》编辑工作,倡导新文化、新文学。后任国立北京大学校长,驻美大使,"中央研究院"院长等。胡适在文学、哲学、史学、考据学、教育学、伦理学、红学等多个领域都有深入的研究,著述丰富,卓有成就,影响甚大。

《文学改良刍议》发表1917年1月1日《新青年》第2卷第5号,较为完整地反映了胡适的现代文学思想。在文中,他从历史进化论的观点出发,提出"今日之中国,当造今日之文学"的主张,指出应从语言转换着手,创造中国的新文学。他认为,新旧文学不同在于:新文学能够自由地表达人的思想和情感,而旧文学主张的则是文以载道。他还认为,新文学应紧随时代发展,用现代生活"活的语言",自由地表达现代人的思想情感。为此,他提出著名的"八事主张",涵盖文学的内容与形式。他反对文言文,提倡白话文,成为民国初期兴起的"五四"新文学运动的重要主张,引起了巨大的社会反响,促进了新文学的蓬勃发展。

胡适肖像

二　文学改良刍议

今之谈文学改良者众矣,记者末学不文,何足以言此？然年来颇于此事再四研思,辅以友朋辩论,其结果所得,颇不无讨论之价值。因综括所怀见解,列为八事,分别言之,以与当世之留意文学改良者一研究之。

吾以为今日而言文学改良,须从八事入手。八事者何？

一曰,须言之有物。

二曰,不摹仿古人。

三曰,须讲求文法。

四曰,不作无病之呻吟。

五曰,务去滥调套语。

六曰,不用典。

七曰,不讲对仗。

八曰,不避俗字俗语。

一曰须言之有物

吾国近世文学之大病,在于言之无物。今人徒知"言之无文,行之不

远",而不知言之无物,又何用文为乎?吾所谓"物",非古人所谓"文以载道"之说也。吾所谓"物",约有二事:

(一) **情感** 《诗序》曰:"情动于中而形诸言。言之不足,故嗟叹之。嗟叹之不足,故咏歌之。咏歌之不足,不知手之舞之,足之蹈之也。"此吾所谓情感也。情感者,文学之灵魂。文学而无情感,如人之无魂,木偶而已,行尸走肉而已(今人所谓"美感"者,亦情感之一也)。

(二) **思想** 吾所谓"思想",盖兼见地、识力、理想三者而言之。思想不必皆赖文学而传,而文学以有思想而益贵,思想亦以有文学的价值而益贵也。此庄周之文,渊明、老杜之诗,稼轩之词,施耐庵之小说,所以夐绝千古也。思想之在文学,犹脑筋之在人身。人不能思想,则虽面目姣好,虽能笑啼感觉,亦何足取哉?文学亦犹是耳。

文学无此二物,便如无灵魂、无脑筋之美人,虽有秾丽富厚之外观,抑亦末矣。近世文人沾沾于声调字句之间,既无高远之思想,又无真挚之情感,文学之衰微,此其大因矣。此文胜之害,所谓言之无物者是也。欲救此弊,宜以质救之。质者何,情与思二者而已。

二曰不摹仿古人

文学者,随时代而变迁者也。一时代有一时代之文学:周秦有周秦之文学,汉魏有汉魏之文学,唐、宋、元、明有唐、宋、元、明之文学。此非吾一人之私言,乃文明进化之公理也。即以文论,有《尚书》之文,有先秦诸子之文,有司马迁、班固之文,有韩、柳、欧、苏之文,有语录之文,有施耐庵、曹雪芹之文,此文之进化也。试更以韵文言之。击壤之歌,五子之歌,一时期也。三百篇之诗,一时期也。屈原、荀卿之骚赋,又一时期也。苏李以下,至于魏晋,又一时期也。江左之诗流为排比,至唐而律诗大成,此又一时期也。老杜、香山之"写实"体诸诗(如杜之《石壕吏》《羌村》,白之《新乐府》),又一时期也。诗至唐而极盛,自此以后,词曲代兴。唐五代及宋初之小令,此词之一时代也。苏、柳(永)、辛、姜之词,又一时代也。至于元之杂剧传奇,则又一时代矣。凡此诸时代,各因时势风会而变,各有其特长。吾辈以历史进化之眼光观之,决不可谓古人之文学皆胜于今人也。左氏、史公之文奇矣,然施耐庵之《水浒传》视《左传》《史记》,何多让焉?《三都》《两京》之赋富矣,然以视唐诗宋词,则糟粕耳。此可见文学因时进化,不能自止。唐人不当作商周之诗,宋人不当作相如、子云之赋,即令作之,亦必不工。逆天背时,违进化之迹,故不能工也。

既明文学进化之理,然后可言吾所谓"不摹仿古人"之说。今日之中国,当造今日之文学。不必摹仿唐宋,亦不必摹仿周秦也。前见国会开幕词,有云:"于铄国会,遵晦时休。"此在今日而欲为三代以上之文之一证也。更观今之"文学大家",文则下规姚曾,上师韩欧,更上则取法秦、汉、魏晋,以为六朝以下无文学可言,此皆百步与五十步之别而已,而皆为文学下乘。即令神似古人,亦不过为博物院中添几许"逼真赝鼎"而已,文学云乎哉!昨见陈伯严先生一诗云:

> 涛园钞杜句,半岁秃千毫。所得都成泪,相过问奏刀。万灵噤不下,此老仰弥高。胸腹回滋味,徐看薄命骚。

此大足代表今日"第一流诗人"摹仿古人之心理也。其病根所在,在于以"半岁秃千毫"之工夫作古人的钞胥奴婢,故有"此老仰弥高"之叹。若能洒脱此种奴性,不作古人的诗,而惟作我自己的诗,则决不致如此失败矣!

吾每谓今日之文学,其足与世界"第一流"文学比较而无愧色者,独有白话小说(我佛山人、南亭亭长、洪都百炼生三人而已)一项。此无他故,以此种小说皆不事摹仿古人(三人皆得力于《儒林外史》《水浒》《石头记》,然非摹仿之作也),而惟实写今日社会之情状,故能成真正文学。其他学这个,学那个之诗古文家,皆无文学之价值也。今之有志文学者,宜知所从事矣。

三曰须讲求文法

今之作文作诗者,每不讲求文法之结构。其例至繁,不便举之,尤以作骈文律诗者为尤甚。夫不讲文法,是谓"不通"。此理至明,无待详论。

四曰不作无病之呻吟

此殊未易言也。今之少年往往作悲观,其取别号则曰"寒灰""无生""死灰"。其作诗文,则对落日而思暮年,对秋风而思零落,春来则惟恐其速去,花发又惟惧其早谢,此亡国之哀音也。老年人为之犹不可,况少年乎?其流弊所至,遂养成一种暮气,不思奋发有为,服劳报国,但知发牢骚之音,感喟之文。作者将以促其寿年,读者将亦短其志气,此吾所谓无病之呻吟也。国之多患,吾岂不知之?然病国危时,岂痛哭流涕所能收效乎?吾惟愿今之文学家作费舒特(Fichte),作玛志尼(Mazzini),而不愿其为贾生、王粲、屈原、谢皋羽也。其不能为贾生、王粲、屈原、谢皋羽,而徒为妇人醇酒丧气失意之诗文者,尤卑卑不足道矣!

五曰务去滥调套语

今之学者,胸中记得几个文学的套语,便称诗人。其所为诗文处处是陈言滥调,"蹉跎""身世""寥落""飘零""虫沙""寒窗""斜阳""芳草""春闺""愁魂""归梦""鹃啼""孤影""雁字""玉楼""锦字""残更"之类,累累不绝,最可憎厌。其流弊所至,遂令国中生出许多似是而非,貌似而实非之诗文。今试举一例以证之：

> 荧荧夜灯如豆，映幢幢孤影，凌乱无据。翡翠衾寒，鸳鸯瓦冷，禁得秋宵几度？　幺弦漫语，早丁字帘前，繁霜飞舞。袅袅余音，片时犹绕柱。

此词骤观之，觉字字句句皆词也，其实仅一大堆陈套语耳。"翡翠衾"，"鸳鸯瓦"，用之白香山《长恨歌》则可，以其所言乃帝王之衾之瓦也。"丁字帘"，"幺弦"，皆套语也。此词在美国所作，其夜灯决不"荧荧如豆"，其居室尤无"柱"可绕也。至于"繁霜飞舞"，则更不成话矣。谁曾见繁霜之"飞舞"耶？

吾所谓务去滥调套语者，别无他法，惟在人人以其耳目所亲见亲闻、所亲身阅历之事物，一一自己铸词以形容描写之，但求其不失真，但求能达其状物写意之目的，即是工夫。其用滥调套语者，皆懒惰不肯自己铸词状物者也。

六曰不用典

吾所主张八事之中，惟此一条最受友朋攻击，盖以此条最易误会也。吾友江亢虎君来书曰：

> 所谓典者，亦有广狭二义。饾饤獭祭，古人早悬为厉禁。若并成语故事而屏之，则非惟文字之品格全失，即文字之作用亦亡。……文字最妙之意味，在用字简而涵义多，此断非用典不为功。不用典不特不可作诗，并不可写信，且不可演说。来函满纸"旧雨""虚怀""治头治脚""舍本逐末""洪水猛兽""发聋振聩""负弩先驱""心悦诚服""词坛""退避三舍""无病呻吟""滔天""利器""铁证"……皆典也。试尽抉而去之，代以俚语俚字，将成何说话？其用字之繁简，犹其细焉。恐一易他词，虽加倍蓰而涵义仍终不能如是恰到好处，

奈何?……

此论极中肯要。今依江君之言,分典为广狭二义,分论之如下:

(一)广义之典,非吾所谓典也。广义之典约有五种:

(甲)古人所设譬喻,其取譬之事物,含有普通意义,不以时代而失其效用者,今人亦可用之。如古人言"以子之矛,攻子之盾",今人虽不读书者,亦知用"自相矛盾"之喻,然不可谓为用典也,上文所举例中之"治头治脚""洪水猛兽""发聋振聩"……皆此类也。盖设譬取喻,贵能切当。若能切当,固无古今之别也。若"负弩先驱""退避三舍"之类,在今日已非通行之事物,在文人相与之间,或可用之,然终以不用为上。如言"退避",千里亦可,百里亦可,不必定用"三舍"之典也。

(乙)成语 成语者,合字成辞,别为意义。其习见之句,通行已久,不妨用之。然今日若能另铸"成语",亦无不可也。"利器""虚怀""舍本逐末"……皆属此类。此非"典"也,乃日用之字耳。

(丙)引史事 引史事与今所论议之事相比较,不可谓为用典也。如老杜诗云:"未闻殷周衰,中自诛褒妲",此非用典也。近人诗云:"所以曹孟德,犹以汉相终",此亦非用典也。

(丁)引古人作比 此亦非用典也。杜诗云:"清新庾开府,俊逸鲍参军",此乃以古人比今人,非用典也。又云:"伯仲之间见伊吕,指挥若定失萧曹",此亦非用典也。

(戊)引古人之语 此亦非用典也。吾尝有句云:"我闻古人言,艰难惟一死。"又云:"尝试成功自古无,放翁此语未必是。"此乃引语,非用典也。

以上五种为广义之典,其实非吾所谓典也,若此者可用可不用。

(二)狭义之典,吾所主张不用者也。吾所谓"用典"者,谓文人词客不能自己铸词造句,以写眼前之景、胸中之意,故借用或不全切,或全不切之故事陈言以代之,以图含混过去,是谓"用典"。上所述广义之典,除戊条外,皆为取譬比方之辞,但以彼喻此,而非以彼代此也。狭义之用典,则全为以典代言,自己不能直言之,故用典以言之耳。此吾所谓用典与非用典之别也。狭义之典亦有工拙之别,其工者偶一用之,未为不可,其拙者则当痛绝之已。

（子）**用典之工者** 此江君所谓用字简而涵义多者也。客中无书不能多举其例,但杂举一二,以实吾言:

（1）东坡所藏仇池石,王晋卿以诗借观,意在于夺。东坡不敢不借,先以诗寄之,有句云:"欲留嗟赵弱,宁许负秦曲。传观慎勿许,间道归应速。"此用蔺相如返璧之典,何其工切也。

（2）东坡又有"章质夫送酒六壶,书至而酒不达"。诗云:"岂意青州六从事,化为乌有一先生。"此虽工已近于纤巧矣。

（3）吾十年前尝有读《十字军英雄记》一诗云:"岂有酰人羊叔子,焉知微服赵主父。十字军真儿戏耳,独此两人可千古。"以两典包尽全书,当时颇沾沾自喜,其实此种诗,尽可不作也。

（4）江亢虎代华侨诔陈英士文有"本悬太白,先坏长城。世无钼霓,乃戕赵卿"四句,余极喜之。所用赵宣子一典,甚工切也。

（5）王国维咏史诗,有"虎狼在堂室,徙戎复何补。神州遂陆沉,百年委榛莽。寄语桓元子,莫罪王夷甫"。此亦可谓使事之工者矣。

上述诸例,皆以典代言,其妙处终在不失设譬比方之原意。惟为文体所限,故譬喻变而为称代耳。用典之弊,在于使人失其所欲譬喻之原意。若反客为主,使读者迷于使事用典之繁,而转忘其所为设譬之事物,则为拙矣。古人虽作百韵长诗,其所用典不出一二事而已(《北征》与白香山《悟真寺诗》皆不用一典),今人作长律则非典不能下笔矣。尝见一诗八十四韵,而用典至百余事,宜其不能工也。

（丑）**用典之拙者** 用典之拙者,大抵皆衰惰之人,不知造词,故以此为躲懒藏拙之计。惟其不能造词,故亦不能用典也。总计拙典亦有数类:

（1）比例泛而不切,可作几种解释,无确定之根据。今取王渔洋《秋柳》一章证之：

> 娟娟凉露欲为霜，万缕千条拂玉塘。浦里青荷中妇镜，江干黄竹女儿箱。空怜板渚隋堤水，不见琅琊大道王。若过洛阳风景地，含情重问永丰坊。

此诗中所用诸典无不可作几样说法者。

（2）僻典使人不解。夫文学所以达意抒情也。若必求人人能读五车书，然后能通其文，则此种文可不作矣。

（3）刻削古典成语，不合文法。"指兄弟以孔怀，称在位以曾是"（章太炎语），是其例也。今人言"为人作嫁"亦不通。

（4）用典而失其原意。如某君写山高与天接之状，而曰"西接杞天倾"是也。

（5）古事之实有所指，不可移用者，今往乱用作普通事实。如古人灞桥折柳，以送行者，本是一种特别土风。阳关、渭城亦皆实有所指。今之懒人不能状别离之情，于是虽身在滇越，亦言灞桥，虽不解阳关、渭城为何物，亦皆言"阳关三叠"、"渭城离歌"。又如，张翰因秋风起而思故乡之莼羹鲈脍，今则虽非吴人，不知莼鲈为何味者，亦皆自称有"莼鲈之思"。此则不仅懒不可救，直是自欺欺人耳！

凡此种种，皆文人之不下工夫，一受其毒，便不可救。此吾所以有"不用典"之说也。

七曰不讲对仗

排偶乃人类言语之一种特性，故虽古代文字，如老子、孔子之文，亦间有骈句。如"道可道，非常道；名可名，非常名。无名天地之始，有名万物之母。故常无，欲以观其妙；常有，欲以观其徼"。此三排句也。"食无求饱，居无求安""贫而无谄，富而无骄""尔爱其羊，我爱其礼"，此皆排句也。然此皆近于语言之自然,而无牵强刻削之迹。尤未有定其字之多寡,声之平仄,词之虚实者也。至于后世文学末流,言之无物,乃以文胜;文胜之极,而骈文律诗兴焉,而长律兴焉。骈文律诗之中非无佳作,然佳作终鲜。所以然者何?岂不以其束缚人之自由过甚之故耶?(长律之中,上下古今,无一首佳作可言也。)今日而言文学改良,当"先立乎其大者",不当枉废有用之精力于微细纤巧之末,此吾所以有废骈废律之说也。即不能废此两者,亦但当视为文学末技而已,非讲求之急务也。

今人犹有鄙夷白话小说为文学小道者,不知施耐庵、曹雪芹、吴趼人皆文学正宗,而骈文律诗乃真小道耳。吾知必有闻此言而却走者矣。

八曰不避俗语俗字

吾惟以施耐庵、曹雪芹、吴趼人为文学正宗,故有"不避俗字俗语"之论也(参看上文第二条下)。盖吾国言文之背驰久矣。自佛书之输入,译者以文言不足以达意,故以浅近之文译之,其体已近白话。其后佛氏讲义语录尤多用白话为之者,是为语录体之原始。及宋人讲学以白话为语录,此体遂成讲学正体(明人因之)。当是时,白话已久入韵文,观唐宋人白话之诗词可见也。及至元时,中国北部已在异族之下,三百余年矣(辽、金、元)。此三百年中,中国乃发生一种通俗行远之文学。文则有《水浒》《西游》《三国》之类,戏曲则尤不可胜计(关汉卿诸人,人各著剧数十种之多。吾国文人著作之富,未有过于此时者也)。以今世眼光观之,则中国文学当以元代为最盛,可传世不朽之作,当以元代为最多,此可无疑也。当是时,中国之文学最近言文合一,白话几成文学的语言矣。使此趋势不受阻遏,则中国乃有"活文学出现",而但丁、路得之伟业(欧洲中古时,各国皆有俚语,而以拉丁文为文言,凡著作书籍皆用之,如吾国之以文言著书也。其后意大利有但丁(Dante)诸文豪,始以其国俚语著作。

诸国踵兴，国语亦代起。路得（Luther）创新教始以德文译《旧约》《新约》，遂开德文学之先。英法诸国亦复如是。今世通用之英文新旧约乃一六一一年译本，距今才三百年耳。故今日欧洲诸国之文学，在当日皆为俚语。迨诸文豪兴，始以"活文学"代拉丁之死文学。有活文学而后有言文合一之国语也），几发生于神州。不意此趋势骤为明代所阻，政府既以八股取士，而当时文人如何、李七子之徒，又争以复古为高，于是此千年难遇言文合一之机会，遂中道夭折矣。然以今世历史进化的眼光观之，则白话文学之为中国文学之正宗，又为将来文学必用之利器，可断言也（此"断言"乃自作者言之，赞成此说者今日未必甚多也）。以此之故，吾主张今日作文作诗，宜采用俗语俗字。与其用三千年前之死字（如"于铄国会，遵晦时休"之类），不如用二十世纪之活字；与其作不能行远，不能普及之秦汉六朝文字，不如作家喻户晓之《水浒》《西游》文字也。

结　论

上述八事，乃吾年来研思此一大问题之结果。远在异国，既无读书之暇晷，又不得就国中先生长者质疑问难，其所主张容有矫枉过正之处。然此八事皆文学上根本问题，一一有研究之价值。故草成此论，以为海内外留心此问题者作一草案。谓之刍议，犹云未定草也，伏惟国人同志有以匡纠是正之。

民国六年一月

选自1917年1月1日《新青年》第2卷第5号。

【延伸阅读】

1. 胡适:《建设的文学革命论》,《新青年》第4卷第4号(1918年)。
2. 胡适:《白话文学史》,新月书店1928年版。
3. 胡适:《五十年中国之文学》,《胡适文存》(二集),上海亚东图书馆1924年版。
4. 胡适:《<中国新文学大系·建设理论卷>序言》,赵家璧主编:《中国新文学大系》(第一集),上海良友图书印刷公司1935年版。

Chen Duxiu　陈独秀

【题解】　陈独秀(1879—1942),原名庆同,字仲甫,号实庵,安徽怀宁人。著名的思想家、理论家、中国新文化运动先驱者,中国共产党早期的主要领导人。曾就读于求是书院(浙江大学前身),后三次留学日本,接受社会主义思想的影响。回国后,创办《青年》(La Jeunesse)杂志(第二期改为《新青年》),任总编辑,倡导新文化运动。曾任国立北京大学教授、文科学长,积极提倡"民主"与"科学",提倡文学革命,反对封建旧思想、旧文化、旧礼教。"五四"运动后,开始接受和宣传马克思主义。主要文章收入《独秀文存》《陈独秀文章选编》等。

《文学革命论》发表于1917年2月《新青年》杂志第2卷第6号,是积极响应胡适《文学改良刍议》的一篇具有重要影响的文章,而其文学态度比胡适更为激进。陈独秀认为,中国社会黑暗根源是"盘踞吾人精神界根深蒂固之伦理、道德、文学、艺术诸端",因此,单一的政治革命往往不能产生社会变革的效应,应该在更为广泛的文化层面,"充分以鲜血洗净旧污",用先进的文化理念,进行伦理、道德和文学革命。他提出著名的"三大主义"文学,即"推倒雕琢的阿谀的贵族文学,建设平易的抒情的国民文学;推倒陈腐的铺张的古典文学,建设新鲜的立诚的写实文学;推倒迂晦的艰涩的山林文学,建设明了的通俗的社会文学"。主张改文言文为白话文,强调文学应具有充实的时代内容,能够充分反映现实社会的真实状况,重视文学的国民情感表达。陈独秀激进的文学主张,对民国初期新文学的蓬勃发展,起到了巨大的推动作用。

陈独秀肖像

三 文学革命论

今日庄严灿烂之欧洲,何自而来乎?曰,革命之赐也。欧语所谓革命者,为革故更新之义,与中土所谓朝代鼎革,绝不相类。故自文艺复兴以来,政治界有革命,宗教界亦有革命,伦理道德亦有革命,文学艺术亦莫不有革命,莫不因革命而新兴而进化。近代欧洲文明史,宜可谓之革命史。故曰,今日庄严灿烂之欧洲,乃革命之赐也。

若苟偷庸懦之国民,畏革命如蛇蝎,故政治界虽经三次革命而黑暗未尝稍减。其原因之小部分,则为三次革命,皆虎头蛇尾,未能充分以鲜血洗净旧污;其大部分,则为盘踞吾人精神界根深底固之伦理道德文学艺术诸端,莫不黑幕层张,垢污深积,并此虎头蛇尾之革命而未有焉。此单独政治革命所以于吾之社会,不生若何变化,不收若何效果也。推其总因,乃在吾人疾视革命,不知其为开发文明之利器故。

孔教问题,方喧哗于国中,此伦理道德革命之先声也。文学革命之气运,酝酿已非一日,其首举义旗之急先锋,则为吾友胡适。余甘冒全国学究之敌,高张"文学革命军"大旗,以为吾友之声援。旗上大书特书吾革命军三大主义:曰,推倒雕琢的阿谀的贵族文学,建设平易的抒情的国民文学;曰,推倒陈腐的铺张的古典文学,建设新鲜的立诚的写实文学;曰,推倒迂晦的艰涩的山林文学,建设明了的通俗的社会文学。

《国风》多里巷猥辞,《楚辞》盛用土语方物,非不斐然可观。承其流者,两汉赋家,颂声大作,雕琢阿谀,词多而意寡,此贵族之文典之文之始作俑也。魏晋以下之五言,抒情写事,一变前代板滞堆砌之风。在当时可谓为文学一大革命,即文学一大进化;然希托高古,言简意晦,社会现象,非所取材,是犹贵族之风,未足以语通俗的国民文学也。齐梁以来,风尚对偶,演至有唐,逐成律体。无韵之文,亦尚对偶。《尚书》《周易》以来,即是如此。(古人行文,不但风尚对偶,且多韵语。故骈文家颇主张骈文为中国文章正宗之。[亡友王无生即主张此说之一人]不知古书传钞不易,韵与对偶,以利传诵而已。后之作者。乌可泥此?)

东晋而后,即细事陈启,亦尚骈丽。演至有唐,遂成骈体。诗之有律,文之有骈,皆发源于南北朝,大成于唐代。更进而为排律,为四六。此等雕琢的阿谀的铺张的空泛的贵族古典文学,极其长技,不过如涂脂抹粉之泥塑美人,以视八股试帖之价值,未必能高几何,可为之文学之末运矣。韩柳崛起,一洗前人纤巧堆朵之习,风会所趋,乃南北朝贵族古典文学,变而为宋元国民通俗文学之过渡时代。韩、柳、元、白应运而出,为之中枢。俗论谓昌黎文章起八代之衰,虽非确论,然变八代之法,开宋元之先,自是文界豪杰之士。

吾人今日所不满于昌黎者二事:一曰,文犹师古,虽非典文,然不脱贵族气派。寻其内容,远不若唐代诸小说家之丰富,其结果乃造成一新贵族文学。二曰,误于"文以载道"之谬见。文学本非为载道而设,而自昌黎以讫曾国藩所谓载道之文,不过钞袭①孔孟以来极肤浅极空泛之门面语而已。余尝谓唐宋八家文之所谓"文以载道",直与八股家之所谓"代圣贤立言",同一鼻孔出气。以此二事推之,昌黎之变古,乃时代使然。于文学史上,其自身并无十分特色可观也。元明剧本,明清小说,乃近代文学之粲然可观者。惜为妖魔所厄,未及出胎,竟尔流产,以至今日中国之

---

① 原文如此,民国时期多这样用。

文学，委琐陈腐，远不能与欧洲比肩。此妖魔为何？即明之前后七子及八家文派之归、方、刘、姚是也。此十八妖魔辈，尊古蔑今，咬文嚼字，称霸文坛，反使盖代文豪若马东篱、若施耐庵、若曹雪芹诸人之姓名，几不为国人所识。若夫七子之诗，刻意模古，直谓之钞袭可也。归、方、刘、姚之文，或希荣慕誉，或无病而呻，满纸之乎者也矣焉哉。每有长篇大作，摇头摆尾，说来说去，不知道说些甚么。此等文学，作者既非创造才，胸中又无物，其伎俩惟在仿古欺人，直无一字有存在之价值。虽著作等身，与其时之社会文明进化无丝毫关系。

今日吾国文学，悉承前代之弊。所谓"桐城派"者，八家与八股之混合体也；所谓"骈体文"者，思绮堂与随园之四六也；所谓"西江派"者，山谷之偶像也。求夫目无古人，赤裸裸的抒情写世，所谓代表时代之文豪者，不独全国无其人，而且举世无此想。文学之文，既不足观，应用之文，益复怪诞。碑铭墓志，极量称扬，读者决不见信，作者必照例为之。寻常启事，首尾恒有种种谀词。居丧者即华居美食，而哀启必欺人曰"苫块昏迷"。赠医生以匾额，不曰"术迈歧黄"，即曰"著手成春"。穷乡僻壤极小之豆腐店，其春联恒作"生意兴隆通四海，财源茂盛达三江"。此等国民应用之文学之丑陋，皆阿谀的虚伪的铺张的贵族古典文学阶之厉耳。

际兹文学革新之时代，凡属贵族文学、古典文学、山林文学，均在排斥之列。以何理由而排斥此三种文学耶？曰，贵族文学，藻饰依他，失独立自尊之气象也；古典文学，铺张堆砌，失抒情写实之旨也；山林文学，深晦艰涩，自以为名山著述，于其群之大多数无所裨益也。其形体则陈陈相因，有肉无骨，有形无神，乃装饰品而非实用品；其内容则目光不越帝王权贵、神仙鬼怪及其个人之穷通利达。所谓宇宙，所谓人生，所谓社会，举非其构思所及，此三种文学公同①之缺点也。此种文学，盖与吾阿谀夸张虚伪迂阔之国民性，互为因果。今欲革新政治，势不得不革新盘

---

① 原文如此，其义相当于今日"共同"。

踞于运用此政治者精神界之文学,使吾人不张目以观世界社会文学之趋势及时代之精神,日夜埋头故纸堆中,所目注心营者,不越帝王权贵、鬼怪神仙与夫个人之穷通利达,以此而求革新文学,革新政治,是缚手足而敌孟贲也。

欧洲文化,受赐于政治科学者固多,受赐于文学者亦不少。予爱卢梭、巴士特之法兰西,予尤爱虞哥、左喇之法兰西;予爱康德、赫克尔之德意志,予尤爱桂特郝、卜特曼之德意志;予爱倍根、达尔文之英吉利,予尤爱狄铿士、王尔德之英吉利。吾国文学界豪杰之士,有自负为中国之虞哥、左喇、桂特郝、卜特曼、狄铿士、王尔德者乎?有不顾迂儒之毁誉,明目张胆以与十八妖魔宣战者乎?予愿拖四十二生的大炮,为之前驱!

选自1917年2月1日《新青年》第2卷第6号。

【延伸阅读】

1. 陈独秀:《敬告青年》,《青年杂志》第1卷第1号(1915年)。
2. 陈独秀:《吾人最后之觉悟》,《青年杂志》第1卷第6号(1916年)。
3. 陈独秀:《偶像破坏论》,《新青年》第5卷第2号(1918年)。
4. 陈独秀:《本志罪案之答辩书》,《新青年》第6卷第1号(1919年)。

Lu Xu 鲁 迅

【题解】 鲁迅（1881—1936），本名周树人，字豫才（原名周樟寿，1898年改为周树人，字豫山、豫亭），浙江绍兴人。著名的文学家、思想家，中国新文化和新文学运动先驱者。早年在南京求学，接受进化论思想影响，后留学日本，始学医，不久弃医从文，创办杂志，翻译域外小说。此间，接受尼采超人哲学和托尔斯泰博爱思想影响。回国后，曾在民国政府教育部工作，并在国立北京大学等多个大学兼职任教。新文化运动时期，积极参与《新青年》撰稿工作。1918年5月，以"鲁迅"笔名在《新青年》发表新文学的第一篇白话小说《狂人日记》，后"一发而不可收"，陆续创作了《孔乙己》《故乡》《阿Q正传》《祝福》等小说，对中国新文学的发展产生了深远影响。此外，他还在中国文学研究，特别是中国小说史研究、古籍整理、文学翻译等方面，卓有建树，成就斐然，所著文章均收入《鲁迅全集》《鲁迅大全集》等。

《论睁了眼看》发表于1925年8月3日《新语丝》周刊第38期。在文中，鲁迅认为，中国文学要获得根本性的改观，首先必须改变现有的文学观念。如果观念得不到根本性的改变,所有的文学改良、文学革命均是纸上谈兵。现代中国作家必须正视现实,看到现代中国对于现代化文明的严重不适应性。只有正视现实,敢于写出人生的"血和肉"来,方能产生"真的文学"。其次,"文艺是国民精神所发的火光,同时也是引导国民精神的前途的灯火"。文艺不是"饭后茶余"的"谈资",也不是用于消遣的"闲书",而是具有巨大的思想启蒙功能,在启迪国民的心智,摆脱愚昧、麻木和自欺欺人的"瞒和骗"方面,发挥出重要的作用。再次,文艺的创作应该具有现实的基础,应秉持现实主义精神,冲破一切传统思想和手法,"敢于实写",真实反映现实社会境况,创造出具有时代意义的中国新文艺。鲁迅的文学思想,鲜明地表现了民国初期新文学的新主张、新理念和新的审美理想。

四　论睁了眼看

虚生先生所做的时事短评中,曾有一个这样的题目:《我们应该有正眼看各方面的勇气》(《猛进》十九期)。诚然,必须敢于正视,这才可望敢想,敢说,敢作,敢当。倘使并正视而不敢,此外还能成什么气候。然而,不幸这一种勇气,是我们中国人最所缺乏的。

但现在我所想到的是别一方面——

中国的文人,对于人生——至少是对于社会现象,向来就多没有正视的勇气。我们的圣贤,本来早已教人"非礼勿视"的了;而这"礼"又非常之严,不但"正视",连"平视""斜视"也不许。现在青年的精神未可知,在体质,却大半还是弯腰曲背,低眉顺眼,表示着老牌的老成的子弟,驯良的百姓——至于说对外却有大力量,乃是近一月来的新说,还不知道究竟是如何。

再回到"正视"问题去:先既不敢,后便不能,再后,就自然不视,不

鲁迅肖像

见了。一辆汽车坏了,停在马路上,一群人围着呆看,所得的结果是一团乌油油的东西。然而由本身的矛盾或社会的缺陷所生的苦痛,虽不正视,却要身受的。文人究竟是敏感人物,从他们的作品上看来,有些人确也早已感到不满,可是一到快要显露缺陷的危机一发之际,他们总即刻连说"并无其事",同时便闭上了眼睛。这闭着的眼睛便看见一切圆满,当前的苦痛不过是"天之将降大任于是人也,必先苦其心志,劳其筋骨,饿其体肤,空乏其身,行拂乱其所为"。于是无问题,无缺陷,无不平,也就无解决,无改革,无反抗。因为凡事总要"团圆",正无须我们焦躁;放心喝茶,睡觉大吉。再说费话,就有"不合时宜"之咎,免不了要受大学教授的纠正了。呸!

我并未实验过,但有时候想:倘将一位久蛰洞房的老太爷抛在夏天正午的烈日底下,或将不出闺门的千金小姐拖到旷野的黑夜里,大概只好闭了眼睛,暂续他们残存的旧梦,总算并没有遇到暗或光,虽然已经是绝不相同的现实。中国的文人也一样,万事闭眼睛,聊以自欺,而且欺人,那方法是:瞒和骗。

中国婚姻方法的缺陷,才子佳人小说作家早就感到了,他于是使一个才子在壁上题诗,一个佳人便来和,由倾慕——现在就得称恋爱——而至于有"终身之约"。但约定之后,也就有了难关。我们都知道,"私订终身"在诗和戏曲或小说上尚不失为美谈(自然只以与终于中状元的男人私订为限),实际却不容于天下的,仍然免不了要离异。明末的作家便闭上眼睛,并这一层也加以补救了,说是:才子及第,奉旨成婚。"父母之命,媒妁之言"经这大帽子来一压,便成了半个铅钱也不值,问题也一点没有了。假使有之,也只在才子的能否中状元,而决不在婚姻制度的良否。

(近来有人以为新诗人的做诗发表,是在出风头,引异性;且迁怒于报章杂志之滥登。殊不知即使无报,墙壁实"古已有之",早做过发表机关了;据《封神演义》,纣王已曾在女娲庙壁上题诗,那起源实在非常之早。报章可以不取白话,或排斥小诗,墙壁却拆不完,管不及的;倘一律刷成黑色,也还有破磁可划,粉笔可书,真是穷于应付。做诗不刻木板,去藏之名山,却要随时发表,虽然很有流弊,但大概是难以杜绝的罢。)

《红楼梦》中的小悲剧,是社会上常有的事,作者又是比较的敢于实写的,而那结果也并不坏。无论贾氏家业再振,兰桂齐芳,即宝玉自己,也成了个披大红猩猩毡斗篷的和尚。和尚多矣,但披这样阔斗篷的能有几个,已经是"入圣超凡"无疑了。至于别的人们,则早在册子里一一注定,末路不过是一个归结:是问题的结束,不是问题的开头。读者即小有不安,也终于奈何不得。然而后或续或改,非借尸还魂,即冥中另配,必令"生旦当场团圆",才肯放手者,乃是自欺欺人的瘾太大,所以看了小小骗局,还不甘心,定须闭眼胡说一通而后快。赫克尔(E.Haeckel)说过:人和人之差,有时比类人猿和原人之差还远。我们将《红楼梦》的续作者和原作一比较,就会承认这话大概是确实的。

"作善降祥"的古训,六朝人本已有些怀疑了,他们作墓志,竟会说"积善不报,终自欺人"的话。但后来的昏人,却又瞒起来。元刘信将三岁痴儿抛入醮纸火盆,妄希福佑,是见于《元典章》的;剧本《小张屠焚儿救母》却道是为母延命,命得延,儿亦不死了。一女愿侍痼疾之夫,《醒世恒言》中还说终于一同自杀的;后来改作的却道是有蛇坠入药罐里,丈夫服后便全愈①了。凡有缺陷,一经作者粉饰,后半便大抵改观,使读者落诬妄中,以为世间委实尽够光明,谁有不幸,便是自作,自受。

有时遇到彰明的史实,瞒不下,如关羽岳飞的被杀,便只好别设骗局了。一是前世已造凤因,如岳飞;一是死后使他成神,如关羽。定命不可逃,成神的善报更满人意,所以杀人者不足责,被杀者也不足悲,冥冥中自有安排,使他们各得其所,正不必别人来费力了。

中国人的不敢正视各方面,用瞒和骗,造出奇妙的逃路来,而自以为正路。在这路上,就证明着国民性的怯弱,懒惰,而又巧滑。一天一天

---

① 原文如此。全愈,即痊愈。

的满足着,即一天一天的堕落着,但却又觉得日见其光荣。在事实上,亡国一次,即添加几个殉难的忠臣,后来每不想光复旧物,而只去赞美那几个忠臣;遭劫一次,即造成一群不辱的烈女,事过之后,也每每不思惩凶,自卫,却只顾歌咏那一群烈女。彷佛亡国遭劫的事,反而给中国人发挥"两间正气"的机会,增高价值,即在此一举,应该一任其至,不足忧悲似的。自然,此上也无可为,因为我们已经借死人获得最上的光荣了。沪汉烈士的追悼会中,活的人们在一块很可景仰的高大的木主下互相打骂,也就是和我们的先辈走着同一的路。

　　文艺是国民精神所发的火光,同时也是引导国民精神的前途的灯火。这是互为因果的,正如麻油从芝麻榨出,但以浸芝麻,就使它更油。倘以油为止,就不必说;否则,当参入别的东西,或水或碱去。中国人向来因为不敢正视人生,只好瞒和骗,由此也生出瞒和骗的文艺来,由这文艺,更令中国人更深地陷入瞒和骗的大泽中,甚而至于已经自己不觉得。世界日日改变,我们的作家取下假面,真诚地,深入地,大胆地看取人生并且写出他的血和肉来的时候早到了;早就应该有一片崭新的文场,早就应该有几个凶猛的闯将!

　　现在,气象似乎一变,到处听不见歌吟花月的声音了,代之而起的是铁和血的赞颂。然而倘以欺瞒的心,用欺瞒的嘴,则无论说A和O,或Y和Z,一样是虚假的;只可以吓哑了先前鄙薄花月的所谓批评家的嘴,满足地以为中国就要中兴。可怜他在"爱国"大帽子底下又闭上了眼睛了——或者本来就闭着。

　　没有冲破一切传统思想和手法的闯将,中国是不会有真的新文艺的!

一九二五年七月二十二日

选自1925年8月3日《新语丝》周刊第38期。

【延伸阅读】

1. 鲁迅:《文化偏至论》,《河南》(1908年)第7号。

2. 鲁迅:《摩罗诗力说》,《河南》(1908年)第2、3号。

3. 鲁迅:《再论雷峰塔倒掉》,《语丝》第15期(1925年)。

4. 鲁迅:《宋民间之所谓小说及其后来》,《晨报五周年纪念增刊》(1923年)。

Zhou Zuoren 周作人

【题解】 周作人(1885—1967),原名櫆寿(后改为奎绶),字星杓,又名启明、启孟、起孟,笔名遐寿、仲密、岂明,号知堂、药堂等,鲁迅之弟,浙江绍兴人。现代著名的散文家、诗人、评论家、文学理论家、翻译家。曾留学日本,回国后历任国立北京大学教授、东方文学系主任、燕京大学新文学系主任、客座教授,同时也是《新青年》重要撰稿人,新潮社的主任编辑,"文学研究会"发起人之一,《语丝》周刊主编。抗战期间,曾担任伪职,后被民国政府判刑。主要著作有《欧洲文学史》《中国新文学的源流》《知堂回想录》等,所创作的散文和评论文章,多收入《雨天的书》《自己的园地》《药堂杂文》《艺术与生活》,所撰写的鲁迅研究文章也多结集出版,主要有《鲁迅的故家》《鲁迅的青年时代》《鲁迅小说里的人物》等。

《人的文学》发表于1918年12月15日《新青年》第5卷第6期,后收入《艺术与生活》。周作人以欧洲文艺复兴时期所倡导的"人道主义"思想为标准,抨击了中国传统的"非人"文学,并对"人的文学"和"非人的文学"进行了区分。他坚持从"个性解放"的要求出发,充分肯定人道主义的思想作用,强调"利己而利他,利他即是利己"和"理想生活"的主张,提倡新文学应是以"人道主义为本","对于人生诸问题,加以记录的文字"的文学,它不在于材料方法,而在于创作态度,是以合乎人性"灵肉一致"生活为主导的,而"非人的文学"是以违反人性的礼法制度和兽性为主导的文学。他还强调指出,人的文学是以一种个人的人间本位主义为本的人道主义文学。周作人提出"人的文学"主张,紧紧把握了民国初期新文学关于"人的发现"的根本主题,揭示出了新文学与现实人生之间的密切关系,在中国文学史上,第一次明确地把人作为文学表现的中心,从而确立了文学革命的方向,使个性解放、人道主义,均成为中国新文学创作最重要的特色,对民国文学的理论建设和创作实践,都产生了重大的影响。

五　人的文学

我们现在应该提倡的新文学,简单的说一句,是"人的文学"。应该排斥的,便是反对的非人的文学。

新旧这名称,本来很不妥当,其实"太阳底下,何尝有新的东西"?思想道理,只有是非,并无新旧。要说是新,也单是新发见的新,不是新发明的新。"新大陆"是在十五世纪中,被哥仑布发见,但这地面是古来早已存在。电是在十八世纪中,被弗兰克林发见,但这物事也是古来早已存在。无非以前的人,不能知道,遇见哥仑布与弗兰克林才把他看出罢了。真理的发见,也是如此。真理永远存在,并无时间的限制,只因我们自己愚昧,闻道太迟,离发见的时候尚近,所以称他新。其实他原是极古的东西,正如新大陆同电一般,早在宇宙之内,倘若将他当作新鲜果子、时式衣裳一样看待,那便大错了。譬如现在说"人的文学",这一句话,岂不也像时髦。却不知世上生了人,便同时生了人道。无奈世人无知,偏不肯体人类的意志,走这正

周作人肖像

路,却迷入兽道鬼道里去,旁皇了多年,才得出来。正如人在白昼时候,闭着眼乱闯,末后睁开眼睛,才晓得世上有这样好阳光,其实太阳照临,早已如此,已有了无量数年了。

欧洲关于这"人"的真理的发见,第一次是在十五世纪,于是出了宗教改革与文艺复兴两个结果。第二次成了法国大革命,第三次大约便是欧战以后将来的未知事件了。女人与小儿的发见,却迟至十九世纪,才有萌芽。古来女人的位置,不过是男子的器具与奴隶。中古时代,教会里还曾讨论女子有无灵魂,算不算得一个人呢。小儿也只是父母的所有品,又不认他是一个未长成的人,却当他作具体而微的成人,因此又不知演了多少家庭的与教育的悲剧。自从茀罗培尔(Flaubert)与戈特文(Godwin)夫人以后,才有光明出现。到了现在,造成儿童学与女子问题这两大研究,可望长出极好的结果来。中国讲到这类问题,却须从头做起,人的问题,从来未经解决,女人小儿更不必说了。如今第一步先从人说起,生了四千余年,现在却还讲人的意义,从新要发见"人",去"辟人荒",也是可笑的事。但老了再学,总比不学该胜一筹罢。我们希望从文学上起首,提倡一点人道主义思想,便是这个意思。

我们要说人的文学,须得先将这个人字,略加说明。我们所说的人,不是世间所谓"天地之性最贵",或"圆颅方趾"的人。乃是说,"从动物进化的人类"。其中有两个要点,(一)"从动物"进化的,(二)从动物"进化"的。

我们承认人是一种生物。他的生活现象,与别的动物并无不同,所以我们相信人的一切生活本能,都是美的善的,应得完全满足。凡有违反人性不自然的习惯制度,都应该排斥改正。

但我们又承认人是一种从动物进化的生物。他的内面生活,比别的动物更为复杂高深,而且逐渐向上,有能够改造生活的力量。所以我们相信人类以动物的生活为生存的基础,而其内面生活,却渐与动物相远,终能达到高上和平的境地。凡兽性的余留,与古代礼法可以阻碍人性向上的发展者,也都应该排斥改正。

这两个要点,换一句话说,便是人的灵肉二重的生活。古人的思想,以为人性有灵肉二元,同时并存,永相冲突。肉的一面,是兽性的遗传。灵的一面,是神性的发端。人生的目的,便偏重在发展这神性。其手段,便在灭了体质以救灵魂。所以古来宗教,大都厉行禁欲主义,有种种苦行,抵制人类的本能。一方面却别有不顾灵魂的快乐派,只愿"死便埋我"。其实两者都是趋于极端,不能说是人的正当生活。到了近世,才有人看出这灵肉本是一物的两面,并非对抗的二元。兽性与神性,合起来便只是人性。英国十八世纪诗人勃莱克(Blake)在《天国与地狱的结婚》一篇中,说得最好:

(一)人并无与灵魂分离的身体。因这所谓身体者,原止是五官所能见的一部分的灵魂。

(二)力是唯一的生命,是从身体发生的。理就是力的外面的界。

(三)力是永久的悦乐。

他这话虽然略含神秘的气味,但很能说出灵肉一致的要义。我们所信的人类正当生活,便是这灵肉一致的生活。所谓从动物进化的人,也便是指这灵肉一致的人,无非用别一说法罢了。

这样"人"的理想生活,应该怎样呢?首先便是改良人类的关系。彼此都是人类,却又各是人类的一个。所以须营一种利己而又利他,利他即是利己的生活。第一,关于物质的生活,应该各尽人力所及,取人事所需。换一句话,便是各人以心力的劳作,换得适当的衣食住与医药,能保持健康的生存。第二,关于道德的生活,应该以爱智信勇四事为基本道德,革除一切人道以下或人力以上的因袭的礼法,使人人能享自由真实的幸福生活。这种"人的"理想生活,实行起来,实于世上的人,无一不利。富贵的人虽然觉得不免失去了他的所谓尊严,但他们因此得从非人的生活里救出,成为完全的人,岂不是绝大的幸福么?这真可说是二十世纪的新福音了。只可惜知道的人还少,不能立地实行。所以我们的在文学上略略提倡，也稍尽我们爱人类的意思。

但现在还须说明，我所说的人道主义，并非世间所谓"悲天悯人"或"博施济众"的慈善主义，乃是一种个人主义的人间本位主义。这理由是，第一，人在人类中，正如森林中的一株树木。森林盛了，各树也都茂盛。但要森林盛，去仍非靠各树各自茂盛不可。第二，人爱人类，就只为人类中有了我，与我相关的缘故。墨子说"兼爱"的理由，因为"己亦在人中"，便是最透彻的话。上文所谓利己而又利他，利他即是利己，正是这个意思，所以我说的人道主义，是从个人做起。要讲人道，爱人类，便须先使自己有人的资格，占得人的位置。耶稣说，"爱邻如己"。如不先知自爱，怎能"如己"的爱别人呢？至于无我的爱，纯粹的利他，我以为是不可能的。人为了所爱的人，或所信的主义，能够有献身的行为。若是割肉饲鹰，投身给饿虎吃，那是超人间的道德，不是人所能为的了。

用这人道主义为本，对于人生诸问题，加以记录研究的文字，便谓之人的文学。其中又可以分作两项，（一）是正面的，写这理想生活，或人间上达的可能性；（二）是侧面的，写人的平常生活，或非人的生活，都很可以供研究之用。这类著作，分量最多，也最重要。因为我们可以因此明白人生实在的情状，与理想生活比较出差异与改善的方法。这一类中写非人的生活的文学，世间每每误会，与非人的文学相混，其实却大有分别。譬如法国莫泊桑（Maupassant）的小说《一生》（Une Vie），是写人间兽欲的人的文学，中国的《肉蒲团》却是非人的文学。俄国库普林（Kuprin）的小说《坑》（Jama），是写娼妓生活的人的文学，中国的《九尾龟》却是非人的文学。这区别就只在著作的态度不同。一个严肃，一个游戏。一个希望人的生活，所以对于非人的生活，怀着悲哀或愤怒；一个安于非人的生活，所以对于非人的生活，感着满足，又多带些玩弄与挑拨的形迹。简明说一句，人的文学与非人的文学的区别，便在著作的态度，是以人的生活为是呢？非人的生活为是呢？这一点上，材料方法，别无关系。即如提倡女人殉葬——即殉节——的文章，表面上岂不说是"维持风教"，但强迫人自杀，正是非人的道德，所以也是非人的文学。中国文学中，人的文学，本来极少。从儒教道教出来的文章，几乎都不合格。现在我们单从纯文学上举例如：

（一）色情狂的淫书类

（二）迷信的鬼神书类（《封神榜》《西游记》等）

（三）神仙书类（《绿野仙踪》等）

（四）妖怪书类（《聊斋志异》《子不语》等）

（五）奴隶书类（甲种主题是皇帝状元宰相，乙种主题是神圣的父与夫）

（六）强盗书类（《水浒》《七侠五义》《施公案》等）

（七）才子佳人书类（《三笑姻缘》等）

（八）下等谐谑书类（《笑林广记》等）

（九）黑幕类

（十）以上各种思想和合结晶的旧戏

这几类全是妨碍人性的生长，破坏人类的平和的东西，统应该排斥。这宗著作，在民族心理研究上，原都极有价值。在文艺批评上，也有几种可以容许。但在主义上，一切都该排斥。倘若懂得道理，识力已定的人，自然不妨去看。如能研究批评，便于世间更为有益，我们也极欢迎。

人的文学，当以人的道德为本，这道德问题方面很广，一时不能细说。现在只就文学关系上，略举几项。譬如两性的爱，我们对于这事，有两个主张：

（一）是男女两本位的平等。

（二）是恋爱的结婚。

世间著作，有发挥这意思的，便是绝好的人的文学。如诺威伊孛然(Ibsen)的戏剧《娜拉》(Et Dukkehjem)、《海女》(Fruen fra Havet)，俄国托尔斯泰(Tolstoj)的小说 Anna Karenina，英国哈兑(Hardy)的小说《台斯》(Tess)等就是。恋爱起源，据芬兰学者威思德马克(Westermarck)说，由于"人的对于我快乐者的爱好"。却又如奥国卢阎(Lucan)说，因多年心的进化,渐变了高上①的感情。所以真实的爱与两性的生活,也须有灵肉二重的一致。但因为现世社会境势所迫,以致偏于一面的,不免极多。这便须根据人道主义的思想,加以记录研究。却又不可将这样生活,当作幸福或神圣,赞美提倡。中国的色情狂的淫书,不必说了。旧基督教的禁欲主义的思想,我也不能承认他为是。又如俄国陀思妥也夫斯奇(Dostojevskij)是伟大的人道主义作家。但他在一部小说中,说一男人爱一女子,后来女子爱了别人,他却竭力斡旋,使他们能够配合。陀思妥也夫斯奇自己,虽然言行竟是一致,但我们总不能承认这种种行为,是在人情以内,人力以外,所以不愿提倡。又如印度诗人泰戈尔(Tagore)做的小说,时时颂扬东方思想。有一篇记一寡妇的生活,描写他的"心的撒提(Suttee)"(撒提是印度古话,指寡妇与她丈夫的尸体一同焚化的习俗),又一篇说一男人弃了他的妻子,在英国别娶,他的妻子,还典卖了金珠宝玉,永远的接济他。一个人如有身心的自由,以自由选择,与人结了爱,遇着生死的别离,发生自己牺牲的行为,这原是可以称道的事。但须全然出于自由意志,与被专制的因袭礼法逼成的动作,不能并为一谈。印度人身的撒提,世间都知道是一种非人道的习俗,近来已被英国禁止。至于人心的撒提,便只是一种变相。一是死刑,一是终身监禁。照中国说,一是殉节,一是守节,原来撒提这字,据说在梵文,便正是节妇的意思。印度女子被"撒提"了几千年,便养成了这一种畸形的贞顺之德。讲东方文化的,以为是国粹,其实只是不自然的制度习惯的恶果。譬如中国人磕头惯了,见了人便无端的要请安拱手作揖,大有非跪不可之意,这能说是他的谦和美德么?我们见了这种畸形的所谓道德,正如见了塞在坛子里养大的、身子像萝葡形状的人,只感着恐怖嫌恶悲哀愤怒种种感情,决不该将他提倡,拿他赏赞。

其次如亲子的爱。古人说,父母子女的爱情,是"本于天性",这话说

---

① 原文如此,即"高尚"一词。

得最好。因他本来是天性的爱，所以用不着那些人为的束缚，妨害他的生长。假如有人说，父母生子，全由私欲，世间或要说他不道。今将他改作由于天性，便极适当。照生物现象看来，父母生子，正是自然的意志。有了性的生活，自然有生命的延续，与哺乳的努力，这是动物无不如此。到了人类，对于恋爱的融合，自我的延长，更有意识，所以亲子的关系，尤为深厚。近时识者所说儿童的权利，与父母的义务，便即据这天然的道理推演而出，并非时新的东西。至于世间无知的父母，将子女当作所有品，牛马一般养育，以为养大以后，可以随便吃他骑他，那便是退化的谬误思想。英国教育家戈思德（Gorst）称他们为"猿类之不肖子"，正不为过。日本津田左右吉著《文学上国民思想的研究》卷一说，"不以亲子的爱情为本的孝行观念，又与祖先为子孙而生存的生物学的普遍事实，人为将来而努力的人间社会的实际状态，俱相违反，却认作子孙为祖先而生存，如此道德中，显然含有不自然的分子"。祖先为子孙而生存，所以父母理应爱重子女，子女也就应该爱敬父母。这是自然的事实，也便是天性。文学上说这亲子的爱的，希腊河美罗斯（Homeros）史诗《伊理亚斯》（Ilias）与欧里毕兑斯（Euripides）悲剧《德罗夜兑斯》（Troiades）中，说赫克多尔（Hektor）夫妇与儿子的死别的两节，在古文学中，最为美妙。近来诺威伊孛然（Ibsen）的《群鬼》（Gengangere），德国士兑曼（Sudemann）的戏剧《故乡》（Heimat），俄国都介涅夫（Turgenjev）的小说《父子》（Ottsy i-djeti）等，都很可以供我们的研究。至于郭巨埋儿、丁兰刻木那一类残忍迷信的行为，当然不应再行赞扬提倡。割股一事，尚是魔术与食人风俗的遗留，自然算不得道德，不必再叫他混入文学里，更不消说了。

照上文所说，我们应该提倡与排斥的文学，大致可以明白了。但关于古今中外这一件事上，还须追加一句说明，才可免了误会。我们对于主义相反的文学，并非如胡致堂或乾隆做史论，单依自己的成见，将古今人物排头骂例。我们立论，应抱定"时代"这一个观念，又将批评与主张，分作两事。批评古人的著作，便认定他们的时代，给他一个正直的评价,相应的位置。至于宣传我们的主张,也认定我们的时代,不能与相反的意见通融让步,唯有排斥的一条方法。譬如原始时代,本来只有原始思想,行魔术食人肉,原是分所当然。所以关于这宗风俗的歌谣故事,我们还要拿来研究,增点见识。但如近代社会中,竟还有想实行魔术食人的人,那便只得将他捉住,送进精神病院去了。其次,对于中外这个问题,我们也只须抱定时代这一个观念,不必再划出什么别的界限。地理上历史上,原有种种不同,但世界交通便了,空气流通也快了,人类可望逐渐接近,同一时代的人,便可相并存在。单位是个我,总数是个人。不必自以为与众不同,道德第一,划出许多畛域。因为人总与人类相关,彼此一样,所以张三李四受苦,与彼得约翰受苦,要说与我无关,便一样无关,说与我相关,也一样相关。仔细说,便只为我与张三李四或彼得约翰虽姓名不同,籍贯不同,但同是人类之一,同具感觉性情。他以为苦的,在我也必以为苦。这苦会降在他身上,也未必不能降在我的身上。因为人类的运命是同一的,所以我要顾虑我的运命,便同时须顾虑人类共同的运命。所以我们只能说时代,不能分中外。我们偶有创作,自然偏于见闻较确的中国一方面,其余大多数都还须绍介译述外国的著作,扩大读者的精神,眼里看见了世界的人类,养成人的道德,实现人的生活。

一九一八年十二月七日

选自1918年12月15日《新青年》第5卷第6号。

【延伸阅读】

1. 周作人:《平民文学》,《每周评论》第5号(1919年)。

2. 周作人:《思想革命》,《每周评论》第11号(1919年)。

3. 周作人:《答伏园论<语丝>的文体》,《语丝》第54期(1925年)。

4. 周作人:《文学的未来》,《自由评论》第17期(1936年)。

Fu Sinian 傅斯年

【题解】 傅斯年(1896—1950),字孟真,山东聊城人(祖籍江西永丰)。著名的历史学家、散文家。1916年考入国立北京大学,曾与罗家伦等人组织新潮社,仿效《新青年》,创办《新潮》月刊,提倡新文化。后赴欧洲留学,先入英国爱丁堡大学,不久转入伦敦大学,研究实验心理学、物理、化学和高等数学。1923年入柏林大学哲学院,学习比较语言学等。回国后受聘于国立中山大学,任文科学长(文学院院长,并兼中国文学和史学两系之主任),并积极筹划、负责创建中央研究院历史语言研究所,后任中央研究院总干事、北京大学代理校长、台湾大学校长。主要著作有:《东北史纲》(第一卷)、《性命古训辨证》、《古代中国与民族》(稿本)、《古代文学史》(稿本)。主要论文有:《夷夏东西说》《论孔子学说所以适应于秦汉以来的社会的缘故》《评秦汉统一之由来和战国人对于世界之想象》等。台湾大学编有《傅孟真先生集》共6册。2003年,《傅斯年全集》(欧阳哲生主编)由湖南教育出版社出版。

《怎样做白话文》发表于1918年12月《新

潮》第1卷第2号。这是傅斯年关于白话文作法的一篇文章,与胡适提倡的从古已有之的白话来作文不同,他主张不采用明清白话小说的白话来作文,而提出要"留心说话"(也即用"活人的说法")和"西洋的词法"来进行白话文写作。他认为,文学的精神要义全在语言的质素、说话(表达)的质素上,因此用白话来作文,就必须遵守白话应有的词法,但传统白话的毛病是铺张,不精炼,也不准确,这使得传统文学在语言学、修辞学等方面都有很多难以弥补的缺陷。例如,文章文法简单句多,复句少,甚至没有,词汇量太少,特别是古代白话根本没有词枝(即现代汉语中的定语、状语、补语等),过于苍白、直露。针对这些问题,傅斯年提出了具体的应对措施,认为学习西方的词法,对西洋文学采取"直译"的方法,吸收外语复杂的句式和文法,以改进现代白话的精准性。当时,新文化、新文学运动的重心,正由对文言文的批判,逐步转移到对白话文写作理论的建设上,因此,傅斯年的这篇文章对民国初期新文学倡导白话写作,以及由此形成新文学的写作理论,都产生了重要的影响。

六　怎样做白话文

白话散文的凭藉——一，留心说话；二，直用西洋词法。

一年以来，中国总算有新文艺的萌芽了。这一年"八表同昏"的景象，独这件事差强人意。大家从此勉力的做去，几年内，就要有个雏形的新文学；——真是应当高兴的事。新文学就是白话文学。只有白话能做进取的事业，已死的文言，是不中用的。胡适之先生在他的《建设的文学革命论》中，把"国语的文学，文学的国语"，一个大主义，讲得明白透彻。我们对于白话文学主义，应当没有丝毫疑惑的。照这样看，新文学建设的第一步，就是应用白话做材料。最可喜这几个月之间，白话文出产不少了，许多的人，用白话做文章。但是这些白话文章里面，固然有许多很可看的，很有文学组织的，可也不免有许多很不可看的，很没有文学组织的。我也做了一半篇勉强可用的白话文，也竟有好几篇，弄得非驴非马，不成模样了。我心里常向自己问道："我究竟用什么方法做白话文？"我劝朋友做白话文，那朋友便

傅斯年肖像

半真半假的向我问道:"你告诉我做白话文的法儿!"我又见过几位做白话文的人,每每说道:"白话文好难做,不是可以乱做的!"有这样现象,可以觉察大家对于白话文的做法,有个要去研究的趋向了。还有一层,那一般不让我们适宜的白话文,只可说是乱做的白话文。把这"国语的文学"一条初步的道理,还有点把不牢,"你""我""尔""汝"随便写去,又犯了曹雪芹的告戒,拿那"最可厌的'之''乎''者''也'"一齐用来,成就了半文半白,不文不白,不清不白的一片。这乱做的现象,只为着不晓得白话文的做法:"虽不自然,也要有几分研究。"由前一说,讨论白话文的做法,是现在已有的趋势;由后一说,更是不可不急速讲究的。从此可知白话文做法一个问题,应当郑重提出,大家讨论了。

然而我那里配讨论这问题?我自己先不会做文学的白话文,还那里配讨论这问题?况且这问题竟有一部分不许讨论的。做白话文学,专靠讲究规律,已经落了等二乘了。文学原仗着才气、兴致、感情、冲动。循规蹈矩,便没有好文章;谈规论矩,便是村学究教书匠的事业。凡称得起文学家的,那一个不是兴到就说,说了上半句,并不曾料到下半句,还要凭上帝救他出来。但是分析想来,这说话仍不过遮盖一部分道理,也有不可一概而论的。我虽然不配讨论这问题的本源和全体,却不妨讨论一部分。这问题虽然有的地方不许讨论,却不妨把许讨论的一部分提出讨论。"怎样做白话文?"一个大题。我不敢完全回答——也不能完全回答——只就我做白话文的经验,想出两条做白话文应当有的凭藉,可以见得我对于白话文的主张。总算是一端的方法论罢了。

我所讨论的范围,限于无韵文。韵文的做法,胡适之先生预备做一篇精密的研究。我对于韵文的学问,不敢自信,也就不来插嘴,预备着快读便了。又无韵文里头,再以杂体为限,仅当英文的Essay一流。其余像小说,不歌的戏剧①,本是种专门之业,应当让专家研究他的做法,也不是

---

① 原文如此,指的是话剧。

这篇文章能够概括的。请读者注意,我讨论的,只是散文——解论(Exposition)、辩义(Argumentation)、记叙(Narration)、形状(Description)四种散文——没有特殊的文体。散文在文学上,没甚高的位置,不比小说、诗歌、戏剧。但是日用必需,整年到头的做他:小则做一篇文,大则做一部书,都是他。所以他的做法的研究,虽然是比较的容易,可也是比较的要紧哩。

（一）

讨论做白话文的凭藉物,便马上想到历史上的白话出产品。作文章虽然要创造,开头却不能不有凭藉,不能不求个倚赖的所在。这诚然不足当文学家的一看,可也是初做文章时,免不了的路程。我并不是说只要倚赖就完了,我是说发端时节,不能不有个榜样。譬如要做古文的人,总要先来研究《尧典》《舜典》《清庙》《生民》；我们主张新文学,自然也得借径于西洋的新文学。劈头便要创造,便不要倚傍,正合了古人说的"可怜无补费精神"。只可惜我们历史上的白话产品,太少又太坏,不够我们做白话文的凭藉物。元明以来的戏曲,有一半用白话。曲是韵文,这篇文章里说不到,单就曲外的说白而论,真真要不得了,非特半白半文,竟是半散半骈。我们做白话文的,要受了他的毒,可就终身不入正道了。再看小说,我们历史上的好小说,能有几部？不过《水浒传》《红楼梦》《儒林外史》三部有文学价值,其余都是要不得的。近来小说,《二十年目睹之怪状》和《老残游记》,有人说好的；但是我看他们的文笔,也是粗率的很,不值得我们凭藉。况且小说一种东西,只是客观的描写,只是女子小人口吻；白话散文(Essay)的体裁极多,很难靠他长进我们各类的白话小说散文。小说中何尝有解论(Exposition)、辩义(Argumentation)的文章？小说以外,中国也没有用白话作的解论辩义的文章。照这样说,以前的白话出产品,竟不够我们的乞灵,我们还要乞灵别个去。

我的意思就是乞灵说话——留心自己的说话,留心听别人的说话。

语言和文章，在文言分离的时代，虽然也有密切的关系，可仍然是两件东西。不会作文章的人，尽管善于说话；不善说话的人，尽管会做好文章。但是在我们主张国语文学的人，文章语言，只是一桩事物的两面。若要语言说得好，除非把文学的手段用在语言上；若要文章做到好，除非把语言的精神当作文章的质素。国语的文学就是国语文学，只是有文学组织的国语，本来和说话是一件东西，不过差在写出、不写出罢了。不会说话的人，必不会出产好文学。希腊的底模登诺（Demosuhenos）、罗马的西塞路（Cicero）都是演说家而兼文学家；英国议会里有名的争论，都是演说而兼文章。中国在周秦时代，本是文言一致的。墨翟是个演说大家，他的演说词就是好文章。那时节一般的纵横游谈之士，像孟轲、荀卿、鲁仲连、苏秦、张仪、宋轻、惠施、庄周、邹衍……个个都善说话，个个都做好文章。有人说韩非口吃，却也会做好文章。这并不足证明韩非不善说话。韩非若真不善说话，韩国断不肯把那生死关头的使命，放在他身上。有点口吃本不妨说话的事。因为他有应机立发的口才，才让他担当这事；更因为他有应机立发的口才，才能成就那部应机立断的《韩非子》。到了汉朝，真有那不会说话的司马相如、扬雄偏要作文的事业，于是乎竭力变语言的文学，成典籍的文学。他这一念之差，便作了文学史上的罪人。从此可知文章和语言，竟是一种作用了。

　　我主张留心说话，作为制作白话文的利器，是为着语言文章，本是一种作用，更是为着说话多，作文少，留心说话，直是练习作文的绝好机会。我们终年写在纸上的，能有多少？放在空气中的，却是无穷无尽。照我们常日的经验，作文三四次，便觉出有几分长进。果真能利用这日出不穷的说话，我们作白话文的能力，岂不是天天有长进？若是全不注意，把这机会不知不觉的放过，还指望伏在桌上，铺开纸，拔出笔来，当做练习白话文的办法，不特太笨，而且白话文断不是这样法子能做好的。所以我主张留心自己的说话，并且留心别人的说话：一面随时自反，把说话的毛病，想法除去，把文学的手段、组织和趣味，用到说话上来；一面观察别人，好的地方，我去学他，不好的地方，求自己的解免。但能刻刻如此用心，不须把笔作字，已经成了文学家了。

况且说话的优势，不仅在多，尤有做文时候作不到，说话时候作的到的事情。我们伏在桌上，铺开纸，拔出笔的时节，心里边总有几分拘束，郑重之心太甚，冲动之情太少，思路虽然容易细密，才气却很难尽量发泄。尽管在那里惨淡经营，其实许多胜义，许多反想，许多触动，许多流利的句调，都暗暗被这惨淡经营勾销了。说话时节不是这样。心里边是开展的，是自由的，触动很富，可以冲口而出。惟其冲口而出，所以可以"应机立断"。文章本靠着任才使气，本指望兴到神来，本把"勾心斗角"的"匠心"，当做第二义。这都是说话所长，作文所短。我们和人谈话，总觉着心里要说的一齐涌上，没有时间给我们说出，但是坐在那里做文，就真词穷了。从这可见谈话时容易感动，作文时难得提醒。要想文章充量发展，必须练习说话的发展，当做预备。况且兴到神来的时候，总是稍纵即逝。做文章是件笨事情，中国字又是难写的。兴到便提笔书写，写上半句，兴已去了，这文章就没有"令终"了。要想把持这兴会，使他走得不快，依然要在那无限的说话时节，练习成一种把持心境的能力。

而且文学的精神，全仗着语言的质素。语言里所不能有的质素，用在文章上，便成就了不正道的文章。中国的"古文"，所以弄得愈趋愈坏，只因为把语言里不能有的质素，当做文章的主质。第一流的文章，定然是纯粹的语言，没有丝毫掺杂；任凭我们眼里看进，或者耳里听进，总起同样的感想。若是用眼看或用耳听，效果不同，便落在第二流以下去了。西洋近代的小说戏曲家，女子很多，正为着女子说话，多半比男子用心。千忙百忙的演说家，永不看文学书，作出文章来，竟赛过专门文学的人，正为着他们只当心说话，只知道说话的质素，不知道说话外的质素。那宗懂得七八国语言，熟悉几千年经典的古董博士，做的文章，永远坏的，正为着他们只知道说话外的质素，忘记了说话内的质素。再看古来的人：Homer和Hesiod时代，并没有希腊文，Chaucer时代，并没有英文；Nibelungenlied出产之后,才有德文;一般Trouveurs的诗歌出产之后,才有法文。这都是没有文字先有的文学,这都是纯粹的语言文学,这都是只有说话的质素,没有说话以外的质素的文学,这都是千古不刊的真文学。现在一般的文学家,都认戏剧的体裁是无上,不是小说诗歌散文可以比得起的,也是为着戏剧的体裁,全是说话,所以施用文学的手段,最是相宜。再看散文的各类各样,还是一个道理,形状的文,全凭说话的自然,才有活泼的趣味。若是用文章上的句调,便离了实相,变做不称情的形容。记叙的文,重在次序。这次序正是谈话时应当讲究的次序。老太婆说给孩子听的故事,每每成一段绝妙的记叙文。可以见得记叙文的作用,尤其靠说话的质素。辩议的文,完全是说话,更无须说了。这全仗着"谈锋"制胜,更没有语言以外的作用了。解论的文,看来似乎和说话远些,但是要想又清楚,又有力,仍然离不脱说话的质素:现代的模范解论文,十之七八是演说的稿子。总而言之,文学的妙用,仅仅是入人心深,住人心久。想把这层办到,惟有凭藉说话里自然的、简截的、活泼的手段。所以我说,想把白话文做好,须得留神自己和别人的说话,竟用说话的快利清白——一切精神,一切质素——到作文上。诸君切莫以为现在是作白话文,自然会有说话的精神。文章、谈话两件事,最容易隔阂。现在西洋言文一致的国家,仍旧有几分不一致存在。在我们试验这退化的国语,处处感觉不便,处处感觉缺陷,一不留心,便离了语言的意味,用老法子做起新体文章了。我亲见一个人做白话文,弄得和文言差不多,并且有骈文的神气呢!所以在我们试验这前人很少试验的白话,词穷意短的白话,尤其要注意说话的天真,免得一部分受了文言的恶空气,染了文章家的无聊造作。总而言之,万不可忘了把"精粹的国语"当作榜样。

(二)

然而这话也有不尽然的。我们固然必须乞灵说话,可也断不能仅仅乞灵说话。说话的作用,并不够我们的使唤。

说话可以帮助作文，本是宗①极明显的道理；作白话文须要多含说话的质素，更是宗当然的办法，这诚然算我们的一种利器。只可惜这利器的用项，有时而穷，我们不得不再求别种的凭藉了。

　　何以说说话的作用有时而穷呢？第一，我们能凭藉说话练习文章的流利，却不能凭藉说话练习文章的组织；我们能凭藉说话练习文章的丰满，却不能凭藉说话练习文章的剪裁；我们能凭藉说话练习文章的质直，却不能凭藉说话练习文章的含蓄；说话很能帮助造句，却不能帮助成章；说话很能帮助我们成文学上冲锋将，却不能帮助我们成文学上的美术匠。假使我们仅仅把说的话，写出来作为我们的文章，纵然这话说得好，拿文章的道理一较，也要生许多不满意——总觉得他缺乏构造。从此可知说话的效用，只有一半，其余一半，他办不到了。

　　第二，我们的说话，本不到第一等的高明，就是把他的好质素通身移在作文上，作出的文，依然不是第一等。仔细观察我们的语言，实在有点不长进：有的事物没有名字，有的意思说不出来；太简单，太质直；曲折少，层次少。我们拿几种西文演说集看，说得真是"焕然冰释，恰然理顺"。若是把他移成中国的话，文字的妙用全失了，层次减了，曲折少了，变化去了——总而言之，词不达意了。就这一点而论，我们仅仅做成代语的白话文，乞灵说话就够了，要是想成独到的白话文、超于说话的白话文、有创造精神的白话文、与西洋文同流的白话文，还要在乞灵说话以外，再找出一宗高等凭藉物。

　　这高等凭藉物是甚么，照我回答，就是直用西洋文的款式、文法、词法、句法、章法、词枝（Figure of Speech）……一切修词学上的方法，造就一种超于现在的国语、欧化的国语，因而成就一种欧化国语的文学。

　　直用西洋文的款式，大家尚不至于很疑惑，现在《新青年》里的文章，都是这样。直用西洋文的文法、词法、句法、章法、词枝……一切修词

---

① 民国时期多说"一宗"，即现在所说的"一件"之意。

学上的方法,大家便觉着不然了。这宗办法,现在人做文章,也曾偶尔一用,可是总在出于无奈的时节,总有点不勇敢的心理,总不敢把"使国语欧化"当做不破的主义。据我看来,这层顾忌,实在错了。要想使得我们的白话文成就了文学文,惟有应用西洋修辞学上一切质素,使得国语欧化。读者诸君不要以为奇谈,待我把道理分条说来。

现在我们使用白话文,第一件感觉苦痛的事情,就是我们的国语,异常质直,异常干枯。要想弄得他活泼泼的,须得用西洋修辞学上各种词枝。这各种词枝,中国文里,原来也有几种,只是不如西洋那么多,那么精致。据近代修辞学家讲起,词枝一种东西,最能刺激心上的觉性,节省心上的觉性,所以文章的情趣,一半靠住他。中国历来的文人,都被"古典""藻饰"埋没了,不注意词枝。况且白话文学,从来没有发展,词枝对于白话的效用,也少得见。到了现在,我们使用的白话,仍然是浑身赤条条的,没有美术的培养,所以觉得非常干枯,少得余味,不适用于文学。想把他培养一番,惟有用修辞学上的利器,惟有借重词枝的效用,惟有使国语文学含西洋文的趣味——惟有欧化中国语。

我们不特觉得现在使用的白话异常干枯,并且觉着他异常的贫——就是字太少了。补救这条缺陷,须得随时造词。所造的词,多半是现代生活里边的事物,这事物差不多全是西洋出产,因而我们造这词的方法,不得不随西洋语言的习惯,用西洋人表示的意味。也不仅词是如此,一切的句,一切的支句,一切的节,西洋人的表示法尽多比中国人的有精神。想免得白话文的贫苦,惟有从他——惟有欧化。

中国文最大的毛病,是面积惟求铺张,深度却非常浅薄。六朝人做文,只知铺排,不肯一层一层的剥进。唐宋散文家的制作,比较的好得一点,但是依然不能有很多的层次,依然是横里伸张。以至于清朝的八股文、八大家……都是"其直如矢,其平如底",只多单句,很少复句。层次极深、一本多枝的句调,尤其没有了。这确是中国人思想简单的表现。我们读中国文常觉得一览无余,读西洋文常觉得层层叠叠的;这不特是思想上的分别,就句法的构造而论,浅深已不同了。《甲寅杂志》里章行严先生的文章,我一向不十分崇拜。他仍然用严几道的腔调,古典的润色。不过他有一种特长,几百年的文家所未有——就是能学西洋词法,层次极深,一句话里的意思,一层一层的剥进,一层一层的露出,精密的思想,非这样复杂的文句组织,不能表现,决不是一个主词,一个谓词,结连上很少的"用言",能够圆满传达的。可惜我们使用的白话,同我们使用的文言,犯了一样的毛病,也是"其直如矢,其平如底",组织上非常简单。我们在这里制造白话文,同时负了长进国语的责任,更负了解思想改造语言、借语言改造思想的责任。我们又晓得思想依靠语言,犹之乎语言倚靠思想,要运用精密深邃的思想,不得不先运用精邃深密的语言。既然明白我们的短,别人的长,又明白取长补短是必要的任务,我们做起白话文时,当然要减去原来的简单,力求层次的发展,摹仿西洋语法的运用——总而言之,使国语受欧化。

中国的国语文学,正当发轨期,中国的国语尚是不定形,一切的缺陷,当然极多。又为着中国文言白话分离,已经二千年,文言愈趋愈晦,白话愈变愈坏,到了现在,真成了退化的语言。他在

(1) 文典学上的缺陷
(2) 言语学上的缺陷
(3) 修词学上的缺陷

不知有若干条。想法弥补,惟有借重西洋的语法。一国国语文学发展之始,本不能圆满无缺,正赖着应用他的,随时变化,努力进步。Trouveurs时代Langue d'Oil的本不完全,Beowvif里的英文,也是很幼稚。所以能有现在优美的英文、法文,全靠历来用他的文人,能够取理想上的长,补他的短,取外国的长,补他的短。这真是我们的师资。我们既然想适用我们的国语,在文学上,在科学上,有艺术的位置,而少缺憾,自然免不了从我们的理想,使国语受欧化。

我们所以"不因陋就简",抱住现在的白话,当做满足,正因为我们

刻刻不忘理想上的白话文,又竭力这理想上的白话文实现,这理想上的白话文是甚么?我答道:

(1)"逻辑"的白话文。就是具"逻辑"的条理,有"逻辑"的次序,能表现科学思想的白话文。

(2)哲学的白话文。就是层次极复,结构极密,能容纳最深最精思想的白话文。

(3)美术的白话文。就是运用匠心,做成善于入人情感的白话文。

这三层在西洋文中都早做到了。我们拿西洋文当做榜样,去摹仿他,正是极适当,极简便的办法。所以这理想的白话文,竟可说是——欧化的白话文。

我们所以不满意旧文学,只为他是不合人性、不近人情的伪文学,缺少"人化"的文学。我们用理想上的新文学代替他,全凭这"容受人化"一条简单道理。人的精神作用,粗略说来,可分为理性、情感两大宗。判断殊种文学的殊种价值,全就他对于这两种精神作用引起的效果作为标准。能引人感情,启人理性,使人发生感想的,是好文学,不然便不算文学;能引人在心上起许多境界的,是好文学,不然便不算文学;能化别人,使人忘了自己的,是好文学,不然便不算文学。所以文学的职业,只是普遍的"移人情",文学的根本,只是"人化"。到了现在,修辞学的本源之地,须让心理学家解释;美学一种学问,又成了心理学的一个儿子。文学的作用,也只是心理的作用,任凭文学界中千头万绪,这主义,那主义,这一派,那一派,总是照着人化一条道路而行。如果有违背他的,便受天然的淘汰——中国旧文学是个榜样。所以我们对于将来的白话文,只希望他是"人的"文学。但是这道理说来容易,做去便觉得极难。幸而西洋近世的文学,全遵照这条道路发展:不特他的大地方是求合人情,就是他的一言一语、一切表词法、一切造作文句的手段,也全是"实获我心"。我们径自把他取来,效法他,受他的感化,便自然而然的达到"人化"的境界,我们希望将来的文学是"人化"的文学,须得先使他成欧化的文学。就现在的情形而论,"人化"即欧化,欧化即"人化"。

现在我把白话文的两种凭藉已经说完了——第一,留心说话;第二,直用西洋词法。"留心说话"一条,没有什么办法可以讨论,强写出几条办法,定然不适用的,只是"存乎其人"罢了。"直用西洋词法"一条,没有什么办法可以讨论。强写出几条办法,定然不适用的,只是"存乎其人"罢了,"直用西洋词法",却有个进行的程序。我粗略写了出来,请有志做白话文的人,随时做去。

(1)读西洋文学时,在领会思想情感以外,应当时时刻刻留心他的达词法(Expression),想法把他运用到中文上。常存这样心理,自然会使用西洋修词学的手段。

(2)练习作文时,不必自己出题,自己造词。最好是挑选若干有价值的西洋文章,用直译的笔法去译他;径自用他的字调、句调,务必使他原来的旨趣一点不失。这样练习久了,便能自己作出好文章。这种办法,不特可以练习作文,并且可以练习思想力和想象力的确切。

(3)自己作文章时,径自用我们读的西文所得、翻译所得的手段。心里不要忘欧化文学的主义。务必使我们做出的文章和西文近似,有西文的趣味。

(4)这样的办法,自然有失败的时节,弄成四不像的白话。但是万万不要因为一时的失败,一条的失败,丢了我们这欧化文学主义,总要想尽方法,融化西文的词调,作为我用。

照现实看来,中国语受欧化,本是免不了的事情。十年以后,定有欧化的国语文学。日本是我们的前例。日本的语言文章,很受欧化的影响。我们的说话做文,现在已经受了日本的影响,也可算得间接受了欧化了。偏有一般妄人,硬说中文受欧化,便不能通,我且不必和他打这官司,等到十年以后,自然分明的。《新青年》里的文章,像周作人先生译的小说是极好的,那宗直译的笔法,不特是译书的正道,并且是我们自己做文章的榜样。严几道翻译的西洋书用子书的笔法、策论的笔法、八股的笔法……替外国学者穿中国学究衣服，真可说是把我之短，补人之长。然而一般的人，总说这是译书做文的正宗，见人稍用点西洋句调，便惊讶以为奇谈。这正为中国的读书人，自待太贱，只知因袭，不知创造，不知文学家的势力。文学家对于语言有主宰的力量，文学家能变化语言。文学家变化语言的办法，就是造前人所未造的句调，发前人所未发的词法。造的好了，大家不由的从他，就自然而然的把语言修正。我们现在变化语言的第一步，创造的第一步，做白话文的第一步，可正是取个外国的榜样啊！

（一）George Herbert Palmer有一演说，名self-Cultivation in English，出版于一八九七年，印于纽约Growell书店。其中有一节，言文章必资语言之助，本文颇有采用。

民国七年，十二月，二十六日。

选自1919年2月1日《新潮》第1卷第2号。

【延伸阅读】

  1. 傅斯年：《美感与人生》，北京《晨报》(1920年7月7日、8日、9日、10日连载)。

  2. 傅斯年：《青年的两件事业》，北京《晨报》(1920年7月3日,5日连载)。

  3. 傅斯年：《社会革命：俄国式的革命》，《新潮》第1期(1919年)。

  4. 傅斯年：《中国古代文学史讲义》，国立中山大学讲义，1928年刊印。

Guo Moruo　郭沫若

【题解】 郭沫若(1892—1978),幼名文豹,原名开贞,字鼎堂,号尚武,四川乐山人。著名的历史学家、文学家、诗人、剧作家、翻译家、古文字学家、考古学家、书法家、社会活动家,是中国新诗的主要奠基人,中国现代历史剧的主要开创者,第一届中央研究院院士。1914年留学日本,在九州帝国大学学医。1921年出版第一本新诗集《女神》,洋溢着浓厚的浪漫主义气息,是中国新诗的奠基作之一。同年,与郁达夫等人一起创立"创造社",为中国新文学的创作发展作出了重大贡献。生平著作超过百万字,已编成《郭沫若全集》38卷,分为《文学编》(20卷,人民文学出版社出版)、《历史编》(8卷,人民出版社出版)、《考古编》(10卷,中国科学出版社出版),但仍有大量佚文未能收录。

《生命底文学》发表于1920年2月23日《时事新报·学灯》,较为完整地表达了郭沫若民国初期的新文学主张。受现代西方文化、文学思潮的影响,民国初期的"五四"新文学作家对叔本华、尼采、柏格森等人倡扬"生命意志"

"权力意志""生命力创化"等生命哲学十分关注,他们把"生命"理解为一种外在的创造活力,试图借助西方哲学所主张的"生命跃动"的精神,来冲击中国旧文化、旧文学的病体,使之在新的文化创造中得以"复苏"。《生命底文学》反映了郭沫若吸收现代西方生命哲学所形成的新文学主张。他认为,"生命是文学底本质",而"文学是生命底反映"。在他看来,"Energy底发散便是创造,便是广义的文学。宇宙全体只是一部伟大的诗篇。未完成的、常在创造的、伟大的诗篇","Energy底发散在物如声、光、电热,在人如感情、冲动、思想、意识。感情、冲动、思想、意识底纯真的表现便是狭义的生命底文学"。他强调,新文学对整个宇宙的把握,应是一种充满生命冲动的诗意的把握,并指出"生命底文学是个性的文学",是"必真、必善、必美"的文学,新文学应呈现出蕴含着生命的"绝端的自主,绝端的自由"的创造精神。郭沫若的"生命文学"主张,是民国初期新文学的一个重要主张。

七　生命底文学

生命与文学不是判然两物。生命是文学底本质。文学是生命底反映。离了生命,没有文学。

人类生命中至高级的成分便是精神作用。精神作用只是大脑作用底总和。大脑作用底本质只是Energy底交流。

一切物质皆有生命。无机物也有生命。一切生命都是Energy底交流。宇宙全体只是个Energy底交流。

物质与Energy只是一元,并非二体。离去物质,没有Energy底观念。离去Energy,没有物质底存在。

Energy常动不息:不断地收敛,不断地发散。

Energy底发散便是创造,便是广义的文学。宇宙全体只是一部伟大的诗篇。未完成的、常在创造的、伟大的诗篇。

Energy底发散在物如声、光、电热,在人如感情、冲动、思想、意识。感情、冲动、思想、意识底纯真的表现便是狭义

郭沫若肖像

的生命底文学。

生命底文学是个性的文学,因为生命是完全自主自律的。

生命底文学是普遍的文学,因为生命是普遍咸同的。

生命底文学是不朽的文学,因为Energy是永恒不灭的。

生命底文学是必真、必善、必美的文学:纯是自主自律底必然的表示故真,永为人类底Energy底源泉故善,自见光明、谐乐、感激、温暖故美。真善美是生命底文学所必具之二次性。

不真、不善、不美的文学只是Energy底浪费,是人生中莫大的罪恶。一切罪恶只是Energy底浪费。

创造生命底文学,第一当创造人:当先储集多量的Energy以增长个体底精神作用。

创造生命文学的人当破除一切的虚伪、顾忌、希图、因袭,当绝对地纯真、耿直、淡白、自主。一个伟大的婴儿。

创造生命文学的人只有乐观;一切逆己的境遇乃是储集Energy的好运会。Energy愈充足,精神愈健全,文学愈有生命,愈真、愈善、愈美。

一切艺术作如是观,一切创作均作如是观。

选自1920年2月23日《时事新报·学灯》。

【延伸阅读】

1. 郭沫若:《我们的文学新运动》,《创造周报》第3号(1923年)。
2. 郭沫若:《文学革命之回顾》,《文艺讲座》第一册(1930年)。
3. 郭沫若:《革命与文学》,《创造周刊》第1卷第3期(1926年)。
4. 郭沫若:《批评与梦》,《创造季刊》第2卷第1期(1923年)。

Cheng Fangwu　成仿吾

【题解】　成仿吾（1897—1984），原名成灏，曾用石厚生等笔名，湖南新化人。著名的文学家、教育家、翻译家，创造社主要成员。早年留学日本冈山第六高等学堂，后留学东京帝国大学，就读造兵科。(1921年)回国。曾与郭沫若、郁达夫等人，先后在日本和国内从事文化活动，创办了著名的文学团体创造社。1925年赴广东大学(今中山大学)任教，并兼任黄埔军校教官。大革命失败后，经上海、日本，流亡欧洲，发表重要论文《从文学革命到革命文学》。1931年回国，参与中国左翼作家联盟活动，后去苏区，参加长征。著有《成仿吾教育文集》《战火中的大学》等，其他文章大都收入《成仿吾文集》，由山东大学出版社于1985年出版。

《新文学之使命》发表于1923年3月20日《创造周刊》第2号，是成仿吾提出"五四"新文学主张的一篇重要文章。他认为，"内心的要求"是一切文学的"原动力"，文学是肩负着使命的一种"样式"，也是文学家的"重大的责任"。他强调，新文学至少肩负着三种使命："时代的使命,国语的使命,文学本身的使命。"然而,他反对旧文学所宣扬的"文以载道",强调文学应有自身的特性,应是"一种美的文学"。他指出,新文学创作应"除去一切功利的打算,专求文学的全'Perfection和Beauty'",能够给人"美的快感与慰安",培养人的"优美的感情",是人的"精神生活的粮食"。他对新文学的认识及其所提出的主张,对人们认识民国初期兴起的新文学,特别是对于新文学的观念与功能的认识,产生了较广泛的影响。

成仿吾肖像

八　新文学之使命

文学上的创作，本来只要是出自内心的要求，原不必有什么预定的目的，然而我们于创作时，如果把我们的内心的活动，十分存在意识里面的时候，我们是很容易使我们的内心的活动取一定之方向的。这不仅是可能的事情，而且是可喜的现象。

一讲到文学上的目的，我们每每立刻感着一种可惊的矛盾。原来世上的东西，没有比文学更加意见纷纷，莫衷一是的。有些人说它是不值一文钱的东西，有些人简直把它当做了自己的一切。即在一样肯定文学的人，都有人生的艺术 l'art pour la vie 与艺术的艺术 l'art pour l'art[①]之别。艺术的价值与根本既然那样摇摇不定，所以我们如把它应用在一个特别的目的，或者说它应有一个特别的目的，简直是在沙滩上营筑宫殿了。

然而这种争论不是不可以避开的。如果我们把内心的要求作一切文学上创造的原动力，那么艺术与人生便两方都不能干涉我们，而我们的创作便可以不至于为它们的奴隶。而且这种争论是没有止境的，如果我们没头去斗争，则我们将永无创作之一日。文学没有创作，是与没有

---

① 法文，原文如此。

文学相等。所以我们最好是把文学的根蒂放在一个超越一切的无用争论之地点。这与科学界取绝对的静止点absolute rest意义是一样的。因为我们从此可以排去一切的障碍与矛盾，而直趋我们所要研究的事物。

文学既是我们内心的活动之一种，所以我们最好是把内心的自然的要求作为它的原动力。一切嘈杂的争论，只当是各种的色盲过于信任了自己的肉眼，各非其所非而是其所是。譬如对于红色是色盲的人，只能感到红色的补色，虽然原来是一样的白光，如果我们承认光是白色的，那么，那些色盲的是非，我们就可以了悟是他们各人所认识的只限于一小部分而不是全部的原故。我们又可以由他们各人的争执，约略可以知道白光有些什么成分。我们由各成分的性质，又可以确定我们对于全部的见解。这样研究起来，我们不仅不怕什么矛盾，而且我们可以征服它们，利用它们。

我们既能由一个超越的地点俯视一切的矛盾，并能在这矛盾之中，证出文学的实在，那么，我们对于我们的内心的活动，便不难看出它应取的方向，也不难自由自在地择取我们意中的方向了。

我们说文学有目的，或者有使命，是从这些地方说的。

然而文学的目的或使命却也不是很简单的东西，而且一般人心目中的文学之目的，实在说起来，已经离真的文学很远了。他们不是把时代看得太重，便是把文学看得太轻，所以我们的新文学中，已经有不少的人走错了路径，把他们的精力空费了。我在这里想由那个根本原理——以内心的要求为文学上活动之原动力的那个原理，进而考察我们的新文学所应有的使命。

我想我们的新文学，至少应当有以下的三种使命：

一、对于时代的使命。

二、对于国语的使命。

三、文学本身的使命。

而这三种以外，我想却也不必贪多了。

我们是时代潮流中的一泡,我们所创造出来的东西,自然免不了要它的时代色彩。然而我们不当止于无意识地为时代排演,我们要进而把住时代,有意识地将它表现出来。我们的时代,它的生活,它的思想,我们要用强有力的方法表现出来,使一般的人对于自己的生活有一种回想的机会与评判的可能。所以我们第一对于时代负有一种重大的使命。

　　现代的生活,它的样式,它的内容,我们要取严肃的态度,加以精密的观察与公正的批评,对于它的不公的组织与因袭的罪恶,我们要加以严厉的声讨。

　　这是文学家的重大责任。然而有些人每每假笑佯啼,强投人好,却不仅软弱无力,催人作呕,而且没有真挚的热情,便已经没了文学的生命。一个文学家,爱慕之情要比人强,憎恶之心也要比人大。文学是时代的良心,文学家便应当是良心的战士。在我们这种良心病了的社会,文学家尤其是任重而道远。

　　我们的时代是一个弱肉强食,有强权无公理的时代,一个良心枯萎,廉耻丧尽的时代,一个竞于物利,冷酷残忍的时代。我们的社会的组织,既与这样的时代相宜,我们的教育又是虚有其表,所以文学家在这一方面的使命,不仅是重大,而且是独任的。我们要在冰冷而麻痹了的良心,吹起烘烘的炎火,招起摇摇的激震。

　　对于时代的虚伪与它的罪孽,我们要不惜加以猛烈的炮火。我们要是真与善的勇士,犹如我们是美的传道者。

　　我们的时代已经被虚伪、罪孽与丑恶充斥了!生命已经在浊气之中窒息了!打破这现状是新文学家的天职!

　　我们的新文学运动,自从爆发以来,即是一个国语的运动。然而由这几年的结果与目下的走势看起来,似乎我们的这个运动,有点换汤不换药便满足了的样子。就形式上论,有人说不过加了一些乱用的标点,"与由之乎者"也变为"了的底吗啊"。就内容论,有人说不过加了一个极端抽象的语言如生之花,爱之海之类,其实表实的能力早愈趋愈弱了。

我们新文学的运动，决不能就这样就满足了。我们这个运动的目的,在使我们表现自我的能力充实起来,把一切的心灵与心灵的障碍消灭了。表现能力薄弱的语言,莫如我们的国语。多人相会的时候,他们谈话的取材,不是些日用的起居饮食,便是些关于时事的照例的唏嘘,而这些关于时事的唏嘘,便是他们最高尚的话题,与最丰富的表现。如果他们谈到了更难的话题,便要感到自己的表现力太薄弱了。

我们在外国文学中所能看出的那种丰富的表现,在我们的生活中,在我们的文学中,都是寻不出来的。是数千年以来文章自负国民,也入了循环的衰颓的时代了？还是数千年来的宏富的文章终于不过是一些文字的游戏？

我们从前的枯燥的生活,使我们的心灵都干涸了,我们从前的文章,使我们的精髓都焦灼了。这些确是使我们现在的生活与文学贫乏到这般光景的原因,而且是使我们益发感到新文学的使命之重大的。然而我们现在新兴的文学究竟如何了？

在这样短少的期间,我原不能对于他抱过分的希望。而且只要我们循序渐进,不入迷途,我们的成功原可预计。然而我们的新文学,不幸于它的第一步就踏入了迷途了。

我们知道我们的文学,这不可以过于苛求,但是我们一翻现在的出版物,几于文法清通不令人作呕的文字都不多有,内容更可以无须多说。这真未免太令人失望了。我们的作家大多数是学生,有些尚不出中等学堂的程度,这固然可以为我们辩解,然而他们粗制滥造,毫不努力求精,却恐无辩解之余地。我们现在每天所能看到的作品,虽然报纸杂志堂堂皇皇替他们登出来,可是在明眼人眼里,只是些赤裸裸的不努力。作者先自努力不足,所以大多数还是论不到好丑。最厉害的有把人名录当做诗,把随便的两句话当做诗的,那更不足道了。大抵年轻的学生不知天高地厚,徒以多多发表为荣,原是有的,然而我们新文学的真价,便多少不免为他们所淹没了。今后我们的作者仍如不对于自己的作品为更大的努力,我们新文学的真的建设家,恐怕要求之于异代了。

　　民族的自负心每每教我们称赞我们单音的文字,教我们辩护我们句法的呆板。然而他方面卑鄙的模仿性,却每每叫我们把外国低级的文字拿来模仿。这是很自相矛盾而极可笑的事情,然而一部分人真把他当做很自然的事了。譬如日本的短歌我真不知何处有模仿的价值,而介绍者言之入神,模仿者趋之若鹜如此。一方面那样不肯努力,他方面这样轻于模仿,我真不知道真的文学作品,应当出现于何年何月了。

　　上述的两条歧路,还不过略举其大者。本来我们的先锋队中,多不懂文学为何的人物。所以他们最初便把我们带上了歧路了。聪者觉而知返,愚者迷而失道,归根起来,真不能不归咎于我们的前导者。然而现在的作者们自己也应当负全责之一半,而且今后如不早自觉悟,我们的文学,我们的国语,怕暂时不能不停顿于这可怜的现状了。

　　我们要把我们的语言创造些新的丰富的表现!我们不可忘记了新文学的使命之一部分即存在这里!为要不辱这一部分的使命,我们今后要有意识地多多在表现上努力,要不轻事模仿!

　　我今要进而一说文学本身的使命了。

　　不论什么东西,除了对于外界的使命之外,总有一种使命对于自己。

　　文学也是这样,而且有不少的人把这种对于自己的使命特别看得要紧。所谓艺术的艺术派便是这般。他们以为文学自有它内在的意义,不能长把它打在功利主义的算盘里。它的对象不论是美的追求,或是极端的享乐,我们专诚去追从他,总不是叫我们后悔无益之事……

　　艺术派的主张不必皆对,然而至少总有一部分的真理。不是对于艺术有兴趣的人,决不能理解为什么一个画家肯在酷热严寒里工作,为什么一个诗人肯废寝忘食去冥想。我们对于艺术派不能理解,也许与一般对于艺术没有兴趣的人不能理解艺术家同是一辙。

　　至少我觉得除去一切功利的打算,专求文学的全Perfection与美

Beauty有值得我们终身从事的价值之可能性。而且一种美的文学,终或它没有什么教我们,而他所给我们的美的快感与慰安,这些美的快感与慰安对于我们日常生活的更新的效果,我们是不能不承认的。

　　而且文学也不是对于我们没有一点积极的利益的。我们的时代对于我们的智与意的作用赋税太重了。我们的生活已经到了干燥的尽处。我们渴望着有美的文学来培养我们的优美的感情,把我们的生活洗刷了。文学是我们的精神生活的粮食,我们由文学可以感到多少生的欢喜！可以感到多少生的跳跃！

　　我们要追求文学的全！我们要实现文学的美！

　　我在上面把我所觉得新文学应有的使命约略说了。我现在再来添上数言,作为全体的收束。

　　有人说中国人欢喜趋易避难,所以近数年来,最难的科学少有人学,稍易的哲学便有不少的人,而最易的文学便滔滔者天下皆是了。这种议论本来错得不成话,然而却也可见一般青年的心理。恐怕不仅说这种话的人与这种话里面的人相信科学哲学与文学有这样显著的难易之差,即我们现在大多数的青年之中有这种误解的,怕也要占大多数。我们的新文学运动固然是自我表现的要求之结果,然而这种误解至少总有一点不小的帮助。

　　科学比哲学难,比文学更难——这种离奇的议论,使我又想起了新文学界的粗制滥造了。我们的青年作者之中,说不定有些人怀了这种误解,真个把文学认作了一件极容易的事。如果真是这般,我们的新文学运动真不知将来要闹出一些什么笑话了。

　　我不能在这里详细说科学哲学与文学的孰易孰难,我只想在这里顺便警告我们的青年作家几句:

　　"科学决不比哲学与文学难,文学决不比科学与哲学易。

　　我们要做一个文学家,我们要先有十分的科学与哲学上的素养。

　　文学决不是游戏,文学决不是容易的东西。

我们要知道多少文学的作品，是古人用一生的心血换来的——与他们换得一种机关，换得一种原理一样。

我们要先有充分的修养要不惜十分的努力。

要这样我们才能履行新文学的使命。"

选自1923年5月20日《创造周报》第2号。

【延伸阅读】

1. 成仿吾:《读章氏<评新文学运动>》,《洪水》第1卷第6号(1925年)。
2. 成仿吾:《真的艺术家》,《创造周报》第27号(1923年)。
3. 成仿吾:《诗之防御战》,《创造周报》第1号(1923年)。
4. 成仿吾:《批评的建设》,《创造季刊》第2卷第2期(1924年)。

Shen Yanbing　沈雁冰

【题解】沈雁冰(1896—1981),原名沈德鸿,字雁冰,笔名茅盾,浙江桐乡人。现代著名作家、评论家、翻译家、社会活动家,中国新文学运动先驱者之一。1914年由杭州考入国立北京大学预科第一类(文科),1919年毕业后,进入上海商务印书馆编译所工作,参与《小说月报》的改革,为"文学研究会"发起人之一,并任该会首席评论家,从事文学批评和翻译工作。1928年发表首部小说《蚀》(《幻灭》《动摇》《追求》三部曲),代表作有《子夜》《农村三部曲》(《春蚕》《秋收》《残冬》)《林家铺子》,还著有《西洋文学通论》。人民文学出版社于1984年出版《茅盾全集》,正编共计四十卷,另有补遗两卷,资料索引一卷,总计四十三卷。

《自然主义与中国现代小说》发表于1922年7月10日《小说月报》第13卷第7号。在文中,沈雁冰首先对旧式的章回小说、不分章回的旧式小说、中西混合小说进行了批评,指出其"文以载道"和"游戏人生"的弊端,进而对这类小说"记帐式"的叙述方式也进行了批评,认为它缺乏对现实人生的描写,也不会对客观生活进行观察，只是任凭主观虚构，结果导致小说的"失真"，失去对现实人生的认识功能与作用。为克服旧式小说的弊端，他指出，惟有采取自然主义的"实地观察"和"客观描写"，方能使新小说得以蓬勃发展。沈雁冰的文学主张，是民国初期新文学的重要主张，为新文学的理论建设作出了重要的贡献。

沈雁冰肖像

九　自然主义与中国现代小说

一　中国现代的小说

中国现代的小说,就他们的内容与形式或思想与结构看来,大约可以分作新旧两派,而旧派中又可分为三种。

第一种是旧式章回体的长篇小说。章回体的旧小说里头,原也有好几部杰作,如《石头记》《水浒》之类。章回的格式,本来颇嫌束缚呆板,使作者不能自由纵横发展,《石头记》《水浒》的作者靠着一副天才,总算克胜了难关,此外天才以下的人受死板的章回体的束缚,把好材料好思想白白糟蹋了的,从古以来,不知有多少!现代的小说勉强沿用这章回体的,因为作者本非天才,更不象样了。

此派小说大概是用白话做的,描写的也是现代的人事,只可惜他们的作者大都不是有思想的人,而且亦不能观察人生入其堂奥;凭着他们肤浅的想象力,不过把那些可怜的胆怯的自私的中国人的盲动生活填满了他的书罢了,再加上作者誓死尽忠,牢不可破的两个观念,就把全书涂满了灰色。这两个观念是相反的,然而同样的有毒:一是"文以载道"的观念,一是"游戏"的观念。中了前一个毒的中国小说家,抛弃真正的人生不去观察不去描写,只知把圣经贤传上朽腐了的格言作为全篇"柱意",凭空去想象出些人事,来附会他"因文以见道"的大作。中了后一个毒的小说家本着他们的"吟风弄月文人风流"的素志,游戏起笔墨来,结果也抛弃了真实的人生不察不写,只写了些佯啼假笑的不自然的恶札;其甚者,竟空撰男女淫欲之事,创为"黑幕小说",以自快其"文字上的手淫"。所以现代的章回体小说,在思想方面说来,毫无价值。

那么艺术方面,即描写手段,如何呢?我上面已经说过,章回的格式太呆板,本足以束缚作者的自由发挥;天才的作者尚可借他们超绝的才华补救一些过来,一遇下才,补救不能,圈子愈钻愈紧,就把章回体的弱点赤裸裸的暴露出来了。中国现代这派的作者就是很好的代表。他们作品中每回书的字数必须大略相等,回目要用一个对子,每回开首必用"话说""却说"等字样,每回的尾必用"要知后事如何,且听下回分解",并附两句诗;处处呆板牵强,叫人看了,实在起不起什么美感。他们书中描写一个人物第一次登场,必用数十字乃至数百字写零用帐似的细细地把那个人物的面貌,身材,服装,举止,一一登记出来,或做一首"西江月",一篇"古风"以为代替。全书的叙述,完全用商家"四柱帐"的办法,笔笔从头到底,一老一实叙述,并且以能"交代"清楚书中一切人物(注意:一切人物!)的"结局"为难能可贵,称之曰一笔不苟,一丝不漏。他们描写书中的并行的几件事,往往又学劣手下围棋的方法,老老实实从每个角做起,棋子一排一排向外扩展,直到再不能向前时方才歇手,换一个角来,再同样努力向前,直到和前一角外扩的边缘相遇;他们就用这种呆板的手段,造成他们的所谓"穿插"的章法。他们又摹仿旧章回体小说每回末尾的"惊人之笔"。旧章回体小说每当一回的结尾往往故意翻一笔,说几句险话,使读者不意的吃了一惊,急要到下一回里去跟究底细;这种办法,天才的作者能够做得不显露刻画的痕迹,尚可去得,但现代的章回体小说作者以为这是小说的"义法",不自量力定要模仿,以至丑态百出。他们又喜欢详详细细叙述一件事的每个动作,而不喜——恐怕实在亦即是不能——分析一个动作而描写之;譬如写一个人从床上起身,往往是"……某甲开眼向窗外一看,只见天已大明,即忙推开枕头,掀开被窝,坐起身来,披上了一件小棉袄,随即穿了白丝袜,又穿了裤子,扎了裤脚管,方才下床,就床边套上那双拖鞋……"一大段,都是直记连续的动作,并没有一些描写。我们看了这种"记帐"式的叙述,只觉得眼前有的是个木人,不是活人,是一个无思想的木人,不是个有头脑能思想的活人;如果是个活人,他做这些动作的时候,全身总该有表情,由这些表情,我们乃间接的窥见他内心的活动。须知真艺术家的本领即在能够从许多动作中拣出一个紧要的来描写一下,以表现那人的内心活动;这样写在纸上的一段人生,才有艺术的价值,才算是艺术品!须知文学作品重在描写,并非记述,尤不取"记帐式"的记述;人类的头脑能联想,能受暗示,对于日常的生活有许多地方都能闻甲而联想及乙,并不待"记帐式"的一笔不漏,方能使人觉得亲切有味。现代的章回体派小说,根本错误即在把能受暗示能联想的人类的头脑看作只是拨一拨方动一动的算盘珠。

总而言之,他们做一篇小说,在思想方面惟求博人无意识的一笑,在艺术方面,惟求报帐似的报得清楚。这种东西,根本上不成其为小说,何论价值?但是因为他们现在尚为群众的读物,尚被群众认为小说,所以我也姑且把他们放在"现代小说"一题目之下,现在再看同属于旧派的第二种是怎样的一种东西。

第二种又可分为(甲)(乙)两系,他们同源出于旧章回体小说,然而面目略有不同。甲系完全剿袭①了旧章回体小说的腔调和意境,又完全摹仿旧章回体小说的描写法;不过把对子的回目,每回末尾的"要知后事如何,且听下回分解"等等套调废去;他们异于旧式章回体小说之处,

---

① 原文如此,"剿袭"即为"抄袭"之意。

只是没有章回,所以我们姑称之为"不分章回的旧式小说"。这一类小说,也有用文言写的,也有用白话写的,也有长篇,也有短篇;除却承受了旧章回体小说描写上一切弱点而外,又加上些滥调的四六句子,和《水浒》腔《红楼》腔混合的白话。思想方面自然也是卑陋不足道,言爱情不出才子佳人偷香窃玉的旧套,言政治言社会,不外慨叹人心日非世道沦夷的老调。

  乙系是一方剿袭旧章回体小说的腔调和结构法,他方又剿袭西洋小说的腔调和结构法,两者杂凑而成的混合品;我们姑称之为"中西混合的旧式小说"。中国自与西洋文物制度接触以来,物质生活与精神生活上,处处显出这种华洋杂凑,不中不西的状态,不独小说为然;既然有朝外挂一张油画布景而仍演摇鞭以代骑马,脸谱以寓褒贬的旧戏,当然也可以有不中不西的旧式小说。这派小说也有白话,有文言,有长篇,有短篇,其特点即在略采西洋小说的布局法而全用中国旧章回体小说的叙述法与描写法。这派小说的作者大都不能直接读西洋原文的小说,只能读读翻译成中文的西洋小说,不幸二十年前的译本西洋小说,大都只能译出原书的情节(布局),而不能传出原书的描写方法,因此,即使他们有意摹仿西洋小说,也只能摹仿西洋小说的布局了。他们也知废去旧章回体小说开卷即叙"话说某省某县有个某某人家……"的老调,也知用倒叙方法,先把吃紧的场面提前叙述,然后补明各位人物的身世;他们也知收束全书的时候,不必定要把书中提及的一切人物都有个"交代",竟可以"神龙见首不见尾",戛然的收住;他们描写一个人物初次上场,也知废去"怎见得,有诗为证"这样的描写法;这种种对于旧章回体小说布局法的革命的方法,都是从译本西洋小说里看出来的;只就这一点说,我们原也可以承认此派小说差强人意。但是小说之所以为小说不单靠布局,描写也是很要紧的。他们的描写怎样?能够脱离"记帐式"描写的老套么?当然不能的。即以他们的布局而言,除少有改变外,大关节尚不脱离合悲欢终至于大团圆的旧格式,仍旧局促于旧镣锁之下,没有什么创作的精神。所以此派小说毕竟不过与前两派相伯仲罢了。他们不但离我们的理想甚远，即与旧章回体小说中的名作相较，亦很不及；称之为小说，其实亦是勉强得很。我们再看第三种。

第三种是短篇居多，文言白话都有。单就体裁上说，此派作品勉强可当"小说"两字。上面说过的甲乙两系中，固然也有短篇，但是那些短篇只不过是字数上的短篇小说，不是体裁上的短篇小说。短篇小说的宗旨在截取一段人生来描写，而人生的全体因之以见。叙述一段人事，可以无头无尾：出场一个人物，可以不细叙家世；书中人物可以只有一人；书中情节可以简至仅是一段回忆。这些办法，中国旧小说里本来不行，也不是"第三种"小说的作者所能创造，当然是从西洋短篇小说学来的，能够学到这一层的，比起一头死钻在旧章回体小说的圈子里的人，自然要高出几倍；只可惜他们既然会看原文的西洋小说，却不去看研究小说作法与原理的西文书籍，仅凭着遗传下来的一点中国的小说旧观念，只往粗处摸索，采取西洋短篇小说里显而易见的一点特别布局法而已。短篇小说——不独短篇——最重要的采取题材的问题，他们却从来不想借镜于人，只在枯肠里乱索。至于描写方法，更不行了，完全逃不出《红楼梦》《水浒》《三国志》等几部老小说的范围。所谓"记帐式"的描写法，此派作者，尚未能免去。我可以举一篇名为《留声机片》（见《礼拜六》百〇八期）的短篇为例。这篇小说的"造意"如何，姑且不论，只就他的描写看来，实在粗疏已极。这篇小说是讲一个"中华民国的情场失意人"名叫"情劫生"的，到了一个"各国失意情场的人"聚居的"恨岛"上，过他那"无聊"的生活。"情劫生"已过的极平常然而作者以为了不得的失恋历史，作者只以二百余字写零用帐似的直记了出来；一句"才貌双全的好女儿"就"交代"过背景里极重要的"情劫生"恋爱的对象，几句"他就一往情深，把清高诚实的爱情全个儿用在这女郎身上，一连十多年没有变心……"就"交代"过他们的恋爱史。然而这犹可说是追叙前事，不妨从略，岂知"叙"到最紧要的一幕，"情劫生"因病而将死，也只是聊聊二三

百字,那就不能不佩服作者应用"记帐式"描写法之"到家"了。我且抄这一段在下面:

情劫生本是个多病之身,又兼着多愁,自然支持不住了。他的心好似被十七八把铁锁紧紧锁着,永没有开的日子。抑郁过度,就害了心病。他并不请医生诊治,听他自然,临了儿又吐起血来。他见了血,像见唾涎一般,毫不在意,把一枝破笔蘸了,在纸上写了无数的林倩玉字样;他还给一个好朋友瞧,说他的笔致,很象是颜鲁公呢。那朋友见了这许多血字,大吃一惊,即忙去请医生来;情劫生却关上了门,拒绝他进去,医生没法,便长叹而去……

我们只看了这一段,必定疑是什么"报告",决不肯信是一篇短篇小说里的一段:"报告"只要"记帐"似的说得明白就算数,小说却重在描写。描写的好歹姑且不管,而连描写都没有的,也算得是小说么?诸如此类的短篇,现在触目皆是,其中固然稍有"上下床之别",然而他们的错误是相同——不是描写,只是"记帐"式的报告。

再看他们小说里的思想,也很多令人不能满意的地方。作者自己既然没有确定的人生观,又没有观察人生的一副深炯眼光和冷静头脑,所以他们虽然也做人道主义的小说,也做描写无产阶级穷困的小说,而其结果,人道主义反成了浅薄的慈善主义,描写无产阶级的穷困的小说反成了讪笑讥刺无产阶级的粗陋与可厌了,并且他们大概缺乏对于艺术的忠诚。我记得有位作者在几年前做过一篇小说,讲一位"多情的小说家"的"文字生涯,颇不冷落",遂尔"资产"也有了,"画中人般的爱妻"也有了,结果是大团圆,大得意;近来他又把这层意思敷衍了一篇,光景这就是他的"艺术观"了。这种的"艺术观",替他说得好些,是中了中国成语所谓"书中自有黄金屋,书中有女颜如玉"的毒,若要老实不客气说,简直是中了"拜金主义"的毒,是真艺术的仇敌。对于艺术不忠诚的态度,再没有比这厉害些的了。在他们看来,小说是一件商品,只要有地方销,是可赶制出来的:只要能迎合社会心理,无论怎样迁就都可以的。这两个观念,是摧残文艺萌芽的浓霜,而这两个观念实又是上述三种小说作者所共具的"精神";有了这一层,就连迂腐的"文以载道"观念和名士派的"游戏"观念也都不要了。这可说是现代国内旧派"小说匠"的全体一致的观念。

总括上面所说,我们知道中国现代的三种旧派小说在技术方面有最大的共同的错误二,在思想方面有最大的共同的错误一。那技术上共同的错误是:

(一)他们连小说重在描写都不知道,却以"记帐式"的叙述法来做小说,以至连篇累牍所载无非是"动作"的"清帐",给现代感觉锐敏的人看了,只觉味同嚼蜡。

(二)他们不知道客观的观察,只知主观的向壁虚造,以至名为"此实事也"的作品,亦满纸是虚伪做作的气味,而"实事"不能再现于读者的"心眼"之前。

思想上的一个最大的错误,就是游戏的消遣的金钱主义的文学观念。

这三层错误,十余年来给与社会的暗示,不论在读者方面在作者方面,无形中已经养成一股极大的势力,我们若要从根本上铲除这股黑暗势力,必先排去这三层错误观念,而要排去这三层错误观念,我以为须得提倡文学上的自然主义。所以然的理由,请在下面详论,现在我们且先看一看现代的新派小说。

我们晓得现代的新派小说在技术方面和思想方面都和旧派小说(上面讲过的那三种)立于正相反对的地位,尤其是对于文学所抱的态度。我们要在现代小说中指出何者是新何者是旧,唯一的方法就是去看作者对于文学所抱的态度;旧派把文学看作消遣品,看作游戏之事,看作载道之器,或竟看作牟利的商品,新派以为文学是表现人生的,诉通人与人间的情感,扩大人们的同情的。凡抱了这种严正的观念而作出来的小说,我以为无论好歹,总比那些以游戏消闲为目的的作品要正派得多。但是我们对于文学的观念，固可一旦觉悟，便立刻改变，而描写的技术却不能在短时间内精妙了许多。所以除了几位成功的作者而外，大多数正在创作道上努力的人，技术方面颇有犯了和旧派相同的毛病的。一言以蔽之，不能客观的描写。现在热心于新文学的，自然多半是青年，新思想要求他们注意社会问题，同情于第四阶级，爱"被损害者与被侮辱者"，他们照办了，他们要把这种精神灌到创作中了，然而他们对于第四阶级的生活状况素不熟悉；勉强描写素不熟悉的人生，随你手段怎样高强，总是不对的，总要露出不真实的马脚来。最容易招起不真切之感的，便是对话。大凡一阶级人和别阶级人相异之点最显见的，一是容貌举止，二是说话的腔调。描容貌举止还容易些，要口吻逼肖却是极难，现在的青年作者所作描写第四阶级生活的短篇小说大都是犯了对话不逼肖的毛病。其次，因为作者自身并非第四阶级里的人，而且不曾和他们相处日久，当然对于第四阶级中人的心理也是很隔膜的，所以叙及他们的心理的时候，往往渗杂许多作者主观的心理，弄得非驴非马。第三，过于认定小说是宣传某种思想的工具，凭空想象出一些人事来迁就他的本意，目的只是把胸中的话畅畅快快吐出来便了；结果思想上虽或可说是成功，艺术上实无可取。这三项缺憾，我以为都由于作者忽视客观的描写所致；因为不把客观的描写看得重要，所以不曾实地观察就贸然描写了。

　　除此而外，题材上也很有许多缺点；最大的缺点是内容单薄，用意浅显。譬如一起描写男女恋爱的小说，所讲无非一男一女互相爱恋而因家属不许，"好事多磨"，终于不谐，如此而已。在这篇小说里应该是重要部分的男和女的个性，却置之不写；两方家属的环境亦置之不写；各派思潮怎样影响于他们的恋爱观，亦置之不写。描写青年烦闷的小说，只能写些某青年志向如何纯洁，而现社会却处处黑暗可为悲观等等话头；描写"父"与"子"的冲突，只能写些拘守旧礼教的父怎样不许儿子自由结婚；总而言之，内容欠浓厚，欠复杂，用意太简单，太表面。这或许和作者的观察力锐敏与否,有点关系,但是最大的原因,还在作者采取题材没有目的。我们要晓得:小说家选取一段人生来描写,其目的不在此段人生本身,而在另一内在的根本问题。批评家说俄国大作家屠格涅夫写青年的恋爱不是只写恋爱,是写青年的政治思想和人生观,不过借恋爱来具体表现一下而已;正是这意思。我以为现代新派小说的试作者若不从此方努力,他们的作品将终不足观。

二 自然主义何以能担当这个重任?

从上面的粗疏的陈述看来,我们可以得个结论:不论新派旧派小说,就描写方法而言,他们缺了客观的态度,就采取题材而言,他们缺了目的。这两句话光景可以包括尽了有弱点的现代小说的弱点。我觉得自然主义恰巧可以补救这两个弱点。请仍就描写方法与采取题材两点分而论之。

自然主义起于何时,代表作者是谁,这些想来大家都知,本刊亦屡已说过,不用我再饶舌。我们都知道自然主义者最大的目标是"真";在他们看来,不真的就不会美,不算善。他们以为文学的作用,一方要表现全体人生的真的普遍性,一方也要表现各个人生的真的特殊性,他们以为宇宙间森罗万象都受一个原则的支配,然而宇宙万物却又莫有二物绝对相同。世上没有绝对相同的两匹蝇,所以若求严格的"真",必须事事实地观察。这事事必先实地观察便是自然主义者共同信仰的主张。实地观察后以怎样的态度去描写呢?左拉等人主张把所观察的照实描写出来,龚古尔兄弟等人主张把经过主观再反射出的印象描写出来;前者是纯客观的态度,后者是加入些主观的。我们现在说自然主义是指前者。左拉这种描写法,最大的好处是真实与细致。一个动作,可以分析的描写出来,细腻严密,没有丝毫不合情理之处。这恰巧和上面说过的中国现代小说的描写法正相反对。专记连续的许多动作的"记帐式"的作法，和不合情理的描写法，只有用这种严格的客观描写法方能慢慢校正。其次，自然主义者事事必先实地观察的精神也是我们所当引为"南针"的。从前旧浪漫派的作者只描写他们自己理想天国中的人物，当然不考究实地观察的工夫，但是浪漫派大家雨果的《哀史》的描写却已起有实地观察的精神；《哀史》的主人公冉阿让是个理想人物，而《哀史》的背景却根据实状描写，很是真切。自然派的先驱巴尔扎克和福楼拜等人，更注意于实地观察，描写的社会至少是亲身经历过的，描写的人物一定是实有其人（有Model）的。这种实地观察的精神，到自然派便达到极点。他们不但对于全书的大背景，一个社会，要实地观察一下，即使是讲到一爿巴黎城里的小咖啡馆，他们也要亲身观察全巴黎城的咖啡馆，比较起房屋的建筑，内部的陈设，及其空气（就是馆内一般的情状），取其最普通的可为代表的，描写入书里。这种工夫，不但自然派讲究，新浪漫派的梅特林克等人也极讲究，可说是现代世界作家人人遵守的原则。然而中国旧派的小说家对于此点，简直完全忽视，新派作者中亦有大半不能严格遵守。旧派中竟有生平从未到过北方而做描写关东三省生活的小说，从未见过一个喇嘛，而竟大做其活佛秘史；这种徒凭传说向壁虚造的背景，能有什么"真"的价值？此外如描写"响马"生活，蜑户生活等等特殊的人生，没有一篇是出于实地观察的，大家在几本旧书上乱抄，再加了些"杜撰"，结果自然要千篇一律。试问这种抄自书上的人生能有什么价值？中国做小说的人，和看小说的人，对于这种不实不尽的描实，几乎视为当然，要想校正他，非经过长期的实地观察的训练不能成功。这又是自然主义确能针对现代小说病根下药的一证。此外还有关于作者的心理一端，我以为亦有待于自然主义的校正。中国旧派小说家作小说的动机不是发牢骚，就是风流自赏。恋爱是人间何等样的神圣事，然而一到"风流自赏"的文士的笔下，便满纸是轻薄口吻，肉麻态度，成了"诲淫"的东西；言社会言政治又是何等样的正经事。然而一到"发牢骚"的"墨客"的笔下,便成了攻讦隐私,借文字以报私怨的东西。这都因作者对于一桩人生,始终未用纯然客观心理去看,生而描写人生。中国的淫书,大概总自称"苦口婆心意在劝世",而其实不免于诲淫,就因为"劝世"的话头是挂在嘴上的,而"风流自赏"的心理却是生根在心里的。自然派作者对于一桩人生,完全用客观的冷静头脑去看,丝毫不搀入主观的心理;他们也描写性欲,但是他们对于性欲的看法,简直和孝悌义行一样看待,不以为秽亵,亦不涉轻薄,使读者只见一件悲哀的人生,忘了他描写的是性欲。这是自然主义的一个特点,对于专以小说为"发牢骚","自解嘲","风流自赏"的工具的中国小说家,真是清毒药;对于浸在旧文学观念里而不能自拔的读者,也是绝妙的兴奋剂。

　　以上是就描写方法上立说,以下再就采取题材上略说一说。

　　自然主义是经过近代科学的洗礼的;他的描写法,题材,以及思想,都和近代科学有关系。左拉的巨著《卢贡·玛卡尔》,就是描写卢贡·玛卡尔一家的遗传,是以进化论为目的。莫泊桑的《一生》,则于写遗传而外又描写环境支配个人。意大利自然派的女小说家塞拉哇(Serao)的《病的心》(Guore Infermo)是解剖意志薄弱的妇人的心理的。进化论,心理学,社会问题,道德问题,男女问题……都是自然派的题材:自然派作家大都研究过进化论和社会问题,霍普德曼在作自然主义戏曲以前,曾经热烈地读过达尔文的著作,马克思和圣西门的著作,就是一个现成的例。现在国内有志于新文学的人,都努力想作社会小说,想描写青年思想与老年思想的冲突,想描写社会的黑暗方面,然而仍不免于浅薄之讥,我以为都因作者未曾学自然派作者先事研究的缘故。做社会小说的未曾研究过社会问题,只凭一点"直觉",难怪他用意不免浅薄了。想描写社会黑暗方面的人,很执着的只在"社会黑暗"四个字上做文章,一定不会做出好文章来的。我们应该学自然派作家,把科学上发见的原理应用到小说里,并该研究社会问题,男女问题,进化论种种学说。否则,恐怕没法免去内容单薄与用意浅显两个毛病。即使是天才的作者,这些预备似乎也是必要的。

三　有没有疑义？

我所见到的中国现代小说界应起一种自然主义运动的理由，不过是这一点而已，都是极浅近的，并没有什么特见，而且有好多地方许是我的偏见，甚望读者不吝赐教，加以讨论。我还有一点意见也想乘便贡给于自然主义的怀疑者。

就我所听到的怀疑论，约可分为二派：一是对于自然主义本身有不满意的，一是对于中国现在提倡自然主义有疑意的；而这两派里又可再分为就艺术上立论与就思想上立论的二组。所以可说一共有四种的怀疑论。

第一是就艺术上立论对于自然主义本身不满意的。他们大都引用新浪漫派攻击自然主义的理论为据，所持理由，约分二点：

（一）自然主义者所主张的纯粹的客观描写法是不对的，因为文学上的描写，客观与主观——就是观察与想象——常常相辅为用，犹如车之两轮。太偏于主观，容易流于虚幻，诚如自然派所指摘，但是太偏于客观，便是把人生弄成死板的僵硬的了。文学的作用，一方是社会人生的表现，一方也是个人生命力的表现，若照自然派的主张，那就是取消了后者了。

（二）自然主义者所主张的客观的观察法实在是蔽于主观的偏见，所以也是不对的。自然主义者主观的偏见先自肯定人生是丑恶的，从而去搜求客观丑恶相，结果只把人生看了一半；须知人生中是有丑有美的，自然派立意去寻丑，却不知道所见的只是一半。自然派虽自称为客观的观察，不涉一毫主见，其实完全是主观的观察，正与旧浪漫派同陷一失。

这两条理由当然是强有力的;但只是两条理论而已,和我们讨论的实际问题不生关系。我们的实际问题是怎样补救我们的弱点,自然主义能应这要求,就可以提倡自然主义。参茸虽是大补之品,却不是和每个病人都相宜的。新浪漫主义在理论上或许是现在最圆满的,但是给未经自然主义洗礼,也叨不到浪漫主义余光的中国现代文坛,简直是等于向瞽者夸彩色之美。彩色虽然甚美,瞽者却一毫受用不得。

第二是就思想上立论对于自然主义本身不满意的。这种怀疑论,大体也是根据了新浪漫派攻击自然主义的话。所持最大的理由就是说自然派所迷信的机械的物质的命运论不是健全的思想。这理由当然是不错的;不过我们也要明白,物质的机械的命运论仅仅是自然派作品里所含的一种思想,决不能代表全体,尤不能谓即是自然主义。自然主义是一事,自然派作品内所含的思想又是一事,不能相混。采用自然主义的描写方法并非即是采用物质的机械的命运论。况且定命论的思想也不是自然主义者所能创造的,必社会中先有了发生这定命论的可能,然后文学中乃有这思想。如果社会中有这可能,我们防它也是枉然,它自己总会发生的,否则,无论如何,不会发生。所以这一派的怀疑论亦不足以非难我们。

第三是就艺术上立论对于中国现在提倡自然主义有疑义的。这中间又分甲乙两组。甲组,大抵说中国新文艺正当萌芽时代,极该放宽道路,任凭天才自由创造,若用什么主义束缚,那是自走绝路。这种论调我觉得是浅见的。艺术当然要尊重自由创造的精神,一种有历史的有权威的主义当然不能束缚新艺术的创造,人类过去的艺术发展史早把这消息告诉我们了;但是过去的艺术发展史同时又告诉我们:民族的文艺的新生,常常是靠了一种外来的文艺思潮的提倡,由纷如乱丝的局面暂时的趋向于一条路,然后再各自发展。当纷如乱丝的局面,连什么是文艺都不能人尽知之,连象些文艺品的东西尚很少,大部分作者在盲目乱动,于此而提倡自由创造,实即是自由盲动罢咧!中国现在"青黄未发",

市面上最多的是自由盲动的不研究文学而专以做小说为业的作者,和那些"逐臭"的专以看小说为消遣的读者,当这种时代,我以为惟有先找个药方赶快医治作者读者共有的毛病,领他们共上了一条正路;否则,空呼"自由创造",结果所得,不是东西。所以我觉得甲组所见颇浅。乙组的见解比较的深湛些,他们比较的着眼于实际情形,不徒作空论。他们说中国现代的小说大抵尚屈伏于古典主义之下,什么章回体,什么"文以载道"的思想,都是束缚作者的情绪的;中国文学里自来就很少真情流露的作品,热烈的情绪的颤动,中国文学里简直百不遇一。出于真情的文学才是有生气的文学,中国文人一向就缺少真挚的情感;所以此时应该提倡那以情绪为主的浪漫主义。这一说未尝不见到中国现代文学实际情形的一面,可惜忽略了那比较的更重要的一面。我以为热烈的情绪在中国文学里不是全然没有的,"发牢骚"的小说,其中何尝没有热烈的情绪? 然而反因他主观的忿激的情绪过分了,以至生出意外的不好影响;这岂非也是实在的么? 中国现代小说的缺点,最关重要的,是游戏消闲的观念,和不忠实的描写;这两者实非旧浪漫主义所能疗效。虽然西洋各国大都依次演过古典,浪漫,而后自然,并且也有人说在文艺新生的国里,当自然主义发生以前,大概是有个小小的浪漫运动的,然而我终觉得我们的时代已经充满了科学的精神,人人都带点先天的科学迷,对于纯任情感的旧浪漫主义,终竟不能满意;而况事实上中国现代小说的弱点,旧浪漫主义未必是对症药呢。

第四是就思想上立论对于中国现在提倡自然主义有疑义的。他们大概说自然主义描写个人受环境压迫而无反抗之余地,迷信物质的机械的命运论等等,都是使人消失奋斗的勇气,使人悲观失望的,给中国现代青年看了,恐有流弊。这当然是极可注意的怀疑论;但我们要晓得,意志薄弱的个人受环境压迫以及定命论等等,本是人生中存在的现象,自然主义者不过取出来描写一下而已,并非人间本无此现象,而自然主义者始创出来的。既然本有这现象,作小说的人见得到,旁人也见得到,小说家不描写，旁人也会感到的。所以专怪自然主义者泄漏恶消息，是不对的（请参看《小说月报》第十三卷第五号我与周君赞襄的通信所言）。况且我们要从自然主义者学的，并不是定命论等等，乃是他们的客观描写与实地观察。自然主义者带了这两件法宝——客观描写与实地观察——在西方大都市里找求小说材料，所得的结果是受人诟病的定命论等等的不健全思想。但是如今我们用了这两件工具在中国社会里找小说材料，恐未必所得定与西方自然主义者找得的相同罢。万一相同，那只能怪社会不好，和那两件工具毫不相干。忘了该诟骂的实在人生，却专去诅咒那该诟骂的实在人生的写真，并且诅咒及于写真的器具（那就是客观描写与实地观察两法），未免太无聊了。西洋的自然派小说固然是只看见人间的兽性的，固然是迷信定命论的，固然是充满了绝望的悲哀的，但这都因为十九世纪的欧洲的最普遍的人生就是多丑恶的，屈伏于物质的机械的命运下面的；我们的社会里最普遍的人生，如果不是和他们相同，则虽用了客观描写与实地观察去找材料，其必定是巴黎的"酒店"；如果相同，我们难道还假装痴聋，想自讳么？所以我觉得就思想上立论对于中国现在提倡自然主义怀疑的，也是过虑。

我的话都完了。除希望大家严格的批评外，更有二点要申明：（一）本文仓卒写成，因而第一段批评旧派小说本想多举例，也不克如愿，只随手举了一个；（二）凡我所说意见，都以广博的作者界及读者界为对象，并非拿几个已有所成就的新派作者做对象，因为我虽然反对那类鼓吹盲动的"自由创造"说，而对于真有天才并研究了文学的作者的真正"自由创造"却是十二分的钦敬和欢迎。

选自1922年7月10日《小说月报》第13卷第7号。

【延伸阅读】

1. 沈雁冰：《新旧文学评议之评议》，《小说月报》第11卷第1号（1920

年)。

2. 沈雁冰:《文学与人生》,《松江第一次暑期学术演讲会演讲录》第1期(1922年)。

3. 沈雁冰:《社会背景与创作》,《小说月报》第12卷第7号(1921年)。

4. 沈雁冰:《关于"文学研究会"》,《现代》第3卷第1期(1933年)。

Yu Dafu　郁达夫

【题解】 郁达夫(1896—1945),原名郁文,字达夫,浙江富阳人。现代著名的小说家、散文家、诗人。1919年11月8日本东京帝国大学经济学部,至1922年毕业回国。在日本留学期间,阅读了大量的外国小说。1921年,与郭沫若、成仿吾等人创办"创造社",担任《创造季刊》《创造月刊》《洪水》半月刊编辑,并开始创作小说,同年出版首部短篇小说集《沉沦》。回国后,曾在国立北京大学、中山大学等多个大学任教,曾参加中国左翼作家联盟,为发起人之一。抗战时期,任福建省政府参议兼公报室主任。1938年12月去新加坡,主编《星洲日报》等报刊副刊,写了大量政论、短评和诗词。新加坡失守后,避难至印尼苏门答腊,于1945年失踪(实为日军杀害)。生前的著作文章均编入《郁达夫全集》,先后由上海开明书店(1928年),浙江文艺出版社(1992年),浙江大学出版社(2007年)出版。

《日记文学》发表于1927年5月1日《洪水》第3号第32期。郁达夫认为,日记文学是"文学的重要分支",也是"文学里的一个核心,是正统文学以外的一个宝藏"。他在文章大力提倡用第一人称写的日记体、书简体文章,并指出,如果用第三人称来写,很容易使读者感到幻灭,假如要对第三人称的主人公心理进行描写,读者就会怀疑作者何以知道得如此精细,这样就会使文学的真实性消失。他坚持认为,日记体文学是"最便当的一种体裁",最易抒发主人公的内心情感,传达主人公的心灵意识,解剖自己,展示自己,从而也能够自如地"批评文化","穷究哲理",因而也就"比第一人称的小说在真实性的确立上更有凭藉,更有把握",也更有艺术感染力,艺术的"兴味更觉浓厚"。郁达夫的文学观,较为典型地代表了民国初期新文学中自叙传体、日记体、书简体一类的"自我抒情文学"的主张。

十　日记文学

散文作品里头,最便当的一种体裁,是日记体,其次是书简体。

我们都知道,文学家的作品,多少总是带有自传的色彩的,而这一种自叙传,若以第三人称的来写出,则时常有不自觉的误成第一人称的地方,如贝郎的长诗Chide Harold里的破绽之类。并且缕缕直叙这第三人称的主人公的心理状态的时候,读者若仔细一想,何以这一人的心理状态,会被作者晓得这样精细?那么一种幻灭之感,使文学的真实性消失的感觉,就要暴露出来,却是文学上的一个绝大的危险。

足以救这一危险,并且可以使真实性确立,使读者不知不觉的中间受催眠暗示的,是日记的体裁。

我们大家都有过记日记的经验,都晓得在日记里,无论什么话,什么幻想,什么不近人情的事情,全可以自由自在地记叙下来,人家不会说你在说谎,不会说你在做小说,因为日记的目的,本是在给你自己一个人看,

郁达夫肖像

为减轻你自己一个人的苦闷,或预防你一个人的私事遗忘而写的。

日记有此种种便利的特点,所以小说家在初期习作的时候,用日记体裁来写的时候,其成功的可能性,比用旁的体裁来写更多一点。而我们读者,因为第一我们所要求的,是关于旁人的私事的探知(这一种好奇[Curiosity]是读小说心理的一个最大的动机),所以对于读他人的日记,比较读直叙式的记事文,兴味更觉浓厚。

由我个人的嗜好来讲,我在暇时翻阅旁人的著作的时候,最喜欢读的,是他的日记,其次是他的书简,最后才读他的散文或韵文的作品。以己度人,类推起来,我想无论哪一个文艺爱好者,大约是人同此心,心同此理的。

几礼拜来,呻吟在病床上,床头没有书读,从朋友那里借了两部日记来,一部是Henri Frederic Amiel的日记,一部是中国吴谷人祭酒的《有正味斋日记》。亚米爱儿的日记,我以前只读过英译的拔萃,及德文的Rosa Schapire译的更短的几段文字,这一回却得了一部全集,糊里糊涂的翻翻字典,竟帮助我消磨了许多无聊赖的黄昏。

古今中外的文人,以日记传世的很多,就浅陋的我所读过的几家日记说来,如德国近代剧作家Hebbel,英国的日记专家Samuel Pepys,俄国的Dostoyevsky, Tolstoy,中国的李莼客及许多宋遗民明遗民的随笔日录之类,真是数不胜数。然而三十年如一日,中间日日在自己解剖自己,日日在批评文化,日日在穷究哲理,如亚米爱儿的日记,实在是少见的,因为这一个原因,我想就我所读过的记忆中所及的,抄一点出来,向大家推荐推荐,并且同时可以把日记体的文学来说一说。

作者亚米爱儿,于一八二一年,生在瑞士的Genf。在外国留了七年学——大部分是在德国的大学里——一八四九年去故乡的大学里当美学的教授,一直到一八八一年他死的时候止。他的一生都平淡无奇,少时境遇也还好,天资极高,同学辈都以为他将来是了不得的,然而出乎他们的意料之外,他的一生,除出了几本小品文感想文及小诗集后,竟一无所成,到他死时止,他的事业文章,没有一样可以使人纪念他,使他不朽的。然而他的内心的苦闷,自己解剖的精细,批评的眼光的周密,直到他死后的那部日记发表的时候,才有人晓得。

他是天生的忧郁者,自己怀疑自己,对世界一切,当然更怀疑了。然而到了穷无所归,他却还保留得一丝信仰,他觉得还有一个唯一的神在,可以使我们安身立命,不过这一种矛盾的心理,就是使他一生苦恼的原因,而同时也是救他的灵魂,使他不至于自杀的一个最大理由。

据 Berthe Vadier——*Henri Frederic Amiel Etude Biographique* 的著者——说来,他的抑郁症,和当时的政局有关,因为他是生于有产阶级的贵族中的,然而心理却在同情于无产阶级,而无产阶级者,又不能信任他,所以他一生不曾与政治发生过关系,虽则处在一八四六年前后的革命世纪里头,但他的孤独,他的无聊,却比任何时代的人还要厉害,这也许是真的,尤其是由我们当这一个举国若狂的时代中,看了两派的投机师的活跃,使我们良心稍为纯正一点的人,一点事情也不能做,一句话也不能说,不得不坐以待亡的状态推想起来,这一种苦闷,这一种 Dilemma 却是千真万确的。

一八五一年三月二十六日

多少伟人杰士,我所认识的,都被死神拉入冥冥中去了。Steffens, Marheinecke, Neander, Mendelessohn……学者,艺术家,诗人,音乐家,史学家,旧的时代,死火过去,新的时代,将有什么产生?几个老者,Schelling, Alexander von Humboldt Schlosser,还在把我们联系在过去的有荣光的时代之中,然而形成伟大的将来者,又是何人?年事将终,不可逃避的运命,若要向我们询问:你所有的伟大在哪里的时候,我们哪能够不颤栗惶恐?现在是时候了。是自家振作的时候了,是我们的力量或我们的无聊的暴露的时期了。是你的天才,英气,力量的显现的时期了,你究竟准备好了没有?(大

意）

看哟,由苦闷而发的这一种自己鞭挞,是如何的伤心,是如何的可痛!

一八五一年四月六日

……我的心太柔嫩,我的幻想太不安定,我太容易感到失望,我的情感的回响太不容易消灭。我的成就的可能,都被未成就的现实所腐蚀,而一种成就的必然,只增长了我心身的苦痛。所以现实,目前的事实,事实的必然,总之不可救药的一切,只是使我忧闷,使我苦痛,我的幻想太发达了,思想太精细了,自觉太英敏了,总之是我的性格不强原故,所以弄得现实的生活,实际生活,与我两不相入。

家庭生活,现世的快乐,他并不是不晓得,但是他的高尚的理想,终于不能使他安闲的享受这些庸人俗人及投机师所特有的安宁。人生实在是一个危险的东西,是一种争斗。天堂与地狱,只隔了一张纸,恶魔与天神,都存在在一个人的心里的。

一八六〇年五月廿二

我有一种莫名其妙的骄情,总不愿意把我的感情直现出来。可以使人满足的话,自己总不愿意说。……

这一种骄情,实在使他陷入孤独,使他在世不能成功的一个大原因。

一八六一年三月十七日

今天午后,对于死的热望,烧满了我的全身,厌恶之情,生的厌倦,不断的苦闷,征服了我的心身……到墓地里去徘徊,或者可以得到一点安慰,然而也不能够……

一个不安被困的灵魂,想得到慰安,想得到神助,是不可能的,因为他不晓得要往哪里去祈求,向哪儿去寻觅上帝。教会是不中用的,冷冰冰的牧师的说法是不中用的。他们没有同情心,不了解灵敏的感觉,不晓得深沉的苦痛是什么?

像这一类的日记,在全卷内在在皆是,批评宗教,解剖自己,阐明苦闷的心理的记载,若要摘录出来,总有千万条好摘,我不再写下去了。读者若要认识这一位日记作者的大胆的记录,及内心苦闷的全史,请先去看Mrs. Humphrey Ward的英译本,若要看对于Amiel的评论,则Matthew Arnold的批评文集里,有一篇关于他的文章,亚诺儿突说他是一个批评家,却是很适当的评断。

就孤陋寡闻的我看来,像亚米爱儿的这一部日记,大约是可以传到人类绝灭的时候的不朽之作。读他的日记,觉得比读着有始有终,变化莫测的小说,还要有趣,所以我说,日记文学,是文学里的一个核心,是正统文学以外的一个宝藏。至于考据学者,文化史学者,传记作者的对于日记的应该尊重爱惜,更是当然的事情,此地可以不必再说。

因为日记文学里头,有这样好的东西在那里,所以我们读者不得不尊重这一个文学的重要分支,又因为创作的时候,若用日记体裁,有前面已经说过的几个特点,所以我们从事于创作的时候,更可以时常试用这一个体裁。或者有人要说,我们若要做自叙传,那么用第一人称来做小说就行了,何以必要用日记体裁呢?这话也是不错。可是我们若只用第一人称来写的时候,说"我怎么怎么,我如何如何,我我我我……"的写一大篇,即使写得很好,但读者于读了之际,闭目一想,"你的这些事情为什么要这样写出来呢?""你岂不是在做小说吗?"这样的一问,恐怕无论如何强有力的作者也要经他问倒(除非先事预防,在头上将所以要做这一篇自叙小说的动机说明在头上者外)。从此看来,我们可以晓得日记体的作品,比第一人称的小说,在真实性的确立上,更有凭藉,更有把握。

上边说过的是日记文学的重要,和我们创作的时候用日记体裁的便利。底下本应该说到除真正的日记外,作者特以日记的体裁而做的小说及各种作品上去了;但因为手头的参考书没有,所以只好等下次有机会的时候,再来补作一篇。最后我更想加上一句,就是以日记体写下来的文章,除有始有终的记事文之外,更可以作小品文,感想文,批评文之类,它的范围很广很自由的。现在我手头所有的这一部吴谷人的日记里,就有许多很好的小品文写生文在里头。就是那部亚米爱儿的日记里,也有许多很美丽很细腻的散文诗包含着,并不是拘于一格的。此外更有书简体的小说,最浅近普通的例如《少年维特之烦恼》,和《穷人》之类,也是和日记体一样便于创作,富于趣味,但是这一种书简的体裁,我们可以说是日记体的延长,所以关于日记体的作品所说的话,是完全可以应用在书简体的作品上面的。此地不再说了。

一九二七年六月十四日作于病床上

选自《达夫全集》第四卷,上海开明书店1928年版。

【延伸阅读】

1. 郁达夫:《艺术与国家》,《创造周报》第7号(1923年)。

2. 郁达夫:《现代的小说》,《小说论》(郁达夫著),上海光华书局1926年版。

3. 郁达夫:《创造日宣言》,《创造月刊》第1卷第1期(1926年)。

4. 郁达夫:《艺术上的宽容》,新加坡《星洲日报星期刊·文艺》1939年4月30日。

Zhu Ziqing 朱自清

【题解】 朱自清(1898—1948),原名自华,号秋实,改名自清,字佩弦,祖籍浙江绍兴,生于江苏东海,现代著名散文家、诗人、学者。1916年考入国立北京大学预科,1920年国立北京大学哲学系毕业。在北大就读期间,曾参加新潮社,为创社成员,平民教育演讲团成员,参加"五四"运动。1919年出版处女诗集《睡吧,小小的人》。北大毕业后,先后在杭州、扬州、上海、台州、温州、宁波等地中学和师范学校任教。1925年任教于清华学校(清华大学前身)。1931年留学英国,进修语言学和英国文学,后又漫游欧洲五国,回国后任国立清华大学中国文学系主任。抗战期间任西南联合大学中国文学系主任,并当选为中华全国文艺界抗敌协会理事。在文学创作方面,朱自清以散文创作闻名,影响较大的有《背影》《荷塘月色》《绿》等抒情散文,多以描写见长,具有情景交融的艺术特色,在民国文学的散文创作中占有重要地位。他的作品和评论文章均收入《朱自清全集》,1988年由江苏教育出版社出版。

《论现代中国的小品散文》发表于1928年11月25日《文学周报》第345期(第7卷第20期)。在回顾民国以来小品散文发展状况基础上,朱自清赞同周作人关于小品散文的定义:"用平淡的谈话,包藏着深刻的意味;有时很像笨拙,其实却是滑稽。"在他看来,民国以来的小品散文的创作实践,打破了"美文不能用白话写作"的说法,"五四"新文学作家就是用白话写作出了上乘的小品散文。他指出,"五四"新文学成就最发达的"要算是小品散文",不仅"有种种的样式,种种的流派,表现着、批评着、解释着人生的各面,迁流曼衍,日新月异",而且"有中国名士风,有外国绅士风,有隐士,有叛徒,在思想上是如此。或描写,或讽刺,或委曲,或缜密,或劲健,或绮丽,或洗练,或流动,或含蓄,在表现上是如此"。朱自清的散文理论和创作实践,对民国时期散文的创作产生了深远的影响。

十一　论现代中国的小品散文

胡适之先生在一九二二年三月,写了一篇《五十年来中国之文学》;篇末论到白话文学的成绩,第三项说:

>白话散文很进步了。长篇议论文的进步,那是显而易见的,可以不论。这几年来,散文方面最可注意的发展,乃是周作人等提倡的"小品散文"。这一类的作品,用平淡的谈话,包藏着深刻的意味;有时很像笨拙,其实却是滑稽。这一类作品的成功,就可彻底打破那"美文不能用白话"的迷信了。

胡先生共举了四项。第一项白话诗,他说,"可以算是上了成功的路了";第二项短篇小说,他说"也渐渐的成立了";第四项戏剧与长篇小说,他说"成绩最坏"。他没有说那一种成绩最好;但从语气上看,小品散文的至少不比白话诗和短篇小说的坏。现在是六年以后了,情形已是不同:白话诗虽也有多少的进展,如采用西洋诗的格律,但是太需缓了;文坛上对于它,

胡适肖像

已迥非先前的热闹可比。胡先生那时预言,"十年之内的中国诗界,定有大放光明的一个时期";现在看看,似乎丝毫没有把握。短篇小说的情形,比前为好,长篇差不多和从前一样。戏剧的演作两面,却已有可注意的成绩,这令人高兴。最发达的,要算是小品散文。三四年来风起云涌的种种刊物,都有意或无意地发表了许多散文,近一年这种刊物更多。各书店出的散文集也不少。《东方杂志》从二十二卷(1925)起,增辟"新语林"一栏,也载有许多小品散文。夏丏尊、刘薰宇两先生编的《文章作法》,于记事文,叙事文,说明文,议论文而外,有小品文的专章。去年《小说月报》的"创作号"(七号),也特辟小品一栏。小品散文,于是乎极一时之盛。"东亚病夫"在今年三月"复胡适的信"(《真美善》一卷十二号)里,论这几年文学的成绩说:"第一是小品文字,含讽刺的,析心理的,写自然的,往往着墨不多,而余味曲包[①]。第二是短篇小说。……第三是诗。……"这个观察大致不错。

但有举出"懒惰"与"欲速",说是小品文和短篇小说发达的原因,那却是不够的。现在姑且丢开短篇小说而论小品文:所谓"懒惰"与"欲速",只是它的本质的原因之一面;它的历史的原因,其实更来得重要些。我们知道,中国文学向来大抵以散文学为正宗;散文的发达,正是顺势。而小品散文的体制,旧来的散文学里也尽有;只精神面目,颇不相同罢了。试以姚鼐的十三类为准,如序跋、书牍、赠序、传状、碑志、杂记、哀祭七类中,都有许多小品文字;陈天定选的《古今小品》,甚至还将诏令、箴铭列入,那就未免太广泛了。我说历史的原因,只是历史的背景之意,并非指出现代散文的源头所在。胡先生说,周先生等提倡的小品散文,"可以打破'美文不能用白话'的迷信"。他说的那种"迷信"的正面,自然是"美文只能用文言了";这也就是说,美文古已有之,只周先生等才提倡用白话去做罢了。周先生自己在《杂拌儿》序里说:

[①] 原文如此,意为余味曲长。

……明代的文艺美术比较地稍有活气，文学上颇有革新的气象，公安派的人能够无视古文的正统，以抒情的态度作一切的文章，虽然后代批评家贬斥它为浅率空疏，实际却是真实的个性的表现，其价值在竟陵派之上。以前的文人对于著作的态度，可以说是二元的，而他们则是一元的，在这一点上与现代写文章的人正是一致，……以前的人以为文是"以载道"的东西，但此外另有一种文章却是可以写了来消遣的；现在则又把它统一了，去写或读可以说是本于消遣，但同时也就传了道了，或是闻了道。……这也可以说是与明代的新文学家的——与明代的有些相象，正是不足怪的，虽然并没有去模仿，或者也还很少有人去读明文，又因时代的关系在文字上很有欧化的地方，思想上也自然要比四百年前有了明显的改变。

　　这一节话论现代散文的历史背景，颇为扼要，且极明通。明朝那些名士派的文章，在旧来的散文学里，确是最与现代散文相近的。但我们得知道，现代散文所受的直接的影响，还是外国的影响；这一层周先生不曾明说。我们看，周先生自己的书，如《泽泻集》等，里面的文章，无论从思想说，从表现说，岂是那些名士派的文章里找得出的？——至多"情趣"有一些相似罢了。我宁可说，他所受的"外国的影响"比中国的多。而其余的作家，外国的影响有时还要多些，像鲁迅先生，徐志摩先生。历史的背景只指给我们一个趋势，详细节目，原要由各人自定；所以说了外国的影响，历史的背景并不因此抹杀的。但你要问，散文既有那样历史的优势，为什么新文学的初期，倒是诗，短篇小说和戏剧盛行呢？我想那也许是一种反动。这反动原是好的，但历史的力量究竟太大了，你看，它们支持了几年，终于懈弛下来，让散文恢复了原有的位置。这种现象却又是不健全的，要明白此层，就要说到本质的原因了。

　　分别文学的体制，而论其价值的高下，例如亚里士多德在《诗学》里所做的，那是一件批评的大业，包孕着种种议论和冲突；浅学的我，不敢赞一辞。我只觉得体制的分别有时虽然很难确定,但从一般见地说,各体实在有着个别的特性;这种特性有着不同的价值。抒情的散文和纯文学的诗,小说,戏剧相比,便可见出这种分别。我们可以说,前者是自由些,后者是谨严些;诗的字句、音节,小说的描写、结构,戏剧的剪裁与对话,都有种种规律(广义的,不限于古典派的),必须精心结撰,方能有成。散文就不同了,选材与表现,比较可随便些多所谓"闲话",在一种意义里,便是它的很好的诠释。它不能算作纯艺术品,与诗,小说,戏剧,有高下之别。但对于"懒惰"与"欲速"的人,它确是一种较为相宜的体制。这便是它的发达的另一原因了。我以为真正的文学发展,还当从纯文学下手,单有散文学是不够的;所以说,现在的现象是不健全的。——希望这只是暂时的过渡期,不久纯文学便会重新发展起来;至少和散文学一样!但就散文论散文,这三四年的发展,确是绚烂极了:有种种的样式,种种的流派,表现着,批评着,解释着人生的各面,迁流曼衍,日新月异:有中国名士风,有外国绅士风,有隐士,有叛徒,在思想上是如此。或描写,或讽刺,或委曲,或缜密,或劲健,或绮丽,或洗炼,或流动,或含蓄,在表现上是如此。

我是大时代中一名小卒,是个平凡不过的人。才力的单薄是不用说的,所以一向写不出什么好东西。我写过诗,写过小说,写过散文。二十四岁以前,喜欢写诗,近几年诗情枯竭,搁笔已久。前年一个朋友看了我偶然写下的《战争》,说我不能做抒情诗,只能做史诗,这其实就是说我不能做诗。我自己也有些觉得如此,便越发懒怠起来。短篇小说是写过两篇。现在翻出来看,《笑的历史》只是庸俗主义的东西,材料的拥挤,像一个大肚皮的掌柜;《别》的用字造句,那样扭扭捏捏的,像半身不遂的病人,读着真怪不好受的。我觉得小说非常地难写;不用说长篇,就是短篇,那种经济的,严密的结构,我一辈子也学不来!我不知道怎样处置我的材料,使它们各得其所。至于戏剧,我更是始终不敢染指。我所写的大抵还是散文多。既不能运用纯文学的那些规律,而又不免有话要说,便只好随便一点说着;凭你说"懒惰"也罢,"欲速"也罢,我是自然而然采用了这种体制。这本小书里,便是四年来所写的散文。其中有两篇,也许有些像小说;但你最好只当作散文看,那是彼此有益的。至于分作两辑,是因为两辑的文字,风格有些不同;怎样不同,我想看了便会知道。关于这两类文章,我的朋友们有相反的意见。郢看过《旅行杂记》,来信说,他不大喜欢我做这种文章,因为是在模仿着什么人;而模仿是要不得的。这其实有些冤枉,我实在没有一点意思要模仿什么人。他后来看了《飘零》,又来信说,这与《背影》是我的另一面,他是喜欢的。但火就不如此。他看完《踪迹》,说只喜欢《航船中的文明》一篇;那正是《旅行杂记》一类的东西。这是一个很有趣的对照。我自己是没有什么定见的,只当时觉着要怎样写,便怎样写了。我意在表现自己,尽了自己的力便行;仁智之见,是在读者。

一九二八年七月卅一日,北平清华园。

选自1928年11月25日《文学周报》第345期。

【延伸阅读】

1. 朱自清:《论文学的美——读Puffer的<美之心理学>》,《文学周报》第166期(1925年)。

2. 朱自清:《新诗的进步》,《文学》第8卷第1号(1937年)。

3. 朱自清:《标准与尺度》,文光书店1948年版。

4. 朱自清:《论雅俗共赏》,上海观察社1948年版。

Song Chunfang 宋春舫

【题解】 宋春舫(1892—1938),别署春润庐主人,浙江吴兴(今湖州)人,王国维的表弟,著名剧作家、戏剧理论家、藏书家,中国海洋科学先驱,曾任过外交官、律师等职。在中国现代剧坛上,他是最早介绍和研究西方戏剧及理论的著名学者,其戏剧理论思想和戏剧创作在中国话剧史上享有重要地位。他早年就读于上海圣约翰大学,1914年留学瑞士,攻读政治经济学并研究戏剧,精通多种语言。回国后,受聘于国立北京大学,讲授欧洲戏剧,并担任北京美学俱乐部会长。在《新青年》等刊物上,发表评价外国戏剧新思潮、新观念的文章,并编有独幕喜剧《一幅财神》,三幕喜剧《五里雾中》和《原来是梦》,翻译小说《一个喷嚏》《一个舞女的口供》《一支金的自来水笔》和译剧《青春不再》等。1927年,他担任青岛观象台海洋科科长,倡建中国海洋研究所。1931年,他建立藏书室"褐木庐",主藏国外戏剧书刊,被誉为"世界三大戏剧藏书家"之一。

《论话剧的未来》选自《宋春舫论剧〈凯撒大帝登台〉》第三集。在文中,宋春舫全面分析和论述了话剧在中国兴起的缘由、现状和发展前途,指出作为舶来品的话剧在中国的历史很短,大多数中国老百姓不熟悉,对它的接受会有一个过程。但话剧的引进,也是历史发展的必然,它对中国传统戏曲的冲击,将会给中国戏剧带来革新的局面。话剧创作只要坚持革新的理念,以传播新思想、新文化为己任,表现现代中国人的思想情感、性格心理、历史命运,正视现实,反映现代中国的真实面貌,就能够获得广泛的接受,得以自身的发展和壮大,将来的前途仍然是光明的。宋春舫的戏剧理念,对中国传统戏曲的现代性改造,对推动新兴话剧的建设和发展,均产生了深远的影响。

宋春舫肖像

十二　话剧的将来

话剧在中国,足足有了三十年的历史(春柳社第一次,在日本东京青年会公演,是在光绪三十二年,即西历一千九百〇六年),然而却始终未尝走上轨道。不上正轨,不是说没有进步,我去年春天在上海看《油漆未干》,那和二十年前笑舞台上所演的戏,也不过如此。所以我的意思,不上正轨,是没有夺到相当的地盘,和私生子一般,始终没有人肯去承认,而且……不但没有夺到相当的地盘。话剧的前途,是非常的黯淡,有江河日下之势,这里面原因很多,分析起来:

第一,话剧是没有历史的背景,这是一件谁也不能否认的事实;既然没有历史的背景便得自己去打天下,打天下不是一件容易的事,尤其是戏剧,他的命脉是观众;进一步说,如果要话剧发达,必须先造成话剧的观众。

我们且看平剧,他已经有二百余年的历史,不消说,他的观众当然是现成的,不必再想什么法子去招揽他们,原来他们自己会来的,譬如在北平有许多人,几天不去听戏,便觉得左也不是,右也不是,真是三月不知肉味之概。欧洲有许多国家的人民,如俄国和德国,便是绝好的榜样,如果有一二个月没有听见音乐,他们便寝食不安,皇皇然如丧家之狗。即如最近在上海,也有许多时髦朋友,交际明星,两三星期不看电影,也会觉得周身不舒服起来。电影比话剧到中国来得晚,似乎已经有了观众,这也许电影比较的是带些世界色彩,他的观众不仅限于一国。所以在上海虽然不景气笼罩了全城,只要影片好,仍不愁没有观众。

但话剧的观众在哪里呢? 我从来没有听人说过"许久没看话剧了,难过得很"那一套话是不是? 不但如此,我们如果听见武松杀嫂四个字,脑筋里便会联想到西门庆武大郎这些人物上去,提起《四郎探母》便知道杨家将公主等等,于不知不觉中,加添了无穷兴趣,这无非是有了历史背景的缘故,否则话剧中如丁西林的《一只马蜂》不可谓非杰作,请问《一只马蜂》的主角是谁? 叫什么名字? 干什么的?

普天下任何戏剧,定有许多牢不可破的习惯(Conventions),以及为大家所公认的方式。譬如平剧,举鞭便是上马,两手一合便算关门,举杯拂袖,便算饮酒,等等,你说他贪懒也好,说他象征派也好,但无论如何,看平剧的人没有一个不懂这一类的习惯和方式的。欧洲的话剧也何尝不如此呢? 何以每一剧本必分为几幕呢? (独幕剧当然是除外)何以在幕未上开之先,必拍醒木三呢? 何以到热闹的时候忽然把幕放下,等到幕第二次上升的时候,几个月或几年已经算是过去了呢? 何以演员常常要自言自语呢? 何以在趣剧中,几个人可以同时说话,说得又臭又长,如潘金莲的脚带一般呢? 诸如此类,都是话剧的习惯和方式,在欧洲呢,自中古时代流传到二十世纪,当然没有一人不知道的。可是要叫我们中国人明瞭这些,非得有悠久的历史的背景不可。大多数话剧的观众,因为不懂,所以他们不大欢迎。

第二,如果现在我说:"因为没有现成的观众,所以没有良好的剧本。"人家一定以为我说武断。然而实际上,观众和剧本是分析不开的,所以"有了观众,才有剧本,有了剧本,才有观众",互为因果互相影响着。从希腊到现在,请问那一类剧本,是不合那一个时代群众的心理? 譬如英国在复古时代(Restoration)盛行那"血肉惨剧"(Tragedy of Blood),如果中古时代,人类没有残恶到万分,这种剧本,那里会有在舞台上出演的机会？莎士比亚在许多剧本里,时有文不对题的地方,如在Hamlet一剧内,讨论"饮酒"问题便是。这些牛头不对马嘴的地方,正足以证明写剧者要讨好观众的苦衷。即如中国平剧的观众,平日因为脑筋中,有了忠孝节义等一类的观念,然后《二进宫》《三娘教子》《九更天》《汾河湾》一类的剧本,才有人要看。可是也许群众看了这一类剧本以后,他们忠孝节义的观念,是更深一层。这也不在话下。话剧呱呱落地以后,便以革命为号召。以灌输新思想为唯一目标,既以革命为号召,以先平剧忠孝节义一类的剧本,当然是在打到之列。如此说来,岂非凡是看话剧的群众,他们脑筋中都是预备吸收新思想的么？写剧的人,必须先将新奇的革命的学说,灌输到群众的脑筋里,使他们吸收了一切以后,然后可以成为话剧忠实的信徒——和观众。

如果当时观众的脑筋,都是空空洞洞的,那倒容易,只要找些革命的学说和材料,像填北京鸭子似的,将这些一箍脑儿都灌输了进去,便可告一段落了。可是中国话剧的观众,脑筋中何尝是空空洞洞的呢？他们早有了忠孝节义那一类的东西盘踞着,必须先把那一套陈腐的东西驱逐得干干净净,然后再能把别的灌输进去,方可发生效力。否则先入为主,即使你用尽了心思和脑力,也是吃力不讨好；况且你所要灌输到他们脑子里去的学说和思想,又恰好和那先入为主的忠孝节义一类的东西相反,南辕北辙,不但不能互相容纳,反在那里打起架来,如何是好？

五四运动的时候,胡适之曾经写过一篇《终身大事》的剧本,从技巧方面看来,当然是幼稚的,然而写剧的宗旨却是对的,他以为如果要灌输新的学说和思想到中国人脑筋里去,必须先把旧有的一切驱逐出去。可惜当时我们从事新文化运动的人,大半是好高骛远,不在此一点上着想。

《终身大事》一类剧本的缺点,是完全在乎技巧方面。罗马不是一日造成,技巧也不是一看便会,因为材料缺乏,便不能不取材异国,这一来好替易卜生的《娜拉》等等造机会。五四运动是在写实派命运告终以后才产生的,从潮流一方面说起来,易卜生的著作,输入我国,也可谓不先不后,适当其时。但请问二十年前中国的女子,脑筋中有没有像娜拉这样的妇人,事实上有没有摹仿娜拉抛弃家庭而出亡之必要,结果便是这一类剧本,不但没有把中国一切陈旧思想如忠孝节义那一套驱逐出外;反没头没脑把许多不相干的东西,向观众的脑筋里灌输了进去,大多数人当然是莫名其妙,于是渐渐的除了学生以外,便没有人再去请教话剧。但从历史方面看来,无论那一时代,那一国的戏剧,不能单靠着一种阶级来维持它的生命,专靠学生来拥护,决不能生存,话剧的剧本的结果是如此,所以一直如今,我还佩服当初春柳社排演及提倡《茶花女》以及……往后几年之《西太后》《宝蟾送酒》一类剧本的苦衷,至少那时候的群众,对于这些剧本,还能领略,既能领略,便能欣赏,然后再一步一步的由浅入深从事革新起来——到了今日,吾敢说话剧虽不能完全取平剧而代之,至少也可夺到相当的地盘了。

第三,写到这里,我又要怪我们中国人太聪明了。我们知道话剧在欧洲之为人拥护,无非是有良好的演员。英国在十八世纪下半叶和十九世纪之间,简直可以说:"值得一看的剧本,一本也没有。"所以有人说:"自一七七七年起,到一八九三年止,是英国戏剧史上的沙漠时代。"然而看戏的人,还是十分拥挤,因为良好剧本,虽付缺如,而良好的演员却很有几位,如Garrick,如Kemble等:确是唯一无二的天才。再看我们中国的平剧,亦何尝不如此。何以梅兰芳程艳秋到了上海,看平剧的人,便比平日增加了许多。他们当然也有他们所编的新剧为后盾,来号召观众,然而我们平日所听见的,如"我们今晚去看梅兰芳呀!""明儿我们去听跛刘的斩子呀!"等,这又是什么意思呢?影剧也不必说,有的是捧Greta Garbc的,有的是喜欢Dietrrich的,甚而至于因批评电影明星,而打架而流血的,这又是什么缘故呢?

但是话剧呢,今日硕果仅存的演员,恐怕只有欧阳予倩,陈大悲,俞珊几个人罢,他们的经验和本领,虽然不差,然而号召话剧观众的能力,

111

与平剧演员梅、程几位比较起来,恐怕是距离得很远罢。

话剧之无杰出演员,确是一件不可掩饰的事实,然而三十年来,偌大中国,何以连一个空前绝后的话剧演员也产不出来?最近冯叔鸾在《维纳斯》杂志上发表一文说:"话剧当时在上海分为两派,一是用剧本的,一是不用剧本的。"(不用剧本的演员,而居然成为一派,这也可算为天下奇闻了。)然而中国人却非常的聪明,一听便会,一会便做,表面上确乎没有用剧本的必要!当时上海演戏的情形,约略如下:凡新剧登台,在开演一小时以前,导演将剧本的内容向各演员叙述一过后,将各人所扮演角色及场面等等,清清楚楚的填写在黑板上面,至于甲角应说什么开场,乙角应如何回答,悉听尊便。演员登台以后便天南海北,胡诌一阵,今日所说的话,和明日所说的,也许大同小异,也许连一字也不雷同。原来这根本是没有什么重要呀!

无论何种艺术,即使是第一流的天才,而没有相当的学力,是决不会成功的。欧洲无论歌剧话剧,是史册上最早见的,如英国的Royal Chapel,俄国的Marinsky Theatre以及现代巴黎柏林等各大都会中的Conservatoire National de Musique of de Déclamtion都是培植天才演员的发祥地,他们的教材,何等完备,管理章程,何等严密,即如我国平剧科班出身的演员,如富连成班等,大都也经过相当的苦练。平剧之能到今日,虽然经过了不少的风波,虽然为潮流所不容,然而仍能保持其旧日的地盘,平心静气,我们不得不归功于科班的训练,因为人人都知道平剧的重要演员,非一蹴所能成功,而必须埋头苦干才行!当初话剧何尝没有专门学校——如十年前北京的人艺——然而人才呢?也许是管理不得其当,也许是欲速则不达,也许还有其他种种原因,还是不去讨论的好。

末了——这是第四点——中国人在世界任何民族中,可以称为最喜欢热闹的民族。我们走进欧洲剧场,是静悄悄的,似乎鬼也可以捉得出来的!但一走进中国剧场,便锣鼓喧天,你嚷我喊,脑子像要裂开的样子,究竟中国民族是文明抑是野蛮，姑且不必在这里下什么批评，我们只要记牢中国人之喜欢热闹，是一件不可讳的事实，而平剧之所以合人脾胃，也未始不在这一点上。然而回过头来一看，话剧却非静悄悄地去干不可，这与中国国民性恰好相反，也是不能讨好观众的一个重大原因。

并且平剧尚有其他的附属品，如古装，如脸谱，如刀枪，如国术，皆足以引起观众的好奇心，可怜话剧连这些也没有。

"中国人天生长于Pantomime。"惟其如此，所以忽略了面部的表情。这一次雍竹君女士在中欧一带，表演《琵琶记》等，颇能博得当地人士的好感；可是观众深以中国人缺乏面部表演为憾。雍竹君女士一向是演平剧的，平日因为有脸谱，有古装，有种种Convention的缘故，用不着面部表情，有时即使要用，也为事实所不许。

但雍女士的缺点，也即是中国普通一辈演员的缺点（这连平剧和话剧一概包括在内）。然而面部表情，确是话剧一种重要的工具，用来填补没有脸谱等缺憾，可惜吾国人对于这一项，却是很少注意。

此外还有布景，也是话剧中最重要的工具之一。但中国人对于布景方面学识的幼稚，却又是可怜的很。Max Reinhardt，Gordon Craig等的学说，试问中国人有几个懂得？即使懂了以后，有几个能去实地试验。例如光是布景中最重要的一部分，是舞台上一切的生命。试问在中国那一家戏院有完备电灯机关的装置？那一家戏院曾经聘过一位电学专家来讨论这个问题。这是否是经济上的拮据，还是学术上的贫困，那我们不得而知了。

话剧在欧洲，这几十年来，一方面有歌剧，一方面有银幕，真是腹背受敌，若无历史的背景，出奇制胜的剧本，天才的演员，如Sarah Beruhardt等，以及画家，电学家，光学家等等，互相团结起来，在十年以内，把话剧变成一种综合的艺术Synthetic Art的团体，也许二十世纪的开场，便是白话剧的末日，但不——话剧在欧美是永远存在着，不但永远存在，而且蓬蓬勃勃很有生气——今日中国话剧的环境和二十世纪开场时候，欧洲话剧的环境，不相上下，只要我们肯干，肯努力去干，那末有了三十年历史的话剧,未必见得就此会寿终正寝的。

(注:平剧在此指的是京剧。)

选自《宋春舫论剧·凯撒大帝登台第三集》,商务印书馆1937年版。

【延伸阅读】

1. 宋春舫:《近世名戏百种目》,《新青年》第5卷第4号(1918年)。

2. 宋春舫:《改良中国戏剧》,《宋春舫论剧》(第1集),中华书局1923年版。

3. 宋春舫:《宋春舫论剧》(第2集),上海生活书店1936年版。

4. 宋春舫:《戏剧的对白》,《宋春舫论剧·凯撒大帝登台》(第3集),商务印书馆1937年版。

Cai Yuanpei 蔡元培

【题解】 蔡元培(1868—1940),字鹤卿,又字仲申、民友、孑民,浙江绍兴人。著名的教育家、美学家、政治家。曾任民国首任教育总长,国立北京大学校长。任北大校长期间,鼎力革新北大,改革办学体制和学科、学制设置,创办科研机构,倡导平民教育,男女同校,采取"囊括大典,网罗众家,思想自由,兼容并包"的办学方针,大量引进新人物,不拘一格招聘人才,使北大很快即开学术研究、思想自由之风气。他大力支持五四新文化运动,提倡白话文,赞成文学革命,反对封建复古主义,倡导以科学和民主为内容的新思潮。国民政府奠都南京后,他主持教育行政委员会、筹设中华民国大学院及中央研究院,主导教育及学术体制改革。1928年至1940年专任中央研究院院长。他曾两度游学欧洲、亲炙文艺复兴后的西方科学精神和文化思潮。他对中国社会及陋俗有透彻观察,大力提倡民权、女权,倡导自由思想,致力革除旧俗,大开科学研究风气,重视公民道德教育,强调国民的世界观、人生观、美学教育。

《〈中国新文学大系〉总序》选自上海良友图书印刷公司于1935年出版的《中国新文学大系·理论建设卷》。《中国新文学大系》是民国时期最早编纂的大型文学选集,由赵家璧主编,全书分为十卷,蔡元培撰写总序,各卷编选者分别就所选内容撰写长篇导言。在总序中,蔡元培从中西文明、文化发展的高度,总揽全局、高屋建瓴地论述了文化和文学的相互关系,对中国新文化运动和西方文艺复兴存在的区别,进行深入的比较和探究,从中梳理出两种文化运动的不同发展理路,为中国新文化、新文学的运动,探明发展路径和方向,并以高瞻远瞩的文化眼光,指出中国新文学的发展,顺乎了历史发展的潮流,实际上也就是中国的文艺复兴运动,适应了现代中国发展的历史规律,传导了迈入现代进程中的中国人的思想与情感。

蔡元培肖像

十三　《中国新文学大系》总序

欧洲近代文化,都是从复兴时代演出;而这个时代所复兴的,为希腊罗马的文化;是人人所公认的。我国周季文化,可于希腊罗马的文化比拟,也经过一个烦琐哲学时期,与欧洲中古时代相埒,非有一种复兴运动,不能振发起衰;五四运动的新文学运动,就是复兴的开始。

欧洲文化,不外乎科学与美术;自纯粹的科学:理,化,地质,生物等等以外,实业的发达,社会的组织,无一不以科学为本,均得以广义的科学包括他们。自狭义的美术:建筑,雕刻,绘画等等以外,如音乐,文学及一切精制的物品,美化的都市,皆得以美术包括他们。而近代的科学美术,实皆植基于复兴时代;例如文西,米开兰基罗与拉飞尔三人,固为复兴时代最大的美术家,而文西同时为科学家及工程师,又路加培根提倡观察与实验法,哥白尼与加立里建立的天文学,均为开先的科学家。这些科学家与美术家,何以不说是创造与复兴？这因为学术的种子,早已在希腊罗马分布了。例如希腊的多利式育尼式科林式三种柱廊,罗马的穹门,斐谛亚,司科派,柏拉克希脱的雕刻以及其他壁画与花瓶,荷马的史诗,爱司凯拉,索福克,幼利披留与亚利司多芬的戏剧,固已极美术文学的能事,就是赛勒司,亚利司太克的天文,毕达可拉斯,欧几里得的数学,依洛陶德的地理,亚奇米得的物理,亚里斯多得的生物学,黑朴格拉底的医学,亦都已确立近代科学的基础。

罗马末年,因日尔曼人的移植,而旧文化几乎消减,这时候,保存文化的全恃两种宗教,一是基督教,一是回教。回教的势力,局于一隅;而基督教的势力,几乎弥漫全欧。基督教受了罗马政治的影响,组织教会,设各地方主教,而且以罗马为中心,驻以教皇。于是把希腊罗马的文化,一切教会化,例如希腊哲学家亚里斯多得,自生物学而外,对于伦理学,美学以及其他科学,均有所建树,而教会利用亚氏的学说为工具,曲解旁推,务合于教义的标准。有不合教义的,就指为邪教徒,用火刑惩罚他们。一切自由的思想,信教的自由,都被剥夺,观中古时代的大学课程,除圣经及亚里斯多得的著作外,有一点名学,科学及罗马法律,没有历史与文学,他的固陋可以想见了。那时候崇闳的建筑,就是教堂;都是峨特式①,有一参天高塔,表示升入教堂的愿望,正于希腊人匀衡的建筑,代表现世安和的命运相对峙。附属于建筑的图画与雕刻,都以《圣经》中的故事为题材;音乐诗歌,亦以应用于教会的为时宜。

及十三世纪,意大利诗人但丁始以意大利语发表他最著名的长诗《神曲》,其内容虽尚袭天堂与地狱的老套,而其所描写的人物,都能显出个性,而不拘于教会的典型;文词的优美,又深受希腊文学的影响而可以与他们匹敌,这是欧洲文艺复兴时期的开山。嗣后由文学而艺术,由文艺而及于科学,以至政治上,宗教上,都有一种革新的运动。

我国古代文化,以周代为最可征信。周公的制礼作乐,不让希腊的梭伦;东周季氏,孔子的知行并重,循循善诱,正如苏格拉底;孟子的道性善,陈王道,正如柏拉图;荀子传群经,持礼法,为稷下祭酒,正如亚里斯多得;老子的神秘,正如毕达哥拉斯;阴阳家以五行说明万物,正如恩派多克利以地水火风为宇宙本源;墨家的自苦,正如斯多利派;庄子的乐观,正如伊壁鸠鲁派;名家的诡辩,正如哲人;纵横家言,正如雄辩术。此外如周髀的数学,素问灵枢的医学,《考工记》的工学,墨子的物理学,

---

① 即哥特式。

尔雅的生物学,亦树立科学的基础。

在文学方面,《周易》的洁静,《礼经》的谨严,老子的名贵,墨子的质素,孟子的条达,庄子的俶诡,邹衍的闳大,荀卿与韩非的刻核,《左氏春秋》的和雅,《战国策》的博丽,可以见散文的盛况。风雅颂的诗,荀卿,屈原,宋玉,景差的辞赋,可以见当时韵文的盛况。

在艺术方面,《乐记》说音乐,理论甚精,但乐谱不传。《诗·小雅·斯干》篇称"如跂斯翼,如矢斯棘,如鸟斯革,如翚斯飞";可见现今宫殿式之檼桷,已于当时开始!当代建筑,如周之明堂、七庙、三朝、九寝、楚之章华台、燕之黄金台、秦之阿房宫等。虽名制屡见记载,但取材土木,不及希腊罗马的石材,故遗迹多被埋没。玉器铜器的形式,变化甚多,但是所见图案,以云雷文及兽头为多,植物已极希有,很少见有雕刻人物如希腊花瓶的。韩非子说画犬马难,画鬼魅易,近乎写实派;庄子说宋元君有解衣盘礴的画史,近乎写意派,但我们尚没见到周代的壁画。所以我们敢断言的,是周代的哲学与文学,确可以与希腊罗马相比拟。

秦始皇帝任李斯,专用法家言,焚书坑儒。汉初矫秦弊,有专尚黄老;文帝时儒家与道家争,以"一家人言"与"司空城旦书"互相诋。武帝时始用董仲舒对策(《汉书·董仲舒传》:"董仲舒对策'今师异道,人异论,百家殊方,指意不同,上亡持一统,法制数变,下不知道所守。臣愚以为诸不在六艺之料,孔子之术者,皆绝其道,勿使并进。邪辟之说灭息,然后统纪可一,而法度可明,民知所从矣。'")"推明孔氏,抑黜百家",建元元年,丞相卫绾奏:"所举贤良,或治申、商、韩非、苏秦、张仪之言,乱国政,请皆奏罢。"诏:"可。"武帝乃置五经博士,后增至十四人,"利禄之途"既开,优秀分子,竟出一途。为博士官置弟子,由五十人,而百人,而千人,成帝时至三千人;后汉时大学至二万余生,都抱着通经至用的目的,如"禹贡治河","三百篇讽谏","春秋断狱"等等,这时候虽然有阴阳家的五德始终,谶纬学派的符命然终以经术为中心。魏晋以后,虽然有佛教输入,引起老庄的玄学,与处士的清谈;有神仙家的道教,引起金丹的化炼,符录的迷信;但是经学的领域还是很坚固,例如义疏之学,南方有崔灵恩,沈文阿,皇侃,戚衮,张讥,顾越,王元规等,北方则有刘献之,徐遵明,李铉,沈重,熊安生等;(诸季野说:"北人学问,渊综广博。"孙安国说:"南人学问,清通简要。"支道林又说:"自中人以还,北人看书,如显处观月;南人看书,如牖中窥日。")迄于唐代,国子祭酒孔颖达与诸儒撰定五经正义于天下,每年明经以此考试,经学的势力,随"利禄之途"而发展,真可以压倒一切了。

汉代师承荀卿,屈原的余绪,有如同司马相如,扬雄,班固,枚乘等竞为辞赋,句多骈丽,后来又渐多用于记事的文,如蔡邕所作的碑铭,就是这一类。魏晋以后,一切文辞均用此体;后世称骈文,或称四六。

唐德宗时(西历8世纪),韩愈始不满意于六朝骈丽的文章,而以周季汉初论辩记事文为模范,创所谓"起八代之衰"的文章,那时候与他同调的有柳宗元等。愈又作《原道》,推本孔孟,反对佛老二氏,有"人其人,火其庐,焚其书"的提议,乃与李斯,董仲舒相等。又补作文王拘幽操,至有"臣罪当诛天王圣明"等语,以提倡君权的绝对。李翱等推波助澜渐引起宋明理学的运动。但宋明理学,又不是韩愈所期待的,彼等表面虽亦排斥佛老,而里面却愿兼采佛老二氏的长处;如河图洛书太极图等,本诸道教;天理人欲明善复初等本诸佛教。在陆王一派,偏于"尊德性"固然不讳谈禅,阳明且有格竹病七日的笑话,与科学背道而驰,固无足异;程朱一派,力避近禅,然阳儒阴禅的地方很多。朱熹释格物为即物穷理,且说:"即凡天下之物,莫不因其已知之理而益穷之,以求至乎其极,至于用力之久而一旦豁然贯通焉,则众物之表里精粗无不到,而吾心之全体大用无不明矣。"似稍近于现代科学家之归纳法,然以不从实验上着手,所以也不能产生科学。那时程颐以"饿死事小,失节事大"斥再醮妇,蹂躏女权,正于韩愈的"臣罪当诛"相等,误会三纲的旧说,破坏"五伦"的本义。不幸此等谬说投明清两朝君王所好,一方面以利用科举为诱惑,一方面以文字狱为鞭策,思想言论的自由,全被剥夺。

明清之间,惟黄宗羲的《明夷待访录》,有《原君》《原臣》等篇;戴震《原义》,力辟以理责人的罪恶;俞正燮于《葵已类稿》存稿中有反对男尊女卑的文辞,远之合于诸子的哲学,近之合于西方的哲学,然皆如昙花一现,无人注意。

直到清季,于西洋各国接触,经过好几次的战败,始则感武器的不如人,后来看到了政治上,后来看到教育上、学术上都觉得不如人了,于是有维新派,以政治及文化上之革新为号召,康有为谭嗣同是其中最著名的。

康氏有《大同书》本礼运的大同义而附以近代人文主义的新义,谭氏有《仁学》,本佛教平等观而行决一切的网罗,在当时确为佼佼者。然终以迁就时人思想的缘故,戴着尊孔保皇的假面,然而结果仍归于失败。

嗣后经庚子极端顽固派的一试,而孙中山先生领导之同盟会,渐博得多数信任,于是有辛亥革命,实行"恢复中华建立民国"的宣言,当时思想言论的自由,几达极点,尊孔保皇的旧习,似有扫除的希望,但又经袁世凯与其卵翼的军阀之摧残,虽洪宪帝制,不能实现,而北洋军阀承袭他压制自由思想的淫威,方兴未艾。在此暴力的压迫之下,自由思想的勃兴,仍不可遏抑,代表他的是陈独秀的《新青年》。

《新青年》于民国四年创刊,他的敬告青年,特陈六义:一,自主的而非奴役的;二,进步的而非退守的;三,进取的而非退隐的;四,世界的而非锁国的;五,实利的而非虚文的;六,科学的而非想象的。

到民国八年,有《新青年》宣言,有云:"我们相信,世界各国政治上道德上经济上因袭的观念中,有许多阻碍进化而不合情理的部分。我们想求社会进化,不得不打破'天经地义''自古如斯'的成见,决计一面抛弃此等旧观念,一面综合前代贤哲和我们自己所想的,创造政治上的道德上的经济上的新观念,树立新时代的精神,适应新社会的环境。我们理想的新时代,新社会,是诚实的,进步的,积极的,自由的,平等的,创造的,美的,善的,和平的,相爱互助的,劳动而愉快的,全社会幸福的。

希望那虚伪的,保守的,消极的,束缚的,阶级的,因袭的,丑的,恶的,战争的,轧轹不安的,懒惰而烦闷的,少数幸福的现象,渐渐减少,至于消灭。"又有《新青年罪案之答辩书》,有云:"他们所非难本志的,无非是破坏孔教,破坏礼法,破坏国粹,破坏贞节,破坏旧伦理(忠孝节),破坏旧艺术(中国戏),破坏旧宗教(鬼神),破坏旧文学,破坏旧政治(特权人治),这几条罪案。这几条罪案,本社同人当然直认不讳。但是追本溯源,本志同人本来无罪,只因为拥护那德莫克拉西(Democracy)和赛因斯(Science)两位先生,才犯了这几条滔天大罪。要拥护那德先生,便不得不反对孔教,礼法,贞节,旧伦理,旧政治;要拥护那赛先生,便不得不反对旧艺术,旧宗教;要拥护德先生又要拥护赛先生,便不得不反对国粹和旧文学。"他的主张民治主义和科学精神,固然前后如一,而《破坏旧文学的罪案》与《反对旧文学》的声明,均于八年始见,这是因为在《新青年》上提倡文学革命起于五年。五年十月胡适来书,称"吾以今日而言文学改良,须从八事入手。八事者何? 一曰:不用典;二曰:不用陈套语;三曰:不讲对仗;四曰:不僻俗字俗语;五曰:须讲求文法之结构;六曰:不作无病之呻吟;七曰:不模仿古人;八曰:须言之有物。"由是陈独秀于六年二月发表《文学革命论》,有云:"文学革命之气运,酝酿已非一日,其首举义旗之急先锋,则为我友胡适。余敢冒全国学究之敌高张'文学革命军'大旗以为吾友之声援,旗上大书特书吾革命军三大主义:曰推倒雕琢的阿谀的贵族文学,建设平易的抒情的国民文学;曰推倒陈腐的铺张的古典文学,建设新鲜的立诚的写实文学;曰推倒迂晦的艰涩的山林文学,建设明了的通俗的社会文学。"这是那时候由革命而进于文学革命的历史。

为什么改革思想,一定要牵涉到文学上? 这因为文学是传导思想的工具。钱玄同于七年三月十四日《致陈独秀书》,有云:"旧文章的内容,不到半页,必有发昏做梦的话,青年子弟,读了这种旧文章,觉其句调铿锵,娓娓可诵,不知不觉,便被为文中之荒谬道理所征服。"在玄同所主张的

"废灭汉文"虽不易实现,而先废文言文,是做得到的事。所以他有一次致独秀的书,就说:"我们既绝对主张用白话体作文章,则自己在《新青年》里面做的,便应该渐渐的改用白话。我从这次通信起,以后或撰文,或通信,一概用白话,就和适之先生做《尝试集》一样意思。并且还要请先生,胡适之先生和刘半农先生都来尝试尝试。此外别位在《新青年》撰文的先生和国中赞成做白话文的先生们,若是大家都肯尝试,那么必定成功。自古无的,自今以后必定会有。"可以看见玄同提倡白话文的努力。

民元①前十年左右,白话文也颇为流行,那时候最著名的白话报,在杭州是林獬、陈敬第所编,在芜湖是独秀与刘光汉所编,在北京是杭辛斋、彭翼仲所编,即余与王季同、汪允宗等所编的《俄事警闻》与《警钟》每日有白话文与文言文论说各一篇,但那时候作白话文的缘故,是专为通俗易理解,可以普及常识,并非取文言而代之。主张以白话代文言,而高揭文学革命的旗帜,这是从《新青年》开始的。

欧洲复兴时期以人文主义为标榜,由神的世界过渡到人的世界。就图画而言,中古代的神像,都是忧郁枯板与普通人不同,及复兴时代,一以生人为模型,例如拉飞尔,所画圣母,全是窈窕的幼妇,所画耶稣,全是活泼的儿童。使观者有地上实现天国的感想。不但拉飞尔,同时的画家没有不这样的。进而为生人肖象,自然更加表现其特性,所谓"人心不同如其面"了。这叫做由神相而转成人相。我国近代本目文言文为古文,而欧洲人目不通行的语言为死语,刘大白参用他们的语意,译古文为鬼话;所以反对文言提倡白话的运动,可以说是弃鬼话而取人话了。

欧洲中古时代,以一种变相的拉丁文为通行文字,复兴以后,虽以研求罗马时代的拉丁文与希腊文,为复兴古学的工具,而另一方面,却把各民族的方言加以利用为新文学的工具。在意大利有但丁、亚利奥斯多,朴伽丘,马基亚弗利等,在英国有绰塞,威克列夫等,在日尔曼有路德等,在西班牙有塞文蒂等,在法兰西有拉勃雷等,都是用素来不认为

---

① 民元指民国纪元。

有文学价值的方言来叙述圣经，或撰著诗文，遂产生各国语的新文学。我们的复兴，以白话文为文学革命的条件，正与但丁等一同见解。

欧洲的复兴，普通分为初盛晚三期：以十五世纪为初期，以千五百年至前千五百八十年为盛期，以千五百八十年至十七世纪为晚期。在艺术上，自意大利的乔托，基伯尔提，文西，米开兰基罗，拉飞尔，狄兴等以至法国的雷斯古，古容，格雷爱父子等，西班牙的维拉斯开兹等，德国的杜勒，荷尔斑一族等，荷兰与法兰德尔的凡爱克，鲁本兹，郎布兰，凡带克等。在文学上，自意大利但丁，亚利奥斯多，马基亚弗利，塔苏等，法国的露莎，蒙旦等，西班牙的蒙杜莎，莎凡提等，德国的路德，萨克斯等，英国的雪泥，慕尔，莎士比亚等。人才辈出，历三百年。我国的复兴，自五四运动以来不过十五年，新文学的成绩，当然不敢自诩为成熟。其影响于科学精神民治思想及表现个性的艺术，均尚在进行之中。但是吾国历史，现代环境，督促吾人，不得不有奔轶绝尘的猛进。吾人自期，至少应以十年的工作抵欧洲各国数百年。所以对第一个十年先作一总审查，使吾人有以鉴既往而策将来，希望第二个十年与第三个十年时，有中国的拉飞尔与中国的莎士比亚等应运而生呵！

一九三五年十月

选自《中国新文学大系·理论建设卷》，上海良友图书印刷公司1935年版。

【延伸阅读】

1. 蔡元培：《世界观与人生观》，《东方杂志》第9卷第10号（1913年）。

2. 蔡元培：《文明之消亡》，《东方杂志》第14卷第2号（1917年）。

3. 蔡元培：《以美育代宗教说——在北京神州学会演说词》，《新青年》第3卷第6号（1917年）。

4. 蔡元培：《何谓文化》，《北京大学日刊》第806号（1921年）。

Lin Yutang 林语堂

【题解】 林语堂（1895—1976），原名和乐，后改玉堂，又改语堂，祖籍福建龙溪，出生在福建平和。现代著名作家、学者、翻译家。1916年毕业于上海圣约翰大学，后任教于清华大学。1919年赴美国哈佛大学留学，攻读比较文学，获文学硕士学位，后转赴德国莱比锡大学研究语言学，获哲学博士学位。1923年回国，先后在国立北京大学、国立北京师范大学、北京女子师范大学、厦门大学任教，曾任国立北京大学英文系主任、厦门大学文学院院长、联合国教科文组织美术与文学主任、国际笔会副会长等职。林语堂是语丝社的重要成员和撰稿人，曾在上海创办《论语》《人间世》《宇宙风》等刊物，提倡幽默闲适，被称为中国的"幽默大师"。1936年再度赴美国，在教书的同时，用英文写作，创作有《京华烟云》等长篇小说。林语堂学贯中西，既有扎实的中国古典文学功底，又有很高的英文造诣，他一生笔耕不辍，著作等身，曾两度获得诺贝尔文学奖提名。主要著作有《吾国吾民》《生活的艺术》《风声鹤唳》《红牡丹》《武则天正传》等。译著有《东坡诗文选》《老子的智慧》《浮生六记》等。

《论幽默》刊于1934年1月16日《论语》(半月刊)第33期。

"幽默"是英文humor的音译,为林语堂所首创。在《八十自叙》一书里,他还单辟"幽默"一章,不无自豪地宣称:"我创造了'幽默'这个译文,人家都叫我'幽默大师'。"他曾多次论述创造幽默的两个必要条件:其一是拥有智慧。认为幽默是智慧的闪光,一切幽默都源于人的智慧。有智慧的人思考起来就会超越前人、与众不同,在生活中就有可能创造出幽默;其二是平等和博爱的观念。他说:"幽默之所以异于滑稽者,在于同情于所谑之对象",只有当人们平等待人,用充满"爱意"的眼光看待别人的弱点时,才可能生发出幽默。在分辨幽默与嘲讽时,他作了这样的论述:"假如你能够在你所爱的人身上见出荒唐可笑的地方而不因此减少你对他们的爱,就算有俳调(这里意指幽默)的鉴察力;假使你能够想象爱你的人也看出你可笑的地方而承受这项矫正,这更显明你有这种鉴察力。"通过这两个方面的分析,他揭示出了幽默作为一种文体的意识基础和精神特征。与鲁迅不同,他认为中国产生了诸如老子、庄子、陶渊明等幽默大家。他有关"幽默"的论述,在民国文坛上产生了深远的影响。

林语堂肖像

十四　论幽默

One excellent test of the civilization of a country I take to be the flourishing of comic idea and comedy; and the test of true comedy is that it shall awaken thoughtful laughter.

——George Meredith: Essay on Comedy

我想一国文化的极好的衡量,是看他喜剧及俳调之发达,而真正的喜剧的标准,是看他能否引起含蓄思想的笑。

——麦烈蒂斯《喜剧论》

上　篇

幽默本是人生之一部分,所以一国的文化,到了相当程度,必有幽默的文学出现。人之智慧已启,对付各种问题之外,尚有余力,从容出之,遂有幽默——或者一旦聪明起来,对人之智慧本身发生疑惑,处处发见人类的愚笨、矛盾、偏执、自大,幽默也就跟着出现。如波斯之天文学家诗人荷麦卡奄姆,便是这一类的。"三百篇"中《唐风》之无名作者,在他或她感觉人生之空泛而唱"子有车马,弗驰弗驱,宛其死矣,他人是愉"之时,也已露出幽默的态度了。因为幽默只是一种从容不迫达观态度,《郑风》"子不我思,岂无他人"的女子,也含有幽默的意味。到第一等头脑如庄生出现,遂有纵横议论捭阖人世之幽默思想及幽默文章,所以庄生可称为中国之幽默始祖。太史公称庄生滑稽,便是此意,或索性追源于老子,也无不可。战国之纵横家如鬼谷子、淳于髡之流,也具有滑稽雄辩之才。这时中国之文化及精神生活,确乎是精力饱满,放出异彩,九流百家,相继而起,如满庭春色,奇花异卉,各不相模,而能自出奇态以争妍。人之智慧,在这种自由空气之中,各抒性灵,发扬光大。人之思想也各走各的路,格物穷理各逞其奇,奇则变,变则通。故毫无酸腐气象。在这种空气之中,自然有谨愿与超脱二派,杀身成仁,临危不惧,如墨翟之徒,或是儒冠儒服,一味做官,如孔丘之徒,这是谨愿派。拔一毛以救天下而不为,如杨朱之徒,或是敝屣仁义,绝圣弃智,看穿一切如老庄之徒,这是超脱派。有了超脱派,幽默自然出现了。超脱派的言论是放肆的,笔锋是犀利的,文章是远大渊放不顾细谨的。孜孜为利及孜孜为义的人,在超脱派看来,只觉得好笑而已。儒家斤斤拘执棺椁之厚薄尺寸,守丧之期限年月,当不起庄生的一声狂笑,于是儒与道在中国思想史上成了两大势力,代表道学派与幽默派。后来因为儒家有"尊王"之说,为帝王所利用,或者儒者与君王互相利用,压迫思想,而造成一统局面,天下腐儒遂出。然而幽默到底是一种人生观,一种对人生的批评,不能因君王道统之压迫,遂归消灭。而且道家思想之泉源浩大,老庄文章气魄,足使其效力历世不能磨灭,所以中古以后的思想,表面上似是独尊儒家道统,实际上是儒道分治的。中国人得势时都信儒教,不遇时都信道教,各自优游林下,寄托山水,怡养性情去了。中国文学,除了御用的廊庙文学,都是得力于幽默派的道家思想。廊庙文学,都是假文学,就是经世之学,狭义言之,也算不得文学。所以真有性灵的文学,人人最深之吟咏诗文,都是归返自然,属于幽默派、超脱派、道家派的。中国若没有道家文学,中国若果真只有不幽默的儒家道统,中国诗文不知要枯燥到如何,中国人之心灵，不知要苦闷到如何。

老子庄生，固然超脱，若庄生观鱼之乐，蝴蝶之梦，说剑之喻，蛙鳖之语，也就够幽默了。老子教训孔子的一顿话："子所言者，其人与骨皆已朽矣，独其言在耳。吾闻之，良贾深藏若虚，君子盛德，容貌若愚。去子之骄气与多欲，态色与淫志，若是而已。"无论是否战国时人所伪托，司马迁所误传，其一股酸溜溜气味，令人难受。我们读老庄之文，想见其为人，总感其酸辣有余，湿润不足。论其远大遥深，睥睨一世，确乎是真正Comic spirit（说见下）的表现。然而老子多苦笑，庄生多狂笑，老子的笑声是尖锐，庄生的笑声是豪放的。大概超脱派容易流于愤世嫉俗的厌世主义，到了愤与嫉，就失了幽默温厚之旨。屈原、贾谊，很少幽默，就是此理。因谓幽默是温厚的，超脱而同时加入悲天悯人之念，就是西洋之所谓幽默，机警犀利之讽刺，西文谓之"郁剔"（Wit）。反是孔子个人温而厉，恭而安，无适，无必，无可无不可，近于真正幽默态度。孔子之幽默及儒者之不幽默，乃一最明显的事实。我所取于孔子，倒不是他的踧踖如也，而是他燕居时之恂恂如也。腐儒所取的是他的踧踖也，而不是他的恂恂如也。我所爱的是失败时幽默的孔子，是不愿做匏瓜系而不食的孔子，不是成功时年少气盛杀少正卯的孔子。腐儒所爱的是杀少正卯之孔子，而不是吾与点也幽默自适之孔子。孔子既殁，孟子犹能诙谐百出，踰东家墙而搂其女子，是今时士大夫所不屑出于口的。齐人一妻一妾之喻，亦大有讽刺气味。然孟子亦近于郁剔，不近于幽默，理智多而情感少故也。其后儒者日趋酸腐，不足谈了。韩非以命世之才，作《说难》之篇，亦只是大学教授之幽默，不甚轻快自然，而幽默非轻快自然不可。东方朔、枚皋之流，是中国式之稽滑始祖，又非幽默本色。正始以后，王何之学起，道家势力复兴，加以竹林七贤继出倡导，遂涤尽腐儒气味，而开了清谈之风。在这种空气中，道家心理深入人的性灵，周秦思想之紧张怒放，一变而为恬淡自适，如草木由盛夏之煊赫繁荣而入于初秋之豪迈深远了。其结果，乃养成晋末成熟的幽默之大诗人陶潜。陶潜的责子，是纯熟的幽默。陶潜的淡然自适,不同于庄生之狂放,也没有屈原的悲愤了。他《归去来辞》与屈原之《卜居》《渔父》相比,同是孤芳自赏,但没有激越哀愤之音了。他与庄子,同是主张归返自然,但对于针砭世俗,没有庄子之尖利。陶不肯为五斗米折腰,只见世人为五斗米折腰者之愚鲁可怜。庄生却骂干禄之人为豢养之牛待宰之羲。所以庄生的愤怒的狂笑,到了陶潜,只成温和的微笑。我所以言此,非所以抑庄而扬陶,只见出幽默有各种不同。议论纵横之幽默,以庄为最,诗化自适之幽默,以陶为始。大概庄子是阳性的幽默,陶潜是阴性的幽默,此发源于气质之不同。不过中国人未明幽默之义,认为幽默必是讽刺,故特标明闲适的幽默,以示其范围而已。

庄子以后,议论纵横之幽默,是不会继续发现的。有骨气有高放的思想,一直为帝王及道统之团结势力所压迫。二千年间,人人议论合于圣道,执笔之士,只在孔庙中翻筋斗,理学场中捡牛毛。所谓放逸,不过如此,所谓高超,亦不过如此。稍有新颖议论,超凡见解,即诬为悖经叛道,辩言诡说为朝士大夫所不齿,甚至以亡国责任,加于其上。范宁以王弼何晏之罪,浮于桀纣,认为仁义幽沦,儒雅蒙尘,礼坏乐崩,中原倾覆,都应嫁罪于二子。王乐清谈,论者指为亡晋之兆。清谈尚不可,谁敢复说绝圣弃智的话?二千年间之朝士大夫,皆负经世大才,欲以佐王者,命诸侯,治万乘,聚税敛,即作文章抒悲愤,尚且不敢,何暇言讽刺?更何暇言幽默?朝士大夫,开口仁义,闭口忠孝,自欺欺人,相率为伪,不许人揭穿。直至今日之武人通电,政客宣言,犹是一般道学面孔。祸国军阀,误国大夫,读其宣言,几乎人人要驾汤武而媲尧舜。暴敛官僚,贩毒武夫,闻其演讲,亦几乎欲愧周孔而羞荀孟。至于妻妾泣中庭,施施从外来,孟子所讥何人,彼且不识,又何暇学孟子之幽默?

然幽默究竟为人生之一部分。人之哭笑,每不知其所以,非能因朝士大夫之排斥,而遂归灭亡。议论纵横之幽默,既不可见,而闲适怡情之幽默,却不绝的见于诗文。至于文人偶尔戏作的滑稽文章,如韩愈之送穷文,李渔之逐猫文,都不过游戏文字而已。真正的幽默,学士大夫,已经是写不来了。只有在性灵派文人的著作中,不时可发见很幽默的议论文,如定庵之论私,中郎之论痴,子才之论色等。但是正统文学之外,学士大夫所目为齐东野语稗官小说的文学,却无时无刻不有幽默之成分。宋之平话,元之戏曲,明之传奇,清之小说,何处没有幽默?若《水浒》之李逵、鲁智深,写得使你时而或哭或笑,亦哭亦笑,时而哭不得笑不得,远超乎讽谏褒贬之外,而达乎幽默同情境地。《西游记》之孙行者、猪八戒,确乎使我们于喜笑之外,感觉一种热烈之同情,亦是幽默本色。《儒林外史》几乎篇篇是摹绘世故人情,幽默之外,杂以讽刺。《镜花缘》之写女子,写君子国,《老残游记》之写玙姑,也有不少启人智慧的议论文章,为正统文学中所不易得的。中国真正幽默文学,应当由戏曲、传奇、小说、小调中去找,犹如中国最好的诗文,亦当由戏曲、传奇、小说、小调中去找。

中　篇

因为正统文学不容幽默,所以中国人对于幽默之本质及其作用没有了解。常人对于幽默滑稽,总是取鄙夷态度。道学先生甚至取嫉忌或恐惧态度,以为幽默之风一行,生活必失其严肃而道统必为诡辩所倾覆了。这正如道学先生视女子为危险品,而对于性在人生之用处没有了解,或是如彼辈视小说为稗官小道,而对于想象文学也没有了解。其实幽默为人生之一部分,我已屡言之。道学家能将幽默摒弃于他们的碑铭墓志奏表之外,却不能将幽默摒弃于人生之外。人生是永远充满幽默的。犹如人生是永远充满悲惨、性欲、与想象的。即使是在儒者之生活中,做出文章尽管道学,与熟友闲谈时,何尝不是常有俳谑言笑?所差的,不过在文章上,少了幽默之滋润而已。试将朱熹所著《名臣言行录》

一翻,便可见文人所不敢笔之于书,却时时出之于口而极富幽默味道。

试举一二事为例:

  (赵普条)太祖欲使符彦卿典兵,韩王屡谏,以为彦卿名位已盛,不可复委以兵柄。上不听。宣已出,韩王复怀之请见。上曰:卿苦疑彦卿何也?朕待彦卿至厚,彦卿能负朕耶?王曰:陛下何以能负周世宗?上默然,遂中止。

此是洞达人情之上乘幽默。

  昭宪太后聪明有智度,尝与太祖参决大政。及疾笃,太祖侍药饵,不离左右。太后曰:汝知所以得天下乎?上曰:此皆祖考与太后之余庆也。太后笑曰:不然,正繇柴氏使幼儿主天下耳。

太祖所言,全是道学话,粉饰话。太后却能将太祖建朝之功抹杀,而谓系柴氏主幼不幸所造成。这话及这种见解,正像萧伯纳令拿破仑自述某役之大捷,全系其马偶然寻到摆渡之功,岂非揭穿真相之上乘幽默?

关于幽默之解释,有哲学家亚里斯多得、柏拉图、康德、哈勃斯(Hobbes)、柏格森、弗劳特诸人之分析。柏格森所论,不得要领,弗劳特太专门。我所最喜爱的,还是英小说家麦烈蒂斯在《剧论》中的一篇讨论。他描写俳调之神一段,极难翻译,兹勉强粗略译出如下:

  假使你相信文化是基于明理,你就在静观人类之时,窥见在上有一种种灵,耿耿的鉴察一切……他有圣贤的头额,嘴唇从容不紧不松的半开着,两个唇边,藏着林神的谐谑。那像弓形的称心享乐的微笑,在古时是林神响亮的狂笑,扑地叫眉毛倒竖起来。那个笑声会再来的,但是这回已属于莞尔微笑一类的,是和缓恰当的,所表示的是心灵的光辉与智慧的丰富,而不是胡卢笑闹。常时的态度,是一种闲逸的观察,好像饱观一场,等着择肥而噬,而心里却不着急。人类之将来,不是他所注意的;他所注意是人类目前之老实与形样之整齐。无论何时人类失了体态,夸张,矫揉,自大,放诞,虚伪,炫饰,纤弱过甚;无论何时他看见人类懵懂自欺,淫侈奢欲,崇拜偶像，作出荒谬事情，眼光如豆的经营，如痴如狂的计较；无论何时人类言行不符，或倨傲不逊，屈人扬己，或执迷不悟，强词夺理，或夜郎自大猩猩作态，无论是个人或是团体；这在上之神就出温柔的谑意，斜觑他们，跟着是一阵如明珠落玉盘的笑声。这就是徘调之神（the comic spirit）。

这种的笑声是和缓温柔的，是出于心灵的妙悟。讪笑嘲谑，是自私，而幽默却是同情的，所以幽默与谩骂不同。因为谩骂自身就欠理智的妙悟，对自身就没有反省的能力。幽默的情境是深远超脱，所以不会怒，只会笑，而且幽默是基于明理，基于道理之参透。麦烈蒂斯说得好，能见到这徘调之神，使人有同情共感之乐。谩骂者，其情急，其辞烈，惟恐旁观者之不与同情。幽默家知道世上明理的人自然会与之同感，所以用不着热烈的谩骂讽刺，多伤气力，所以也不急急打倒对方。因为你所笑的是对方的愚鲁，只消指出其愚鲁便罢。明理的人，总会站在你的一面。所以是不知幽默的人，才需要谩骂。

麦烈蒂斯还有很好的关于幽默嘲讽的分辨。

假使你能够在你所爱的人身上见出荒唐可笑的地方而不因此减少你对他们的爱，就算是有徘调的鉴察力；假使你能够想象爱你的人也看出你可笑的地方而承受这项的矫正，这更显明你有这种鉴察力。

假使你看到这种可笑，而觉得有点冷酷，有伤忠厚，你便是落了嘲讽（Satire）的圈套中。

但是设使你不拿起嘲讽的棍子，打得他翻滚叫喊出来，却只是话中带刺的一半褒扬他，使他自己苦得不知人家是否在伤毁他，你便是用揶揄（Irony）的方法。

假使你只向他四方八面的奚落，把他推在地上翻滚，敲他一下，淌一点眼泪于他身上，而承认你就是同他一样，也就是同旁人一样，对他毫不客气的攻击，而于暴露之中，含有怜惜之意，你便是得了幽默(Humour)之精神。

麦烈蒂斯所论幽默在本质已经很透辟了。我尚有补充几句,就是关于中国人对于幽默的误会。中国道统之势力真大,使一般人认为幽默是俏皮讽刺,因为即使说笑话之时,亦必关心世道,讽刺时事,然后可成为文章。其实幽默与讽刺极近,却不定以讽刺为目的。讽刺每趋于酸腐,去其酸辣而达到冲淡心境,便成幽默。欲求幽默,必先有深远之心境,而带一点我佛慈悲之念头,然后文章火气不太盛,读者得淡然之味。幽默只是一位冷静超远的旁观者,常于笑中带泪,泪中带笑。其文清淡自然,不似滑稽之炫奇斗胜,亦不似郁剔之出于机警巧辩。幽默的文章在婉约豪放之间得其自然,不加矫饰,使你于一段之中,指不出那一句使你发笑,只是读下去心灵启悟,胸怀舒适而已。其缘由乃因幽默是出于自然,机警是出于人工。幽默是客观的,机警是主观的。幽默是冲淡的,郁剔讽刺是尖利的。世事看穿,心有所喜悦,用轻快笔调写出,无所挂碍,不作滥调,不忸怩作道学丑态,不求士大夫之喜誉,不博庸人之欢心,自然幽默。(中篇完)

选自1934年1月16日《论语》(半月刊)第33期。

【延伸阅读】

1. 林语堂:《插论<语丝>的文体——稳健、骂人和费厄泼赖》,《语丝》第57期(1925年)。

2. 林语堂:《新旧文学》,《论语》第7期(1932年)。

3. 林语堂:《<人间世>发刊词》,《人间世》创刊号(1934年)。

4. 林语堂:《论小品文笔调》,《人间世》第6期(1934年)。

Feng Naichao 冯乃超

【题解】 冯乃超(1901—1983),字绍基,笔名有冯子韬、马公超、李易水等,广东南海人。现代诗人、作家、评论家和翻译家。生于日本的一个华侨家庭,是日本著名侨领冯镜如、冯紫珊的后裔。在日本中学毕业后,考入东京帝国大学,先后学哲学、美学、美术史,后弃学归国参加创造社,历任《创造月刊》《文化批判》编辑,上海艺术大学、中华艺术大学教师。1930年参加中国左翼作家联盟,任"左联"第一任党团书记兼宣传部部长,后调任中共中央宣传部文化工作委员会书记、中国左翼文化总同盟党团书记,并兼任《红旗报》《战争旬刊》编辑,香港华南局文委书记。主要作品有诗集《红纱灯》,小说散文集《傀儡美人》,短篇小说集《抚恤》,文艺论著《文艺讲座》,译著《芥川龙之介集》《河童》等。

《文学的阶级性》刊于1928年8月10日《创造月刊》第2卷第1期,是冯乃超发表的题为《冷静的头脑——评驳梁实秋的＜文学与革命＞》文章的第四节。此前,"新月派"理论家梁实秋曾发表了《文学与革命》《文学是有阶级性的吗？》等文章,认为文学无所谓为哪个阶级服务,并提出"伟大的文学乃是基于固定的普遍的人性",因此,他认为"文学是没有阶级性的","一个资产者和一个劳动者,……他们的人性并没有两样"。对此,左翼文坛立即进行了批驳,如鲁迅发表了《新月社批评家的任务》《"硬译"与"文学的阶级性"》,冯乃超(署名彭康)发表了《冷静的头脑——评驳梁实秋的〈文学与革命〉》等文章。在文章中,冯乃超提出了"文学的阶级性"观点,指出"在阶级社会里面,阶级的独占性适用到生活一般的上面。言语,礼仪,衣食住,学术,技艺,乃至一切的内容"。冯乃超的这一观点,得到了鲁迅的支持,从而更进一步地强化了左翼作家关于文学阶级性的理论建构,成为民国时期"革命文学"的重要理论主张。

十五　文学的阶级性（节选）

文学，它依然是人类所需要的时候，谁能反对文学是人性的表现呢？这个定义是非常的妥当，同一样的程度，又是非常的空漠。一般俗众的批评家——这里面没有忘置我们的梁教授的一席位——在说明一件事实时，最爱假设一种要素，在承认它的互相作用的名义下，拒绝它的根本的物质的根据。"文学是人生的表现"，"宗教是宗教思想的作用"，这样的说明简直等于没有说明，不外是同义语的叠用（Tautologie）。文学史上，我们晓得在一定的期间有一定的可以用"唔死木死"（Ismus 梁教授的音译）来概况的一种倾向。这个倾向的发生的根据在那儿，而且怎样地？贤明的文艺批评家应该有解决这疑问的义务。然而，我们梁教授却去翻弄惊人的警语："古典主义者尊重人的头，浪漫主义尊重人的心。"（看《浪漫的与古典的》P15）这是我所能收获的回答的一切，呵！你看这样滑稽的妙语，现在竟堂皇皇地装饰着许多书肆的饰窗。

冯乃超肖像

"人性",它微妙地响亮着。勿论是谈革命,或谈文学,梁教授的庞大的体系(System)中它像一条红线贯通着。然而,讨论"文学是人性的表现",这与黑人的皮肤是黑色的一样,同是无聊的问题。不过,为拒绝革命文学的存在,这个态度就是他穷途的办法,这个文学理论不特是否认文学的阶级性,而且,封建制度的代言人可以利用它来保存国粹,市民社会的代言人可以利用它来拥护自己地位的安全。所以,我们再没有顾虑这样的说教,不能不从速把文学的阶级性分明地展开。

我们知道决定诗人,哲学家,或艺术家的活动方向的——他们的人生观或世界观,受他们的生存时代的,围绕他们的社会环境的规定;一部分是环境的传统的见解,而别一部分是与环境的冲突而发生的。所以,我们要研究历史上的文学的意义,不能不从社会环境,社会心理,世界观及人生观上出发。

一时代有一时代的共通的人生观或世界观,它从文学作品的身体上发现出来的特征,一般文艺史家就以"唱死木死"概括地称呼它。Taine 在他的《艺术论》中,很正当的指示着:"为理解某种艺术作品,艺术家或艺术家的流派,不能不正确地写出他们所属时代之知能的及道德的发展之一般状态。这正是我们批评艺术的正当的方法。"然而,我们不能不再进一步,增加一句话补足他说有未尽的地方,时代之知能的及道德的标准,它自身又依据于物质的生产条件,所以,对于艺术的创造,这个条件虽然是间接的——也是影响的要素。

在阶级社会的里面,阶级的独占性适用到生活一般的上面。言语,礼仪,衣食住,学术,技艺,乃至一切的生活内容。这决不是德谟克拉西的,是有阶级性的。贵族的王孙,他的"人性"就是"落花秋月"的一类的"感慨",和晨昏囚在黑暗的工人不会发生任何的关系。这样看来,怪不得"德谟克拉西的精神在文学上没有实施的余地",同时,要梁先生明白的,王孙们的人性,这就是说不着是"<u>全人类的公同的人性</u>"了。"假如人人都有文学的品味与夙养",(喂,先生,我们并没有意思和你胡闹,请你开眼看看现实的社会,这是事实么?)从少数人所有的艺术解放到全人共有的艺术,这个假定在什么社会的条件之下可以实现呢,不能不烦他稍用脑筋想想了。

若果艺术是永远不会变化的话,就是艺术的感觉——和生理的感觉是绝对的范畴。然而,Orchestra初兴的时候,它不是受欢迎的"人客",现在,它是市民民众的宠物;而且,艺术形式的又一种,那古代的譬喻谈(Parable),大早令古人讨厌了。若果艺术是没有阶级性的话,一定时代的,同一社会里的艺术——因此,又是当时的社会人的美的意识,不能不是一样的。然而,十八世纪末叶法国王朝的好尚,所谓牧歌调,感伤主义,烦琐主义,为什么竟被不情热的合理主义的市民艺术的古典主义所驱逐?

这样的质问,"人性"能给我们以满足的解答么?不,绝对地不能!它的解答却在艺术的阶级性的里面。

离开生活的感觉,没有决定艺术的标准的绝对的尺度。特定的生活感觉决定艺术感觉的标准。没有生活"生活一般"的生活的人①,当没有保持"感觉一般"的感觉的人。"太阳王"的王朝贵族所有的纤细的感觉,不能勉强新兴气盛的第三阶级的人们去保持。法国的革命期的画家David的憎恶却向着"艺术除满足贪婪黄金的奢侈逸乐之徒的傲慢和轻佻以外再没有用处"的时代投射。虽说是社会人,然而世界没有生活着古今中外时代地,地理地,职业地,文化地各不相同的特定社会的生活。那末,超越的普遍的生活感觉,除了抽象的观念里面,当然没有它的存在?"全人类的公同的人性",这若是伟大的艺术家要表现的东西,可怜的,这架担子太重了。晓得"不能强制没有革命经验的人写革命的文学",却不能明白没有生活全人类的生活的人绝对不会写全人类的人性。为什么呢?因为梁教授犯了在抽象的过程中空想"人性"的过失。人

---

① 原文如此。

间依然生活着阶级的社会生活的时候,他的生活感觉,美意识,又是人性的倾向,都受阶级的制约。"吟风弄月",这是有闲阶级的文学,"剥除资本主义的假面;却又向农民大众说忍耐",这是小资产阶级的文学。赞美资本家是雄狮,贬谪民众是分食余脔的群小兽类的文学,这是反革命的文学。这不是无端地加在人身上的"罪名",而是根据作品的内容的思想在阶级社会中所演的任务,引导出来的结论。而且事实上,这些文学是俨然的存在,况且,梁教授又说得好:"大多数就没有文学,文学就不是大多数的",这句话的里面说尽"阶级性"支配到文学上来的秘密,因为他所能晓得的是奉侍上流阶级的文学。

　　文学,她和布尔乔亚氾的"俗物"(Philistine)离婚以后,却把人权,正义一类的阶级意识的武装解除了,布尔乔亚氾不与历史取同样的步武进行了,"他却徘徊乎中路",守护自己阶级的利益。战斗的人生观,这是未得志时的武器,今日,他要的是麻醉的酒精,但是自己不饮的,饮的是他支配下的人群。奖励贮蓄的宣传剧本,基督教的宣传影戏。不满意这个的只是小资产阶级的知识阶级,他们修了很高的修养,能够鉴赏一般人所不能鉴赏的"高级艺术"。"鉴赏的自身就是一种艺术。"他们鄙夷"倦了的商人",同时,就不能不否认"大多数的文学"。只因为"艺术的王宫"的门限很高,容不得铜臭的人,汗臭的人闯进去,然而却不晓得王宫的础石却是铜臭汗臭的结晶。

　　白鹤一般的上流妇人的胸膛,芳香郁烈的外国酒,这只限于是穿服高等趣味的西装,用漂亮英语的绅士才能感觉的"感觉的快味"。白浪宁夫人的情诗,曼殊斐儿的小说,或许是英国文坛上的重要文献,然而,英国的Lady们可是太高贵了。况且又是天选国民中的尤物。即东部伦敦的市民也不敢瞻仰。"有产者或无产者千万人聚于一堂,你一言我一语拼凑而成"的,或许侮辱艺术的尊贵的艺术作品,这或者是邪道,但是,俄罗斯有一位伟大的愚蛮的演导者却悉心研究这样似的野外剧。这为什么呢? 不是阶级的差别决定阶级的生活感觉吗? 生活感觉的不同,又是艺术感觉的差别的标准。艺术是有阶级性的！具体地引个例证。

  是酒,是爱,是战争,
  只要永远要人沉醉,
  我情愿天亮就醒来,
  我情愿到天黑就睡。
  ——闻一多译郝斯曼诗,见《新月》四期

  我不说译这诗的要负原作者同样的责任，即便是郝斯曼自身对于自己的诗也是一样的没有责任。不过同样的生活感觉驱使，东方诗人翻译西方诗人的同样感觉的诗，这篇诗告诉我们以冗长的人生的空虚,不流动的时间。不论他是失恋失职,或许厌倦了妇人,看厌了现存社会的制度,总之,要沉醉他的自我而奉仕自我,就是这篇诗的用意。这是小市民的好典型,因为没有空刻的工人们不被容许有这样胡思乱想的人。但是这是小市民的自己陶醉惯用的手法。

  反之,我们的诗人这样地歌唱。

  我们的光明,
  只有红的一线,
  在世界那头浮涌。
  去,快向那红的一线上冲!
  我北方的民众,南方的民众!
  ——苑尔的《趋向前》,见《文化批判》四期

  这里,我们没有意思把曲线的一部推说全体。不过我们的未来,希望生命的喜悦,尽在这数行里面,发露出来。我们能够和未来相连络,才有我们的生命发展。历史的本质是革命的,因为不绝地前进。能够赞美未来的只有我们的诗人,而且,这篇诗的沉雄的气息又是超越技巧的技巧。

  这两篇诗的比较,虽是一对偶然的摄合,我们可以看出有历史保证的阶级是怎样的健康,和现实社会游离的阶级是怎样的病态。

在过去的青年的布尔乔亚氾的革命时期，我们发见，"民众的非正式的代表"的文学家，然而，老年的布尔乔亚氾独擅威福的今日，我们只能发见非民众代表的文学家。

文学是有阶级性的！

节选自《创造月刊》1928年8月10日第2卷第1期。

【延伸阅读】

1. 冯乃超：《冷静的头脑——评梁实秋的<文学与革命>》，《创造月刊》第2卷第1期（1928年）。

2. 冯乃超：《艺术与社会生活》，《文化批判》创刊号（1928年）。

3. 冯乃超：《文艺和经济基础》，《拓荒者》第1卷第1期（1930年）。

4. 冯乃超：《中国无产阶级文学运动及左联产生之历史的意义》，《萌芽月刊》第1卷第6期（1930年）。

Liang Shiqiu 梁实秋

【题解】 梁实秋(1903—1987),名治华,字实秋,号均默,另有笔名子佳、秋郎、程淑等,祖籍浙江杭县(今杭州余杭区),出生于北京。现代著名的散文家、学者、文学批评家、翻译家。1915年秋考入清华学校(清华大学前身),后于1923年毕业后赴美国留学。1926年回国,在国立东南大学、国立山东大学、国立北京大学等多个大学任教。他早期的文学思想受到美国新古典主义大师白璧德的影响,认为文学是根基于人性的,并一再强调:"文学发于人性,基于人性,亦止于人性",人性是文学的核心与唯一标准,表现普遍的人性是文学的职责,文学家必须保持自由的人格,反映社会与生活,文学必须保持相应的节制与理性。梁实秋的文学创作和翻译,也体现了他一以贯之的文学理念。代表作主要有《雅舍小品》《雅舍小品续集》等,学术著作主要有《英国文学史》《浪漫的与古典的》和《文学的纪律》等,翻译作品主要有《莎士比亚全集》等。

《文学的美》刊于1937年《东方杂志》第34卷第1号。原文包括"谈音乐的美"和"谈绘画的美",此处省略。受白璧德人文主义审美思想影响,梁实秋坚持"人性"论的文学批评立场,在审美理想上追求古典主义,寻求至善至美的文学理念。他认为,文学的美不同于音乐美和绘画美,它是由文字而包含的思想和情感,使人产生了对美的向往,而不是单纯的显示美。文字的美学效用就在于:它能够将作者的思想倾向、情感经验、道德意识,乃至人生所认识、体验和感悟的各种社会现象和生活体验,生动有效地传达给读者,使之产生认识的体验和共鸣,从而使文学能够充分地发挥其特有的道德功效,但这与单纯的美无关。他坚持"文学不应单纯是美感"的观点,强调"文学必是美的,而同时也必是道德的。所以,文学与音乐图画有同有异,适用于音乐图画的原则不尽适用于文学",因为文学的美必须体现出道德的意义。

十六　文学的美(节选)

一

　　"自亚里士多德以至于今日,文学批评的发展的痕迹与哲学如出一辙,其运动之趋向与时代划分几乎完全吻合。当然,在最古的时候,批评家就是哲学家,后来虽渐有分工之势,而其密切之关联不曾破坏。但是我们要注意,文学批评与哲学只是关联,二者不能合二为一。即以文学批评对哲学的关联而论,其对伦理学较对艺术学尤为重要。艺术学是哲学的一部分,其对象是'美'。艺术史即是'美'的哲学史。……一个艺术学家要分析'快乐'的种类,但在文学批评家看来最重要的问题乃是'文学应该不应该以快乐为最终目的'。这'应该'两个字,是艺术学所不过问,而是伦理学的

梁实秋肖像

中心问题。假如我们以'生活的批评'为文学的定义，那么文学批评实在是生活的批评的批评，而伦理学亦即人生的哲学。所以说，文学批评与哲学之关系，以对伦理学为最密切。"这是我十年前发的一段话（见《浪漫的与古典的》第一二八—九页），现在看来虽嫌简略笼统，但大致却说明了我对文学的态度。我的态度是道德的。我不但反对"唯美主义"，反对"为艺术而艺术"的主张，我甚至感觉到所谓的"艺术学"或"美学"（Aesthetics）在一个文学批评家的修养上不是重要的。

美学是哲学的一部门，它起来得很晚，现在还没有达到十分成熟的阶段，因为派别纷歧所以内容很庞杂，因为唯心主义的色彩太浓所以结论往往是很抽象空虚（与实验心理学相结合而起的一派实验美学，亦尚在试验期间，没有什么重大正确的发现）。但是一般人总以为文学是艺术的一种，而美学正是探讨一般艺术原理的学问，所以美学的原理应该可以应用在文学上面。这是一个绝大的误解。所谓文学是艺术的一种，这原是很古老的说法，从柏拉图、亚里士多德到莱辛，有不少的批评家根据不同的原则给艺术划分为若干型类，给文学也留一个相当的位置。文学与图画音乐雕刻建筑等等不能说没有关系，亦不能说没有类似之点，但是我们也要注意到各个型类间的异点，我们要知道美学的原则往往可以应用到图画音乐，偏偏不能应用到文学上去。即使能应用到文学上去，所讨论的也只是文学上最不重要的一部分——美。看一幅成功的山水，几棵枯树、一抹远山，我们只能说"气韵生动""章法严肃"一类的赞美话，总而言之曰"美"。看一部成功的小说戏剧或诗，我们就不能拿"文笔犀利""词藻丰瞻"这一类的话来塞责，我们不能只说"美"，我们还得说"好"。因此我提出两个问题：（一）假如我们退一步承认美学的原则可以应用到文学上去，那么我们要问——文学的美究竟是什么？或者我们用较正确的术语来问，从文学里我们能得到什么样的"美感的经验"？（二）文学给了我们以"美感的经验"，是否就算是尽了他的能事？换言之，美在文学里站什么样的地位？

二

美是什么？是主观的还是客观的？是物的一种属性呢，还是欣赏者心里的一种经验呢？我们现在不须详细地剖析这个形上学的永远纠缠不清的难题，我们根据常识判断就知道美是主观的并且也是客观的。若说完全是客观的，则莎士比亚的一出《李尔王》，何以雪莱认为世界上最伟大的悲剧而托尔斯泰却斥为第二流以下的作品？若说完全是主观的，则天下应无根本不美之物，无论其为"自然"或"创造"，然而何以"自然"或"创造"中却尽有公认为不美的在？大概所谓美，必是一件事物在客观上须具备美的条件，而欣赏者在主观上亦须具备审美的修养。（如由遗传得来的敏感，由教育得来的知识，由环境得来的习惯，都与审美的修养有关。）有修养的人，遇见一个美的条件具备的物，"美感的经验"便可以发生。欣赏者须具备审美的修养，这是不成问题的，至少不是我们现在所要讨论的；我们现在要问的乃是一件作品——尤其是文学作品——具备了什么条件才可称为美；换言之，什么是文学的美的条件？

近代美学家克鲁契（Croce）在一篇演讲里解说他所认为的艺术不是什么，他首先指陈艺术不是"物质的事实"（Physical fact）。克鲁契是继承康德、希勒、黑格尔、尼采一般唯心主义者的哲学家，他认为艺术是直觉，美当然也不能在物质的媒介物（如颜色声音文字之类）里面去寻求。这种学说是极度的浪漫，在逻辑上当然能自圆其说，然而和其他唯心哲学的部门一般不免是搬弄一套名词，架空立说，不切实际。我们要讲文学的美，我们只能从"文字"上去找具体的例证。因为离开了文字，便没有了文学。文字不是文学，文字是文学的形体，离开了形体文学便不能存在。中国画所谓"意在笔先"，所谓"胸有成竹"，那意思只是说在未动笔之前先有了一个大概的整个的轮廓,或是雏形,非枝枝节节的临时补缀敷饰所能为功;我们不可解释做为在未落笔之先艺术作品便已在心里完成。所谓"腹稿"亦不过是历史上文思敏捷的一段美谈,并不是说一部文学作品在腹内都已起了稿子。中国的绝诗日本的俳句或者尚在心里构成,篇幅稍长则"腹稿"即为不可能。作者在某期间灵机一动抓到一个"意象"或"概念",这只能成为一篇作品的胚胎,如何使它发扬滋长,如何把它铺叙成篇,这在在都需要艺术手段的安排。"不著一字,尽得风流",天下决没有这样的事。不要说文学作品的创作需要构思、布局、润饰等等的步骤,就是说欣赏也不是一刹那间就能把握到作品的意义。稍微分量重些的严肃的作品,其篇幅总是相当长的,读完一遍就需要相当的时间,把艺术看做一刹那间的稍纵即逝的一种心理活动,这只是一种浪漫的玄谈而已。我相信文学的本质本不一定是"物质的事实",但欲成为文学作品,则必须是经过文字的媒介而获得一个固定的形体,那就是"物质的事实"了。我们讨论什么是文学的美,只能从文字上着眼。

　　文字是一种符号,其本身无所谓美与不美(中国的书法是一种特殊的艺术,是诗意与图案混合起来的东西,确有其特殊的美妙,此地且不谈)。文字这种符号,经过适当的选择与编排,便能产生意义,在读者心中可以发生几种不同的作用,至少有这几种:

　　(一)文字是有声音的。音在先,形在后。所以文字首先是音的符号。我们在读文学作品的时候,我们首先感觉到它的音节。例如字音的清浊、尖团、平仄、急徐、宽窄,在我们的听觉上都有其各别的刺激。就作品的整个而论,其腔调节奏之抑扬顿挫,其韵脚、韵首、双声、叠韵之重复和谐,亦均能给读者以一种听觉上的快感。凡此种种,可称之为文学里的音乐美。

　　(二)文字不仅是声音的符号,它还能在读者心里唤起一幅图画。王摩诘"画中有诗,诗中有画",就是极言其一方面画里充满了诗的想象,一方面诗里充满了图画(尤其是山水风景)的描写。中国诗里图画的成分极多,所谓写景,所谓状物,都是由文字来画图。西洋诗中所谓Word—painting所谓Imagist school都是向这方面的畸形发展。但是我们不否认图画成分在文学的位置,亦不否认凭文字在心里唤起的图画也自有它的美。"玉露凋伤枫树林,巫山巫峡气萧森,江间波浪兼天涌,塞上风云接地阴",这是杜甫《秋兴》八首的第一首,确实画出了满纸秋景,很衰飒,很悲壮,也很谐和。"红豆啄余鹦鹉粒,碧梧栖老凤凰枝",引出多少无聊的注释,其实也不过是堆砌文字画出一幅绚烂的图画,就像印象派的画家用"碎点法"(Broken colour)来拼凑出一个印象。总之,这叫做文学里的图画美。

(三) 文字能使读者感受到音乐的美。图画的美,这能算尽了文字的能事吗?不。文字这种符号还有更伟大更严肃的效用,若经过适当的选择与编排,它能记载下作者的一段情感使读者起情感的共鸣,它能记载下人生的一段经验使读者加深对于人生的认识,它能记载下社会的一段现象使读者思索那里面含蕴的问题,总之文学藉着文字发挥它的道德的任务,但是这与美无关。

文学作品的美当然是很复杂的,譬如小说的结构往往有建筑性的美;戏剧的布局也有其穿插错综之妙;甚至辞赋律诗八股其间排比对偶之处也颇有匠心,也颇能给人以相当的快感;外国文学中一时曾大量使用的"双关语"(Pun)有时候也有其情趣;以至于一词一句,或含蓄,或则旖旎,或则典雅,或则雄浑,或则隽逸,仪态万方,各有其致。文字是各个都有历史的,异于数学的符号,它能唤起各种各样的"联想"。但是归纳起来,我们若要在文学里寻美,大致讲来,不出图画美与音乐美两个方式。

(以下三、四段主要是论音乐的美和绘画的美,特省略,编者按)

五

那么美究竟在文学里有什么样的地位呢？我承认文学里有美，因为有美所以文学才能算是一种艺术，才能与别种艺术息息相通，但是美在文学里面只占一个次要的地位，因为文学虽是艺术，而不纯粹是艺术，文学和音乐图画是不同的。我这样说，并非是主观的以为文学应如此或不应如此便更进一步以为文学是如此或不是如此；我们试把一般公认为伟大或成功的古今中外若干文学作品摆在目前，客观地看一看，里面有几许是仅仅给人美感为目的，有几许是除了以给人美感之外还以给人更严肃更崇高的感动（理智的与情感的）为目的，我们再归纳起来便可知道美在文学里的地位是不重要的了。

文学里面两项重要的成分是思想与情感。文学的题材，严格的讲，是人的活动(man in action)，其处置题材的方法是具体的描写，不是抽象的分析，所以文学异于社会科学，是想像的安排，不是个别的记载，所以文学异于历史。文学作者必先对于人事有所感或有所见，然后他才要发而为文，所以文学家不能没有人生观，不能没有思想的体系。因此文学作品不能与道德无关，除非那文学先与人事无关。与人事无关的文学作品，事实上是有的，西洋近代的所谓"纯粹诗"(Pure poetry)就是向着这方向的运动，至于"为艺术而艺术"的主张以为艺术与人事的关系应该割断自更不待言。象征主义者实际上也是把人事排出于艺术范围之外。但这只是一种堕落的趋向，只能在一些"小诗"或"佳句"里寻求例证罢了。从"美学"的出发点来看文学，也同样的容易忽略文学的道德性。

美在文学里的地位就是这样的：他随时能给人一点"美感"，给人一点满足，但并不能令读者至此而止，因为这一点是很有限的，远不如音乐与图画，这一点点的美感只能提起读者的兴趣去做更深刻更严肃的追求。例如李后主的词,王渔洋的《秋柳》,单赏玩其中的辞句的绮丽、声调的跌宕,那是不够的,因为明明的里面有一个抑郁不得志的人的牢骚,不容你不去领会。那亡国恨写得美,那牢骚写得美,我承认,但是读者读了之后决不是说一声"美呀!美呀!"就算完事,最足以打动读者的心的不是那美,是那做为题材的亡国恨和牢骚。欣赏音乐图画,可以用"无所为而为"的态度,可以采取适当的"距离",若是读文学作品而亦同样的停留在美感经验的阶段,不去探讨其道德的意义,虽然像是很"雅",其实是"探龙颔而遗骊珠"!

所以罗斯金(Ruskin)说得好,他说在欣赏艺术时有两种经验:一个叫做Aesthesis,就是美感,即吾人对于愉快之本能的感受,一个叫做Theoria,就是对艺术之崇高的虔诚的认识。罗斯金是能欣赏美的人,但他不以美感经验为满足。我们不必同情于他的宗教的情绪,至少他的道德的趋向是健全的,可惜他的门徒如培特、王尔德等辈只承袭了他对于艺术的爱好而没有接受他的学说之道德的严肃。托尔斯泰的艺术说排斥历来美学的错误而主张"艺术是一个人经历某一种情感之后有意的把那情感传达给别人之一种活动"是有见地的。我们不必同情于他的宗教的热狂,但他攻击美学之贫困及时下文艺之颓废,是合理的。

文学与人生既有这样密切的关系,批评文学的人就不能专门躲在美学的象牙之塔里,就需要自己先尽量认识人生,然后才能有资格批评文学。批评文学不仅是说音节如何美意境如何妙,是还要判断执着的意识是否正确,态度是否健全,描写是否真切。所以一个好的批评家不仅要充分了解作者的艺术,还要充分了解作者的思想的体系与情感的质地。批评家而忽略美学与心理学诚然是很大的缺憾,但是若忽略了理解人生所必需的最低限度的伦理学、政治学、社会学、经济学以及历史的知识,那当是更大的缺憾!

我并不同情与"教训主义"。"教训主义"与"唯美主义"都是极端,一个是太不理会人生与艺术的关系,一个是太着重于道德的实效。文学必是美的,而同时也必是道德的。所以文学与音乐图画有同有异,适用于音乐图画的原则不尽适用于文学。

"起初上帝创造天地。地是空虚混沌,渊面黑暗,上帝的灵运行在水面上。上帝说,要有光,就有了光。上帝看光是好的,就要光暗分开了……"(《创世纪》)有人曾指陈:上帝看光是好的,没有看光是美的,海、陆、植物、虫、鱼、鸟、兽陆续被创造出来,上帝也看是好的,没有看是美的。虽是神话,可深长思。

二十五年十二月九日,北平。

节选自1937年1月《东方杂志》第34卷第1号。

【延伸阅读】

1. 梁实秋:《浪漫的与古典的》,上海新月书店1927年版。
2. 梁实秋:《文学与革命》,《新月》第1卷第4号(1928年)。
3. 梁实秋:《文学的纪律》,上海新月书店1928年版。
4. 梁实秋:《文学批评论》,中华书局1934年版。

Lao She 老舍

【题解】老舍(1899—1966),本名舒庆春,字舍予,满族,原姓舒觉罗氏(一说姓舒穆禄氏),现代著名小说家、戏剧家。1913年考入京师第三中学(现北京三中),后因家庭困难退学,同年考取公费的北京师范学校,毕业后在京津地区中小学校任教。1924年赴英国,在伦敦大学东方学院华语学系任华语讲师,并开始文学创作。1926年,在《小说月报》发表第一部长篇小说《老张的哲学》。后离英在新加坡华侨中学任教,创作小说《小坡的生日》。回国后,先后任教于齐鲁大学和国立山东大学。抗战期间,任中华全国文艺界抗敌协会常务理事和总务部主任,同年随文协迁到重庆,主持文协工作,并创作长篇小说《四世同堂》。

《言语与风格》原载1936年12月16日《宇宙风》第31期。这是老舍连载在该刊的一组有关创作谈(如《人物的描写》《事实的运用》《谈幽默》等)的其中一篇。在文中,老舍认真地从用字、比喻、句子、节段、对话等几个方面,论述了文学作品的语言问题,阐明了作为语言艺术的文学的特性。他认为,文学语言体现创作的风格,因此,语言必须符合人格的精神,如作品中的人物对话,就是要把日常生活的语言进行艺术提炼,使之调动得"生动有力",他强调,小说中的人物"要说什么必与时机相合,怎样说必与人格相合。顶聪明的句子用在不适当的时节,或出于不相合的人物口中,便是作者自己说话。顶普通的句子用在合适的地方,便足以显露出人格来。什么人说什么话,什么时候说什么话,是最应注意的。老看着你的人物,记住他们的性格,好使他们有自己的话"。对于人格精神的认识,老舍强调这就是创作风格的内涵,是作者"心灵的音乐",只有这样才能使文学创作具有"思想的力量"。

十七　言语与风格

　　小说是用散文写的,所以应当力求自然。诗中的装饰用在散文里不一定有好结果,因为诗中的文字和思想同是创造的,而散文的责任则在运用现成的言语把意思正确的传达出来。诗中的言语也是创造的,有时候把一个字放在那里,并无多少意思,而有些说不出来的美妙。散文不能这样,也不必这样。自然,假若我们高兴的话,我们很可以把小说中的每一段都写成一首散文诗。但是,文字之美不是小说的唯一的责任。专在修辞上讨好,有时倒误了正事。本此理,我们来讨论下面的几点:

　　(一)**用字**:佛罗贝说,每个字只有一个恰当的形容词。这在一方面是说选字须极谨慎,在另一方面似乎是说散文不能像诗中那样创造言语,所以我们须去找到那最自然最恰当最现成的字。在小说中,我们可以这样说,用字与其俏皮,不如正确;与其正确,不如生动。小说是要绘色绘声的写出来,故必须生动。借用一些诗中的装饰,适足以显出小气呆死,如蒙旦所言:"在衣冠上,加以一些特别的,异常的,式

老舍肖像

样以自别,是小气的表示。言语也如是,假若出于一种学究的或儿气的志愿而专去找那新词与奇字。"青年人穿戴起古代衣冠,适见其丑。我们应以佛罗贝的话当作找字的应有的努力,而以蒙旦的话为原则——努力去找现成的活字。在活字中求变化,求生动,文字自会活跃。

（二）比喻：约翰孙博士说:"司微夫特这个家伙永远不随便用个比喻。"这是句赞美的话。散文要清楚利落的叙述,不仗着多少"我好比"叫好。比喻在诗中是很重要的,但在散文中用得过多便失了叙述的力量与自然。看《红楼梦》中描写黛玉:"两弯似蹙非蹙笼烟眉,一双似喜非喜含情目。态生两靥之愁。娇袭一身之病。泪光点点。娇喘微微。闲静似娇花照水,行动如弱柳扶风。心较比干多一窍,病如西子胜三分。"这段形容犯了两个毛病：第一是用诗语破坏了描写的能力；念起来确有诗意,但是到底有肯定的描写没有？在诗中,像"泪光点点",与"闲静似娇花照水"一路的句子是有效力的,因为诗中可以抽出一时间的印象为长时间的形容：有的时候她泪光点点,便可以用之来表现她一生的状态。在小说中,这种办法似欠妥当,因为我们要真实的表现,便非从一个人的各方面与各种情态下表现不可。她没有不泪光点点的时候么？她没有闹气而不闲静的时候么？第二,这一段全是修辞,未能由现成的言语中找出恰能形容出黛玉的字来。一个字只有一个形容词,我们应再给补充上：找不到这个形容词便不用也好。假若不适当的形容词应当省去,比喻就更不用说了。没有比一个精到的比喻更能给予深刻的印象的,也没有比一个可有可无的比喻更累赘的。我们不要去费力而不讨好。

比喻由表现的能力上说,可以分为表露的与装饰的。散文中宜用表露的——用个具体的比方,或者说得能更明白一些。庄子最善用这个方法,像庖丁以解牛喻见道便是一例,把抽象的哲理作成具体的比拟,深入浅出的把道理讲明。小说原是以具体的事实表现一些哲理,这自然是应有的手段。凡是可以拿事实或行动表现出的,便不宜整本大套的去讲道说教。至于装饰的比喻,在小说中是可以免去便免去的。散文并不能因为有些诗的装饰便有诗意。能直写，便直写，不必用比喻。比喻是不得已的办法。不错，比喻能把印象扩大增深，用两样东西的力量来揭发一件东西的形态或性质，使读者心中多了一些图像：人的闲静如娇花照水，我们心中便于人之外，又加了池畔娇花的一个可爱的景色。但是，真正有描写能力的不完全靠着这个，他能找到很好的比喻，也能直接的捉到事物的精髓，一语道破，不假装饰。比如说形容一个癞蛤蟆，而说它"谦卑的工作着"，便道尽了它的生活姿态，很足以使我们落下泪来：一个益虫，只因面貌丑陋，总被人看不起。这个，用不着什么比喻，更用不着装饰。我们本可以用勤苦的丑妇来形容它，但是用不着；这种直写法比什么也来得大方，有力量。至于说它丑若无盐，毫无曲线美，就更用不着了。

（三）句：短句足以表现迅速的动作，长句则善表现缠绵的情调。那最短的以一二字作成的句子足以助成戏剧的效果。自然，独立的一语有时不足以传达一完整的意念，但此一语的构成与所欲给予的效果是完全的，造句时应注意此点；设若句子的构造不能独立，即是失败。以律动言，没有单句的音节不响而能使全段的律动美好的。每句应有它独立的价值，为造句的第一步。及至写成一段，当看那全段的律动如何，而增减各句的长短。说一件动作多而急速的事，句子必须多半短悍，一句完成一个动作，而后才能见出继续不断而又变化多端的情形。试看《水浒传》里的"血溅鸳鸯楼"：

"武松道：'一不作，二不休！杀了一百个也只一死！'提了刀，下楼来。夫人问道：'楼上怎地大惊小怪？'武松抢到房前。夫人见条大汉入来，夫自问道：'是谁？'武松的刀早飞起，劈面门剁着，倒在房前声唤。武松按住，将去割头时，刀切不入。武松心疑，就月光下看那刀时，已自都砍缺了。武松道：'可知割不下头来！'便抽身去厨房下拿取朴刀。丢了缺刀。翻身再入楼下来……"

这一段有多少动作？动作与动作之间相隔多少时间？设若都用长

句,怎能表现得这样急速火炽呢!短句的效用如是,长句的效用自会想得出的。造句和选字一样,不是依着它们的本身的好坏定去取,而是应当就着所要表现的动作去决定。在一般的叙述中,长短相间总是有意思的,因它们足以使音节有变化,且使读者有缓一缓气的地方。短句太多,设无相当的事实与动作,便嫌紧促;长句太多,无论是说什么,总使人的注意力太吃苦,而且声调也缺乏抑扬之致。

在我们的言语中,既没有关系代名词,自然很难造出平匀美好的复句来。我们须记住这个,否则一味的把有关系代名词的短句全变成很长很长的形容词,一句中不知有多少个"的",使人没法读下去了。在作翻译的时候,或者不得不如此;创作既是要尽量的发挥本国语言之美,便不应借用外国句法而把文字弄得不自然了。"自然"是最要紧的。写出来而不能读的便是不自然。打算要自然,第一要维持言语本来的美点,不作无谓的革新;第二不要多说废话及用套话,这是不作无聊的装饰。

写完几句,高声的读一遍,是最有益处的事。

(四)节段:一节是一句的扩大。在散文中,有时非一气读下七八句去不能得个清楚的观念。分节的功用,那么,就是在叙述程序中指明思路的变化。思想设若能有形体,节段便是那个形体。分段清楚、合适,对于思想的明晰是大有帮助的。

在小说里,分节是比较容易的,因为既是叙述事实与行动,事实与行动本身便有起落首尾。难处是在一节的律动能否帮助这一段事实与行动,恰当的,生动的,使文字与所叙述的相得益彰,如有声电影中的配乐。严重的一段事实,而用了轻飘的一段文字,便是失败。一段文字的律动音节是能代事实道出感情的,如音乐然。

(五)对话:对话是小说中最自然的部分。在描写风景人物时,我们还可以有时候用些生字或造些复杂的句子;对话用不着这些。对话必须用日常生活中的言语;这是个怎样说的问题,要把顶平凡的话调动得生动有力。我们应当与小说中的人物十分熟识,要说什么必与时机相合,怎样说必与人格相合。顶聪明的句子用在不适当的时节,或出于不相合的人物口中,便是作者自己说话。顶普通的句子用在合适的地方,便足以显露出人格来。什么人说什么话,什么时候说什么话,是最应注意的。老看着你的人物,记住他们的性格,好使他们有他们自己的话。学生说学生的话,先生说先生的话,什么样的学生与先生又说什么样的话。看着他的环境与动作,他在哪里和干些什么,好使他在某时某地说什么。对话是小说中许多图像的联接物,不是演说。对话不只是小说中应有这么一项而已,而是要在谈话里发出文学的效果;不仅要过得去,还要真实,对典型真实,对个人真实。

一般的说,对话须简短。一个人滔滔不绝的说,总缺乏戏剧的力量。即使非长篇大论的独唱不可,亦须以说话的神气,手势,及听者的神色等来调剂,使不至冗长沉闷。一个人说话,即使是很长,另一人时时插话或发问,也足以使人感到真像听着二人谈话,不至于像听留声机片。答话不必一定直答所问,或旁引,或反诘,都能使谈话略有变化。心中有事的人往往所答非所问,急于道出自己的忧虑,或不及说完一语而为感情所阻断。总之,对话须力求象日常谈话,于谈话中露出感情,不可一问一答,平板如文明戏的对口。

善于运用对话的,能将不必要的事在谈话中附带说出,不必另行叙述。这样往往比另作详细陈述更有力量,而且经济。形容一段事,能一半叙述,一半用对话说出,就显着有变化。譬若甲托乙去办一件事,乙办了之后,来对甲报告,反比另写乙办事的经过较为有力。事情由口中说出,能给事实一些强烈的感情与色彩。能利用这个,则可以免去许多无意味的描写,而且老教谈话有事实上的根据——要不说空话,必须使事实成为对话资料的一部分。

风格:风格是什么?暂且不提。小说当具怎样的风格?也很难规定。我们只提出几点,作为一般的参考:

(一)无论说什么,必须真诚,不许为炫弄学问而说。典故与学识往往是文字的累赘。

（二）晦涩是致命伤，小说的文字须于清浅中取得描写的力量。Meredith每每写出使人难解的句子，虽然他的天才在别的方面足以补救这个毛病，但究竟不是最好的办法。

（三）风格不是由字句的堆砌而来的，它是心灵的音乐。叔本华说："形容词是名词的仇敌。"是的，好的文字是由心中炼制出来的；多用些泛泛的形容字或生僻字去敷衍，不会有美好的风格。

（四）风格的有无是绝对的，所以不应去摹仿别人。风格与其说是文字的特异，还不如说是思想的力量。思想清楚，才能有清楚的文字。逐字逐句的去摹写，只学了文字，而没有思想作基础，当然不会讨好。先求清楚，想得周密，写得明白；能清楚而天才不足以创出特异的风格，仍不失为清楚；不能清楚，便一切无望。

选自1936年12月16日《宇宙风》第31期。

【延伸阅读】

1. 老舍：《文学概论讲义》，1930年至1934年在济南和青岛两地的讲演稿，齐鲁大学文学院刊印。
2. 老舍：《论创作》，《齐大月刊》第1卷第1期（1930年）。
3. 老舍：《我怎样写短篇小说》，《宇宙风》第8期（1936年）。
4. 老舍：《人物的描写》，《宇宙风》第28期（1936年）。

Xiong Foxi　熊佛西

【题解】　熊佛西(1900—1965)，原名福禧，谱名金润，字化侬，笔名戏子、向君等，江西丰城人。现代剧作家、戏剧教育家。1919年考入燕京大学，学习教育和文学，课余积极从事戏剧活动。1921年与沈雁冰、欧阳予倩等人组织民众戏剧社，合办《戏剧》月刊。1924年赴美国哈佛大学研究戏剧，获硕士学位。回国后任北京国立艺术专科学校戏剧系主任，燕京大学教授，国立北京大学艺术学院戏剧系主任。曾在河北定县主持中华平民教育促进会的农村戏剧实验，举办戏剧学习班，成立了十多个农民剧团。"七七"事变后，率师生员工在长沙成立抗战剧团，巡回演出，宣传抗战。1946年任上海市立实验戏剧学校校长，致力于戏剧教育事业。他一生共创作了27部多幕剧和16部独幕剧，有7种戏剧集出版，撰写了《写剧原理》《戏剧大众化的实验》等多部戏剧理论著作。

《写意与写实》是收入熊佛西的戏剧论集《佛西论剧》中的文章。该论集于1931年9月由新月书店出版。在文中，他不同意有关"中国戏是写意的,西洋剧是写实的"观点,并依据亚里士多德关于"艺术是对自然的摹仿"理论,对"抄袭"和"摹仿","艺术"与"技术"进行了认真的辨析,认为"抄袭与摹仿有别。抄袭是客观的,摹仿是主观的。抄袭的目的在真像,分寸不能苟,毫厘不能差。摹仿的目的在挑炼其精华而美化",而"艺术"是摹仿,在摹仿中有创造,融入了艺术家的人格,"技术"则只是自然的抄袭,没有灵魂,"所以抄袭是死的,摹仿中含有创造,抄袭里没有摹仿"。在文中,他虽然所针对的主要是戏剧创作,但对其他门类的艺术,包括文学在内,对于写意和写实的论述也都是具有重要的借鉴意义的。

熊佛西肖像

十八　写意与写实

许多人以为中国戏是写意的,西洋剧是写实的。这种见解不无讨论的余地。

亚里士多德说一切艺术都是人生的摹仿,但摹仿不是抄袭。摹仿人生不是抄袭人生。关于这一点亚氏在他的《诗学》第二章说得很清楚:他说悲剧的人格应该较一般的人格更伟大,更完美。这很可以看出亚氏对于"摹仿"的意义,不是指抄袭,而是指创造。近几百年来因为受了科学昌明的影响,万事都求真确,艺术亦是如此,发生了所谓写实主义。于是画求像,戏求实,一切艺术求其确。"写实"之风,极盛一时。摹仿人生一变而为抄袭人生矣。

其实抄袭与摹仿有别。抄袭是客观的,摹仿是主观的。抄袭的目的在真像,分寸不能苟,毫厘不能差。摹仿的目的在挑炼其精华而美化。既挑炼,当然不能真;既美化,当然不能像,自然而然的与摹仿的对象宣布独立了。譬如甲乙同画一株古松。甲抄袭,乙摹仿。抄袭者自然一株不少,一针不短;无株不像,无针不真,结果画上之松与自然之松,毫无差异。摹仿者自然先挑炼,继补造,结果画上之松与自然之松,迥然不同。乙的作品中有他的人格,有他自己独到的见解,是艺术;是自然的摹仿,而非自然的抄袭。甲的作品中没有他的个性,没有他自己的灵魂,不是艺术。只是自然的抄袭,而非自然的摹仿。所以抄袭是死的,摹仿是活的。摹仿中含有创造,抄袭里没有摹仿。

不幸一般人把抄袭当着写实,把创造当着写意,这实在是冤枉、无聊。我不是说艺术中不应该有"实"。应该有"实"。应该有生命之源之"实",不应该仅仅有抄袭生活之实。明乎此,写实与写意之称,根本不能成立。

戏剧是人生的模仿,是创造人生的艺术,不是抄袭人生的技术。戏就是戏,不管中国演外国戏。不应该有写实写意之分。我们应该把艺术与技术的程式划分清楚,虽然二者是很难划分的。中国舞台的程式是近于意造,我们是承认的。由此就断定中国戏剧艺术是写意的,我们是绝对不敢承认的。假如中国戏剧是写意的,西洋戏剧是写实的,那么《桃花扇》《琵琶记》《三娘教子》《庆顶珠》《打花鼓》《游龙戏凤》与西洋戏剧中的《阿底泼斯王》《哈姆莱德》《玩偶之家庭》,有什么分别呢?《天女散花》《游园惊梦》与《青鸟》《潘彼得》在风格上又有何不同呢?

在世界艺术史里有"写意""写实"的名词存在,我们却不否认,至于说艺术的本质上有写意写实的区别,不无讨论的余地。说中国戏剧有"中国性",西洋戏剧有"西洋性",我们亦不否认;至于说中国戏剧是写意的,西洋戏剧是写实的,我们是绝对以为不可的。

选自熊佛西《佛西论剧》,1931年9月新月书店出版。

【延伸阅读】

1. 熊佛西:《佛西论剧》,北京朴社1928年版。
2. 熊佛西:《写剧原理》,中华书局民1933年版。
3. 熊佛西:《过渡及其演出》,正中书局1937年版。
4. 熊佛西:《戏剧大众化的实验》,正中书局1947年版。

Liang Zongdai 梁宗岱

【题解】 梁宗岱(1903—1986),祖籍广东新会,出生地广西百色。现代诗人、散文家、文艺理论家。1917年考入广州培正中学,1923年保送到岭南大学文科学习,次年留学法国,结识到法国象征派诗歌大师保尔瓦雷里,并将其诗作译成中文寄回国内,发表在《小说月报》上,使法国象征派大诗人的精品,首次与中国读者见面。回国后,受聘为国立北京大学法学系主任,国立清华大学讲师,国立南开大学、复旦大学教授和国文学系主任。抗战胜利前夕,到广西与友人创办广西西江学院,任代理院长。主要著作有《梁宗岱选集》、诗集《晚涛》、词集《芦笛风》、论文集《诗与真》等。

《象征主义》刊于1934年4月1日《文学季刊》第2期,后收入论文集《诗与真》,于1935年由商务印书馆出版。这是民国时期众多介绍和论述象征主义文章中较有影响的一篇。在文中,梁宗岱将西方的象征主义理论与中国古代诗论的基本理念,如境界、意境、品格、诗心、诗境等学说结合起来,运用比较文学原理和方法,对象征主义的内涵和表现特征进行了深度阐释。他认为,象征之道在于主客体的

"契合",非一般的比喻、拟人和托物的修辞手法,而是"藉有形寓无形,藉有限表无限,藉刹那抓住永恒",是"一种超越了灵与肉,梦与醒,生与死,过去与未来的同情韵律在中间充沛流动着"的艺术境界,使人们能够具有"形骸俱释的陶醉和一念常惺的彻悟",并进入"形神两意的无我底境界"。虽然文中所列举的多是中外的诗人创作的诗歌作品,但对于象征主义文学思想和艺术原理的阐释,都具有理论的广度和深度,在民国文坛上所产生的影响是深远的。

梁宗岱肖像

十九 象征主义

Alles Vergangliche

Lst nur ein Gleichnis;

Das Unzulängliche,

Hier wirds Ereignis;

Das Unbeschreibliche,

Hier ists getan;

Das Ewig—Weibliche

Zieht uns hinan.

一切消逝的

不过是象征；

那不美满的

在这里完成；

不可言喻的

在这里实行；

永恒的女性

引我们上升。

当歌德在他底八十一岁高年，完成他苦心经营了大半世的《浮士德》之后，从一种满意与感激的心情在那上面题下这几句《神秘的和歌》（Chorus Mysticus）。说也奇怪，这几句《和歌》，我们现在读起来，仿佛就是四十年后产生在法国的一个瑰艳，绚烂，虽然短促得像昙花一现的文艺运动——象征主义——底题词。如果我们把这八行小诗依次地诠释，我们也许便可以对于象征主义得到一个颇清楚的概念。这并非因为歌德有预知之明，虽然绝顶的聪明往往可以由对于事理的精微和透彻的体系而达到先知般的直觉；只因为这所谓象征主义，在无论任何国度，任何时代底文艺活动和表现里，都是一个不可缺乏的普遍和重要的原素罢了，这原素是那么重要和普遍，我可以毫不过分地说，一切最上乘的文艺作品，无论是一首小诗或高耸入云的殿宇，都是象征到一个极高的程度的。所以在未谈到法国文学史上的象征主义运动之前，我们得要先从一般文艺作品提取一个超空间时间的象征定义或原理。

我们现在先要问：象征是什么？

许多人，譬如我底朋友朱光潜先生在他底《谈美》一书里，以为拟人和托物都属于象征。他说："所谓象征就是以甲为乙底符号。甲可以做乙底符号，大半起于类似联想。象征最大的用处，就是把具体的事物来替代抽象的概念……象征底定义可以是：'寓理于象'。梅圣俞《续金针诗格》里有一段话很可以发挥这个定义：'诗有内外意，内意欲尽其理，外意欲尽其意。内外意含蓄，方入诗格。'"

这段话骤看来很明瞭；其实并不尽然。根本的错误（但这不能怪他，因为"象征"一字特殊意义，到近代才形成的），就是把文艺上的"象征"和修词学上的"比"混为一谈。何谓比？《文心雕龙》说：

比者，附也。附理者切理以比事。

接着又说：

盖写物以附意，扬言以切事者也。

换句话说：比，便是基于想像底"异中见同"的功能的拟人和托物，把

物变成人或把人变成物,所谓"物本吴越,合则肝胆"。比又有隐显两种如:

  皑如山上雪,皎若云间月。

或:

  纤条悲鸣,声似竽籁。

等假借"如""似""方""若""异"等虚字底媒介的是显喻,不假借这些虚字做媒介而直接托物,如:

  关关雎鸠,在河之洲;
  窈窕淑女,君子好逑。

一节诗里把"雎鸠"暗比"淑女"和"君子",或拟人,如:

  东风且伴蔷薇住,
  到蔷薇,春已堪邻。(张田玉《西湖春感》)

底"东风"和"蔷薇"都是隐喻。可是无论拟人或托物,显喻或隐喻,所谓比只是修辞学底局部诗体而已。

至于象征——自然是指狭义的,因为广义的象征连代表声音的字也包括在内——却应用于作品底整体。拟人或托物可以做达到象征境界的方法;一篇拟人或托物,甚或拟人兼托物的作品却未必是象征的作品。最普通的拟人托物的作品,或借草木鸟兽来影射人情世故,或把抽象的观念如善恶,爱憎,美丑等穿上人底衣服,大部分都只是寓言,够不上称象征。因为那只是把抽象的意义附加在形体上面,意自意,象自象,感人的力量往往便肤浅而有限,虽然有时也可以达到真美的境界。屈原,庄子,伊索,拉方登等底寓言,英文里的《仙后》(Fairy Queen)和《天路历程》都是很好的例。不过那毕竟只是寓言,因为每首诗或每个人物只包含一个意义,并且只间接地诉诸我们底理解力。

象征却不同了。我以为它和《诗经》里的"兴"颇近似。《文心雕龙》说:

  兴者,起也;起情者依微以拟义。

所谓"微",便是两物之间微妙的关系。表面看来,两者似乎不相联属,实则是一而二,二而一。象征底微妙,"依微拟义"这几个字颇能道出。当一件外物,譬如,一片自然风景映进我们眼帘的时候,我们猛然感到它和我们当时或喜,或忧,或哀伤,或恬适底心情相仿佛,相逼肖,相会合。我们不摹拟我们底心情而把片自然风景作传达心情的符号,或者,较准确一点,把我们的心情印上那片风景去,这就是象征。瑞士的思想家亚美尔(Amiel)说,"一片自然风景是一个心灵底境界"。这话很可以概括这意思。比方《诗经》里的:

　　昔我往矣,杨柳依依;
　　今我来思,雨雪霏霏。
　　行道迟迟,载渴载饥。
　　莫知我哀,我心伤悲!

表面看来,前一节和后一节似乎没有什么显著的关系;实则诗人那种颠连困苦,悲伤无告的心情已在前半段底景色活现出来了。又如杜甫底:

　　风急天高猿啸哀,渚清沙白鸟飞回。
　　无边落木萧萧下,不尽长江滚滚来。

即使我们不读下去,诗人满腔底穷愁潦倒,艰难苦恨不已渗入我们底灵府了吗?

有人会说:照这样看来,所谓象征,只是情景底配合,所谓"即景生情,因情生景"而已。不错,不过情景间的配合,又有程度分量的差别。有"景中有情,情中有景"的,有"景即是情,情即是景"的。前者以我观物,物固着我底色彩,我亦受物底反映。可是物我之间,依然各存本来的面目。后者是物我或相看既久,或猝然相遇,心凝形释,物我两忘:不知何者为我,何者为物。前者做到恰好处,固不失为一首好诗;可是严格说来,只有后者才算象征底最高境。

试把我国两位大诗人底名句比较:

　　池塘生春草,园柳变鸣禽。

采菊东南下,悠然见南山。

大家都知道,前两句是谢灵运底,后两句是陶渊明底。像李白和杜甫一样,因为作者是同时代底大诗人,又因为这几句诗不独是他们底名句,并且可以代表两位诗人全部作品的德性和品格,所以我们很容易联想到它们,古人把它们相提并论,品评优劣的亦最多。可是李杜不同——对于他俩的意见是最分歧的——关于这几句诗的平价却差不多一致。严沧浪有一段话可以作代表:

"汉魏古诗,气象混沌,难以句摘。晋以还始有佳句。如渊明'采菊东南下,悠然见南山'。谢灵运'池塘生春草,园柳变鸣禽'之类。谢所以不及陶者,康乐之诗精工,渊明之诗质而自然耳。"

把陶放在谢上,可以说,是一般读者底意见。不过精工何以逊于质而自然?理由似乎还不能十分确立。我们且先看谢诗的妙处何在:显然地,这两句诗所写的是一个久蛰伏或卧病的诗人,一旦在熏风扇和,草木蔓发的季候登楼,发现原来冰冻着的池塘已萋然绿了,枯寂无声的柳树,因为枝条再荣,也招致了不少的禽鸟飞鸣其间。诗人惊喜之余,误以为远郊野底春草竟绿到池上去了,缘阴中的嘤嘤和鸣也分辨不出是禽鸟底还是柳树本身底。这看法是再巧不过的。大凡巧很容易流于矫饰。这两句诗却毫不费力地用一个"生"字和一个"变"字把景象的变易和时节底流换同时记下来。巧而出之以自然,此其所以清新可喜了。但这毕竟是诗人眼里的风光;这两句诗,如果我们细细地玩味,也不过是两个极精工的隐喻。作者写这两句诗时,也许深受了这和丽的光景底感动,但他始终不忘记他是一个旁观者或欣赏者。所以我们读这两句诗时的感应,也止于赏心悦目而已,虽然像这样的赏心悦目,无论在现实里或在文艺上,已经不可多得了。至于陶诗呢,诗人采菊时豁达闲适的襟怀,和晚色里雍穆邈远的南山已在那猝然邂逅的刹那间联成一片,分不出那里是渊明,那里是南山。南山与渊明微妙的关系,决不是我们底理智捉摸出来的,所谓"一片化机,天真自具,既无名象,不落言诠"。所以我们读这两句诗时,也不知不觉悠然神往,任你怎样反复吟咏,它底意味仍是无穷而意义仍是常新的。

于是我们便可以得到象征的两个特性了:(一)是融洽或无间;(二)是含蓄或无限。所谓融洽是指一首诗底情与景,意与象底惝恍迷离,融成一片;含蓄是指它暗示给我们的意义和兴味底丰富和隽永。英国十九世纪的批评家卡莱尔(Carlyle)说得好:

"一个真正的象征永远具有无限底赋形和启示,无论这赋形和启示底清晰和直接的程度如何;这无限是被用去和有限融混在一起,清清楚楚地显现出来,不但遥遥可望,并且要在那儿可即的。"

换句话说:所谓象征是藉有形寓无形,藉有限表无限,藉刹那抓住永恒,使我们只在梦中或出神的瞬间瞥见的遥遥的宇宙变成近在咫尺的现实世界,正如一个蓓蕾蕴蓄着炫熳芳菲的春信,一张落叶预奏那弥天漫地的秋声一样。所以它所赋形的,蕴藏的,不是兴味索然的抽象观念,而是丰富,复杂,深邃,真实的灵境。歌德回答那问他"在《浮士德》里所赋形的观念是什么"的话很可以启发我们。他说:

"我写诗之道,从不会试去赋形给一些抽象的东西。我从我底内心接收种种的印象——肉感的,活跃的,妩媚的,绚烂的——由一种敏捷的想像力把它们呈现给我。我做诗人底唯一任务,只是在我里面摹拟,塑造这些观察和印象,并且用一种鲜明的图像把它们活现出来……"

是的,邓浑(Don Juan),浮士德(Faust),哈孟雷德(Hamlet)等传说所以为人性伟大的象征,尤其是建筑在这些传说上面的莫里哀,摆轮[①],歌德,莎士比亚的作品所以为文学史上伟大的象征作品,并不单是因为它们每个象征一种永久的人性——譬如,邓浑象征我们对于理想的异性的无厌的追寻;浮士德,我们追逐光和花和爱的美满之生底热烈的颤栗的冲动;哈孟雷德,耽于深思者应付尖锐迫切的现实之无能——实在因

---

① 今通译拜伦,19世纪英国著名的浪漫主义诗人。

为它们包含伟大的灵魂种种内在的印象，因而在我们心灵里激起无数的回声和涟漪，使我们每次开卷的时候，几乎等于走进一个不会相识的簇新的世界。

我们又试拿屈原的《山鬼》和《橘颂》比较。存这两首诗里，我们知道，诗人都是以物自况的：诗人咏橘和咏山鬼一样，同样是咏他自己。可是如果依照我上面底解释，我们会同意《橘颂》是寓言，《山鬼》是象征。为什么呢？最大的区别，就是前者是限制我们底想像的，后者却激发我们底想像。前者诗人把自己抽象的品性和德行附加在橘树上面，因而它的含义有限而易尽。后者却不然。诗人和山鬼移动于一种灵幻飘渺的氛围中，扑朔迷离，我们底理解力虽不能清清楚楚地划下它底含义和表象底范围，我们底想像和感觉已经给它底色彩和音乐美妙浸润和渗透了。"……而深沉的意义，便随这声，色，歌，舞而俱来。这意义是不能离掉那芳馥的外形的。因为它并不是牵强附会在外形底上面，像寓言式的文学一样；它并不是间接叩我们底理解之门，而是直接地，虽然不一定清晰，诉诸我们底感觉和想像之堂奥……"我在《保罗梵乐希评传》里曾经这样说过。

我们既然清楚什么是象征之后，可以进一步跟踪象征意境底创造，或者可以说，象征之道了。像一切普遍而且基本的真理一样，象征之道也可以一以贯之，曰"契合"而已。"契合"这字，是法国波特莱尔一首诗底题目Correspondances的译文。我们要彻底了解它底一样，且先把原诗读一遍：

  La Nature est un temple ou de vivants piliers

  Laissent parfois sortir de confuses paroles;

  L'homme y passe à travers des forêts de symboles

  Qui l'observent avec des regards familiers.

  Comme de longs échos qui de loin se confondent

Dans une ténébreuse et profonde unité,
Vaste comme la nuitetcomme la clarté,
Les parfums, les couleurs et les sons se répondent.

Il est des parfums frais comme des chairs d'enfants.
Doux comme les hautbois, verts comme les prairies,
——Et d'autres, corrompus, riches et triomphants,

Ayant l'expansion des choses infinies,
Comme l'ambre, le musc, le benjoin et l'encens,
Qui chantent les transports de l'esprit et des seas.

自然是座大神殿，在那里
活柱有时会发出模糊的话；
行人经过象征底森林底下，
接受着它们亲密的注视。

有如远方的漫长的回声
混成幽暗和深沉的一片，
渺茫如黑夜，浩荡如白天，
颜色，芳香与声音相呼应。

有些芳香如新鲜的孩肌，
宛转如清笛，青绿如草地，
——更有些呢，朽腐，浓郁，雄壮，
具有无限底旷邈与开敞，
像琥珀，麝香，安息香，馨香，

歌唱心灵与官能底狂热。

　　在这短短的十四行诗里,波特莱尔带来了近代美学底福音。后来的诗人,艺术家与美学家,没有一个不多少受他底洗礼,没有一个能逃出他底窠臼的。因为这首小诗不独在我们灵魂底眼前展开一片浩荡无边的景色———一片非人间的,却比我们所习见的都鲜明的景色;并且启示给我们一个玄学上底深沉的基本真理,又这真理波特莱尔与十七世纪一位大哲学家莱宾尼滋(Leibniz)遥遥握手,即是:"生存不过是一片大和谐。"宇宙间一切事物和现象,尽管如莱宾尼滋另一句表面上仿佛相反的话,"一株树上没有两张相同的叶子",其实只是无限之生底链上底每个圈儿,同一的脉搏和血液在里面绵延不绝地跳动和流通着——或者,用诗人自己底话,只是一座大神殿里的活柱或象征底森林,里面不时喧奏着浩瀚或幽微的歌吟与回声;里面颜色,芳香,声音和荫影都融作一片不可分离的永远创造的化机;里面没有一张叶,只要微风轻轻地吹,正如一颗小石投落汪洋的海里,它的音波不延长,扩大,传播,而引起全座森林底飒飒的呻吟,振荡和响应。因为这大千世界不过是宇宙底化身:生机到处,它便幼化和表现为万千的气象与华严的色相——表现,我们知道,原是生底一种重要的原动力的。

　　不幸人生是这样,即一粒尘飞入眼里,便全世界为之改观。于是,蔽于我们小我底七情六欲,我们尽日在生活底尘土里辗转挣扎。宇宙的普遍完整的景象支离了,破碎了,甚且完全消失于我们目前了。我们忘记了我们只是无限之生底链上的一个圈儿,忘记了我们只是消逝的万有中的一个象征,只是大自然底交响乐里的一管一弦,甚或一个音波——虽然这音波,我刚才说过,也许可以延长,扩大,传播,而引起无穷的振荡与回响。只有醉里的人们——以酒,以德,以爱或以诗,随你底便——才能够在陶然忘记的顷间瞥见这一切都浸在"幽暗与深沉"的大和谐中境界。林和靖和玲珑的诗句:

　　疏影横斜水清浅,

暗香浮动月黄昏。

　便是诗人陶醉在自然底怀里时,心灵与自然底脉搏息息相通,融会无间地交织出来的仙境:一片迷茫澄澈中,隔绝了尘嚣与凡迹,只闻色,静,香,影的荡漾与潆洄。所谓

　　三杯通大道,

　　一斗合自然。

实在具有诗的修词以上的真实的。

　可是各位不要误会。陶醉所以宜于领会"契合"或象征底灵境,并不完全像一般心理学家底解释,因为那时候最容易起幻觉或错觉。普通的联想作用说——譬如,一朵钟形的花很容易使我们在迷惘间幻想底香气是声音,或曾经同时同地意识地或非意识地体验到的声,色,香,味常常因为其中一个底引逗而一齐重现于我们底感官——虽然有很强固的生理和心理的根据,在这里至多不过是一种物质的出发点,正如翱翔于空中的鸟儿藉以展翅的树枝,又如肉体或精神底美是启发两性间的爱慕的媒介,到了心心相印,两小无猜的时候,爱是绝对超过一般美丑计较与考虑的。

　事实是:对于一颗感觉敏锐,想像丰富而修养有素的灵魂,醉,梦或出神——其实只是各种不同的缘因所引起的同一的精神状态——往往带我们到那形神两忘的无我底境界。四周的事物,固已不再像日常做我们行为或动作底手段或工具时那么匆促和琐碎地挤过我们底意识界,因而不容我们有细认的机会;即当作我们认识底对象,呈现于我们意识界的事事物物都要受我们底分析与解剖时那种主,认识的我,与客,被认识的物,之间的分辨也泯灭了。我们开始放弃了动作,放弃了认识,而渐渐沉入一种恍惚非意识,近于空虚的境界,在那里我们底心灵是这般宁静,连我们自身底存在也不自觉了,可是,看呵,恰如春花落尽瓣瓣的红英才能结成累累的果实,我们正因为这放弃而获得更大的生命,因为忘记了自我底存在而获得更真实的存在。老子的"将欲取之,必先与

之",引用到这上面是再确当不过的。因为,在这难得的真寂顷间,再没有什么阻碍或扰乱我们和世界底密切的,虽然是隐潜的息息沟通了:一种超越了灵与肉,梦与醒,生与死,过去与未来的同情韵律在中间充沛流动着。我们内在的真与外界的真调协了,混合了。我们消失,但是与万化冥合了。我们在宇宙里,宇宙也在我们里:宇宙和我们的自我只合成一体,反映着同一的荫影和反应着同一的回声。关于这层,波特莱尔在他的《人工的乐园》里有一段比较具体的叙述,他说:

"有时候自我消失了,那泛神派诗人所特有的客观性在你里面发展到那么反常的程度,你对于外物的凝视使你忘记了你自己底存在,并且立刻和它们混合起来了。你底眼凝视着一株在风中摇曳的树:转瞬间,那在诗人脑里只是一个极自然的比喻在你脑里竟变成现实了。最初你把你底热情,欲望或忧郁加在树身上,它底呻吟和摇曳变成你的,不久你便是树了。同样,在蓝天深处翱翔着的鸟儿最先只代表那翱翔于人间种种事物之上的永生的愿望;但是立刻你已经是鸟儿自己了。"

可是这时候的心灵,我们要认清楚,是更大的清明而不是迷惘。正如颜色,芳香和声音底呼应或契合是由于我们底官能达到极端的敏锐与紧张时合奏着同一的情调,这颜色,芳香和声音的密切的契合将带我们从那近于醉与梦的神游物底表底境界而达到一个更大的光明——一个欢乐与智慧做成的光明,在那里我们不独与万化冥合,并且体会或意识到我们与万化冥合。所以一切最上乘的诗都可以,并且应该,在我们里面唤起波特莱尔所谓:

   歌唱心灵与官能底热狂

的两重感应,即是:形骸俱释的陶醉和一念常惺的澈悟[①]。歌德底《流浪者之夜歌》:

   一切的峰顶

[①] 原文如此。

>沉静；
>
>一切的树尖
>
>全不见
>
>丝儿风影。
>
>小鸟们也在林间无声
>
>等也罢：
>
>俄顷
>
>你快也安静。

不独把我们浸在一个寥廓的静底宇宙中，并且领我们觉悟到一个更庄严，更永久更深更大的静——死；和日本行脚诗人芭蕉底隽永的俳句：

>古池呀——青蛙跳进去的水声。

把禅院里无边的宁静凝成一滴永住的琉璃似的梵音——都是最好的例。

从那刻起，世界和我们中间的帷幕永远揭开了。如归故乡一样，我们恢复了宇宙底普遍完整的景象，或者可以说，回到宇宙底亲切的跟前或怀里，并且不仅是醉与梦中闪电似的邂逅，而是随时随地意识地体验到的现实了。正如我们不能画一幅完全脱离了远景或背景的肖像，为的是四周的空气和情感的初茁与长成，开放与凋谢，隐潜与显露，一句话说罢，我们底最隐秘和最深沉的灵境都是与时节，景色和气候很密切地互相缠结的。一线阳光，一片飞花，空气的最轻微的动荡，和我们眼前无量数的重大或幽微的事物与现象，无不时时刻刻在影响我们底精神生活，及提醒我们和宇宙底关系，使我们确认我们只是大自然底交响乐里的一个音波：离，它要完全失掉它存在的理由；合，它将不独恢复一己底意义，并且兼有那磅礴星辰的妙乐的。

于是，当

>炎炎红镜东方开，
>
>晕如车轮上徘徊，

啾啾赤帝骑龙来。

(李长吉底《六月》)

的时候,一轮红日也在我们心灵底天空升起来,一样地洋溢着蜂喧与鸟啼,催我们弹去一夜底混沌与凌乱,去欢迎那生命普赐众生,同时又特别为我们设的一件丰盛的礼物:一天悠长的时光,阴或晴,献给我们底感受,沉思,劳动和歌唱。

当暮色苍茫,颜色,芳香和声音底轮廓渐渐由模糊而消灭,在黄昏底空中舞成一片的时候,你抬头蓦地看见西方孤零零的金星像一滴秋泪似的晶莹欲坠,你底心头也感到——是不是?——刹那间幸福底怅望与爱底悸动,因为一阵无名的寒颤,有一天,透过底身躯和灵魂,使你恍然于你和某条线纹,柔纤或粗壮,某个形体,妩媚或雄伟,或某种步态,婀娜或灵活,有前定的密契与夙缘;于是,不可解的狂渴在你舌根,冰冷的寂寞在你心头,如焚的乡思底烦躁在灵魂里,你发觉你自己是迷了途的半阕枯涩的歌词,你得要不辞万苦千辛去追寻那和谐的半阕,在那里实现你底美满圆融的音乐。

当最后黑夜倏临,天上的明星却一一然起来的时候,看呵,群动俱息,万籁俱寂中,你心灵底不测的深渊也涌现出一个光明的宇宙:无限的情与意,爱与憎,悲与欢,笑与泪,回忆与预感,希望与忏悔……一星星地在那里闪烁,熠耀,晃漾;它们底金芒照澈了你灵魂底四隅,照澈了你所不敢洞悉的幽隐……

而且这大宇宙的亲挚的呼声,又不是单在春花底炫熳,流泉底欢笑,彩虹底灵幻,日月星辰底光华,云雀底喜歌与夜莺底哀曲里可以听见。即一口断井,一只田鼠,一堆腐草,一片碎瓦……一切最渺小,最卑微,最颓废甚至最猥亵的事物,倘若你有清澈的心耳曲谛听,玲珑的心机去细认,无不随在合奏的钧天的妙乐,透露给你一个深微的宇宙消息。勃莱克(Blake)底

To see a world in a grain of sand,

And a heaven in a wild flower,

Hold infinity in the palm of your hand,

And eternity in an hour.

一颗沙里看出一个世界，

一朵野花里一座天堂；

把无限放在你底手掌上，

永恒在一刹那里收藏

和梵乐希的

Tout l'univers chancelle et tremble sur ma tige,

全宇宙在我底枝头颤动，飘摇，

便是两朵不同的火焰———一个是幽秘沉郁的直觉，一个是光灿昭朗的理智——然到同样的高度时照见的同一的玄机。

因为，正如我们官能底任务不单在于我们趋避利害以维护我们底肉体，而尤其在于与一个声，色，光，香底世界接触娱悦，梳洗，和滋养我们底灵魂：同样，外界底事物和我们相见亦有两幅面孔。当我们运用理性或意志去分析或指挥使它们的时候，它们只是无数不相联属的无精彩无生气的物品。可是当我们放弃了理性与意志底权威，把我们完全委托给事物底本性，让我们底想像灌入物体，让宇宙大气透过我们心灵，因而构成一个深切的同情交流，物我之间同跳着一个脉搏，同击着一个节奏的时候，站在我们面前的已经不是一粒细沙，一朵野花或一片碎瓦，而是一颗自由活泼的灵魂与我们的灵魂偶然的相遇：两个相同的命运，在那一刹那间，互相点头，默契和微笑。当浮士德在森林与幽岩深处，轮流玩赏着自然与灵府底无尽藏的玄机与奇景，从那盈盈欲溢的感激杯里，找不出更深沉更雄辩的声音去致谢那崇高的大灵：

Du fuhrst die Reihe der Lebendigen

Vor mir vorbei, und lehrst und lehrst mich meine Brüder

lm stillen Busch, in Luft und Wasser Kennen.

你把众生底行列带过我面前,
教我一一地认识我底兄弟们
在空中,水中和幽静的丛林间。

于是日常的物价表——大小,贵贱,美丑,生死——勾消了。毫末与丘山,星辰与露水,沙砾与黄金,庄周与蝴蝶,贵妇与暗娼……在诗人思想底光里合体了,或携手了。因为那里唯一的度量是同情,唯一的权衡是爱:同情底钥匙所到,地狱与天堂齐开它们最隐秘的幽宫;熊熊的爱火里,芦苇与松柏化作一阵璀璨与清纯的烈焰。

但丁底《神曲》和波特莱尔底《恶之花》都是最显著的例。

我第一次读《地狱曲》的时候,差不多对但丁起怀疑和失望地反感。我觉得这泪乡,这血河,这毒林,这兽岩与蛇窟,这永久的恐怖与诅咒,号啕与挣扎……所给我们对于造物者——上帝或诗人——底印象太残酷了,太狭隘了,或太幼稚了。痛楚底日记,酷刑底纪年,丑恶与怨毒底写真,于我们果何有呢?可是当我挽着诗人影子底手穿过净土底幽谷嘉林底荫影,渡忘河而达天堂底边沿,在那里贝雅特丽琪(Beatrice)像一朵爱花,一朵贞洁的火焰般在缤纷的花雨和天使底歌声中用婉诮,轻遣和嫣笑来相迎——尤其是当我们追随着贝雅特丽琪从碧霄到碧霄,从光华到光华,一层层地攀登,递升,直至宇宙底中心,上帝底宝座前,在一个极乐与光明的灵象里谛听着圣贝尔纳向玛利亚为我们底诗人低诵这圣洁和平的祷词:

Vergine madre, figlia del tuo fighlio……
贞洁的母亲呵,你儿子的女儿……

我才恍然大悟了! 因为在这震荡着虔诚,悲悯,纯洁与慈爱的祷词里,诅咒远了,怨毒与仇恨远了,但丁毕生的悲哀与失望,困苦与颠顿,和远远传来的地狱里被诅咒者惨怛的号啕,净土里忏悔的灵魂温柔的哭泣,都融成一片颂赞的歌声或缕缕礼拜的炉香了。

从题材上说,再没有比波特莱尔底《恶之花》里大部分的诗那么平凡,那么偶然,那么易朽,有时并且——我怎么说好?——那么丑恶和猥亵的。可是其中几乎没有一首不同时达到一种最内在的亲切与不朽的伟大。无论是伛偻残废的老妪,鲜血淋漓的凶杀,两个卖淫少女互相抚爱的亲昵与淫荡,溃烂臭秽的死尸和死尸上面喧哄着蝇蚋与汹涌着的虫蛆,一透过他底洪亮凄惶的声音,无不立刻辐射出一道强烈,阴森,庄严,凄美或澄净的光芒,在我们灵魂里散布一阵"新的颤慄"——在那一颤慄里,我们几乎等于重走但丁底全部《神曲》底历程,从地狱历净土以达天堂。因为波特莱尔底每首诗后面,我们所发见的已经不是偶然或刹那的灵境,而是整个破裂的受苦的灵魂带着它底对于永恒的迫切呼唤,并且正凭借着这呼唤底结晶而飞升到那万籁皆天乐,呼吸皆清和的创造庙底宇宙:在那里,臭腐化为神奇了;卑微变为崇高了;矛盾的,一致了;枯涩的,调协了;不美满的,完成了;不可言喻的,实行了。

廿三年正月廿日于北平

附注:本文大意,曾在北京大学国文学会演讲。当时只随意发挥。事后追写,增减出入处,在所不免。

选自梁宗岱:《诗与真》,商务印书馆,1935年)版。

【延伸阅读】

1. 梁宗岱:《论诗》,《诗刊》第2期(1931年)。
2. 梁宗岱:《新诗底十字路口》,《大公报·诗特刊》(1935年)。
3. 梁宗岱:《诗与真》,商务印书馆(1935年)版。
4. 梁宗岱:《诗与真二集》,商务印书馆(1936年)版。

Hu Qiuyuan　胡秋原

【题解】　胡秋原(1910—2004),原名胡业崇,又名曾佑,笔名未明、石明、冰禅,湖北黄陂人(今武汉黄陂区)。现代著名史学家、政论家、文学家。15岁时考入国立武昌大学,1928年入复旦大学,并在次年公费到日本早稻田大学学习政治经济学。1931年因"九·一八"事变毅然回国,任上海东亚书局编辑,同济大学教授,后任《文化批判》《思索月刊》总编辑,福建《民国日报》社长。1949年去香港,任《香港时报》主笔。1989年,美国传记学会将他列入《国际著名领袖人名录》,2004年5月4日,荣获"中华文艺终身成就奖"。在民国时期,胡秋原提出"文学艺术至死又是自由的、民主的、独立的"主张,曾受到左翼作家的批评,主要著作有《中国文化之前途》《唯物史观艺术论》《民族文学论》《文学艺术论集》等。

《论美与艺术》是胡秋原当时撰写《哲学本论》一书中的摘要,比较典型地反映了他倡导"民族文学"的美学思想,后收入他的论文集《民族文学论》中,由文风书局印行,1944年出版。在文中,他指出"美表示社会生活的兴趣,民族生活的愿望,而艺术则为具现美的意识之手段。其中以文学语言为具现之符号者,即是文学。文学是最间接表现美的意识的,因此,也是最高的艺术"。他认为,文学与民族有着密切的关系,并强调指出:"文学与民族以语言文字发生不可分离的关系,两者同时起源,平行发达。随民族国家的成立,也就有民族的文学,即是国语的和国民的文学。"他的这种文学主张,是民国时期倡导"民族文学"的重要文学观点。

二十　论美与艺术

美学所讨论的问题有三：是何以为美（即美感之心理状态）；二是何者为美（即美之本质）；三是如何为美（即艺术创作问题）。一般美学多半研究前两者，其实第三个问题才是美学的根本问题。风景美女人美的问题还比较简单，一幅画美，一首诗美，问题就比较复杂。

从来的美学，每将艺术与自然对立。此所谓自然，不仅指天地山河，虫鱼草木，而且指人类和社会。西方所谓"Art"有人为的之意，凡不是人所创造的，都属自然。又从来的美学，以为艺术之美是由自然之美来的。所以亚里士多德以来，以艺术是自然之模仿。一直到罗丹，也以为自然全美。艺术家之责任，就是去临摹自然，如法国古典派安格尔所说，像一个傻子和奴才去临摹而已。黑格尔之所以卓尔不群，即在其首先指出艺术之美，比自然之美立于更高阶段。

但这还不够，新的美学，应该将三种东西区别并且贯通：此即自然，人生和艺术。有自然的美，有生活的美，有艺术

胡秋原肖像

的美。春花秋月,美景良辰,是自然美;英雄美人,国泰民安,是人生的美。而古今的伟大艺术,属于艺术之美。

作者曾在《哲学本论》中详细分析,美感是一种想像的快感,一种使情绪发生运动的快感。所谓快感,要不外合生命之活动的状态,无论是快感之增加,或者是不快之感之减轻,都足以增进人生之兴味,生命之活力。美的快感之特点,在其同时具备生理的,心理的,社会的愉快,而以想像作用为枢纽。一种现象诉诸感官,引起快感,此种快感想像作用,与理性的意志的快感,作用于情绪,同时,不仅引起一人之感兴,而能引起社会人的感兴者,即是美的。

所谓美,有三个主要特点:第一,在形式上有"复杂之统一",第二,在内容上引起愉快之联想,第三,形式愈与内容调和,愈使人感觉愉快。所谓形式与内容调和者,即是事物或事件本性之充实。因此,凡是正当健全而有生意的景象,都是美的。反之,凡是单调而凌乱,使人生不快之联想,而形式内容不相调和,亦即畸形衰弱而有害于生者,都是丑的。凡此一切,是自然之美,生活之美以及艺术之美三者之所同。我在此处,想指出艺术对自然和生活之关系,并说明艺术美之来源及其特点。

人类关于美的观念,不是由自然获得的。一个很显然的证据,就是描写自然,在中国和西方都是较晚的事情。陶渊明以前,中国没有独立的山水诗。欧洲文艺复兴期,没有人看得起风景画。十八世纪,虽有蒲桑诸人注意自然,风景画仍无独立意义。到十九世纪,才有卢梭等与巴比宗派画家在巴黎近郊的风景中,看到前人所未知的灵感。月露风云的本身,是无所谓美的。人类在一定情况下,在其中感觉生活兴趣之时,才是美的。

美的观念,亦不在精神之中。黑格尔以为绝对精神表现于感性材料之时,即是美。但这种"绝对精神",不是生来就有,而是人类在生活经验中抽象的产物。

美的观念,发生于人类生活之中,发生于人类与环境之复杂交涉之中。而此种观念,因人类生活之条件及变动而变形,并受复杂观念之响导。美不是纯感性的。虽然最初之美,无疑是感觉之愉快。这快感在意识特别是想像作用中洗练提高并且和其他要素结合日益复杂化。物象因对感官之适当刺激成为快感,快感因情绪的运动获得美的价值,而因智性之提炼更为精纯,因意志之调和增其强度。我们在生活中遇见的人物、事件、情节、动作,其对生命及生活能增加愉快兴趣和喜悦,同时能和缓人类苦痛和愁闷者,都是美的。我说增加与和缓,表示美之功能的限度。直接对生活给以愉快或除去苦痛,需要生产和战斗行为,这是智和力之本务。而美和艺术只是一个补助工具。亡国之恨,不会因美而解除,胜利之乐,亦不因没有美而消失。

总之,人类生活中对于引起愉快喜悦的东西发生美感。美者,生活之希望与意趣也。生趣是美之核心。人类在自然中看见增加生活希望和安慰的东西,以及类乎生活之美的东西,乃有自然美的印象。如见深山可涤尘俗,望桃花如对美人是也。但生活和自然中不尽是美的。于是,人类在艺术中创造美,以济自然和生活之美之穷。

托尔斯泰认为,美既是一种特殊快感,而艺术却是传达感情的媒介,因此,艺术与美无关,而艺术目的亦不在美。托氏之说,对于纠正所谓纯艺术论及唯美主义者流,不无意义,但其错误,在未明白美的快感的特点。如果艺术美的快感是一种想像的快感,情绪运动的怜悯感,而所谓快感乃预想生活之喜悦与希望,则所谓情绪传达正与愉快不可分,而愉快正因他人之共感而增其价值。另一方面,对于生活无意义的东西就是不美的,也就是没有传达价值的。

居友以美感为意识中的感觉之扩大或共鸣,根本是一种社会性的感情;而艺术恰是利用感觉,引起美感之意识生活之手段。他的结论和托氏类似,但关于美与艺术关系的见解,是更为正确的。

对艺术而言,自然和生活且合称为现实。艺术对现实即自然和生活的关系,是怎样的呢?简言之,艺术是现实之再现。其次,艺术是现实之修饰。由前者而论,艺术是假的,由后者而论,艺术比实际更真。即艺术将不完全的现实理想化,变为更完全的。人类在艺术上将现实加以表现。不过在表现中,人类有一种选择,合并修正,夸张或缩小,使更和我们的意。纵使是写实的艺术,未有不在艺术中多少暗示一种希望和理想的。所以,艺术之美,较现实的美更高级更完全。

在自然和生活中,我们直接经验美感。凡在形式上适合于感官而在联想上引起我们所需要之印象者,即是美的。艺术品都具有美的形式,但这不过如一种点心上的花纹,只是帮助我们接受那种艺术品。而艺术之内容,亦非直接刺激我们的联想,而是藉想像作用,以形象构成一种意境,而这种形象和意境,又唤起我们的想像,使我们自动的在联想中再构成形象和意境而经验快感。换言之,自然之美,以形式为主。艺术之美,以内容为主。自然之美,是纯直观的;而艺术之美,则是经过智性之判断的。艺术始于感性,然不止于感性。

因此,艺术之美较自然之美更为深刻。凡间接的工作,其效果较直接的为强。我们直接举重,不如用一个杠杆间接举重。人类使用机械,也是间接工作。就是我们直接看一个美人,也不如间接。在云雾之中看山,意趣更为隽永。因此,艺术的美感经验较自然之美更为永续而且强烈。

再者,在自然与人生中,美是自然及人之本身,可说只有美的欣赏而没有美的创造。艺术则是一个从创造到欣赏的过程,在这个过程中,人类精神有更广大的联带关系,使艺术成为人类精神之媒介。

这是现实的美与艺术的美在程度上的不同。

因此,自然及人生活的美丑与艺术之美丑在性质上也有不同之处。艺术不单是将自然中的美丑反映下来就完事。果真如此,自然之美,即是艺术之美,自然之丑即是艺术之丑。我们对照像可以如此说,即美人照出来美,丑人照出来丑,但也不能完全如此说,因为我们还可以问到这个相照得好不好。相好不好为美的问题,而照得好不好是一艺术问题。

艺术是一种构造。作者在艺术中制造一个东西。以画而论,我们所要问的,不是"画的"东西美不美,而是他"画得"美不美。故艺术之美丑不是题材本身,而是艺术家所表现之全体。我们评定艺术的美丑,大抵看这几个标准:

第一,他所写所画的东西,是否逼真?换言之,他能否将真相特点生动的表现出来?

第二,他在表现中所用的形式,能否引起我们的美感,换言之,在生理上心理上能否有强而且深的刺激力量。

第三,他所表现的内容,能否引起我们美的联想?换言之,在他所描写的东西中,能否使我们经验想像的快感,暗示一种更高的意境?

第四,全体来说,他的创作是否合乎善的价值?换言之,能否提高人生之意义与价值?有无广大而永久的社会意义?

第五,他的创作有无独创性质?

关于(二)(三)(四)三点,艺术的美与自然的美,及生活的美有平行的性质。只有第一个及第五个问题还要加以讨论。表现之是否逼真及独创性是什么意思?且与美之一般原理有何关系?

表现之逼真之所以为美,即是因为在此际,创造和欣赏,都能发生想像之最大快感,亦即情绪运动之最大快感。为什么呢?

第一,创造的本身有一种快感。劳动、生育、思想、事业,以及创作,在本身都有一种快感,虽然伴随着一定的痛苦。因为都使生命扩张而且提高也。人类在艺术中再现现实构想一种意境,这时候,他是将他有余的精力,转移到一种精神的创造,完成一种意愿,于是有一种创造的欢喜。

第二,他在表现中同时表现自己,有一种快感。许多心理学家以为人类有一种自我表现的本能,也有美学家将艺术起源归于这种本能。这固然不可过于夸张,但人类既为社会动物,他一面希望社会的同情,鼓励,一面也希望自己的活动,扩张为社会的活动。艺术家在创作之中,也将自己的才性和希望，带入其作品之中，同时他的作品得到他人的欣赏，于是，感觉精神之愉快。

第三，创造和表现的行为中具有快感，信如所云，但离美还有一步。逼真才是美的。逼真云者，他所表现的和他所要表现的一致。这就作品而论，是形式与内容之调和，亦即想像之一贯。就作者而论，是主观与客观之统一，亦想像和手法，整个圆熟。我们要写一个英雄，此际形式与内容一致，一个艺术家以自己的才能达到自己的目的了。如果他的英雄是一个竖子，那么形式与内容不一致，则作品戏画化了。然如果他本来目的是要将这个英雄戏画化，那么，情形又不同。又如我们画一少女，结果成为老妇，或画一老妇，结果成为少女，都是形式内容不调，都是表现之失败。克罗齐之美学实不足取，但有一点是中肯的，即他说美是成功的表现，丑是不成功的表现（他又说不成功的，不是表现）。这句话在艺术上是可以成立的。我们说一件艺术品好与不好，就是他表现成功与否。

但成功的表现，不仅是逼真而已，单单将现实如实表现出来，可以为美，亦可以为丑，而艺术是不作兴丑的。艺术美之秘密，在其创意，在其想像力，在其意象暗示一种人生所希望的意境中。艺术所表现或暗示的境界愈合于人生之希望，愈增加人生之兴趣，便愈具有美的价值。而这美更因其形式之美增加其强烈之味。倘若艺术是葡萄美酒，则形式之作用等于夜光之杯。

许多艺术家将老丑残缺的形象表现于艺术，如莫里耶的戏剧，朵斯退夫基之小说，罗丹的雕刻，林布朗和列平的绘画，都是描写丑人以及惨事的。但是这些东西仍然美，仍能给我们以快感。这原因何在呢？罗丹常自负艺术家有点金玉和仙方，能够化丑为美。这"化"的过程是什么呢？

在我看来，这化丑为美，不在丑之本身，而在艺术作用之本身。艺术是现实之再现与修正。世界有美亦有丑。不表现丑，犹如讳疾忌医。然艺术之功，不是承认丑陋，反之在其对丑恶加以救济之努力中。艺术家对于丑有两者态度,一是悲剧态度,即是同情态度。二是喜剧态度,即是嘲讽态度。前者有提高人类的同情心的快感,后者有惩罚拙劣的快感。例如老人本不美,但表现老人之慈祥孤苦,使我们同情之感扩大,则其中有美。两个褴褛的乞丐在风雪中踽踽瑟缩,不是美的。然因此使人念及人生之苦、难,他是美的。一片骷髅之上群鸦盘旋,不是美的。然能刺激人类好生之意,也就是美的。又如悭吝人和假学者不美,但表现他们的愚蠢,使人觉得不要如此才好,是美的。所以不是艺术将丑美化,而是艺术家将人间万象都表现出来,同时创造一种意境,启发人类之爱与同情,将人类情趣提高于更崇高优美之处,因而使人类的生活在真和善之外,得到一种欣慰和鼓励。

最后一问题,即艺术独创性问题,是比较容易解决的。一切美感,即快感之刺激,如其他各种刺激一样,如无新鲜性,即将使人感觉厌倦。如不能使人类想像力作更深远的活动,即将使人感觉平庸。但是,虽是平常的东西,因其发前人所未发,仍能化朽为奇,或因其所含意义之丰富,可有不尽之情。天才能将他捉住,也是美的。

总之,生活之愉快与希望,是美之根本源泉,亦是艺术之根本之目的。愉快有精神的和感官的。纯感官之愉快,不足为美,纯精神之愉快,不仅为美。在人类领受一种精神愉快之时,随伴有感官的愉快,或感觉之愉快中,同时启发精神之愉快,则快感相得益彰,此种物象或景界,即所谓美。人类在生活中感觉之,在自然中,发现之,而在艺术中,创造之。艺术家创造人所欲望之一切,以提高生活之意兴与标准。因此,离开人生,也没有美和艺术了。

然所谓生活,是社会的生活;所谓生活之希望是大众的理想。美是社会现象,一种美的形象,大家赞叹,一种美的行为,大家喝采。如果美是一种快感,则这快感的领略愈广大愈深刻之时,这美愈增其伟大与强烈。但社会的生活以民族的生活,为其集中表现。人类在其群体生活之发展中结成民族,而他的生活和理想,也是在民族的机构中形成的。因此,我们所谓人生,实际上是民族的生活,而所谓民族的理想,也就是民族之自然和历史要求。一个人的愉快,和理想愈有民族的性质,亦必愈为全民族所共感,而此种愉快和理想,愈有伟大的价值。因此,在历史上的各个时代,所谓美者,常是各民族兴会最集中的愿望之形式表现。埃及人对于"不死"最感兴趣,乃有金字塔和斯芬克斯。希腊人对于健康的人最感兴趣,乃有优秀人体的雕刻。罗马人是一群战士,所以他兴趣,集中于勇敢的表现。中世纪是基督教世界,于是中世之美的观念,也就集中于对天国之神往中。近代意大利首先重新发现现世生活之可乐,乃复活希腊人的作风。十七世纪之荷兰,在日常生活中看出美的存在。十八世纪法国因其强盛奢豪,故其美的观念,集中于豪华婉约,而一民族在全盛事情表现的美的观念,因在生活上成为一民族之珍贵经验之一部之故,恒影响其国民的趣味,成为一种传统。所以,我们由一国国民美的好尚,以及他们在艺术中表现出来的观念中,可以看出一国国民精神的状态和趋向。自然,一国国民的趣味因其历史地位而变化,因其政治经济内在对立而不同,但毕竟都是民族生活之表现。假使如此,抗战建国期间的中国,全民族在战斗,并渴望自由和独立。我们的美,一定是合于战斗精神以及独立和自由观念的。假使我们的艺术还未能如此,一方面由于我们的精神还未普遍醒觉,另一方面艺术家的钟表不无落后而已。由此可得出这样的结论:

一、美是由想像作用,引起愉快之情的东西和特点,始于感性,终于理性。

二、人类在生活中体验美。其次在自然中看见美。最后,在艺术中创造美。

三、生活之美高于自然之美,艺术之美高于现实的美。

四、现实的美的标准是:提高情绪之快感,增进人生之兴趣。

五、艺术之美,在以意象创造一种意境,以提高人类之快感及人生之兴趣。而其标准在表现之逼真,在形式与内容之调和,在创意之深远,在作家之独创性。

六、没有形式,没有艺术。但形式之作用,只在其能将内容充分表出。离开内容,形式亦无独立之意义。

七、离开生活,无所谓美,亦无所谓艺术。生活是目的,美及艺术是为生活之兴趣而存在的。

八、最足以增加人类愉快之情者,莫如爱和同情,故艺术以增进人群之爱与同情为目的。

九、民族是人类社会生活之自然组织。美的源泉在社会生活,亦即在民族生活。

凡引起一民族兴会的东西是美的,艺术应将此民族之兴趣表现出来。而我们的艺术应该是战斗和自由的观念之表现。

选自胡秋原《民族文学论》,文风书局印行,1943年出版。

【延伸阅读】

1. 胡秋原:《阿狗的文艺》,《文化评论》创刊号(1931年)。
2. 胡秋原:《勿侵略文艺》,《文化评论》第4期(1932年)。
3. 胡秋原:《唯物史观艺术论》,上海神州国光社1932年版。
4. 胡秋原:《民族文学论》,文风书局1943年版。

Su Xuelin 苏雪林

【题解】 苏雪林(1897—1999),原名苏梅,字雪林,笔名绿漪,祖籍四川眉山(一说原籍安徽太平,今黄山市),为北宋文豪苏辙之后,生于浙江瑞安,自嘲半个浙江人。现代著名作家、学者。早年毕业于安徽省立安庆第一女子师范学校、北京高等女子师范学校,受业于胡适门下。"五四"运动时期,曾以散文《绿天》与小说《棘心》轰动一时。1921年前往法国留学,回国后在沪江大学、国立安徽大学、国立武汉大学等多个大学任教。她一生笔耕不辍,被阿英称为"女性作家中最优秀的散文作者",也被喻为文坛的常青树。她的散文写景优美,意境深远,记人叙事抒怀的随笔小品,也是寓意深刻,语言明快,富有情趣,颇具学者散文风范。她的创作涵盖了小说、散文、戏剧、文艺批评等多个文体领域,同时在中国古代文学和现当代文学研究中也卓有成就,具有较大的学术影响。主要文学作品有散文《绿天》《屠龙集》《遁斋随笔》,小说《蝉蜕集》《棘心》,戏剧《鸠罗那的眼睛》,评论《蠹鱼生活》《青鸟集》,主要学术著作有文学史研究《中国文学史》《辽金元文学》,诗歌及神话研究《诗经杂俎》《屈原与九歌》,现代文学研究论著《二三十年代作家与作品》《我论鲁迅》等。

《文以载道》是苏雪林自己非常重视的一篇文章,收入她的评论集《蠹鱼生活》一书中,由上海真善美书店于1929年出版。在文章中,她旁征博引,以翔实的史料,从文学史的角度阐释了什么是道,文应该载什么样的道,文与道之间究竟存在着什么样的关系。通过充分的学理性论证,她提出"文学最大的作用是表现感情的,而不应超负荷地传道"的观点。在她看来,传道或者传播知识,传播真理,都应该是科学的事情,是自然科学、哲学社会科学、法学等承担的使命,而文学就是要"表现人的丰富情感",如果将文学当作工具使用,就大大降低了文学的艺术功效,文学是难以承受"道"的重负的。她的这一观点,对人们更清晰、更深入地认识文学的独特性,认识中国新文学的艺术特征,具有很大的帮助,在民国时期有较大的影响。

苏雪林肖像

二十一　文以载道

文以载道的四个字,在中国文学久已成了一个重要问题,除了少数文人腹诽之外,凡自命为正统派的文学家,对此均不敢略持异议,也足以见它的威权之普遍了。但唐以前仅有文以明道之说,"载道"两字始见于宋周敦颐《问子通书》①,其言曰:

> 文所以载道也。轮辕饰而人弗庸,徒饰也;况虚车乎?文辞,艺也;道德,实也。笃其实而艺者书之,美则爱,爱则传焉。贤者得以学而至之,故曰:言之不文,行之不远。然不贤者,虽父兄临之,师保勉之,不学也,强之不从也。不知务道德而第以文辞为能者,艺焉而已。噫!弊也久矣!

周子的意思大约说文章是装运道德的工具。文章做得好,道德固藉之而传,但一味在文章上用功夫,忘记装运道德的功用,那就成了虚车,不能名之为文,仅能名之为艺。

自从周子说了这话而后,"文以载道"遂成了一个确定的名词。

我们现在所要讨论的,所说的"道"究竟是什么?所谓载道之"道"又是什么?"文与道"究竟有什么关系?我们把这个问题研究明白之后,然

---

① 疑原文有误,应为《周子通书》。

后才可以下一个结论批评这个"文以载道"的说法对不对。

第一,道是什么?

中国古书上道字的意义是很复杂。而且又是迷离恍惚,不可诘究的。照我个人眼光看来中国古人之用道字,实含有代表"真理"的意义。老子是最先提出道字问题的人,他的一部《道德经》,差不多都是解释道字的。他说:

> 有物混成,先天地生。寂兮寥兮,独立而不改,周行而不殆,可以为天下母。我不知其名,字之曰道,强名之曰大。

他这段话原不容易教人领悟。胡适之先生替他解释道:"老子最大功劳,在超于天地万物之外,别假设一个'道',这个道的性质是无声,无形;有单独不变的存在,又周行天地万物之中;生于天地万物之先,又却是天地万物的本源。"(见《哲学史大纲》)

《庄子·天下篇》:

> 寂漠无形,变化无常;生欤?死欤?天地并欤?神明往欤?芒乎何之?忽乎何适?万物毕罗,莫足以归……

又曰:

> 道果恶乎在?曰无乎不在……

他说道之无形无声,道之变化无常,道之无所不在,也和老子的意思,差不多。至于"万物毕罗,莫足以归……"更是老子"道可道,非常道,名可名,非常名","我不知其名","强为之名"的说法了。

《淮南王书·原道篇》,高诱注曰:

> 原本也,本道根真,包裹大地,以历万物,故曰原道,因以题篇。

《韩非子·解老篇》曰:

> 道者万物之所以所然也。万理之所稽也。理者成物之文也;道者万物之所以成者也,故曰道理之也……

至于儒家之言道,如中庸"天命之谓性,率性之谓道,修道之谓教"。朱熹注道:"道犹路也。人物各循其性之自然,则其曰用事物之间,莫不有当行之路,是则所谓道也。"中庸又曰:"君子之道费而隐,夫妇之愚可以与知焉,及其至也,虽圣人亦有所不知焉。夫妇之不肖,可以能行焉,及其至也,虽圣人亦有所不能焉。"儒家之论率性之道,大有"自然率"(Law of nature)的意味,但匹夫妇之愚与不肖,对于这个道,有时可以知可以行,而圣人有时不能,道又玄妙莫测了。所以我说最好是拿"真理"两字去解释它。

中国人谓之"道",西洋人谓之"真理",佛氏谓之"真知",名虽异而实则一。

讲一段废话,道字的意义,勉强弄明白了,让我来研究以后的问题吧。

第二,所谓载道之"道"是什么?

道如果当作真理解,则古人所谓文以载道之说尚可以相当的允许,(文学的义务,并不完全在发表真理,此问题留在下面说)但正统派的文学家之所谓"道",意义极为偏狭,他们将"道"之一字用为儒家学说的代名词。所谓道者不过是周公孔子一家之道。道成了一家学说专有的名词,道之意义就不完全了,我这话也不是胡乱说的,是有所根据的,我们现在且来寻出它的根据。

正统派的文学家虽以"道"为孔子学说的代名词,孔子自己却没有说过这话。孔子虽常说:"文莫吾犹人也躬行君子,则吾未之有得。"(《论语》)子贡也常说道:"夫子之文章可得而知也,夫子之言性与天道不可得而闻也。"(《论语》)好像道与文时常对举,但并没有说出与文究竟有什么关系。更没有说,道即是他自己的学说。

孟子以仁义为先王之道,道的范围开始狭窄起来了,但所谓先王,尚非专指周孔。

到了汉朝出了一个专做假古董的扬雄,才明目张胆将各家公用的道的一个名辞,攘窃为周孔一家学说的代表。读者若不信,请看他的《法言·问道篇》:

或问道,曰道也者通也,通者无不通也,或曰可以适它欤?曰适尧舜文王者为正道，非尧舜文王者为它道。

尧舜文王是儒家理想化的人物，亦即儒家学说之出发点。扬雄说道适尧舜文王为正道，否则为它道。这种武断的口气，真有辟易千人之概。他还恐说得不明白，更从而断之道："天之道不在仲尼乎？"（《学行篇》）又道："好尽其心于圣人（指孔子）之道者君子也……多闻见乎正道者至识者也。"（《寡见篇》）

到了唐朝又出了一个韩愈，韩愈对于文学革命的功绩，当然不可淹没，但他既做了文学家，居然"鱼我所欲也，熊掌亦我所欲也"，又想兼做道德家，和真理的表彰家，孟子扬雄既已将道德标为周孔一家货物，则韩愈所欲修的道德，所欲表彰的真理，当然舍周孔之道无由。韩愈曾有建设道统的计画，俨然以道统之正式继承者自居。他的计画见于《重答张籍书》中：

> 自文王没，武王，周公，成康相与守之，（之字即道之代辞）礼乐皆在，（言礼乐皆在道之中）及乎夫子未久也。自夫子而及乎孟子未久也；自孟子而及乎扬雄亦未久也……天不欲使兹人有知乎？则吾之命不可期；如使兹人有知乎？非我其谁乎？其行道，其为书，其化今，其传后，必有在矣……己之道，乃夫子孟子扬雄所传之道也……

道本是一个自由自在，各家用的利器，自从被扬雄硬将它拉到孔二先生家里，道便成了儒家学说唯一的代名辞了。我们看到"文以载道"的四字，须将"道"的意义分别清楚。须知这是狭义的"道"，不是以前所谓代表真理的广义的"道"。

我们既知道正统派文学对于"道"字的见解了。再来看他们以文载道的说法。

以文与道发生关系也是扬雄首先作俑。扬雄很看不起汉代盛行的辞赋一类华而不实的文章，所以他常说："雕虫篆刻，壮夫不为。"又说："君子事之为尚。"又说："今之学也，非独为之华藻，又从而绣其鞶帨。"

但他在另一方面又说发挥事理的文字，也不可不加以修饰。《寡见篇》道："或曰良玉不雕，美言不文何谓也？曰玉不雕，玙璠不作器；言不文，典谟不作经。"他的意思是说一块美玉若不去雕琢他，便不能成为玙璠之器，一句有意义的话，没有辞藻的润色，便不能算垂之久远的典谟。扬雄又常说："事辞称则经。"也是一样的说法。

隋末王通（仲淹）著了一部《中说》，《天地篇》中有这样几句：

> 学者博诵云乎哉？必也贯乎道。文者苟作云乎哉？必也济乎义。

他所说的文与道的关系更是明瞭了。韩愈《原道》《原性》等篇，虽未常以道文并论，但他之《题欧阳生哀辞后》云：

> ……愈之为古文岂独取其句读不类于今者耶？思古人而不见，学古道则欲兼通其辞，通其辞者本志乎道者也……

《答李秀才》曰：

> 子之言以愈所为不违孔子，不以雕琢为工，将相从于此，愈敢自爱其道，而以辞让为事乎？然愈之所志于古者，不惟其辞之好，好其道焉尔。读吾子之辞，而得其用心，将复有深于是者，与吾子乐之，况其外之文乎？

《答尉迟生书》曰：

> 夫所谓文者必有诸中，是故君子慎其实。实之美恶，其发也不掩。本深而木茂，形大而声宏，行峻而言厉，心醇而气和。昭晰者无疑，优游者有余。体不备不可以为成人，辞不足不可以为成文，愈之所闻者如是……抑所能言者皆古之道，古之道不足以取于今，吾子何爱之异也。

《上兵部李侍书》曰：

> 谨献旧文一卷，扶树教道，有所明白……

韩愈做文章时念念不忘的，只是道字的问题。无怪乎他的学生李汉替他的文集做序有"文者贯道之器"一语。苏轼《潮州韩文公庙碑》有"文起八代之衰，道济天下之溺"大恭维而特恭维的话了。

柳宗元是韩愈同时的文学家,也是韩愈的朋友,对于韩氏来说,当然有所濡染。他答韦中立有"文者以明道"之语。报崔黯秀才书也说:"圣人之言,期以明道,学者务求诸道而遗其辞,辞之传于世道,道假辞而明,辞假道而传。"《报袁君陈秀才避师名书》:"秀才志于道,道苟成则必勃然尔,久必蔚然尔……"韩愈门弟子很多,对于老师学说推波助澜,无所不至。《李翱答进士王载书》云:"……故义虽深,理虽当。辞不工者不成文,且不能传也。文理义三者兼并,乃能独立乎一时,而不泯灭于后代,能必传也。仲尼曰:'言之无文,行之不远',子贡曰:'文犹质也质犹文也。虎豹之鞟,犹犬羊之鞟。此之谓也。……"《皇甫湜答李生第二书》道:"……以非常之文,通至正之理,是所以不朽也。夫绘事后素既谓之文,岂苟简而已哉?……"《柳冕与徐给谏文书》曰:"文章本于教化,形于治乱,系于国风;故在君子之心为志,形君子之言为文,论君子之道为教。"《答荆南裴尚书论文书》曰:"……昔尧舜没,雅颂作,雅颂寝。夫子作,未有不因于教化,为文章以成国风,是以君子之儒,学而为道,言而为经,行而为教,声而为律,和而为音……谓之文兼之才而名之曰儒,儒之用,文之谓也,言而不能文,君子耻之。及王泽衰而诗不作,骚人起而淫丽兴,文与教分而为二。以扬马之才则不知教化;以荀陈之道,则不知文章。以孔门之教评之,非君子之儒也;夫君子之儒,必有其道。有其道必有其文。道不及文则德胜,文不知道则气衰,文多道寡,斯为艺矣。语曰文质彬彬,然后君子,兼之者斯为艺矣。"柳冕还有《答杨中丞论文书》《答衢州郑使君论文书》,议论也大略相同,不必赘录。柳冕虽然不算韩愈亲炙的门生,但与韩愈同时,受他的影响极深。他主张君子之儒,须合文与道而一之。议论较之韩氏更为彻底。

自从扬雄发端于前,韩愈鼓吹于后,道与孔子学说发生了关系,与文学又发生了关系,从此再不能离异。正统文学至此才正式宣告成立。扬雄在汉朝,虽曾与司马相如并称扬马;其实天才相去远甚,他所有著作,无一不出之以模拟剽窃,刘歆说他的《太玄》恐怕要被后人拿去覆酱瓿，我看他一切的作品，都止①有覆酱瓿的资格。以个人私德论，又曾做过王莽的大夫，作剧秦美新之文，大赞王莽之功德，以为配三王，冠五帝，开辟以来未之有。以中国旧伦理的眼光看来，扬雄之为人，实是不足道的。但因为他替孔子做了个大媒，将道嫁给他，自此以后扬雄在正统文学的系统中占了一个重要的地位。俗话说："做一个红媒可添寿算十年"，那位投阁的莽大夫，为替孔圣人做了一个媒，居然活到今天不死，可见红媒不可不做！

若不信，请看宋朝《孙复答张洞书》。替正统文学算账，扬雄也算在里面。他说：

> 文者道之用也，道者教之本也，故必得于心而后成于言。自汉至唐，以文垂世者众矣，然多杨墨佛老虚无报应之事，沈谢徐庾妖艳邪侈。始终仁义，不叛不离者，惟董仲舒、扬雄、王通、韩愈……

宋初杨亿，刘筠，钱惟演倡为西昆体，做诗专学李义山，讲究艺术上锻炼雕琢的功夫，争以华丽为尚。石介做了一篇《怪说》大骂他们道：

> ……昔杨翰林（亿）欲以文章为宗于天下，忧天下未尽信己之道；于是盲天下人目，聋天下人耳，使天下目盲，不见周公、孔子、孟轲、扬雄、文中子、吏部之道，使天下耳聋，不闻有周公、孔子、孟轲、扬雄、文中子、吏部之道……周公、孔子、孟轲、扬雄、文中子、吏部之道，尧舜禹汤文武之道也，三才、九畴，五常之道也。反厥常则为怪矣。夫书则有尧舜曲，皋陶，益稷谟，禹贡，箕子之洪范。诗则有大小雅、周颂、商颂。春秋则有文王之繇、周公之爻、夫子之十翼。今杨亿穷研极态，缀风月，弄花草，淫巧侈丽，浮华纂组，刓镂圣人之经，破碎圣人之言，离析圣人之意，蠹伤圣人之道，使天下不为书之典谟禹贡洪范，诗之雅颂，春秋之经，易之繇爻十翼，而为杨亿之穷研极态，缀风月，弄花草，淫巧侈丽，浮华纂组，其为怪大矣……

---

① 原文如此。止，通"只"。

这篇账目,开列极为详细,正统道学家自尧舜以至于韩吏部,……正统文学自三才至易之十翼,都朗若列眉般开给我们了。

还有柳开为石介同时人,慕韩柳之文章,又极称扬雄,以为有志于圣贤之言,为石介所推许。正统文学之复兴,柳开亦与有力。

欧阳修虽不算什么道学家,但他的文学也是正统嫡派。叶水心《习学记》云:"欧阳语:文学止于润身,政事可以及物,始悟人之穷力苦心于学问文辞者徒欲藻饰其身,圣贤之事业,非所以责之也。"

司马支斥庄论云:"或者曰:'庄子之文,人能不为也',曰'君子之学为道乎?为文乎?夫唯文胜而道不至者,君子恶诸。是犹圬屋而涂舟腠,不可处也;眢井而幂绮绩,不可履也;乌喙而绩饴糖,不可尝也?而子独嗜之乎。'或曰:'庄子之辩虽当世宿学,不能自解。'曰:'然则优人也!尧之所畏;舜之所难;孔子之所恶。是青蝇之变白黑者也,而子独悦之乎?'"

谢山《公是先生文钞序》云:"予尝文章不本于六经,虽其人才力足以凌厉一时,而总无醇古之味,其言亦必杂于机变权术,至其虚矫恫吓之气末流或一折而入于时文,有宋诸家庐陵(欧阳修)南丰(曾子固)临川(王安石)所谓深于经者也。而皆心折于先生……"

我们不必更举出许多这样大同小异的例子来,总之看了以上几个例子,可以知道宋朝正统文学的大概情形了。所谓文学家的使命,无非是"鼓吹六经,表彰圣道"八个大字。他们终身在这八个大字上努力。

及至理学大发达之后,文与道的关系,又不免起了一个变化。"文以贯道""文以明道"一变而为周敦颐的"文以载道"了。我知道读者读到这里,一定要惹起疑问,以为"贯道""明道""载道"不过动词上略有不同。意义未必有什么区别,为什么要说文与道的关系,因此不同的一字而起了变化呢?不错,这个问题是要解释才能明白的。自唐韩愈氏以来,所谓正统文学家皆以卫道为己任,他们对于"道"之一字,原不敢有所渎亵。但他们每以为道是一个空洞的概念,一个抽象的名词,要想将它表现出来，非文学不能为力；而且文学必定要十分做得好，"道"乃可以发明，可以流传。因此，他们以为道若少了文的润泽，便不成其为道，于是皇甫湜道："……夫言亦可通理矣，而以文为贵者非他；文则远，无文即不远，以非常之文，通至正之理，是所以不朽也。……"又曰："来书所谓今之工文，或先于奇怪者，顾其文工与否耳。夫意新则异于常，异于常则怪矣；词高则出于众，出众则奇矣。虎豹之文，不得不炳于犬羊；鸾凤之音，不得不锵于鸟鹊；含玉之光，不得不炫于瓦石，非有意先之也，乃自然也。必崔嵬然后为岳，必滔天然后为海；明堂之栋必挠云霓，骊龙之珠，必锢深泉……"（均见《答李生书》）

韩门诸君子谈到文与道的关系，常常用虎豹之鞟学犬羊之鞟的比喻，他们以为虎豹之皮所以可贵者，是因为它的毛色之斑斓盈目，彪炳可爱。若将毛色去了，单留着一张鞟：则虎豹之鞟和犬羊之鞟有什么区别。皇甫湜对于老师韩愈虽盛称其卫道之功，而于其文章之瑰丽，亦特别提出，如"鲸铿春丽，精耀天下，栗密窈眇，章句安适，精能之至，鬼入神出……"于老师文学之赞美亦可谓无以复加了。至于柳冕竟敢大声疾呼道："以苟陈之道，不知之章，不足为君子文儒。"他们看到文与道的关系，是拆不开的，文与道的价值也是等量齐观的。但因此往往弄出弊病来，一不留意往往以文为王，以道为客，杂以诙嘲靡曼之辞，文体之醇驳，遂不能一致。虽以韩愈氏拼死反对佛老之严正，居然做了一篇诙谐百出的《毛颖传》，当时已惹裴度等之议论，以后亦为道学派文人诟病无穷。

宋朝道学派起初也不见得无缘无故的看轻文学，不过见唐人将道与文等量齐观，以为道舍文则不能明不能传，苟陈之道不知文章尚不足为君子儒，幸亏孔子的道德文章足为万世师表，而且夫子自己常说："行有余力，则以学文。"子贡也说过："夫子之文章可得而知也……"他自己虽没有文学著述传流后世，但平生于诗之兴趣独深，一部《诗经》，经他亲手删定，总可以称得起一个文学家了，所以柳冕小子，不敢公然肆其无礼;苟孔子而不长于文章,则柳冕逻辑法岂不曰:"知道不知道文章不足为君子儒(大前提),孔子知道不知道文章(小前提),故孔子不足为君子儒(结论)。"岂不糟糕?道学先生们又安得不勃然大怒?他们以为文是什么东西?道又是什么东西?道是尊贵无比,重要无比,能力之伟大又无比的,要靠区区文学来明来传,那岂不大失道之身份?所以朱子对于"贯通"之说首致攻击,《朱子语类》:

问:韩文公李汉序头一句甚好?

曰:公道好,看来有道?

曰:文者贯道之器,且如六经是文,其中所道皆是这道理,如何有病?

不然。这文皆是从道中流出,岂有文反能贯道之理?文是文,道是道,文只如吃饭时下饭耳。若以文贯道,却是把本为末。以末为本,其后作文者皆是如此。

周敦颐发为"载道"说,真可谓"一字之贬,严如斧钺",文与道从此才分别出尊卑上下之分。他以为文那里能算文采?文与道不是文质的关系,实是主奴的关系,它不过是道的车儿、轿儿,或可以说道的车夫轿夫,有它的时候,"道"固可以省些脚力,让它推发或抬着走,没有它的时候,道自有两条腿,也可以安步当车,大摇大摆地向前走去。"道"若是一定靠着文学,方能行路,否则寸步难移,则"道"还有什么神奇,什么可贵!

自从扬雄做媒,硬将道嫁给孔子,道不得不兢兢业业整衣检衽高坐大成殿上为至圣先师之德配;不得不耐着心性,听两庑诸贤于醉饱玄酒太羹冷猪肉之余的赞扬与推崇,道可谓大晦其气!自从周濂溪将文降为道的工具,道的奴隶,文亦不得不拍拍狗腿,替人赶路,文也就弄得颜面无光!

说文弄得颜面无光,虽属戏论,亦未尝不是事实。宋自程朱张周彬彬并起,理学风靡一时,讲学之习遂起,立雪之门人何止三千;杏坛之设教遍乎国中,什么无极泰极两仪四象的宇宙论,什么正心诚意修身齐家治国平天下的人生观;什么天理流行,生机活泼喜怒哀乐之未发谓之中,已发谓之和的心理学;什么格物致知,物之表里精粗无不到,而后一旦可以豁然贯通的哲学或科学方法论,先生滔滔滚滚口若悬河的讲之于上,学生铺纸握笔耳聆手追的述之于下。先生所讲的自然都是口语,学生之记录又贵乎神速,那些之乎者也的滥调,雕章琢句的文辞,到此时都完全没用,于是创立了"语录"一种文体,这种文体十分之八是白话,二分是文言,文学变得朴实无华,清清冷冷,丝毫没有光彩。非颜面无光而何?

不过我再声明一句,这话到底是游戏之谈,按照事实而论,理学先生们创为语录这种文体,是极有俾于实用的,他们的特识是极可钦佩的。这是八九百年前的白话文运动,正不让胡适之先生之专美于后哩!

"文以载道"四字已经解释明白,我们可以再来研究文与道的关系究竟若何?讲到这个问题,是不用多所辞费的。古人之所谓文就是我们现在叫着的文学。文学的定义,本来不容易下得准确,中国古人不必论,便是西洋人处处应用科学方法来研究学问,对此也往往无可措手。如爱茂逊(Emerson)说:"文学是最佳思想之记载",纽曼(Newman)谓:"文学之思想,包人心之观念,意见,情感及理性而言。"戴昆西(De Quincey)说:"文学之别有二:一属知识,一属情感,属于知识者其职在教(to teach);属于情感者其职在情感(to move)。"所谓思想,所谓理性,所谓知识教训,均有科学哲学的意味,则谓文学为发表真理的工具,也没有什么不可,而且真理既为宇宙根本的法则,人不过是宇宙中之一分子,人生不过宇宙之一现象,所谓人生者实包含于真理之中;文学与人有密切的关系,则谓文学为发表真理的工具,更没有什么不可。

不过研究学问,贵在精深,求其精深,则综合研究,不如分类研究之便利,这是事实。以人生为中心而论:则自然科学中之天文,地理,动植物,矿物,声光化电……社会科学中之法律经济……人生学科中之历史哲言美术学何一不与人生有关,如果不问三七二十一——古脑研究起来,请问从何下手?就人文学科言:则修辞学,史学,哲学,美术,亦与文学有关,若不为之分别,则各科之范围何自而立?彼不明文学定义之徒谓董仲舒尝谓"春秋文成数万"是经传得称为文学之证;司马迁自序"论次其文"是《史记》得称为文学之证;《汉书·艺文志》"秦燔灭文章"是诸子百家亦得称为文学之证,究竟是强辞夺理食古不化之谈。要依这样说起来无怪章太炎引经据典的将图书算草,一切写着画着在纸头上的东西,都名之为文学了!文学的范围未免太广吧!

我们现在不必把话说得太远,单以文学本身使命而言;文学最大的作用是表现情感的,它的职能是感(to move)而不在教的。安诺尔德(Anorld)谓文学非以喻特殊之人,及仅为事物之记识。包斯勒德(Posnett)谓文学无论为散文,为诗,在愉快于最大多数之人,而不务训诫,且当训之于通知识,而排弃专门知识。这话就比较圆满。传达智识尚不必,发表真理的义务,当然要教哲学去担负。文学尽不必当仁不让,将它拉到自己身上来。

我的文章已经快要做完。对于"文以载道"的学说,可以下一个结论了。我的结论是:文学的使命,并不在发现真理,至于狭义的真理,如孔子之道,当然更不成问题。

选自苏雪林《蠹鱼生活》,上海真善美书店1929年版。

【延伸阅读】

1. 苏雪林:《新文学研究》,国立武汉大学讲义,1931年刊印。
2. 苏雪林:《<阿Q正传>及鲁迅创作的艺术》,《国闻周报》第11卷第44期(1934年)。
3. 苏雪林:《周作人先生研究》,《青年界》第6卷第5号(1934年)。
4. 苏雪林:《青鸟集》(文艺评论集),商务印书馆1938年版。

Shen Congwen　沈从文

【题解】　沈从文(1902—1988),原名沈岳焕,字崇文,笔名休芸芸、甲辰、上官碧、璇若等,湖南凤凰人。现代著名作家、历史学家,"京派文学"代表性人物。14岁时投身行伍,进入当地土著部队办理杂事,后任书记。1923年在国立北京大学旁听,并开始文学创作,作品陆续在《晨报》《语丝》《晨报副刊》《现代评论》上发表。1928年到1930年任教于上海中国公学,兼任《大公报》《益事报》等文艺副刊主编,后陆续在辅仁大学、国立青岛大学、国立武汉大学、西南联合大学、国立北京大学等校任教。沈从文一生创作的结集约有80多部,主要成集的小说有《龙朱》《旅店及其他》《石子船》《虎雏》《阿黑小史》《月下小景》《八骏图》《如蕤集》《从文小说习作选》等,散文结集有《湘行散记》等,学术著作主要有《中国古代服饰研究》《龙凤艺术》《烛虚》等。

《<习作选集>代序》是沈从文为自己编辑的小说选所写的序言,原文刊于1936年《国闻周报》第13卷第1期,后收入《沈从文全集》第9卷。在文中,沈从文将读者称作"先生",并将其设想为"城里人",而把"作者"称为"乡下人",通篇以一种书信对话的方式来阐明他的创作理念、认识和价值立场。在文中,他指出了进入现代社会之后所出现的异化现象,特别是都市的社会和生活,造成了人的本性失落。由此,他提出自己的文学主张,申明是要"造希腊小庙",并在"小庙"里供奉着"人性",即要以超越的立场、态度和理想来进行文学创作,从中体现出他的鲜明的人性文学观。在这种文学观念指导下,他强调指出,文学"本是一种'人生的形式',一种'优美,健康,自然,而又不悖于人性的人生形式'。"在民国文学发展史上,他的文学观念对"京派文学"创作产生了深远的影响。

沈从文肖像

二十二 《习作选集》代序

先生,真亏你们的耐心和宽容,许我在这十年中一本书接一本书印出来。花费金钱是小事,花费你们许多宝贵的时间,我心里真难受,我们未必全有机会见面或通信,但我知道你我相互之间无形中早已有了一种友谊流通。我尊重这种友谊。不过我虽然写了许多东西,我猜想你们从这儿得不到什么好处。你们目前所需要的或者我竟完全没有。过去一时有个书评家称呼我为"空虚的作家",实代表了你们一部分人的意见。那称呼很有见识。活在这个大时代里,个人实在太渺小了。我知道的并不比任何人多。对于广泛人生的种种,能用笔写到的只是很窄很小一部分。我表示的人生态度,你们从另外一个立场上看来觉得不对,那也是很自然的。倘若我作品不合你们的趣味,事不足奇,原因是我的写作还只算是给我自己终生工作一种初步的试验。你们喜欢什么,了解什么,切盼什么,我一时尚注意不到。我虽明白人应在人群中生存,吸收一切人的气息,必贴近人生,方能扩大他的心灵同人格。我很明白!至于临到执笔写作那一刻,可不同了。我除了用文字捕捉感觉与事象以外,俨然与外界绝缘,不相粘附。我以为应当如此,必需如此。一切作品都需要个性,都必需浸透作者人格和感情,想达到这个目的,写作时要独断,要彻底地独断!(文学在这时代虽不免被当作商品之一种,便是商品,也有精粗,且即在同一物品上,制作者还可匠心独运,不落窠臼,社会上流行的风格,流行的款式,尽可置之不问。)先生,不瞒你,我就在这样的态度下写作了十年。十年不是一个短短的时间,你只看看同时代多少人的反复"转变"和"没落"就可明白。我总以为这个工作比较一切事业还艰辛,需要日子从各方面去试验,作品失败了,不足丧气,不妨重来一次;成功了,也许近于凑巧,不妨再换个方式看看。不特读者如何不能引起我的注意,便是任何一种批评和意见,目前似乎也都不需要。如果这件事你们把它叫作"傲慢",就那么称呼下去好了,我不想分辨。我只觉得我至少还应当保留这种孤立态度十年,方能够把那个充满了我也更贴近人生的作品和你们对面。目前我的工作还刚好开始,若不中途倒下,我能走的路还很远。

这世界上或有想在沙基或水面上建造崇楼杰阁的人,那可不是我。我只想造希腊小庙。选山地作基础,用坚硬石头堆砌它。精致,结实,对称,形体虽小而不纤巧,是我理想的建筑。这庙供奉的是"人性"。作成了,你们也许嫌它式样太旧了,形体太小了,不妨事。我已说过,那原本不是特别为你们中某某人作的。它或许目前不值得注意,将来更无希望引人注意;或许比你们寿命长一点,受得风雨寒暑,受得住冷落,幸而存在,后来人还须要它。这我全不管。我不过要那么作,存心那么作罢了。在作品上我使用"习作"字样,不图掩饰作品的失败,得到读者的宽容,只在说明我取材下笔不拘常例的理由。

先生,关于写作我还想另外说几句。我和你虽然共同住在一个都市,有时居然还有机会同在一节火车上旅行,一张桌子上吃饭,可是说真话,你我原是两路人。提到这一点你不用误会,不必难受,我并没有看轻你的意思。你不妨想象为人比我高超一等,好书读得比较多,人生知识比较丰富,道德品性比较齐全,——总而言之一切请便。只是我们应当分开。有一段很长很长的时期,你我过的日子太不相同。你我的生活,习惯,思想,都太不相同了。我实在是个乡下人,说乡下人我毫无骄傲,也不在自贬,乡下人照例有根深蒂固永远是乡巴佬的性情,爱憎和哀乐自有它独特的式样,与城市中人截然不同!他保守,顽固,爱土地,也不缺少机警却不甚懂诡诈。他对一切事照例十分认真,似乎太认真了,这认真处某一时就不免成为"傻头傻脑"。这乡下人又因为从小漂江湖,各处奔跑,挨饿,受寒,身体发育受了障碍,另外却发育了想象,而且储蓄了一点点人生经验。即或这个人已经来到大都市中,同你们做学生的——我敢说你们大多数是青年学生——生活在一处,过了十来年日子。也各以因缘多少读了一点你们所读的书,某一时且居然到学校里教书。也每天照例阅读报纸,对时事发生愤慨,对汉奸感觉切齿。也常常同朋友争论,题目不外乎中国民族的出路,外交联俄亲日的得失,以至于某一本书的好坏,某一个作品的好坏。也有时伤风,必需吃三五发汗药,躺一两天,机会凑巧等到对于一个女子发生爱情时,也还得昏头昏脑的恋爱,抛下日常正当事务不作,无日无夜写那种永远写不完同时也永远写不妥的信,而且结果就结了婚。自然的,表面生活我们已经差不多完全一样了。可是试提出一两个抽象的名词说说,即如"道德"或"爱情"吧,分别就见出来了。我既仿佛命里注定要拿一支笔弄饭吃,这支笔又侧重在写小说,写小说又不可免得在故事里对于"道德","爱情",以及"人生"这类名词有所表示,这件事就显然划分了你我的界限。请你试从我的作品里找出两个短篇对照看看,从《柏子》同《八骏图》看看,就可明白对于道德的态度,城市与乡村的好恶,知识分子与抹布阶级的爱憎,一个乡下人之所以为乡下人,如何明显具体反映在作品里。这不过是一个小小例子罢了,你细心,应当发现比我说到的更多。有许多事情可以说是我的弱点,但你也应当知道我这个弱点。

　　我这种乡下人的气质倘若得到你的承认,你就会明白我的作品目前与多数读者对面时如何失败的理由了,即或有一两个作品给你留下点好印象,那仍然不能不说是失败。我作品能够在市场上流行,实际上近于买椟还珠,你们还能欣赏我故事的清新,照例那作品背后蕴藏的热情却忽略了,你们能欣赏我文字的朴实,照例那作品背后隐伏的悲痛也忽略了。原因简单,你们是城市中人,城市中人生活太匆忙,太杂乱,耳朵眼睛接触声音光色过分疲劳,加之多睡眠不足,营养不良,虽俨然事事神经异常尖锐敏感,其实除了色欲意识以外,别的感官能都有点麻木不仁。这并非你们的过失,只是你们的不幸,造成你们不幸的是这一个现代社会。就文学欣赏而言,却又有过多的理论家和批评家,弄得你们头目晕眩。两年前,我常见有人在报章杂志上写论文和杂感,针对着"民族文学"问题、"农民"文学问题,而有所讨论。讨论不完,补充辱骂。我当时想:这些人既然知识都丰富异常,引经据典头头是道,立场又各不相同,一时必不会有何结论。即或有了结论,派谁来证实,谁又能证实?我这乡下人正闲着,不妨试来写一个小说看看吧。因此《边城》问了世。这作品原本近于一个小房子的设计,用少料,占地少,希望它既经济而又不缺少空气和阳光。我要表现的本是一种"人生的形式",一种"优美,健康,自然,而又不悖乎人性的人生形式"。我主意不在领导读者去桃源旅行,却想借重桃源上行七百里路酉水①流域一个小城小市中几个愚夫俗子,被一件人事牵连在一处时,各人应有的一分哀乐,为人类"爱"字作一度恰如其分的说明。文字少,故事又简单,批评它也方便,只看它表现得对不对,合理不合理;若处置题材表现人物一切都无问题,那么,这种世界虽消灭了,自然还能够生存在我那故事中。这种世界即或根本没有,也无碍于故事的真实。这作品从一般读者印象上找答案,我知道没有人把它看成载道作品,也没有人觉得这是民族文学,也没有人认为是农民文学。我本来就只求效果,不问名义;效果得到,我的事就完了。不过这本书一到了批评家手中,就有了花样。一个说"这是过去的世界,不是我们的世界,我们不要"。一个却说"这作品没有思想,我们不要"。很凑巧,恰好这两个批评家一个属于民族文学派,一个属于对立那一派。

---

① 酉水:湘西的一条河名。

这些批评我一点儿也不吃惊。虽说不要,然而究竟来了,烧不掉的,也批评不倒的。原来他们要的他们自己也没有,我写出的又不是他们预定的形式,真无办法,我别无意见可说,只觉得中国倘若没有这些说教者,先生,你接近我这个作品,也许可以得到一点东西,不拘是什么;或一点忧愁,一点快乐,一点烦恼和惆怅,多少总得到一点点。你倘若毫无成见,还可慢慢的接触作品中人物的情绪,也接触到作者的情绪,那不会使你堕落的!只是可惜你们大多数即不被批评家把眼睛蒙住,另一时却早被理论家把兴味凝固了。你们都知道要作品有"思想",有"血",有"泪";且要求一个作品具体表现这些东西到故事发展上,人物言语上,甚至于一本书的封面上,目录上。你们要的事多容易办!可是我不能给你们这个。我存心放弃你们,在那书的序言上就写得清清楚楚。我的作品没有这样也没有那样。你们所要的"思想",我本人就完全不懂你说的是什么意义。

提到这点,我感觉异常孤独。乡下人太少了。倘若多有两个乡下人,我们这个"文坛"会热闹一点吧。目前中国虽也有血管里流着农民的血的作者,为了"成功",却多数在体会你们的兴味,阿谀你们的情趣,博取你们的注意。自愿作乡下人的实在太少了。

虽然如此,我还预备继续我这个工作,且永远不会放下我一点狂妄的想象,以为在另外一时,你们少数的少数,会越过那条间隔城乡的深沟,从一个乡下人的作品中,发现一种燃烧的感情,对于人类智慧与美丽永远的倾心,康健诚实的赞颂,以及对于愚蠢自私极端憎恶的感情。这种感情且居然能刺激你们,引起你们对人生向上的憧憬,对当前一切的怀疑。先生,这打算目前近于一个乡下人的打算,是不是?然而到另外一时,我相信有这种事。

先生,时间太快了,想起来令人惆怅。我的第一个十年的工作已快要结束了,现在从一堆习作里,选了这样二十个短篇,附入几个性质不同的作品,便成这个集子,算是我这个乡下人来到都市中十年一点纪念。这样一本本厚厚的书能够和你们见面,需要出版者的勇气,同时还有几个人,特别值得记忆,我也想向你们提提:徐志摩先生,胡适之先生,林宰平先生,郁达夫先生,陈通伯先生,杨今甫先生,这十年来没有他们对我种种的帮助和鼓励,这集子里的作品不会产生,不会存在。尤其是徐志摩先生,没有他,我这时节也许照《自传》上说的那两条路选了较方便的一条,不过北平市区里作巡警,就卧在什么人家的屋檐下瘐了,僵了,而且早已腐烂了。你们看完了这本书,如果能够从这些作品里得到一点力量,或一点喜悦,把书掩上时,盼望对那不幸早死的诗人表示敬意和感谢,从他的那儿我接了一个火,你得到温暖原是他的。如果觉得完全失望了,不妨把我放在"作家"以外,给我一个机会,到另外一时,再来注意我的工作。十年日子在人事上不是个很短的时期,从人类历史来却是太短了。我们从事的工作,原来也可以看得很轻易,以为是制造饽饽食物必需现作现卖的,也可以看得比较严重,以为是种树造林必需相当时间的。我希望我的工作,在历史上能负一点儿责任,尽时间来陶冶,给它证明什么应消灭,什么宜存在。

选自1936年《国闻周报》第13卷第1期。

【延伸阅读】

  1. 沈从文:《中国小说史》(与孙俍工合著),国立暨南大学1930年刊印。

  2. 沈从文:《新文学研究》,中国公学讲义,国立武汉大学1930年刊印。

  3. 沈从文:《沫沫集》(文艺评论集),上海大东书店1934年版。

  4. 沈从文:《废邮存底》(创作论集),上海文化生活出版社1937年版。

Ye Lingfeng 叶灵凤

【题解】 叶灵凤(1905—1975),原名叶蕴璞,笔名叶林丰、L·F、临风、亚灵、霜崖等,江苏南京人,现代作家。青少年时曾在上海美术专门学校学习,1925年加入创造社,主编过《洪水》半月刊。1926年与潘汉年合办《幻洲》,后被禁,改出《戈壁》,年底又被禁,又改出《现代小说》。创造社被查封,他一度被捕。1934年与穆时英合编《文艺画报》。他不仅创作小说,还擅长绘画,并兼上述刊物的美编。抗日战争爆发后,参加《救亡日报》工作。1938年去香港,在港30多年一直主编《星岛日报》副刊《星座》,此外还编过《立报》副刊《言林》《万人周刊》,主要作品有:短篇小说集《女娲氏之遗孽》《鸠绿媚》《处女的梦》,长篇小说《红的天使》等。

《谈现代的短篇小说》刊于1936年4月15日《六艺》第1卷第3期。在文中,他从世界短篇小说发展史的角度,择取一些著名小说家的创作实践,分析论述了现代短篇小说的创作特点和发展变化。他认为,现代的短篇小说发源于斯坦达尔(今通译司汤达)和爱伦坡的短篇小说创作,"虽然在形式上还是采取着'故事型',但是他对于主要人物的特性的描写,内心分析的精细,已使他为现代短篇小说立下了最好的畴范"。但在莫泊三(今通译莫泊桑)和契诃夫那里开始成熟起来,而在乔也斯(今通译乔伊斯)那里,他创作的长篇小说《优力栖斯》(今通译《尤利西斯》)则对现代短篇小说影响是非常显著的,不仅影响了现代的长篇小说,而且在短篇小说方面也同样的有了影响。在他看来,结合现代短篇小说创作的发展,可以说,截取社会和人生的横断面,注重人物的内心情感和心理的描写,包括潜意识的描写,乃是现代短篇小说的重要特征。

叶灵凤肖像

二十三　谈现代的短篇小说

短篇小说的产生，严格的说，还没有一世纪的历史，本身就是近代的产物，但是一个留意短篇小说发展过程的人，如果将十九世纪末年，或是大战前的作品，和目前几位著名短篇小说作家的作品来比较一下，就可以发现其中有了很大的区别。这区别，无论在内容或形式方面，都比长篇小说或剧本的变迁来得更明显。

虽然有人将《天方夜谭》和波伽丘的《十日谈》都列为短篇小说的总集，甚至将希腊罗马的断片故事也作为短篇小说，但实际上，这都是短篇散文或纪事，不能说是小说，更不能说是短篇小说。《天方夜谭》和《十日谈》，虽然每一个故事都可以单独成立，但这也是"故事的连续"而不是"短篇小说集"。

真正的短篇小说，是发源于斯坦达尔的描写意大利的风俗人情的故事集，和爱伦坡的神秘异怪的作品，斯坦达尔的短篇，虽然在形式上还是采取着"故事型"，但是他对于主要人物的特性的描写，内心分析的精细，已使他为现代短篇小说立下了最好的畴范。爱伦坡的短篇，更采取着散文诗的形式，着力于空气的制造和人物的心理解剖，更是现代短篇小说始终遵循着的一条大道。

说也奇怪，这两位短篇小说鼻祖，虽然形式上所采取的多是主观的叙述,可用纯然客观的描写——这就是说,人物的对话多半并不另行分列,而作者也时常并不化装的在文中出现——但是描写的重心,却隐隐和现代短篇小说取着同一的趋向,尽力向人物的内心去发掘。所以他们在形式上虽然没有后来的莫泊三和契诃夫来得完整,但是在手法上,却比这两人更接近于现代了。

继续着斯坦达尔和爱伦坡二人所开辟下的道路,短篇小说虽然逐步发展了起来,向这方面努力的人也很多,但大都是用着长篇小说的余绪,用着剩余的题材,来从事短篇小说的制作。所以十九世纪以来的小说家,差不多都曾向短篇小说方面染指,但是除了一两篇有特殊的收获以外,卓然的成绩几乎没有,这就是因为并不是专心在这方面工作的原故。

专心短篇小说,只有莫泊三①和契诃夫。莫泊三虽然也写下不少长篇,契诃夫在晚年虽然向戏剧方向发展,但他们恰和其他的小说家相反,是以余绪来从事,而将毕生的精力都用在短篇小说上。

在这两位大师的努力下,短篇小说便取得了最完整的形式和内容,而达到了"立体"的地步,不再是平面的叙述了。莫泊三的法国中产阶级的恋爱纠纷,契诃夫的俄国小城市人物的阴郁,都是用着最敏锐的观察力,从整个的人生中爽快的切下了一断片,借着这一断片暗示出整个的人生。短篇小说在近代文学中所获得的几乎要压倒长篇小说的地位,可说是完全由于这两人的努力,而他们的短篇小说作品,在技巧上也可说达到了完整的最高峰。

近几十年的短篇小说传统,无论在内容或形式上,差不多都是间接的或直接的受着他们两人的影响,尤其是契诃夫,没有一个写短篇小说的人在下笔之先不曾读过他的作品。英国近年逝世的最出色的短篇小说家曼斯非尔女士,更公认是契诃夫的模仿者。

---

① 今通译莫泊桑。

但是这情形，最近三四年却开始变动了。凡是留意短篇小说的人，尤其是在美国方面的作品，可以见到他们都企图着越过契诃夫一类典型的畴范，而向更新的一方面进展。这里面，詹姆斯·乔也斯的影响是显著的。他的一部《优力栖斯》不仅影响了现代的长篇小说，而且在短篇小说方面也同样的有了影响。他们所采取的故事的阔度都愈见狭小，而努力向"深"的方面进行，这就是说，努力发掘人物动作的本源，去暴露潜在的意识。

在这方面，不用说，最有收获的是已经为我们所熟知的海敏威[①]。但海敏威的发展已经到了限度，最近已不得不转向散文与小说混合的一种新的文体去了，但继续的有"Story"月刊的一群和最近出现的威廉沙罗扬（Willam Saroyan）。

"Story"是唯一的专刊短篇小说的月刊，最初在维也纳出版，是同人性质，前年移到美国出版，容量才渐渐的扩大。它承继着欧洲出版的英文小杂志的风尚，趋向着国际的，世界性的大陆风格。近年英美的短篇小说差不多都出身在这里，他们一直到今天还努力采用着无名作家的稿件。近来短篇小说的发展，这月刊可说尽了最多的力。

沙罗扬是目前美国最被人注意的一个短篇小说家，已经出版了两本小说集。他出身于"Story"月刊，但却是极端的"美国性"的作家。他用着奔放的笔调，将自己的生活经验，自己的想象，人物，故事，和他自己都融合为一的写着，用着奔放的笔调一气呵成的写着，他的文字不仅充满了朝气，而且也为短篇小说创下了一个崭新的风格。无疑的，这是现代短篇小说所追求的一种最理想的风格，无怪批评家都张大了眼睛望着他，而继起者已经触目皆是了。

现代短篇小说，已经不需要一个完美的故事，一个有首有尾的结构。而是立脚于现实的基础上，抓住人生一个断片，革命也好，恋爱也

---

① 今通译海明威。

好,爽快的一刀切下去,将要所显示的清晰的显示出来,不含糊,也不容读者有呼吸的余裕,在这生活脉搏紧张的社会里,它的任务已经完成了。

选自1936年4月15日《六艺》第1卷第3期。

【延伸阅读】

1. 叶灵凤:《穷愁的自传》,光华书局1931年版。
2. 叶灵凤:《我的小品作家》,现代书局1933年版。
3. 叶灵凤:《霜红室随笔》(专栏),《新晚报》1939年连刊。
4. 叶灵凤:《读书随笔》,上海杂志出版公司1946年版。

Shi Zhecun　施蛰存

【题解】　施蛰存(1905—2003),名德普,常用笔名施青萍、安华等,浙江杭州人。现代著名作家、学者、文学翻译家。1922年考入教会办的之江大学,后转入大同大学和震旦大学学习。1926年创作小说《春灯》《周夫人》,注重心理分析,着重描写人物的意识流动,引起文坛关注,1929年开始,他开始陆续发布《鸠摩罗什》《将军底头》等小说,引起较大反响,成为民国时期"新感觉派"代表性作家。1930年主编的《现代》杂志,引进现代主义思潮,推崇现代意识的文学创作,在民国文坛产生广泛影响。1932年主编大型文学月刊《现代》,后与阿英合编《中国文学珍本丛书》。1937年起在云南、福建、江苏、上海等地多所大学任副教授、教授。小说代表作有《上元灯》《将军的头》《李师师》《梅雨之夕》《善女人行品》《小珍集》等。

《小说中的对话》刊于《宇宙风》第39期,1937年4月16日出版发行。这是施蛰存结合自己的小说创作体会而写的一篇创作谈,重点对"小说中的对话"及其所产生的问题,如小说出现冗长的对话,描绘繁复的人物心理等等,进行深入的探讨,提出自己独到的见解。在文中,他运用比较的方法,指出中国古典小说用"一大堆文字去描写(人物的)一言一动",结果是冗繁的对话,徒增复杂的心理叙述,反而不如现代西方小说那种"以简洁的文体叙述之使读者在掩卷之后有一个想象体味的余地","更能表现出中国文字之美"。他的这种注重在继承中不断创新的创作理念,对推动中国小说的现代进程,具有积极的价值和意义。

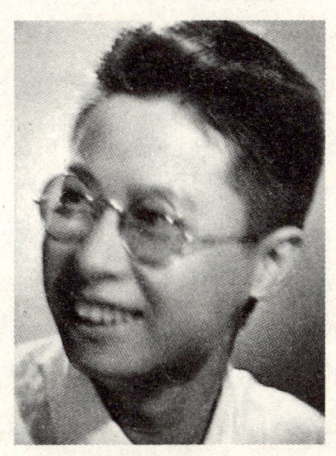

施蛰存肖像

二十四　小说中的对话

近来看陆少懿先生译的日本作家谷崎润一郎著《<春琴抄>后语》，觉得这位东邻作家所抒述出来的对于小说中之对话问题的许多意见，颇足为一向蕴蓄着的鄙见作一个同声相应之发明。在征引谷崎氏的意见之前，我想先说一些关于我这方面的蕴蓄甚久而不敢宣洩的下怀。

我国古来的所谓小说，最早的大都是以随笔的形式叙说一个尖新故事，其后是唐人所作篇幅较长的传奇文，再后的宋人话本，再后才是宏篇巨帙的章回体小说。在这样的发展过程中，小说的故事是由简单而变为复杂，或由一个而变为层出不穷的多个；小说的文体也由素朴的叙述而变为绚艳的描写。而小说中人物对话之记录，也因为小说作者需要加强其描写之效能而被利用了。所以，我们倘若专从对话这方面去注意，就可以看出从唐人传奇以后，对话所占的篇幅与小说全文的篇幅之比例，是愈趋愈大的。

新文学运动兴起以后，我国的小说，正如诗与散文一样可以说是与旧的传统完全脱离的，而去过继给西洋的传统了。在小说一方面，西洋的形式被认为文学上的正格，而为每一个作家所勤奋地采用了。我很记得，在这小说西洋化的最早时期，关于对话这个问题，也曾经有许多人特别提出来过。大概的意思是说我国旧小说中常是对话与叙述连贯地写下去,有的时候,会得使读者看不清楚从什么地方到什么地方是记录的对话,从什么地方到什么地方是作者的叙述,若是记录一个人数较多的对话场面时,更有不清楚之感,所以新文学家应该把对话用引号来标明,并且分行写清楚来。此外还有过一次研究,大意是因为发觉了我国旧小说中在标示下文为对话时辄用"某生曰"或"某人说道"这种语句,非常使读者憎厌,而且有时甚至会破坏了全篇小说的描写意味,所以新文学家主张在把对话分行写了之后,再仿照西洋小说的成法,将"某人说"这样的句子写在所记录的对话之后,作为一种补注的样式,并且在这里还可以随时插入一点描写,例如"某人笑着说","某人沉思似地说"或者"某人爬上车子,叽咕着说"之类,把这种句子也属于作者之描写的一部分。这种研究的结果,现在也普遍地被我们的作家们实行着。

我写小说,虽然不多,但也有十年的历史了。在这十年中,非但在自己写作的时候,并且还在看别人的著作的时候,常常为对话的问题而感觉到小说的技巧方面的一重难关。这里有许多问题会连带地发生出来,例如对话到底能否增加描写的效能?若是一篇以叙述的文体写出的小说,作者在篇中夹杂着对话的直接记录,是否会损坏了这篇小说的文体或形式?对话是否在另一方面真能济叙述之不足?这种种问题姑且按下不提,但对于对话这个东西本身的笨拙和幼稚之感,却是不可掩饰地在我心中逐渐加重起来。现在我不便举出什么例子来,但料想平时多看新小说的人一定也不会没有同感吧,我们每当读到一段对话的时候,没有读完全文,就很容易揣知作者是在企图着把一段对话完成他的故事描写上的某一种使命。那么,这样说来,倘若不用这一节结果还是显然地被读者窥出玄妙来的对话,而以与上文一贯的叙述文体出之,岂不反而可以使他的文章干净简劲吗?在这种情形之下,所以我觉得在应用对话的时候,在作者或许以为是一个巧妙的手法,但实际上却往往得到了一个笨拙的效果。至于另外有一些作家,为了描写一个或多数人的心理,或是要描写一个特殊的场面,或是要阐发作者自己所企图寄托在他的著作里的哲学，而应用了对话的方法，这时候，读者倘不能被他的流利和精微所眩惑，一定会感觉到它对于篇幅作品的影响是足以使读者在这里感觉到文体的幼稚。除了以上所述说过的两点以外，还有一些不十分善于写小说的作家，他把对话写得过分的老实，不知节要删繁，真有所谓从"今天天气好"一直写到"再会吧"的这种情形，却是使读者深感到拖沓冗长，因而对于新小说有"根本是浅薄的东西"之感了。

我心里虽然纠缠着这个问题，但因为到底不敢不承认自十九世纪以来的那些西洋小说为正格，因而也不敢对于对话之存在表示怀疑。对话真不是容易写的东西呀，这不仅是我，也会听到过朋友们在抒述创作经验时有同样的意见。我不知道在西洋有没有人曾提出过这个问题，但我想在西洋，因为文体的传统没有经过什么大的惊扰之故，或者不会有人感到这个问题之严重吧，但在东洋，现在却分明有了谷崎氏先我而公然提出了。

谷崎氏的那篇《〈春琴抄〉后语》，虽则只是几千字的短文，但关于小说中之对话问题却包含了许多意见。为了使读者方便，并且亦是使我自己行文方便起见，我在这里依次扼要地引他的说话，再来逐一申述鄙见。

谷崎氏在日本是一个著名的文体家，所以他对于小说中的对话之所以会感到是一个大问题者，第一个着眼点便是在于文体这方面。他首先引述日本古典文学名著《源氏物语》为例证，他说："源氏在《帚木之卷》中的《雨夜月旦》之条，很难看出会话的叙述文的区别，"从什么所在起为谁"的话语是很难明白的。但是那样的描写可以表现出日本文的美。我在那里感到兴味，而专于叙述文和会话之联系的方法很费了苦心。然而在《卍》中想读者的便宜，仅施以引号，惟于《芦刈》中却把它除去了。"

在我们刚刚对于会话与叙述区别不明的旧文体表示憎厌的时候，他却说这样可以表现出日本文的美，因而自己也苦心于会话与叙述文之联系，从分行改为不分行，甚至从用引号进步到不用引号，这不是对于我们的新文学之前途开了一个大大的玩笑吗？日本文对于汉文,至少总比西洋文对于汉文为接近,那么,我们中国的文体家中间,是否也曾有人感到旧文体,至于在会话与叙述文混合这一点上,比新文体更能表现出本国文字之美来呢？

谷崎氏又说道:"我曾重新读过自己年轻时代的作品,屡觉得真的'多么拙劣呀'。那是从会话到叙述文变更行数之所,多插入'他说道''我这样说道'等语句之部分。从今日看来,在不必添插之所添插上去倒是很触目,的确这是碍眼物……虽则这样说,毕竟为着分开会话与叙述文来写,这些辞句更易触目。"

这是谷崎氏对于小说中的对话的第一个反感。此时他还并不是憎厌小说中有对话的存在,而是对于引导或补注对话的那些"我说道""他说道"之类的语句觉到了不快意,因为这些语句在对话与叙述文分开写时更显得触目。若照他上面的一节话揣度起来,仿佛即是说这种语句足以破坏了文章的美。那么,这一定只是文章书写形式之美与否的问题了。倘若就把对话和叙述文连接在一起写下去,岂不就解决了吗？这一点,谷崎氏也想到的。他接着说道:"又因为有必要的缘故,所以,若像往昔似的,将会话插入简朴的文体,那末它将有多少妨害的。惟这样地做来,就会话的韵律和叙述文的韵律一致,自然是会话死灭了。终局便和叙述文成为一体。"这个意见,我也以为不错。谷崎氏之所谓妨害,就是指读者看不清楚之类的弊病,但是倘若不计较这些弊病,则对话与叙述文混合写的效果,就足以使读者不觉得有构出的会话,而感到通篇叙述的一致了。

问题到了此地可以告一个段落了。但是,这文体家的谷崎氏却从这里踏进了一个更深的问题。他说:"但是,不知道为什么,我们日本的创作家,年纪一老,似乎对于叙写会话渐渐不愿意起来,好像比之小说更选择了故事风的形式,末了,连叙述文也简略了,讨厌描出场面的麻烦,甚且从故事风转而喜欢更冲淡的随笔风的写作法的样子。"

年老的作家，不大喜欢用会话，这不只在日本，就是在西洋各国的作家中间，我们也可以找得出不少例证来。但年老的作家，因为写作的经验多了，对于文章之事，已是三折肱了，却连正格的小说也不愿意写，而高兴采用起故事体甚至随笔体的小说来，这理由恐怕一定要深切地了解东洋文学之传统精神的人才能领悟吧。谷崎氏的这一节话，表面上虽然在说别人，实际上恐怕连他自己也包含在内。他这个倾向显然是从对于小说中的对话的第二个反感中产生的。此时他觉得不仅是对话在一篇小说中的价值可以减到极少，甚至烦赘的描写也可以是不需要的。故事体和随笔体的小说，不是我们东洋的旧传统吗？若照谷崎氏的意见说起来，我们不是可以说这是小说文体或技巧之复古论吗？是的，我以为这是不能否认的。这实在是有点近似复古，但是复古中去取得新的。

现在的问题是要讨论这种倾向是否会妨碍一篇小说之所以为小说。谷崎氏也谈到一般注意描写及对话的正宗小说家会得对于这种故事体或随笔体的小说表示怀疑，以为这些不像是真正的小说。这种观念，我想不单是在日本，就是在我国文坛上，一定也有许多人怀抱着的。但到底正格的小说所给予读者的东西，与这种故事体或随笔体的小说所给予读者的东西，有什么不同呢？正宗的小说家或者会得说：我们要逼真的描写，我们要如闻其声的对话，使我们的读者会得在阅读之顷发生实感，而收到了小说所应有的效果，那么，一个故事体或随笔体的小说作者一定会得反问：倘若是一个美好的故事，用著者的口气叙述得非常生动，即是没有一点描写，没有一句对话，难道读者会觉得缺少了实感吗？

这是一个大可考虑的问题。西洋文学流传到东方来之后，我们大家都知道了法国有费了几十页文字去描写一个人的行动思想的佛罗贝尔、左拉等作家。大家都把他们奉为圭臬，从来没有一个人敢于提出过一点异议。对于这种作家的摹仿之结果，足以使我们的作家完全忽略了他的读者也是一个如他自己一样的有经验有思索有想象力的人。无论把小说的效能说得如何天花乱坠，读者对于一篇小说的要求始终只是一个故事。与其费了一大堆文字去描写一言一动，而终于被多数读者跳过去不看，何如以简洁的文体叙述之使读者在掩卷之后有一个想像体味的余地呢？"实则若从引起读者的实感之点来说，素朴的叙事的记载似的才能副其目的，至于运用小说的形式则越巧越像虚构。""我写作《春琴抄》……对于未曾写出春琴和佐助的心理之批评，很想提出'为什么有心理描写之必要呢，那不是已经明白了吗？'的反问。"这是谷崎氏的断然的表示。至于我的意见，虽然还不敢说出'运用小说的形式则越巧越像虚构'这样不敬的话，但对于西洋式的正格的小说却有点怀疑起来了，到底它们比章回体、话本体、传奇体甚至笔记体的小说能多给读者若干好处呢？曹雪芹描写一个林黛玉，不曾应用心理分析法，也没有冗繁地记述对话，但林黛玉之心理，林黛玉之谈吐，每一个看过红楼梦的人都能想像得到，揣摹得出。我对于谷崎氏的"那不是已经明白了吗"这反问，完全同意了。

收同样的效果，而文体之美丑因此有了区判，我们的作家们为什么不对于这个问题思考一下呢？若是中国的小说能从这中间去蜕化出一个新的阶段，我想一定能够使白话文获得一种新的装束的。

廿六年二月二十三日

选自1937年4月16日《宇宙风》第39期。

【延伸阅读】

1. 施蛰存：《又关于本刊中的诗》，《现代》第4卷第1期（1933年）。
2. 施蛰存：《我与文言文》，《现代》第5卷第5期（1934年）。
3. 施蛰存：《杂文的文艺价值》，《文饭小品》第5期（1935年）。
4. 施蛰存：《文学之贫困》，《文艺先锋》第1卷第3期（1942年）。

Hong Shen 洪 深

【题解】 洪深(1894—1955),学名洪达,字伯骏,号潜斋,别号浅哉,江苏武进人,中国话剧和电影的开拓者和奠基人之一,著名的电影戏剧理论家、剧作家、导演。1912年考入清华学校(清华大学前身),1915年创作第一个有对白的剧本《卖梨人》,次年创作话剧《贫民惨剧》,后赴美国留学,考入哈佛大学戏剧训练班,获硕士学位。1922年回国到上海,先后任职于复旦大学、国立暨南大学、国立山东大学、国立中山大学等。成名剧作《赵阎王》于1923年上演。1928年首先提出使用"话剧"一词,作为新式戏剧的名称,并于次年撰写《从中国的"新戏"说到"话剧"》一文,产生广泛的影响效应。1924年进入电影界,1925—1937年间任明星影片公司的编导,创作了《申屠氏》(中国第一个电影文学剧本)、《冯大少爷》、《劫后桃花》、《歌女红牡丹》(中国第一部有声电影)等电影剧本,同时创办中华电影学校。主要作品收入到《洪深戏曲集》《五奎桥》《洪深文集》等。

《剧中人物的塑造》选自洪深在1935年由

正中书局出版的《电影戏剧的编剧方法》一书的第四章,标题为编者所加。洪深信奉"为人生"的艺术观,倡导"戏剧艺术为人生,为痛苦的人生叫喊"的主张,认为"一切的艺术,在起头的时候,都是实际地于人类的生活有帮助的"。他指出:"从古以来,戏剧总是用来传播鼓吹一个部落或一个集团的理想、主张、生活方式与人生哲学的","而愈是在社会有剧烈变革的时期,戏剧的影响大众的行为的作用,便愈是强大","戏剧永远是为了影响人类的行为而作的"。在编剧中,他非常重视剧中的人物塑造,认为决定人物塑造的是人物所生活的时代、社会、环境,以及人与人之间的复杂关系,这也是人物独立个性生成的重要元素。他指出:"每一个人有他的独特的个性,而同时又能代表成千上万的人",因此,戏剧创作必须突出"独特的这一个",同时"又是一个世界"(黑格尔)的人物塑造原理。

二十五　剧中人物的塑造

一

　　故事的生动，由于里面人物的真实：这一点，早为作者们所承认了的，在十九世纪的初年，英国Jane Austen已经说著："这里有一位甲，他是这样的性格，这里有一位乙，他是这样的脾气：这里是他们相遇后所发生的事故。这里也许不成其为情节，但有的是冲突，斗争。这里也许不够鲜明，但有的是戏剧。而这些戏剧，正是你们每天生活着，每天所看见的。"二十年前，美国George P. Baker教授说："戏剧所发挥的，翻来覆去，不过是那几个同样的情绪。新奇须从搬演人物得来——须是说明这些情绪，怎样地激动着那许多因为他们所处时代的不同而不同的思想，

洪深肖像

习惯,服装,语言,与生活环境的男女们。"

编故事从认识人物入手,这是不错的。然而有一个危险:即剧作者往往为了人物而去描写人物,而却忘了人物的作用须是组成一个可以说明作者的"理论"(Thesis)的故事;是将作者对于他的时代所要说的一句话,人事化具体化的,剧作者的认识人物,应当有两方面:一是他们刚刚都是活的人,各人一心一意地忙着自己的事;二是他们同时也是伟大的社会动力的工具。必须是这样写出的人物,才能每个有他的独特的个性,而同时又能代表成千上万的人,成为忠实的典型。

二

故事中所谓人物(Personality——有特殊个性的人),乃是"天然的禀赋,经由生活经验,教育磨练而成的"。乃是包括一切的因素:凡是"使得这个人成为这个人,而和世上别人多少有些不同"的条件,一齐在内的。乃是综合一个人的"所有所是所能";情感思想志愿;接受(Reception),连接(Connective),运动(Motor)三方面;天生的(Unconditioned)和获得的(Conditioned)行为的。这里说明了两者都是必要的——天赋和生活经验。

一个人的最近于天赋的部分,是他的气质(Temperament),而最容易为他生活经验所影响的,是他的品格(Charactor)。气质是受着人体中的无管腺的内分泌的支配。将腺素注入人体,他的知识和习惯是不会变的,但是很快的就可以改了他的气质:他的情感的态度,对于事物的兴味,以及振作起劲的程度。至于通常所谓躁急的人、文静的人、抑郁的人,等等,虽也是受了生活经验和影响而发达,但是发达的范围,只限于原有的生理机构的成熟,那违反生理机构的改革,当然是做不到的。所以一个人的气质,单靠生活经验,可说是最不容易改变的东西。至于品

233

格是和一个人的习惯,思想,信仰有关系的;表现在他处世时的行动言语计划决定上面。一个人的品格,可说是最靠不住最不固定的东西。譬如:富有不妨慷慨,穷乏自然务得;衣食足而后知礼仪;饿着肚子的人,不堪再讲让德!这差不多是完全跟着有力的环境而变易的。

天赋和环境,两者虽然都是必要的,但剧作者认识人物,应当大部注视在环境方面。因为人物所得于天赋的,到底只有简单的几项:不像环境所给予人的影响,是复杂而变化无穷的。而且,一个人天赋或遗传,也要靠着有适合的生活经验,才能把他原有的,发养长成。(这里姑且不论天赋有无的问题——一个人的生理机构,在他本人诚然是遗传,但如推上数十百代,未始不是社会环境所养成所决定的。)即以气质而论,决不是一个人遗传有好的或坏的气质,而是他遗传有这样一副神经肌筋腺,遇到某种环境,容易形成某种气质而已;换了环境,结果就不会不同的。

总之,我们不妨大胆说,一个人的特殊个性,是他一向所处的环境,即是他已往的生活经验所造成的。

三

所谓一个人有特殊个性,就是说他有和旁人不同的见解,思想,理智,情绪,行为等。见解,思想,理智,发端于一个人在生活经验中寻出的某事与某事的联系;他有他的特别经验,所以同样一件面前的已有的事实,在旁人看来,只是单纯的一件事实,但在他看来,事实都有它的作用,必然还要引起某种旁的事实的。现在引明人笔记一则为例:

> 徐魏公病疽,笃。帝数视之,大集医徒治疗。且久病少瘥;帝忽赐膳,魏公对使者流涕而食之,密令医工逃逸。未几,告薨。亟报帝,帝蓬跣,担纸钱,道哭太傅第,命收斩医徒。夫人大哭出拜帝,帝慰之曰:"嫂勿为后虑,有朕存焉。"因为周其丧事而去。

这里所说的徐达的理智，可算是非比寻常的；处在他所处的环境中，确实没有再比这个适当的应付办法！他明知"赐膳"就是赐死，而自己在久病之中，逃走和挣扎，早已不可能了。这样死，他是不愿意的，所以一面吃，一面"流涕"。但是，能这样死，总比"身遭显戮"好得多了，所以索性"食之"；同时他希望多少获得一点皇帝的哀怜，不再去难为他的家人，所以要"对使者食之"，不啻明告皇帝，我是遵从你的命令而死的。他也不忍这些医人的性命，白白牺牲了，做那皇帝玩弄权术的工具，所以他"密令医人逃走"。做人做到这样，真可以算是聪明了。但是，如果他不是和朱洪武处得很久，因而晓得他疑忌功臣，常要借故残杀的；又晓得他残杀了功臣之后，还不肯自居恶名，一定要想法子，把"不是"推在别人身上的，他会看出赐膳和赐死的连系么！他会想到他自己的身死可以害得医徒们斩首么！他的理智，完全是从他的生活经验中得来的。埃哥洛夫说："关于物质的知识，随着我们实践的各阶段，越发加深，越发完全。"

因此，一个人物，每次遇到一个新的环境的时候——这里所谓环境是广义的：物质的，自然界的，别人的行为，当前的社会情状，一齐在内——他必定是先寻出环境对于他的意义；环境中存在着的零碎的刺激，固然也受注意，但最重要的，还是环境的总状态（The Total Situation）。再举明人笔记为例：

> 吏科都给事中樊景瞻，仪状魁颀，应对捷给，英庙深喜之；有意大用，累将使命。一日，复遣勘事于外郡；召至榻前，谕之曰："此回即升。"及竣事逯，攀髯不及矣。其同年御史田宾，先是按蜀；坐赃贪，逮系锦衣狱；祸不可测，适遇赦为民。一日同饮，语及前事，景瞻感念，呜咽流涕。宾厉声曰："若非此变，汝则好矣，我将如何？"众皆嚎然，景瞻亦不觉启齿。

再举近事为例：那曾经战场，受到过飞机威胁的兵士，看见敌人飞机来临，他自会一面寻着敌机飞来掷弹，他还会觉得好玩，立定了看热闹的！又如在同一制度下生存着的人，那居着优越的地位，占着便利的人，自然希望这个制度的继续与存留，在必要时自会出死力来拥护；而那处在不利的地位，饱受痛苦，在现状中无法解脱的人，自然会对现状，极度的愤恨与诅咒，怀着变换与改革的希翼的。同一环境，各人感着不同的意义，各人反应的方式，便不一样的。

四

每个人物，在他认清了环境对于他个人有些什么意义，而准备着应付的时候，他就有了情绪了。情绪是迫着一个人去做一些事情，纠正他和环境此刻的不安不妥的关系的。情绪是人的表面行动的起点（固然有时候这种行动，受到了"禁抑"，停顿中止，竟可不为旁人所看出的）。

依心理学上讲，一个人在情绪的时候，身体上三个部分有活动。第一，在大脑的底层，有一块叫做"间脑"（Diencephalon）的，后面的半块，和人的某种行为通常所谓情绪的有关；将这个部分割去，无论使用多么强烈的刺激，动物的情绪是不会再有了。第二，脏腑的平滑肌筋起反应（Visceral Activities），这是人们做不来主的；有反应，我们就感到有种逼迫；尽管外面全无举动，旁人一点看不出，而我们的情绪仍是热烈的；倘如没有反应，我们尽管笑而并不觉得快乐，尽管逃走而并不觉得畏惧，尽管与人斗击而并不觉得愤怒。第三，是身体外面的动作，如身体的姿势，面上的形态，脸色是否涨红或发青，头上是否出汗，手脚是否震颤之类。这些全是生理的；某种动作和某种情绪，有一定的连系；差不多人人是一样的，我们全仗着这些，才能看出，某个人物现在有些什么情绪。可是，这些也是最容易受着生活经验的影响而修改而抑制的。一个阅世较深的人，他的外面的动作，有时可以使人看不出甚或误会他的内里的情绪的。"哭者常情，笑者不可测"，我们不也有这句老话么！

以上所说的，是一个发生情绪时的动作，这在剧作者是次要的，仅为描写情绪时帮助罢了。至于要认识人物，所应知道的，不是人人共有的发泄情绪的动作，而是某个人物独有的发生情绪后的行为。行为是和大脑的外壳有关系的，是为环境的意义所激动的。

一个人在有情绪的时候，最初只是感得有种迫促——感得"有所举动"的必要——不过他没有认清环境对于他的意义，他自己也会不知道做些什么才好，而他的精力必然是消耗在无数的无益的行动上面，所谓瞎跳瞎闹(Blind Terror)、脑里的风暴(Brain Storm)之类，不能有什么成就的。反过来，倘如他的大脑外壳也参加活动，这便等于是告诉他、环境中的种种，什么是可以接近，什么是应当避开的；什么是不妨拥护，什么是必须用强力或用智慧去改革的。这便是约束他不去反应那些零碎的刺激，而去有计划有目标地克服整个的环境了，理智组织了一个人有情绪时的精力，这时候，他的力量是不可侮的。凡是一个人做成困难事业的，在做的时候，必然是充满着热烈的情绪，而他的情绪是由他的对于环境的认识——他的理智——领导着的。

五

所以剧作者要了解某个人此刻(在故事里)能做些什么，竟不能不先去整个地认清他是怎样一个人物。平淡的么，异彩的么，老实的么，狡猾的么，坚决的么，动摇的么，没有一个不是被他的一生所处的环境，一生所有过的经验，决定了的。他此刻的智慧，情感的态度，应付环境的方法，剧作者如果不知道他的生平，就是他一向所处的环境，是没有法子写得真切的。

剧作者欲把握住一个常态的人的个性，唯一的方法，是把握住这个人的理智。所谓个性的发展，主要的就是他的理智的发展。简言之，凡是某一件事能和某另一件事有联系；非曾"身亲其境"的人,是不会晓得的。所谓"不经一事,不长一智"。一个人多一次经验,才会明白一个环境的意义。在后,他遇到一个类似他以前经验过的环境的时候,他便能利用他已有的智慧去应付了。而这次的应付,又是一个新的经验,又能多少给他一些新的智慧。这样日积月累,他便造成了一套独有的处世的法则——习惯,思想,信仰,有了特殊的个性；成了有固定格局的人物了。

又,剧作者何以能知故事中某个人物会得处过某种环境,有过某种经验呢？这个属于剧作者个人的修养——他的对于人生社会的认识——而不单是编故事时描写人物的知识了。前面已经说过,每个人是那伟大的社会动力的工具。一个人做人也像做戏一样；他被派定了做社会中某一个脚色,他必然会过到某种生活,会做出某类事情的。因为别的被派作这个脚色的人,都是这样做的。

六

有种人物,通常所谓变态的,除了那生理机构上有了残害的之外,他的一切,也是环境造成的,而且从反应本质上说起来,并不和常态的人有异,只是他的行为,或者是效果不切实用,或者不为时人赞许；总之,不合社会的标准就是了。

明人顾元庆记倪云林的遗事：

> 同郡有富室,池馆芙蓉盛开,邀云林饮,庖人出馔,拂衣起,不可止。主人惊愕,叩其所以。曰："庖人多髯,髯多者不洁,吾何留焉！"坐客相顾哄堂……尝眷赵宝儿,留宿别业,疑其不洁,俾之浴。既共寝,且扪且嗅；复俾浴不已；竟夕不交而罢。赵谈于人,每为绝倒。

喜洁,本身常态,但是像云林这样因洁而竟废饮食男女之事,却是太过了。他的太容易感受刺激,以及对于微小的刺激而作重大与持久的反应,和一般社会中的行为比较起来,他就是变态了。

又,一个人的习惯,思想,信仰,本来不会和第二个人完全相同的。但如果要在一个团体里共同生活,他不能和其余的人太差异。尽管在别一个时代,别一个地点,别一个团体,别一个环境里,可认为适当的行为,而不是为此刻的社会所能赞许的,便也不能不认为变态了。明人笔记里讲一个人怕老婆:

> 黄白仲寓居武林,余往放之。适友人携一名姬,邀余两人赴饮。黄便入内,少时其容有慼。复以他事谈说许时;邀者益急,言主人候湖上久矣。余欲促之偕行。黄复身入内。余听之;闻剌剌訾声。余知其以妓,故不敢往也;故促之,黄不得已与余相赴,日未晡,便谢归。主人留之,不得遂去。明日余往,佯问于黄。曰:"年余四十,遂乏血胤;虽一似人女婢,亦不能居;命也!奈何!"更问昨者迟回之状。曰:"凡赴妓席必涕泣,至归方已。"又问远出何以制君。曰:"出必歃血苴盟。"余因大嗟曰:"余方愧王茂弘九锡,不意足下更是冯敬通也。"

离开社会的标准,一个人变态与否,是没法断定的。

七

剧作者编写故事的时候,对于里面的人物,应当怎样去认识呢?第一,看清某个人是被派做社会中哪一种的角色,是做哪一种社会动力的工具的。第二,他一生有过什么生活经验,他是怎样一个人物;他的根本的思想,信仰,哲学是什么。第三,他是不是有违背社会的标准而成为变态的地方。第四,他在故事中所遇到的是些什么环境;每个环境给与他的意义是什么。第五,他的从已往的生活经验所获得的理智,是怎样地领导了组织了他的情绪。第六,他的情绪迫促着他在此刻故事里,做出什么行为。这样,不但剧中每个人物,一举一动都有来历都有根据,而且他们可做能做的事,也是繁多丰富有变化,故事再也不会前后重复或枯乏单调了。

　　选自洪深《电影戏剧的编剧方法》,正中书局,1935年版。

【延伸阅读】

　　1. 洪深:《<少奶奶的扇子>改译序录》,《东方杂志》第21卷第2号(1924年)。

　　2. 洪深:《<少奶奶的扇子>后序》,《东方杂志》第21卷第5号(1924年)。

　　3. 洪深:《什么是"戏剧的方法"》,《民国日报》1929年10月2日。

　　4. 洪深:《电影戏剧的编剧方法》,正中书局1935年版。

Liu Na'ou 刘呐鸥

【题解】 刘呐鸥(1905—1940),原名刘灿波,笔名洛生,台湾台南人。从小生长在日本,毕业于日本庆应大学文科,精通日语、英语。台湾日治时期小说家、电影制片人,后就读于上海震旦大学。1928年创办第一线书店、水沫书店,出版过《马克思主义文艺论丛》(后改名《科学的艺术论丛书》)等进步书刊,创办《无轨列车》半月刊,标志着民国"新感觉派"小说实践的开始。1929年与施蛰存、徐霞村、戴望舒等在上海合编《新文艺》月刊,其后又创办《现代电影》杂志。他的写作走的是现代主义路线,代表作《都市风景线》,借鉴了日本新感觉派的技巧,描写都市男女的狂热迷乱。曾翻译过横光利一小说集《色情文化》、弗理契《艺术社会学》等。在电影方面,他引进"影戏眼"拍摄技巧,所拍摄的电影属于"软片"性质。曾任汪精卫伪政府机关报纸国民新闻社社长。主要作品有短篇小说集《都市风景线》《方程式》,编导电影《初恋》、剧本《永远的微笑》等。

《影片艺术论》刊于1932年发行的《电影周报》。在文中,受西方电影观念的影响,刘呐鸥大力提倡电影自身特有的思想、艺术和表现技法,认为电影虽与文学、绘画、戏剧等艺术门类有密切的联系,但电影不是这些艺术门类的翻版,而是有着自身独特的艺术特性,即"影片独自的美的价值"。文章全面地分析论述了电影的艺术特点,从电影的物质形式及其内部艺术构成要素出发,认真地讨论了作为新兴的现代艺术——电影的特殊艺术特性、艺术形式和艺术表现手法,强调要尊重电影艺术规律,用现代科技观念和技术,如运用"开麦拉"(即照相机、摄影机)等独特的电影工具,采用诸如织接(即蒙太奇Montage),"影戏眼"(Kinoglaz)等电影手法,来形成不同于文学阅读和戏剧舞台观看的艺术效果。他还结合国产电影所存在的问题,进行了有针对性的批评,对推动中国电影(含电影文学创作)的发展,具有一定的价值和意义。

二十六　影片艺术论

一　影片艺术的定义

影片艺术是指什么？即影片艺术学的定义如何的问题，可是到今日仍是议论纷纭，未曾确定。这是因为影片在今日，仍是在它的发展的途中，仍不许我们预料其将来向那一方面开拓发展，并会增添那一种新的要素的缘故。但是它的艺术上的特质却已经经过多数学者讨论研究过，自可知道。

影片在过去确是一篇惊异的历史，它的开始也只不过是演剧的模仿而已。然而演剧终是演剧，影戏终是影戏，这私学的宠儿终不能蒙蔽它所有一切新的艺术要素、特质、本分而老屈服在其他艺术的底下。于是有一派的人们便从它的绘画的要素方面下了尖锐的解剖刀，分析立论，并从事创作，而竟然产生了一种所谓"绝对影片"，几

刘呐鸥肖像

至于把影片艺术全部的生命都归到这里去。更进一步,另一部分的人们便加入从它的节律的要素解释立论,而创造了一种"视觉的音乐片"。但这都只是影片艺术的几个特质,并不是它的全体。有声片的出现就使这些可敬的努力于影片艺术的建设的人们不得不从新再来考察一遍了。

可是自从影片里加进了"声音"这要素之后,它非但没有进步,反而很退步了许多。仍把它自己还原到初生时的过程中去。它是又开始模仿演剧了吗?舞台上的一切都多多益善地搬到片上来了,侦探剧成为声片的惟一题材,歌舞剧也在这里迎合了影片制作者和观客的心理,总之尽是舞台剧的复制和模仿。这现象是过程中的一段,而不能在电影艺术上占永久的势力,是不必解说而可明白的。将来在真的天然色的影片完成的时候,在立体影片成功的时候,或在电送影戏和其他电影科学所约束我们的东西完成并影遍了的当儿[①],谁说影片的艺术理论不会随之变更呢。这就是在现在要规定影片艺术的定义的难处,而是慎重的人不敢轻率地去干的。但是在过去却有过去的成绩。我们在这儿无妨把影片艺术的定义规定如下:

"影片艺术是以表现一切人间的生活形式和内容而诉诸人们的感情为目的,但其描写手段却单用一只开麦拉Camera和一个收音机。"

二 织接(Montage),影片的生命的要素

影戏在今日是占着大众娱乐的王座,她代替了演剧和其他一切听视觉的艺术,而把大众引诱它的足下去。这魅力在何处?这是影戏人(Cinéaste)[①]和一般影艺爱好者所应知道的。

影片在它的开始便给与了人们一种"神觉的教养",它使我们眼睛

---

① 原文如此。"当儿"意为时候。

有学问,提高我们的"看"的技术,教我们以在一瞬间而理解幕面的象征的意义。它所演的角色是在创造幻想,而把观众的思想和意识整个地吸引到快速地移动着的薄膜上的事件的轨道上去。所以有人便把影戏称作"白日之梦"。这效果是完全属于创造的开麦拉的特质的。

开麦拉在摄影者的眼之外是另外具有一只"眼"的。它能够正确地把对象由上下四方的各角度照观看①,把对象里所发生的现象,以及现象里的最微妙的昙影都尽量地抓到它的眼膜里去。开麦拉能够觉察"言外之意",能够把普通我们的视觉所觉不到的状态和过程表示出来。所以它不单是原作和脚本的解说者,而且是一个自己的形式的创造者(关于这层可参看下文"影戏眼")。然而这开麦拉的特质如果不与奇迹的"织接"(Montage)合作,是不会有它的创造的生命的。

织接是什么呢?我们这里可以听一听新俄的影戏人,《母亲》《圣彼得堡的最后》的导演者普道甫金(Poudoukine)的意见。普通用拍相机所拍好的在软片的四角框内的景,无论它的配置和构图是怎样好的,本不过是个"死"的精画,毫无生命。这是很鲜明的。可是如果用织接的魔力把这些四角长方形的各片的头尾连接而统归在一个有秩序的统一的节奏之中,这一连的软片便成为有个性的活泼泼的东西。在这里织接并不是单指具体的剪接工作。织接是影片生成上最生命的要素,它是诗人的语,文章的文体,导演者"画面的"言语。诗人在做诗的时候不是踌躇地思想着挑选着用字,经过几番雕琢之后才决定他所欲用的诗语吗?导演者亦须用同样的创作的态度在开始开麦拉之前几番思维,选择他所欲用的画面。这"内面的"工作才是实在的Montage,所以Montage可以说是作品上的现实的创造主。导演得用Montage由在不同的瞬间里,在种种的地方摄来的景况而构成并"创造"出一种新的与现实的时间和空间毫没关系的影戏时间和空间,即"被摄了的现实",这不是奇迹吗?人们常在

---

① 原文如此,意为"观照,观察和查看"。

影戏上头加上一个摄字而说为"摄"影戏,可是影戏并不是摄便成的。照普道甫金的意见,"摄"一字实应该从影戏国里消灭了去,因为影戏实际上是用Montage构图而组成。"机械"开麦拉并不是灵魂之主,然而自它与Montage结合的瞬间起它就具有了一种奇特的性格,而能够使物变换其本质的内容,确保其新的价值,给影片以从前所没有的意义。

这样我们可明了Montage是时间和空间这两要素的结合,也可知道由Montage而成立的影戏是时间和空间的支配者。所以影片艺术是时间的艺术,同时也是空间的艺术。

三 关于"照相"和"影戏的"

无论是用那一种对象,如果无谋地只要把它由一定的方法和角度摄制在银幕上,便去映写给观众看,那实不过是个"死的对象"而已。对象固有的运动除非是用准备的摄影态度摄来的,是不能在银幕上给出任何有生命的运动。这是因为那运动只不过是未发展前之原始的材料的缘故。所以未曾经过Montage的洗礼的一切动作是死的,"无目的"的。它的惟一的价值是在"照相的"(Photographique)这一句。然而如果能够用预备的态度把对象摄放在一些隔开的对象之中,能够使它成为代表着由许多隔开的,两样的视觉的影像所形成的总组织中之一部,那时候,它才有"影戏的"(Cinegraphique)生命和价值。这样我们应当用"织接"的方法把各个对象,不由"照相的"过程而由"影戏的"过程搬移到银幕上去。这里可以举几个实例。

当普道甫金在制作《圣彼得堡的最后》的时候,作者实很想在片里描写一场大战,一个可怕的大爆发的景况。可是要得到这功效有什么法子呢? 他就实际上教令放了多量的爆发药品在地上,而在开摄时使其爆发。那时那爆发确实惊人的,可惜"影戏"并没有什么,银幕上只映出一个漫调而无生命的运动。但是后来在种种试作之后,他终于在简易的法子中获得了他所要的片子。他先摄了一些火焰和云烟之景,其次因要得到爆发瞬间的火光的效力,便把摄好的片子去裁为几十段而于处处插入了摄着Magnesium的燃烧时的小短片。最后更在这些一段之间散插了一幕他以前所摄的一条河流的景况的小短片,这样地使全体有了一种光与影的特别的节律和明暗的调子。像这样在银幕上炸弹爆发的视觉的效力才渐渐地在观客的眼里有了形体,虽然实际上除了爆发的要素的集积之外并无所谓真实的爆发。

在《母亲》一片里他也是要表现一个在牢狱里忽然接到明早可得放免通知的儿子,问题是在如何描写那儿子雀跃的情形。这里假如他只拍一张充满着欢喜的儿子的脸,那未免太平板而且没有效力。于是他就先摄了儿子的手的神经质的举动,摄了一个脸的下部的大写和那微笑着的嘴的弧形之后,再于这中间插进了许许多多表现着别样的景——即一条春水涨满的小河,在水面上戏游的明媚的阳光和在小村里树下屋上池边飞鸣着一群小鸟。最后才摄出一个笑着的儿子。"囚人的欢喜"这印象是由这些组织的要素的连结开始具有形象的。

《啼笑因缘》和《一夜豪华》,"胡蝶"和"阮玲玉"。

又如最近在国泰开映的法国片《Le Chanter incounn》里也有根据这原理的很好的描写。看过《伏尔加　伏尔加》(Volga Volga)的人们当然记得那只大船沿着伏尔加河由俄国开往土耳其去时的经过的一段美丽的诗的描写。那虽然是默片,但是却能使观众自己生起节律的感情,好像听着好的音乐一样,导演Tuijausky在这新的声片里却能相反地利用沉默的画面去强调了音乐的效果。描写着"不明的歌者"的富有魅力的肉声由播音台播出,渡过云山,一直穿入欧洲大陆各国、各家庭,直至到思春的女儿和相爱的男女的胸膛里去的一段,实在是好的织接,很能够帮助音乐给观众以美媚沉醉的Rhythm的概念。照著者所知道,这片是自声片产生以来的声片中最好的一片(在外国开映过的不在其例)。它的使命是由演剧的羁绊解放了声片，而创造了声片固有道德Style，踏入了声片的正统的将来的进路。这里我们试拿它和国产片《啼笑因缘》里的月夜吹笛的一段比比，那里假如导演是懂得织接，除了给观众听听美妙的笛声歌声之外，实有另给观众以"视觉的享受"的必要。他的制作意识里似无观众的存在，他只拍天上一个月亮和地上一对男女的影子的长时间的经过，并且把月亮的方位弄得莫名其妙。月亮明明在男女的前面（男女曾举头向前看月），为什么男女的影却也在他们的前面。人家是拿非实在的东西来创造（戏的）实在，这导演却把现实都弄成非实在的。《一夜豪华》里的拜寿一段也是出自不懂影戏原理的可爱的专家之手。本来那一段是全片中最紧张最须强调的一段，导演就使绞断了脑筋也该想法把"豪华"两个字的概念灌入观众的印象。可惜他描写来却只有几个闲散的拜寿客在证明着他们自己的笨，这好笑的所谓"好的穿插"而已。这尽是属于"照相的"领域内的非组织的死画，跟《一夜豪华》这片子的生命机关丝毫没有关系。

总而言之，用了织接的力量才能够造出"影戏的"现实，自然那"真的实在"只不过给我们以我们所要用的最初的素材而已。这中间我们也实得明白真的实在和影戏的实在的关系。单被摄在片上的人物是属于"照相的"，那是素材。"影戏的"人物须于用了织接的法子，拿了片中的影像所组成的构图中才能看见，所以聪明的胡蝶女士无论她怎么地运用了她纤细的脑筋儿想去卖力表演《啼笑因缘》里唱大鼓的沈喜凤的性格，但是如果《啼笑因缘》的脚本不是织接法写成的，那就真是无谋而大胆，劳无所得的事。这就是说，她并不是在影戏而是在给人家拍照。阮玲玉，谁都承认她富于性的魅力，是女明星中Eroticism最重的一位女性。但是假如她所演的片子的内容构成上不用Erotic的要素，而单给摄影师肉麻地空摄去了一些她的脸、胸、腰、腿的罗列，天知道，那真是要苦杀了老成的观众。因为这是好像拿块生肉给观众看看，而不肯烧热给他们吃下去。这是"照相的"原始素材，不是"影戏的"画面。阮玲玉的魅力，这最初的素材是在与戏构成上的Eroticism结合的当儿才能够尽量地发挥。
"照相的"和"影戏的"两个语的内容,影戏人须记着其内容,并须能够彻底地明了着。

四 "影戏眼"(Cin'e——oeil)

"影戏眼"是俄国前卫影戏人Dziga Vertov所创出一个关于影片艺术的原理。Vertov是"Kinoglaz"(即影戏眼)一群的首领,和构成主义派的头目Esther Choud夫人站在同一线上。在他的影戏生涯里,他完全代表着一个机械主义者,所以他的论理多半倾向于这方面。照他的意见"影戏眼"是具有快速度性、显微镜性和其他一切科学的特性和能力的一个比人们的肉眼更完全的眼的。它有一种形而上的性能,能够钻入壳里透视一切微隐。一切现象均得被它解体、分析、解释,而重新组成一个与主题有关系的作品。所以要表现一个"人生"并用不到表演者,只用一只开麦拉把"人生"的断片用适当的方法拉来便够了。

"影戏眼"比织接更进一步,能够在千千万万的主题中选出一个主题,能够在种种的观察中做一个便当的选择而实行主题的创成。她具有感情、气力、节律和热情。《携着摄影机的人》(Lhommeaíaprareik de Prises de vues,1930)便是根据这原理的作品。

这里并没有所谓主演者或是牵强的Story。它的着眼点,它的愿望是在表现一整个的"人生",一个都市的聚团生活。黎明,携着摄影机的人便在市里遍地走。它提示睡眠中的人们,这沉默中的断片的存在。于是全市觉醒了,人们在磨洗着牙齿,开店门,电车和其他的车辆宣布忙的一日的到来了。准备着劳动的家庭,马路上的人群等等,它都用一种那么亲密的感情,那么圆滑的调和描在一个全体的节奏里。工作完了的时候,这个行走者并不因之休息,它变换了方向,它跟工人们洗澡、运动。

连晚上它都要跟人们去观电影。一日完结了。明天,愿它也是好的、快乐的再开始。这样,在这片有两个根本的要素。一个是事物和市里的人们的聚团生活,另外一个是支配着这团聚的"携着摄影机的人"。前者是对象,后者便是"影戏眼"。这片子的内容除这二要素的关系并没别样东西。声片《热情》(1931)也是根据这主张摄制的。作者携着摄影机和收音器,实地踏入煤矿和制铁的中心生产地带,描写着劳动者的英雄的战斗。声音全部取自用"自然的声音",把一切无论微细粗大的均行灌入,毫无人工的痕迹。这片子可说是Vertov由"影戏眼"转入"无线电的耳"的纪念作品。

总之Vertov是个机械主义者,所以他的主张未免太倾重于机械的崇拜。然而他确实能够洞察了机械开麦拉固有的特性,热爱开麦拉这个新的描写器具。如果过去的电影艺术史是对于演剧的叛逆史,那么这"影戏眼"运动地位确实站在第一线。因为它的主张是最迫近于"影戏的"的创造。但是若从影艺全体发达史看,这不用演着的影片(Film Sans A-cieuis)的主张究竟是不是绝对的这件事,只好待时间给我们解决。因此,对于"影戏眼"和Vertov的作品,常是议论纷纷,褒贬各半。

五 影片的纯粹性、绝对性

影戏是个艺术上的叛逆儿。在产生的初期它便模仿了舞台,结合了文学,而把它的"科学的玩具"性换为有艺术性的娱乐价值。但是因为学不了演剧的诸锐利的武器,例如台词音响色彩立体感等等,于是便努力于脱离演戏的奴隶的地位,另找新路,终于在自身上寻出本来的真面目,创造了影片独自的美的价值。影响的心理学的研究者Huco Mürnsternburg当时在他的著述中就把影戏与演剧的相异点分为八项——使用实景;幕面的变化迅速;用Cut—back得将在两个地点发生的时间拼在一瞬间里,使其轮流地表现;风物的速度得自由自在;得表现不受物理法则的制限的幕面和动作;用技术的操作得使人变为猿等等;用双重露出得制造鬼灵,和兼演的超自然的场面;等于舞台的台词的性质的最重要的"大写的效果"。

然而影戏虽然这样获得了这些织接和开麦拉技巧的伟大的完成,但依然脱不了"剧的部分"的羁绊——故事、演技和文学的势力——字幕等。就是幕面的构成也要受着传统的绘画的影响。所以当时便生出了一种要求,即逐出一切文学的演剧的绘画的东西,而创造一种一元的纯粹的绝对的影片。剧情、演员、演技、绘画的构图一切都不要。要的是属于影片本身的视觉的、音乐的要素,能够再现没有个性的现实的,影片的纯粹性和绝对性。

影片的本质应该是黑白二种,光和影的视觉的交响乐(Symphony Visuelle)。它对于音乐的节律虽有不可分离的关系,但对于"Plot"的关系却非常地疏远。没有剧情的风景片也得保持它的视觉的Rhythms,它实有一种与内容无关的特质,一个个性的"平面"(Level)。王侯的宫廷,通俗的脚、首的构图,风景卡片一样的幕面,我们已经看厌了,定型的love scene也不能给我们任何心的响动。我们只要组织化了的运动,幻像的连续,单纯视觉的印象的再现。日常生活的相貌和状态在我们都毫没魅力,我们应采取新的形式,利用一切数学的、抽象的形驱来创新的象征。"超然在时间和空间的因果律之外的对象,才是(真的影片所重要的)幻想(version),那才是真正地在影片的绝对性的领域中。"导演者只须努力于现象的视觉的本质的升华便够了——恰像Kanl的"物本身""Dingan-sich"被移到影片的领域来了一般地。这是这一派的人们——所谓纯粹影片(Le Film Pur)绝对影片(Le cinema absolu)的作者——的主张理论。

六　绝对影片，纯粹影片的作者、作列

　　Viking Eggeling是个瑞典人，已故绝对影片的创始者。他因不满足于绘画的不动性而采用了影片。他把极简单的抽象的、几何学的形态（长椭圆、小圆、高背的正方形，压扁了的正六面体、对角线、垂直线等等）及其运动的关系摄在片上，而希望由运动的节奏而得到"人生本身上的力学的表现"。作品有"水垂直交响乐"（Horizontal Verlical Symphonic）、"对象线交响乐"（Diagonal Symphonie）两种。

　　Hans R chter（德）——他的出发点和Eggeling同样。他主张影片是视觉的节奏，摄影术便是它的表现手段。在他的"扩大发行"（Inflation）里我们只得看见纸票，消瘦的脸和无联络的瞬间的显现，和汇兑市场的动摇，自杀，金钱等的连续的反复，并不知道有"被演出"的场面、剧情，或是说话。然而这里却有与主题相关的幻想。各画面虽然欠理论上的连续，但在心理上却互相系累着。它的目的是在心理的解脱。他的作品除上述之外尚有"一九二四年""一九二五年"合成的二部作"节奏"（Rhythmus）。

　　Walter Ruthmann（德）——他的制作态度和方法与前二者有些两样。前二者重视科学性和数学的基础，但这作者却注重感情移入，装饰美，和心理的效果。他采用色彩，增加型态的种类，使运动变为无限的多样多种，亟用了刺激的手段。他的杰作"柏林——大都会交响乐"（Berlin—Diesymphonic der Groszstadt）是得到德电影界权威，脚本大家Karl Meyer，和世界第一的摄影师Karl Freund的协力，而成功于实现了四条计划的理想：（一）贯彻影片的音乐的节律的要求（在他们影片是把现代用视觉的手段组织成为有节奏的东西）；（二）对于电影剧（被摄在片上的剧场）的彻底的脱离；（三）绝对不用人为的幕面；（四）事件一切

不用字幕表现。

  Feruand Legeb(法)——是新派的画家。他在"绘画应该说用其全力使运动和生命具体化"这个信条之下驱使着强烈的原色,乱杂的形体,努力实现他的主张。他在战场上发见了无数的艺术材料,大炮、机关枪、千里镜在他尽是生命、形态、美。他的"机械的踏舞"(Ballet Mechanics)是用最普通的物体,物体的影像,和它的电影技巧的摄影来表现"动的价值"为目的。绝对不用脚本而只有影像的反射而已。最重要的是使被映写时速力的谐调和节律,能够在银幕上描出明朗轻快的魅力这一点。

  绝对影片纯粹影片的作者及其作品其余尚有：H. Chomette "Jeuxdes Reflets et de laVitesse"(反射和速力的游戏),R. Clair "Enlr'ace(停演时间)A. Cavalcanti "Rien que lesbeures"(时而外无别物),Man Ray（美人）"Emak Bakia",R. Florey(美人)、"L'Amonrde Mr. Zero"(零先生之爱)等。

  至于纯粹和绝对分别是这样,纯粹影片是法国急进的影戏人的作品。它的画面构成要素专用有机的物体;绝对影片是德国的前卫的作者的作品,它的构成要素专门使用数学的抽象的形态。

  诚如Ramain博士在"Cin'e"志上所言：所谓纯粹影片绝对影片,若从技术上看或可随得称赞,然而如果从艺术上或精神上着想,这种影片的存在确实有些可疑。主张脱离诸艺术的外来的要素,要在自有的特质上建设基础,努力于影片的纯粹化的这倾向无疑的是可赞叹的。使影片得由演剧、绘画、文学解放而达到"纯粹的影片"的境地,也是识者所愿望的,但并不应该把影戏由全生活切离,使它变为没社会的切利性的,不生产的东西。理论家尽可在实验室里孤立地检验他的影片,但创造的艺术家决不能放弃了形式上好像隶属于傍的艺术的活泼的"葛藤的形成"——剧情,这生命素。

七　文学的要素和字幕问题

"影戏的"(Cinegraphique）这名辞之内是包含有反文学的、反演剧的、反绘画的意思的,可是实际上文学的要素却仍在今日的影片上逗留着。那证据第一可在无声片上的字幕看到。

影戏是动作的艺术,影戏的内容应该盛入动作表现的形式里。用文字的表现,那是文学的手法,由影戏艺术的独立性上来说,那是不应采取的。影艺上演着文字的角色的便是那银幕上的动作底连续的映象,一切的努力尽可放到那里去。然因发生史上的关系现代的电影可惜仍脱不了字幕这文学的要素的羁绊。

本来字幕是个很不容易处置的东西,字幕的应该多么长多么短均不合于制作者的正确的计算。因为读字幕的人有的读得很快,有的读得很慢,绝不能在同一时候读完。早读完的须等待起来,致使心理上生出空隙,未读完的又要觉得好像口里的肉被夺去了一般地不愉快。所以在一连的动作底映象之后,如果猛的来了一节啰啰嗦嗦的字幕的插用,那实会遮断了作品中的一贯的节律,唤醒了在做着白日之梦的观众。德法几个影戏人——Eric Pommer门下几个人如F. W. Murnan的主张字幕的全废或减少的理由就是在这里(作品：The last man""Sunrise" etc）。

然而实际上这个无声片却似有些不易做到。因为有了字幕的助力。画幕所描不到的地方也从可易于使普通的观客理解,字幕也有种类,如说明字幕(Subtitle),对话字幕(Spoken Title),和插入物的字幕(Insert如片名、信、报纸等),就中说明性的字幕在好的导演者实可运用演技动作来代替。但其余如Dialogue虽可减少,似乎不能全废。并且字幕在其本身上也可努力使其尽量地伸展,用来强调画幕所企求不到的效果。譬如用发抖着的字来表示恐怖心理,用旋转交叉的字来表现纷乱的思想,或用由小而渐渐地大起来的字来表明叫声的远近等，均是很好的用例。关于这点中国文字是特别占着便宜的，因为中国文字本来已经是象形的记号了，如果再加与绘画手法的演进，必定能够与画幕并行地绘出丰富的感觉思想人物心理的视觉的效果。至于遮断节律的问题，似可以用分解的法子，把过长的字幕适当地裁为短段，像Insert一般地插用于画幕间，使其适合于画面构成的节律，仍保存着映象流动的Smoothness不至于停滞，这样似可补救眼睛快慢不一的观客心理上有了空白或漏隙的感情。总之，使用字幕须懂得字幕的长处，可利用亦可抛弃，不可一味把文学搬到银幕上来。

文学与影戏的干涉，第二可以在影片的构成上看到。这是很明显的，影戏本来是文学的革命的儿子。它的层进法、对位法（Cut back）等无一不是从文学的组织法学来的。原作当然也不外此例。它的所以异于文学，就是把Montage即文学上的构成定式化了的一点。看文学的人得自由想象，自造其幻境，但观电影的人们却只得享受同一的视觉定形而已。因此决定一个影片的好坏可说完全倚靠导演一个人的视觉化（Visualization）的能力。除了些形式上及技术上的差别之外，文学和影片在组织法上简直可称为兄弟。我们抛弃影片的纯粹性和反对不以观客为前提而主张影片不该有故事的人们之理由，这是其一。

然而文学与影戏的关系在《啼笑因缘》二集里却造成了最坏的一例。该片的制作者或者就是文学者，但绝对不是懂得影艺的影戏人。像那样的作品，明星公司的干部就被人家说是影戏的门外汉也恐怕没有法子。该片的组织法：Title40%（Subtitle35%，Spoken Title5%）；Bust40%；Full Scene15% Overlap，Double exposure Fadeetc. 5%中占着40%的字幕便是证明着它是文学而不是影戏。文学可不用到影戏院里去看这40%的字幕之外再加上了48%的摄着讲着话的半身像之后。该片对于观客所给的印象是：（一）把银幕当作书读。（二）看几个戴面具（化装的笨拙）的明星在无聊地动着嘴、手、脚。（三）不紧张的倦怠的平面感等。编剧者忘了动作表现,导演者忘了"演"字(人体造型艺术)(小秋君似不知道应该把他两只手搁到哪里去才好),摄影师是正视病患者,无上下左右的感觉。这里可给它一个定则:《啼笑因缘》——字幕20%。在银幕上,文学要素的直接的搬运是"杀影戏的"的。① 说它是影戏,她却拿了许许多多的文字来给你读。说它是文学,它却用了好些动着的半身像的画幕来打断了你的自由想象。便电影剧者须记着,"情人送的水果能够解车中的寂寞"的插话是只在书上看才觉得有趣的,在银幕上这段话是等于白纸。

原文刊1932年《电影周报》,本书选自丁亚平主编《百年中国电影理论文选》,文化艺术出版社2003年版。

【延伸阅读】

1. 刘呐鸥:《Ecranespue》,《现代电影》第1卷第2期(1933年)。
2. 刘呐鸥:《中国电影描写的深度问题》,《现代电影》第1卷第3期(1933年)。
3. 刘呐鸥:《电影节奏简论》,《现代电影》第1卷第6期(1933年)。
4. 刘呐鸥:《现代表情美造型》,《妇人画报》1933年6月8日。

---

① 原文如此。"杀"在此处意为"干挠"。

Li Jianwu 李健吾

【题解】 李健吾(1906—1982),笔名刘西渭,山西运城人。现代作家、戏剧家、评论家。1925年考入清华大学,先后在中文系、西洋文学系学习,同年加入文学研究会。1931年赴法国留学,回国后,历任国立暨南大学文学院教授,上海孔德研究所研究员,上海市戏剧专科学校教授,著有长篇小说《心病》等,译有莫里哀、托尔斯泰、高尔基、屠格涅夫、福楼拜、司汤达、巴尔扎克等名家的作品。他在民国时期的批评文章,多收入文学批评集《咀华集》《咀华二集》等。

《自我和风格》原载于1937年4月25日《大公报》。在文中,李健吾赞同法朗士关于文学批评和批评家的观点:"好批评家是这样一个人:叙述他的灵魂在杰作之间的奇遇",因为文学批评本身即是一种欣赏,也是一种体味,一种发现,一种创造。在这个基础上,他进一步指出,如同文学创作一样,文学批评也是一种自我表现,有着批评家的个性,批评家的风格。他还解释道,风格即人,文如其人,强调一个成熟的批评家,在进行批评实践时,也将努力地形成自己的风格,突出自己的风格,不断地突破自我,实现自我,发扬自我,发展自我。李健吾关于文学批评的观点,是民国时期文学批评的重要观点,对促进民国时期文学批评的发展,产生了深远的影响。

李健吾肖像

二十七　自我和风格

布雷地耶的学问是淹博的①,观念是坚定的;他的几个基本信条,他有自信心;他必须扫荡妖氛,挽回正气:"我们有政治或者财政的危机,同样我们也有文学的危机。学派解体,力量浪费,一遇到这种征象,文学的危机就算到了。我们不复有共同的路线,原则蹒跚了,文体的界石移动了,甚至于字的意义改变了……"他是正统的,武断的,而且他以为他是清醒的,客观的。一八八〇年左右,他用了全付力量来对付创作方面的自然主义;一八九〇年左右,又来了一个危机,这次不是外患,而是内乱了,但是这次胜利归谁却成了问题。这就是批评方面的印象主义。他给自己举了三个敌手,其中有两个是通常看做印象主义批评大师的法朗士和勒麦特(Lemaitre)。

勒麦特指出他三个最大的根据:一个是一部全套文学史的哲学,一个是一部全部美学的系统,一个是一部全套伦理学的系统。布雷地耶的学问不唯不能成全他,反而缚手缚脚,成为他的绊马索。他读一本书,同时他想起世界所有的书。想起所有的书,他不免拿来比一比;他能归并成一类的就是好书,不然的话,遭殃的不是古书,而是今书。他不能走错一步,错一步,他的全盘线索就乱了。勒麦特嘲笑他道:"先不提错

---

① 原文如此,即"渊博"之意。

了他不快活,简直错了就没法子挽救;一错就错到头,丝毫不能为力;一错就是他整个存在的破灭。"尤其可怜的是,他永远在审判,就永远不晓得享受。

如若布雷地耶和他的原则触了礁,如若他所自命的正统的批评不是最可靠的批评,批评又是什么?

勒麦特告诉我们:"作者拿他某一特殊时间在人世所受到的印象记在一件艺术作品里面,同时批评,不管武断不武断,它的趋止是什么,所能做的也不外乎把我们对于作品在某一时间的印象凝定下来。"这就是说,批评是一种印象的印象,犹如柏拉图解释艺术,把艺术看做模仿的模仿。

我们用不着指出他的错误,因为那样一来,我们就得另外来写一篇东西。让我们赶快来看另一个定义,那摇动而且迷惑了若干心灵的美丽词句。法朗士告诉我们:"犹如哲学和历史,批评是明敏和好奇的才智之士使用的一种小说,而所有的小说,往正确看,是一部自传。好批评家是这样一个人:叙述他的灵魂在杰作之间的奇遇。"

所以一个批评家,依照勒麦特,不判断,不铺陈,而在了解,在感觉。他必须抓住灵魂的若干境界,把这些境界变做自己的。蒙田指示我们,我们对于人世就不会具有正确的知识,一切全在变易,事物和智慧,心灵和对象,全在永恒的变动之中进行。被研究的对象一改变,研究它的心灵一改变,心灵所依据的观点一改变,我们的批评就随时有了不同。一个批评家应当记住蒙田的警告:"我知道什么?"唯其所知道的东西有限,他才不得不放弃布雷地耶式的野心,客客气气,走回自己的巢穴,检点一下自己究竟得到了多少。和其他作家一样,他往批评里放进自己,放进他的气质,他的人生观了;和其他作家一样,他必须加上些游离的工夫。

假如我们的推论不至于过分忘谬的话,我们会得到这样一个结论,什么是批评的标准? 没有。如若有的话,不是别的,便是自我。

拿自我做为创作的根据,不是新东西。但是拿自我做为批评的根据,即使不是一件新东西,却是一种新发展,这种新发展的结局,就是批评的独立,犹如王尔德所宣告,批评本身是一种艺术。

和勒麦特比较,法朗士越发变本加厉,因为,说实话,他比勒麦特在任何方面的认识,只有更加尖锐,更加深刻,因而也就更加刻薄,更加大胆。一八六〇年谢逎(Schérer),他的先驱,呼道:"绝对死了!"这句话正好用来做为印象主义的注脚。法朗士以为外表和现象不是二,而是一。宇宙是一个潮汐。所谓真,所谓美,所谓善,犹如人世其他的现象,并不存在:它们不是力量的终点,也不是人类奔驰的鹄的。一切只是神秘。唯一能令他相信的,只有事物的相对性和现象的继续性。从这种悲观而怀疑的精神所出来的批评,自然不免要拿自己做为它的中心的。当着一部杰作,批评家不用说,便是它的作者也不见其就清楚在做什么。既然如此,批评家正用不着把意象的客观图解出来。客观性有什么用?人人有他自己的图解,任谁也不见其就对。为什么?因为人人有一个自我。于是法朗士干脆说出他的见解道:"所有一般的书,甚至于最值得人羡慕的书,我全觉得它们所包涵的东西算不了什么,可贵的是读者往里放进去的东西。"这就是说:"不用走出他自己,他建设起来的人的理智的历史。在所有文学的形式之中,批评末一个出世,它或许临了吸收一切。"①

现在,假如我冒然告诉大家这样一句话:妨害批评的就是自我,你们会觉得惊奇吗?因为,话说回来,既然任谁也不见其就对,换一句话就是,任谁也对,如若学问容易让我们顽固,执拗,愚昧,自我岂不同样危险吗?说到这里,我们不得不同情一下布雷地耶,虽说我们决不赞同布雷地耶的见解。

我把自我特别提出来,不是有意取闹,而是指明它的趋势。它有许多过失,但是它的功绩值得每一个批评家称颂。它确定了批评的独立性。它让我们接受了一个事实:批评就是表现。

但是,谈到表现,我们马上就触到另一座礁石。这座礁石那样美好,那样动目,有些人用尽平生的气力爬不上去,有些人一登就登在这珊瑚

---

① 原文如此,疑原文有误,意为"批评一个未出世的,它或许一临世就吸取了一切"。

色的礁石的极峰。这就是我们通常所谓的风格,或者文笔。什么是风格？毕风(Buffon)说："风格就是人自己。"我们同样有一句老话：文如其人。如若批评是一种艺术,犹如其他的艺术,犹如诗歌戏剧小说,如若一切艺术是表现自我,我们晓得,对于所有的作家(批评家也在内),一个中心的萦惑便是文笔。作家所重视的不是被表现的东西,往往是怎样来表现。歌德那样伟大的诗人,还自谦道："语言是要听话的话,我或许会是一个大诗人！"同样福楼拜,那样一个勤勤恳恳的工作者,永久喊着："文笔即一切！"大家把风格看得好不重要,几乎每一个青年都望着它害单思病。一个着眼在内容上的现代作家,例如萧军先生,会告诉我们："每次无论是想到一个题目,一个故事,一个人物表现的方法,或甚至一个字句,如果已经知道了某个人,或者某部书中曾经用过了,总是像躲避一条美丽的蛇似地逃避着。"他要发见那更新的。这更新的不是别的,就是自我,而区别这自我的,证明我之所以为我的,正是风格。

在文学上,什么令人向往？什么又阻碍人和人的相识？谈到一位现代作家,我曾经说："我们晓得,既属一件艺术作品,如若发生问题,多半倒在表现的本身。"它太吸纳人。一个作家对于文笔的偏爱会让他失去了平衡。一个读者对于文笔的癖嗜会让他忘记作家的全部的存在,福楼拜钟情文笔,当他清醒的时候,他会忏悔道："一个人太爱文笔,就有看不见自己写什么的目的的危险！"这是一条美丽的蛇,它会咬人一口的。

我不能说印象主义批评家对于风格是否膜拜。但是,法朗士曾经有这样一句话留给我们参证："美丽大感觉引导我前进。"我可以冒昧其辞的是,风格的感觉未尝不是美丽的感觉的一种。如若自我是印象主义批评的指南,如若风格是自我的旗帜,我们就可以说,犹如自我,风格有时帮助批评,有时妨害批评。尽管布雷地耶和法朗士同勒麦特吵闹,尽管他们不相容纳,他们有点相似,就是敬礼圣佩夫,这十九世纪伟大的批评家。他兴趣的浩广,学问的渊博,分析的细致,文笔的柔丽,便是和他气质迥不相同的布雷地耶,不能不承认他象征着批评的最特创的表现,他的气质更和法朗士同勒麦特接近。法朗士把他看做十九世纪的圣·陶马斯·达干(Saint Thomas D'Aquin)。勒麦特越发热狂了,用力洗雪他的不白之冤。圣佩夫告诉我们什么呢?他说的是:

"凡自身具有一种艺术或者系统的才智之士,愿意接受的只是和他观点相同,和他喜好相同的东西。批评的天才用不着自高身价,用不着装腔做势,用不着胸有成竹,用不着有关自我。他不停留在他的中心,然而离得也并不远;在宫庭也好,在砦堡也好,在学会也好,他绝不自图安全;他不怕和下流人接近;他到各地走动,沿着大街小巷,寻东问西,左观右近;好奇心诱惑着他,而他也不摈拒送上来的良食美馔。"

法朗士绝想不到纠正他的是他心折的一个前人。让我们再引圣佩夫一段话,作为我们的警惕:

"……一个丰盈的批评的天才的条件,就是他自己没有艺术,没有风格。让我们赶快来说明一下我们的思想。一个人有了一种风格,举个例,譬如蒙田,他自然是一个伟大的批评的天才,然而他用心于他所要表现的思想,和他所表现的琢磨的姿态,更甚于他所要解释,所要发展,所要批评的思想……甚而,一般人有了一种艺术,一种诗,举个例。譬如渥勒泰,他自然也是一个伟大的批评的天才……然而他有一种规定好了的欣赏力,不管多柔软,很快就到了它的限制;他有他自己的作品在身后,在天边;他就永远望着那座钟塔。"

读到这一段话,把渥勒泰这个刺眼的例子删掉,布雷地耶会全然同意的。但是,容我问一句话,天下有没有自我和风格的那一天?一个人只要说话,就是在表现,犹如法朗士所谓,就是在判断。那么,让我献一个乖罢,应当话多就话多,应当少说就少说,顶讨巧的办法是不开口。

三月二十三日

选自1937年4月25日《大公报》。

【延伸阅读】

1. 李健吾:《咀华集》,文化生活出版社1936年版。
2. 李健吾:《希伯先生》,文化生活出版社1939年版。
3. 李健吾:《咀华二集》,文化生活出版社1942年版。
4. 李健吾:《切梦刀》,文化生活出版社1948年版。

Zheng Zhenduo 郑振铎

【题解】 郑振铎(1989—1958),字西谛,笔名有幽芳阁主、纫秋馆主、纫秋、幼舫等,祖籍福建长乐,出生地浙江永嘉。1917年入北京铁路管理传习所(今北京交通大学)学习。"五四"运动期间,与瞿秋白、耿济之创办《新社会》杂志,倡导新文化运动。1920年与沈雁冰、叶绍钧等人发起成立文学研究会,创办《文学周刊》《小说月报》,并先后担任国立清华大学、燕京大学、辅仁大学教授与国立暨南大学文学院院长,主编《世界文库》。主要著作有:短篇小说集《家庭的故事》《桂公塘》,散文集《山中杂记》,专著《文学大纲》《插图本中国文学史》《中国通俗文学史》《中国文学论集》《俄国文学史略》等。

《何谓"俗文学"》选自郑振铎的《中国俗文学史》,为该著的第一章。该书于1938年由商务印书馆出版,是民国时期研究中国俗文学的一部重要学术著作。郑振铎对"俗文学"定义的内涵和外延进行了界定,指出"俗文学"就是流行于民间的通俗文学、民间文学。依据这个定义,他系统地梳理了中国民间文学的发展历程。他认为,应从通俗文化的维度来审视"俗文学"的生成、发展和历史地位,以及对文学创作和文学史发展所产生的影响。他发掘出"俗文学(民间创作)——文学学士创作(忽视、鄙夷、接受)——新文体形成、推动文学创作的创新——正统文学(王家贵族所欣赏、所接受、所创作)——推动文学发展"的文学演变规律,从而树立起多维度认识和把握文学发展的文学史观,对更进一步地认识中国文学发展的特性和规律,产生了深远的影响。

郑振铎肖像

二十八　何谓"俗文学"(节选)

一

何谓"俗文学"？"俗文学"就是通俗的文学，就是民间的文学，也就是大众的文学。换一句话说，所谓俗文学就是不登大雅之堂，不为学士大夫所重视，而流行于民间的，成为大众所嗜好、所喜悦的东西。

中国的"俗文学"，包括的范围很广。因为正统的文学的范围太狭小了，于是"俗文学"的地盘便愈显其大。差不多除诗与散文之外，凡重要的文体，像小说、戏曲、变文、弹词之类，都要归到"俗文学"的范围里去。

凡不登大雅之堂，凡为学士大夫所鄙夷，所不屑注意的文体都是"俗文学"。

"俗文学"不仅成了中国文学史主要的成分，且也成了中国文学史的中心。

这话怎样讲呢？

第一，因为正统的文学的范围很狭小——只限于诗和散文——所以中国文学史的主要的篇页，便不能不为被目为"俗文学"，被目为"小道"的"俗文学"所占领。哪一国的文学史不是以小说、戏曲和诗歌为中心的呢？而过去的中国文学史的讲述却大部分为散文作家们的生平和其作品所占据。现在对于文学的观念变更了，对于不登大雅之堂的戏曲、小说、变文、弹词等等也有了相当的认识了，故这一部分原为"俗文学"的作品，便不能不引起文学史家的特殊注意了。

第二，因为正统文学的发展和"俗文学"的发展是息息相关的。许多的正统文学的文体原都是由"俗文学"升格而来的。像《诗经》，其中的大部分原来就是民歌。像五言诗原来就是从民间发生的。像汉代的乐府，六朝的新乐府，唐五代的词，元、明的曲，宋、金的诸宫调，哪一个新文体不是从民间发生出来的？

当民间发生了一种新的文体时，学士大夫们其初是完全忽视的，是鄙夷不屑一读的。但渐渐的，有勇气的文人学士们采取这种新鲜的新文体作为自己的创作的型式了，渐渐的这种新文体得了大多数的文人学士们的支持了。渐渐的这种新文体升格而成为王家贵族的东西了。至此，而他们渐渐的远离了民间，而成为正统的文学的一体了。

当民间的歌声渐渐的消歇了时候，而这种民间的歌曲却成了文人学士们之所有了。

所以，在许多今日被目为正统文学的作品或文体里，其初有许多原是民间的东西，被升格了的，故我们说，中国文学史的中心是"俗文学"，这话是并不过分的。

二

"俗文学"有好几个特质，但到了成为正统文学的一支的时候，那些特质便都渐渐的消灭了；原是活泼泼的东西，但终于衰老了，僵硬了，而成为躯壳徒存的活尸。

"俗文学"的第一个特质是大众的。她是出生于民间,为民众所写作,且为民众而生存的。她是民众所嗜好,所喜悦的;她是投合了最大多数的民众之口味的,故亦谓之平民文学。其内容,不歌颂皇室,不抒写文人学士们的谈穷诉苦的心绪,不讲论国制朝章,她所讲的是民间的英雄,是民间少男少女的恋情,是民众所喜听的故事,是民间的大多数人的心情所寄托的。

她的第二个特质是无名的集体的创作。我们不知道其作家是什么人。他们是从这一个人传到那一个人;从这一个地方传到那一个地方。有的人加进了一点,有的人润改了一点。我们永远不会知道其真正的创作者与其正确的产生的年月的。也许是流传得很久了;也许是已经经过了无数人的传述与修改了。到了学士大夫们注意到她的时候,大约已经必是流布得很久,很广的了。像小说,便是在庙宇,在瓦子里流传了许久之后,方才被罗贯中、郭勋、吴承恩他们采用了来作为创作的尝试的。

她的第三个特质是口传的。她从这个人的口里,传到那个人的口里,她不曾被写了下来,所以,她是流动性的;随时可以被修正,被改样。到了她被写下来的时候,她便成为有定形的了,便可成为被拟仿的东西了。像《三国志平话》,原是流传了许久,到了元代方才有了定形;到了罗贯中,方才被修改为现在的式样。像许多弹词,其写定下来的时候,离开她开始弹唱的时候都是很久的。所谓某某秘传,某某秘本,都是这一类性质的东西。

她的第四个特质是新鲜的,但是粗鄙的。她未经过学士大夫们的手所触动,所以还保持其鲜妍的色彩,但也因为这,所以还是未经雕斫的东西,相当的粗鄙俗气。有的地方写得很深刻,但有的地方便不免粗糙,甚至不堪入目。像《目连救母变文》《舜子至孝变文》《伍子胥变文》等都是这一类。

她的第五个特质是其想象力往往是很奔放的,非一般正统文学所能梦见,其作者的气魄往往是很伟大的,也非一般正统文学的作者所能比肩。但也有其种种的坏处，许多民间的习惯与传统的观念，往往是极顽强的黏附于其中，任怎样也洗刮不掉。所以，有的时候，比之正统文学更要封建的，更要表示民众的保守性些。又因为是流传于民间的，故其内容，或题材，或故事，往往保存了多量的民间故事或民歌的特性；她往往是辗转抄袭的。有许多故事是互相模拟的。但至少，较之正统文学，其模拟性是减少得多了。她的模拟是无心的，是被融化了的；不像正统文学的模拟是有意的，是章仿句学的。

她的第六个特质是勇于引进新的东西。凡一切外来的歌调，外来的事物，外来的文体，文人学士们不敢正眼儿窥视之的，民间的作者们却往往是最早的便采用了，便容纳了它来。像戏曲的一个体裁，像变文的一种新的组织，像词曲的引用外来的歌曲，都是由民间的作家们先行采纳了来的。甚至许多新的名辞，民间也最早的知道应用。

以上的几个特质，我们在下文便可以更详尽的明白的知道，这里可以不必多引例证。

我们知道，"俗文学"有她的许多好处，也有许多缺点，更不是像一班人所想象的，"俗文学"是至高无上的东西，无一而非杰作，也不是像另一班人所想象的，"俗文学"是要不得的东西，是一无可取的。

三

中国俗文学的内容，既包罗极广，其分类是颇为重要的。就文体上分别之，约有左列的五大类：

第一类，诗歌。这一类包括民歌、民谣、初期的词曲等等。从《诗经》中的一部分民歌直到清代的《粤风》《粤讴》《白雪遗音》等等。都可以算是这一类里的东西。其中，包括了许多的民间的规模颇不少的叙事歌曲，像《孔雀东南飞》以至《季布歌》《母女斗口》等等。

第二类，小说。所谓"俗文学"里的小说，是专指"话本"，即以白话写成的小说而言的；所有的谈说因果的《幽冥录》，记载琐事的《因话录》等等，所谓"传奇"，所谓"笔记小说"等等，均不包括在内。小说可分为三类：

一是短篇的，即宋代所谓"小说"，一次或在一日之间可以讲说完毕者，《清平山堂话本》《京本通俗小说》《古今小说》《警世通言》《醒世恒言》以至《拍案惊奇》《今古奇观》之类均属之。

二是长篇的，即宋代所谓"讲史"，其讲述的时间很长，决非三五日所能说得尽的。本来只是讲述历史里的故事；像《三国志》《五代史》里的故事，但后来却扩大而讲到英雄的历险，像《西游记》，像《水浒传》之类了；最后，且到社会里人间的日常生活里去找材料了，像《金瓶梅》《醒世姻缘传》《红楼梦》《儒林外史》等等都是。

三是中篇的，这一类的小说的发展比较的晚。原来像《清平山堂话本》里的《快嘴李翠莲记》等等都是单行刊出的，但篇幅比较的短。中篇小说的篇幅是至少四回或六回，最多可到二十四回的。大约其册数总是中型本的四册或六册，最多不过八册。像《玉娇梨》《平山冷燕》《平鬼传》《吴江雪》等等都是。其盛行的时代为明、清之间。

第三类，戏曲。这一类的作品，比之小说，其产量要多得多了。戏曲本来是比小说更复杂，更难写的一个文体。但很奇怪，在中国，戏曲的出产，竟比小说要多到数十倍。这一类的作品，部门是很复杂的，大别之，可分为三类：

一是戏文，产生得最早，是受了印度戏曲的影响而产生的，最初，有《赵贞女蔡二郎》及《王魁负桂英》等。到了明代中叶，昆山腔产生以后，戏文(那时名为传奇)更大量的出现于世。直到了清末，还有人在写作，这一类的戏曲，篇幅大抵较为冗长。(初期的戏文较短)每本总在二十出以上，篇幅最巨的，有到二百多出的。(像乾隆时代的宫廷戏，如《劝善金科》《莲花宝筏》《鼎峙春秋》等)最普通的篇幅是从三十出到五十出，约为二册。

二是杂剧，是受了戏文流行的影响，把"诸宫调"的歌唱变成了舞台的表演而形成的。其歌唱最为严格,全用北曲来唱,且须主角一人独唱到底。其篇幅因之较短。在初期,总是以四折组成。(有少数是五折的)如果五折不足以尽其故事,则析之为二本或四本五本。但究竟以一本四折者为最多。到了后期,则所谓杂剧变成了短剧或独幕剧的别称,最多数是一本一折的了(间有少数多到一本九折)。

三是地方戏,这一类的戏曲,范围广泛极了,竟有浩如烟海之感。戏文原来也是地方戏,被称为永嘉戏文,但后来成为流行全国的东西。近代的地方戏几乎每省均有之。为了交通的不便和各地方言的隔阂,所以地方戏最容易发展。广东戏是很有名的,绍兴戏和四明文戏也盛行于浙省。皮黄戏原来也是由地方戏演变而成的。有所谓徽调、汉调、秦腔等等,都是代表的地方戏,先于皮黄而出现,而为其祖祢的。①

第四类,讲唱文学。这个名辞是杜撰的,但实没有其他更适当的名称,可以表现这一类文学的特质。这一类的讲唱文学在中国的俗文学里占了极重要的成分,且也占了极大的势力。一般的民众,未必读小说,未必时时得见戏曲的讲唱,但讲演文学却是时时被当作精神上的主要的食粮的。许许多多的旧式的出赁的读物,其中,几全为讲唱文学的作品。这是真正的像水银泄地无孔不入的一种民间的读物,是真正的被妇孺老少所深爱着的作品。

这种讲唱文学的组织是,以说白(散文)来讲述故事,而同时又以唱词(韵文)来歌唱之的;讲与唱互相间杂,使听众于享受着音乐和歌唱之外,又格外的能够明瞭其故事的经过。这种体裁,原来是从印度输入的。最初流行于庙宇里,为僧侣们说法、传道的工具。后来乃渐渐的出了庙宇而入于"瓦子"(游艺场)里。

他们不是戏曲;虽然有说白和歌唱,甚且讲唱时有模拟故事中人物的动作的地方,但全部是第三身的讲述,并不表演的。(后来竟有模拟戏曲而在台上表演了,像近来流行的化装滩簧,化装宣卷之类。)

---

① 原文如此,"祖祢"为"祖宗"之意。

他们也不是叙事诗或史诗;虽然带着极浓厚的叙事诗的性质,但其以散文讲述的部分也占着很重要的地位,决不能成为纯粹的叙事诗。(后来的短篇的唱词,名为"子弟书"的,竟把说白的部分完全的除去了,更近于叙事诗的体裁了。)

他们是另成一体的,他们是另有一种的极大魔力,足以号召听众的。

他们的门类极为复杂,虽然其性质大抵相同。大别之,可分为:

一、"变文";这是讲唱文学的祖祢,最早出现于世的。其初是讲唱佛教的故事,作为传道、说法的工具的,像《八相成道经变文》《目连变文》等等;且其讲唱只是限于在庙宇里的。但后来,渐渐的采取中国的历史上的故事和传说中的人物来讲唱了;像《伍子胥变文》《王昭君变文》《舜子至孝变文》等等;甚至有采用"时事"来讲唱的,像《西征记变文》。

二、"诸宫调";当"变文"的讲唱者离开了庙宇而出现于"瓦子"里的时候,其讲唱宗教的故事者成为"宝卷",而讲唱非宗教的故事的,便成了"诸宫调"。"诸宫调"的歌唱的调子,比之"变文"复杂得多。是采取了当代流行的曲调来组成其歌唱部分的。其性质和体裁却和"变文"无甚分别。在"诸宫调"里,我们有了几部不朽的名著,像董解元的《西厢记诸宫调》,无名氏的《刘知远诸宫调》。

三、"宝卷";宝卷是"变文"的嫡系子孙,其歌唱方法和体裁,几和"变文"无甚区别;不过在其间,也加入了些当代流行的曲调。其讲唱的故事,也以宗教性质的东西为主体,像《香山宝卷》《鱼篮观音宝卷》《刘香女宝卷》等等。到了后来,也有讲唱非宗教的故事的,像《梁山伯宝卷》《孟姜女宝卷》等等。

四、"弹词";这是讲唱文学里在今日最有势力的一支。弹词是流行于南方的,正像"鼓词"之流行于北方的一样。弹词在福建被称为"评话",在广东,被称为"木鱼书",或又作"南词",其实是同一的东西。在弹词里,有一部分是妇女的文学,出于妇女之手,且为妇女而写作的,像《天雨花》《笔生花》《再生缘》等等。大部分是用国语文写成的。但也有纯用吴音写作的,这也占着一部分的力量,像《三笑姻缘》《珍珠塔》《玉蜻蜓》等等。福建的"评话",以《榴花梦》为最流行,且最浩瀚,约有三百多册。

五、"鼓词";这是今日在北方诸省最占势力的讲唱文学。其篇幅,大部分都极为浩瀚,往往在一百册以上,像《大明兴隆传》《乱柴沟》《水浒传》等等都是。其中,也有小型的,但大都以讲唱恋爱的故事为主体的,像《蝴蝶杯》等。在清代,有所谓"子弟书"的,乃是小型的鼓词,却除去道白,专用唱词,且以唱咏最精彩的故事中的一二段为主。子弟书有东调、西调之分。东调唱慷慨激昂的故事;西调则为靡靡之音。

第五类,游戏文章。这是"俗文学"的附庸。原来不是很重要的东西,且其性质也甚为复杂。大体是以散文写作的,但也有作"赋"体的。在民间,也占有相当的势力。从汉代的王褒的《僮约》到缪莲仙的《文章游戏》,几乎无代无此种文章。像《燕子赋》《茶酒论》等是流行于唐代的。像《破棕帽歌》等,则流行于明代。他们却都是以韵文组成的;可归属在民歌的一类里面。

四

以上五类的俗文学,其消长或演变的情势,也有可得而言的。

中国古代的文学,其内容是很简单的,除了诗歌和散文之外,几无第三种文体。那时候,没有小说,没有戏曲,也没有所谓讲唱文学一类的东西。在散文方面,几乎全都是庙堂文学、王家贵族的文学,民间的作品全没有流传下来。但在诗歌方面,民间的作品却被《诗经》保存了不少,在《楚辞》里也保存了一小部分。《诗经》里的民歌,其范围是很广的。从少年男女的恋歌之外,还有牧歌、祭祀歌之类的东西。《楚辞》里的《大招》《招魂》和《九歌》乃是民间实际应用的歌曲吧。

秦、汉以来,《诗经》的四言体不复流行于世,而楚歌大兴于世。刘邦为不甚读书,从草莽出身的人物。故一班的初期的贵族们只会唱楚歌、作楚歌,而不会写什么古典的东西。不久,在民间,渐渐的有另一种的新诗体在抬头了,那便是五言诗。其初,只表现她自己于民歌民谣里。但后来,学士大夫们也渐渐的采用到她了;班固的《咏史》便是很早的可靠的五言的诗篇。建安以后,五言诗始大行于世,成为六朝以来的重要诗体之一。当汉武帝的时候,曾采赵代之讴入乐。在汉乐府里,也有很多的民歌存在着。

汉、魏乐府在六朝成古典的东西,而民歌又有新乐府抬起头来,立刻便为学士大夫们所采用。六朝的新乐府有三种:一是吴声歌曲,像《子夜歌》《读曲歌》;二是西曲歌,像《莫愁乐》《襄阳乐》等;三是横吹曲辞(这是北方的歌曲),像《企喻歌》《陇头流水歌》等。

到了唐代,佛教的势力更大了,从印度输入的东西也更多了。于是民间的歌曲有了许多不同的体裁。而文人们也往往以俗语入诗;有的通俗诗人们,像王梵志、寒山们,所写作的且全为通俗的教训诗。

在这时,讲唱文学的"变文"被介绍到庙宇里了,成为当时最重要的俗文学,且其势力立刻便很大。

敦煌文库的被打开,使我们有机会得以读到许多从来不知道的许多唐代的俗文学的重要作品。

"大曲"在这时成为庙堂的音乐,在其间,有许多是胡夷之曲。很可惜,我们得不到其歌辞。

"词"在这时候也从民间抬头了,且这新声也立刻便为文人学士们所采用。在其间,也有许多是胡夷之曲。

在宋代,"变文"的名称消灭了,但其势力却益发的大增了;差不多没有一种新文体不是从"变文"受到若干的影响的、瓦子里讲唱的东西,几乎多多少少都和"变文"有关系。以"讲"为主体而以"唱"为辅的,则有"小说",有"讲史";讲唱并重(或更注重在唱的)则有"诸宫调"。

这时,瓦子里所流行的"俗文学",其种类实在复杂极了,于"小说"

等外,又有"唱赚",有"杂剧词",有"转踏"等等。(大曲仍流行于世,杂剧词多以大曲组成之。)

印度的戏曲,在这时也被民间所吸引进来了。最初流行于浙江的永嘉,故亦谓之"永嘉杂剧"或戏文。

金,元之际,"杂剧"的一种体裁的戏曲也产生于世;在一百多年间,竟有了许多的伟大的不朽的名著。

南北曲也被文人们所采用。

宝卷、弹词在这时候也都已出现于世。(杨维桢有《四游记》弹词。最早的宝卷《香山宝卷》,相传为南宋时所作。)

明代是小说戏曲最发达的时候。民间的歌曲也更多的被引进到"散曲"里来。鼓词第一次在明代出现。宝卷的写作,盛行一时,被视作宣传宗教的一种最有效力的工具。

明代的许多文人们,竟有勇气在搜辑民歌,拟作民歌;像冯梦龙一人便辑着十卷的《山歌》,若干卷(大约也有十卷左右吧)的《挂枝儿》。许多的俗文学都在结集着;像宋以来的短篇话本,便结集而成为"三言"。许多的讲史都纷纷地翻刻着,修订着,且拟作者也极多。

清代是一个反动的时代。古典文学大为发达。俗文学被重重地压迫着,几乎不能抬起头来。但究竟是不能被压得倒的。小说戏曲还不断地有人在写作。而民歌也有好些人在搜集,在拟作。宝卷、弹词、鼓词都大量的不断的产生出来。俗文学在暗地里仍是大为活跃。她是永远的健生着,永远的不会被压倒的。

"五四"运动以来,搜辑各地民歌及其他俗文学之风大盛。他们不再被歧视了。我们得到了无数的新的研究的材料,而研究的工作也正在进行着。

....

(以下省略)

选自郑振铎:《中国俗文学史》,商务印书馆,1938年版。

【延伸阅读】

1. 郑振铎:《文学的使命》,《文学旬刊》第5期(1921年)。

2. 郑振铎:《新文学观的建设》,《文学旬刊》第37期(1922年)。

3. 郑振铎:《新文学之建设与国故之新研究》,《小说月报》第14卷第1号(1923年)。

4. 郑振铎:《中国小说的分类及其演化的趋势》,《学生杂志》第17卷第1号(1930年)。

Zhang Henshui 张恨水

【题解】 张恨水(1895—1967),原名心远,笔名恨水,取南唐李煜词《乌夜啼》"自是人生长恨水长东"之意,祖籍安徽潜山,出生地江西广信。现代著名的通俗小说家,鸳鸯蝴蝶派代表性作家,被尊称为民国文学"章回小说大家"和"通俗文学大师"第一人。早年在蒙藏边疆垦殖学堂肄业,后任《皖江报》总编辑,《世界日报》编辑,上海《立报》主笔,南京人报社社长,北平《新民报》主审兼经理。他创作的作品情节曲折复杂,结构布局严谨完整,融中国传统章回体小说与西洋小说新技法为一体。主要创作的小说有《金粉世家》《啼笑因缘》《纸醉金迷》等。

《武侠小说在下层社会》刊于1945年7月1日的《新华日报》。作为通俗文学的重要体裁,武侠小说在民国文坛上也具有较大的影响,尤其是在下层社会,在普通市民中占据较大的份额。张恨水是民国时期影响甚大的通俗小说家,他发表这份通信,目的是论述他对于"武侠"这一文学观念的认识。虽然他自己没有专门创作过武侠小说,但并不妨碍他对于武侠小说的认识。在文中,他认为,武侠小说之所以在下层社会广为流传,主要还是其中寄托了普通百姓的锄强扶弱,除暴安民的愿望,这有一定的合理性。但是,这类小说其中有夹杂着许多封建思想,许多旧的传统,其负面效应就是其中的封建奴才思想太浓,多幻想而不切实际,斗争的方法也多是落后的,错误的。结合通俗小说的创作,他认真地分析了武侠小说创作上的长处和短处,肯定了其中的娱乐、教育和认识的功能,但也指出了其毒害民众,消解民众对社会的客观公正的认识能力。这篇通信虽然主要是探讨武侠小说的社会功效,但对武侠小说创作特性的分析,也是非常精辟的,对于人们更进一步地认识武侠小说很有帮助。

张恨水肖像

二十九　武侠小说在下层社会

XX兄：

您要我写点杂感,我常和朋友约定,别拉我演讲,也别拉我写杂文,硬是推不掉,演讲我就讲落了伍的章回小说。杂文我就写点风花雪月扯淡的东西。我想,你们根本不和人帮闲,我也不好意思在你报纸上扯淡。那末,三句话不离本行,我还是谈点章回小说罢。若是您认为还不算过分敷衍的话,以后,有工夫就谈点章回小说。但是我保证,决不随着章回小说散毒菌。现在,我先来谈散在下层阶级里的章回体武侠小说。手边没书,全是靠记忆写的。如有错误请代为纠正。下面是我对武侠小说的感想。

中国下层社会,对于章回小说,能感到兴趣的,第一是武侠小说。第二是神怪小说。第三是历史小说,爱情小说,属于小唱本(包括弹词)只是在妇女圈子里兜转。江浙人有一部分下层社会,也爱看爱情故事,但那全是弹词,不属于章回范围,这里不谈。所以概括的说,中国下层社会里的人物,他们的思想,始终有着模糊的英雄主义的色彩,那完全是武侠故事所教训的。这种教训,有个极大的缺憾。第一,封建思想太浓,往往让英雄变成奴才式的。第二,完全是幻想,不切实际。第三,告诉人的斗争方法,也有许多错误。自然,这里也不是完全没有意义的。武侠小说,会教读者反抗暴力,反抗贪污,并且告诉被压迫者联合一致,牺牲小我。因为执笔者(包括说话人),他们不能和读者打成一气,他们所说,也只是个"想当然耳",所以他们的说法和想法,不是下层社会心窝里的话,也就不能帮助他们什么。

那末,为什么下层阶级会给武侠小说所抓住了呢?这是人人所周知的事。他们无冤可伸,无愤可平,就托诸这幻想的武侠人物,来解除脑中的苦闷。有时,他们真很笨拙的干着武侠故事,把两只拳头,代替了剑仙口里一道白光,因此惹下大祸。这种人虽说是可怜,也非不可教。所以二三百年的武侠小说执笔人,若有今日先进文艺家的思想,我敢夸大一点说,那会赛过许多平民读本的能力,可惜是恰站在反面。

截至现在为止,武侠小说在下层社会势力最大的,是如下几部分:《彭公案》《施公案》《济公传》《七侠五义》及《小武义》,七十一回本《水浒》,此外如《七剑十三侠》,《五剑十八侠》,《隋唐演义》(瓦刚寨),也拥有相当的读者。《彭公案》《施公案》是康熙雍正年间的说评书人底本,乾隆年间出版。《七侠五义》来源相同,出世稍晚,是北人石玉崐写的,原名"忠义侠烈传",又名"三侠五义"。俞曲园后加修改,改名"七侠五义",比较上是有点文艺性的作品。《济公传》原是明人的《醉菩提》,其原书不过十回。到了清代改为《济公传》,一续再续,有七八续之多,完全是说评书人胡闹的底本,最缺乏文艺性(但《醉菩提》相当幽默)。

《水浒》《隋唐》来源,人所周知。《七剑八侠》,无从考证。总括的说一句,都是清初以来,盛行民间的书。他们所反映的,也是那个时代的社会。若要找社会背景,倒是彭公施公两案,含有丰富的材料。这两书里面,告诉了我们奴才主义横行天下,满清帝室管"皇粮"、守"皇庄"的小奴才,整百万里的没收人民的土地,而且鱼肉人民,贱视官吏,无恶不作。其次是无官不贪,绿林中人,简直不单称官,而统称之曰"赃官"。保甲长是小奴才的小奴才,和土豪劣绅打成一片。于是乎,农村社会,被迫着只有走上两条路:其一是各村筑堡自守,但必须一方面敷衍奴才,一方面与盗匪妥协;其二是干脆去当强盗,整个村子化为巢穴。大地主当寨主,佃农和自耕农当喽啰。这样,中国变成了寸步难行的国家(至少黄河两岸,淮河两岸是如此),大路上到处都是黑店,商人搬运货物,没有人保镖,休想走。亲民之官,如知府知县,装着一概不知。上面的人更是不管,一切听其自然。文学史上,不是告诉我们,这个时代,由考据到一切文艺(除了谈理学的文艺,因为那包有民族思想问题在内),都在勃兴中吗?而社会却是黑暗到如此。这可见庙堂文学和人民不关痛痒到什么程度了。

虽然,人民的不平之气,究竟是要喊出来的。于是北方的说书人,就凭空捏造许多侠客锄强扶弱,除暴安民。可是他们不知道什么叫革命,这八个字的考语,不敢完全加在侠客身上。因之在侠客之外,得另行拥出一个清官来当领袖。换一句话说,安定社会的人,还是吾皇万世爷的奴才。因为如此,所以他们写出来的黄天霸、白玉堂之流,尽管是如何生龙活虎的英雄,见了施大人、包大人,就变成了一条驯服的走狗。试就《施公案》说说,由剪除大恶霸到小土匪的指挥官都是施大人。而制造恶霸土匪的贪官污吏,却轻描淡写的放过,只有在强盗口里多喊几声赃官而已。这样的武侠小说,教训了读者,反贪污只有去作强盗。说强盗,又不能不写他杀人放火,反是成了社会罪人,只好再写出一批侠客来消灭反贪污的强盗。而这些侠客呢,他们并非社会的朱家、郭解,都是投入衙门去当"捕快",充当走狗。以侠客而当捕快,可谓侮辱英雄已极。作者自己,大概也难于自圆其说,只有他们是拥护清官,便又写了一批反贪污的强盗,也来投降当走狗。因之,他们的逻辑,是由反贪污当强盗,再由反强盗而当走狗,这才算是英雄。这种矛盾复杂的说教,请问,知识有限,甚至不会识字的下层社会大众,有什么手腕来处理?所以他们所崇拜英雄的意识,是十分模糊的。不过,公道究竟还是存在人心的。你只看搬演《施公案》的京剧,在"三义绝交"里面,并没有人同情黄天霸。而对《连环套》这出戏,观众都是百分之百同情窦尔敦,可见英雄而当走狗,却非大众许可。只是武侠小说,并不赞扬民间英雄,读者也无从学习。你尽管不赞成当走狗,却也不能在走狗以外教你作一个标准英雄。因此,有一部分人,反模糊地走上绿林的一条路。总括的来说,武侠小说,除了一部分暴露尚有可取而外,对于观众是有毒害的。自然,这类小说,还是下层社会所爱好,假如我们不能将武侠小说拉杂推烧的话,这倒还是谈民众教育的一个问题。

选自1945年7月1日《新华日报》。

【延伸阅读】

1. 张恨水:《作完<啼笑因缘>后的说话》,《啼笑因缘》上海三友书社1930年版。

2. 张恨水:《<弯弓集>序》,《弯弓集》北平远恒书社1932年版。

3. 张恨水:《<金粉世家>序言》,《金粉世家》上海世界书局1933年版。

4. 张恨水:《长篇与短篇》,《世界日报》1927年6月5日。

Cheng Xiaoqing 程小青

【题解】 程小青(1893—1976),原名程青心,又名程辉斋,安徽安庆人。现代侦探小说家,被称为中国现代侦探小说"第一人","东方的柯南道尔"。少年家贫,曾在钟表店当学徒,热爱看书并自学外语,18岁时开始文学创作,先是与周瘦鹃合作翻译柯南道尔作品,后来创作《霍桑探案》,一举成名。迁居苏州后,在东吴大学附中任教员,同时为上海世界书局编辑《侦探世界》,后主编《新侦探》。他的不少作品均被改变为电影,在民国文坛,特别是在通俗文学领域,有较大的影响。

《谈侦探小说》连载于1929年5月11、21日《红玫瑰》第5卷第11、12期。在文中,程小青对侦探小说的文学价值和地位进行了认真的辨析,重点从文学的想象、情感和结构的三个特性来论述侦探小说的独特功能和文学特征,批评了当时文坛对侦探小说不够重视,甚至贬低的现象。在他看来,侦探小说之所以未被重视,主要的原因还在于其自身的历史太短,传统的保守思想影响过大,使得人们容易忽视侦探小说的社会功效。结合中外文学的发展和自己的创作实践,他认为,侦探小说对社会和人生是具有积极作用的,可以激发人们的想象力、好奇心和对社会和人生的关注之情,同时也将有助于科学逻辑思维、科学认识方式的培育,有利于司法破案和捕凶方法的改进和提高。在民国文坛上,他呼吁人们对侦探小说的关注,对于提升此类小说的文学地位,有着积极的作用。

程小青肖像

三十　谈侦探小说

（上）

一、侦探小说的文学价值

　　侦探小说有文学价值么？我知道人们对于这个问句，见解一定不同。若把这句话去问那些所谓的文学家和新小说作家，十分之八九，一定不会肯定的答语；还有余下来的十分之一二，也说不定要抱着怀疑的态度。一言以蔽之，他们心中目中，明明把侦探小说屏除在文学的疆域之外，绝对不承认的。那么，侦探小说果真是文学传统中的私生儿，在文学坛坫中没有插足的可能么？还是这班新文学家意气用事，故意另眼相看呢？我来说一句公道话罢，都不是的。侦探小说是否属于文学的一支，暂缓再说；至于那班新文学家所以不承认侦探小说的文学地位，也并非有什么私见，他们委实是很忠实的；不过太忠实了些，因着崇拜西方文学的缘故和遵守他们传统的见解，因此便把自己的眼光和主见完全掩蔽了。凡西方文学已经承认是白的，我们蔽国的文学巨子，自然不敢说黑；凡系他们所"非"的，当然也不敢说"是"。这种亦步亦趋，恪遵前辈典型的态度,确实是很忠实的;不过这种忠实头衔的取得,却牺牲了文学家所应有的独立和主观和超然的鉴别力。这代价未免付得太大了些哩!

我们姑且心平气和的来推究一下,侦探小说究竟有没有文学价值呢?我们要回答这个问题,先应把文学的性质下一个定义。古来文学家对于文学所下的界说,举不胜举,而且意见也不一致。还是英国诗人和文学批评家韩德James Henry Leigh Hunt所定的解释,比较最觉切合,而且也最得普遍的承认。他说:"文学应当有想象(Imagination)、有感情(Feeling)、有风格(Taste),能使普通人类的心理,觉得明了和感着有趣。"(据罗家伦的《什么是文学》原文)我国的刘彦和也说:"雕琢性情,组织辞令。"性情的话固然是指情感;那雕琢二字,却也可以代表想像;而组织,自然也是指结构的技巧了。这样可知文学最重要的条件,不外乎想像、情感和结构的技巧三点。我们若使用这三点来量一量侦探小说的本身,究竟合不合呢?我们知道任何小说都需要想像,而侦探小说更是少不掉这个原素。我们当成稿以前,大概只有偶然触发而生的一点半点小说原子,必须利用了敏锐的想像力,才能演绎成功一篇又离奇又曲折,而又在人们情理之中的情节。凡爱读侦探小说的人们,一定会感觉到侦探小说的想像质素,决不会低于其他的小说。老实说一句,若使有什么仪器可以衡量,这质素也许要比别的小说高一些儿。说到情感方面,固然加不上"深镌心版"和"回肠荡气"的考语,比较其他偏重情感的小说,当然未免差些;但写惊骇的境界,怀疑的情势和恐怖愤怒等的心理,却也足以左右读者的情绪,使读的人忽而喘息,忽而骇呼,忽而怒眦欲裂,忽而鼓掌称快,甚且能使读者的精神,会整个儿跳进书本里去,至于废寝忘食。据我的经验,学生们在规定的熄灯时期以后,偷点了蜡烛读侦探小说,委实是极寻常的事。如此看来,若使说侦探小说没有情感的质素,不能"诉诸情感",那似乎太诬蔑了罢。至于结构的技巧,例如布局的致密,脉线的关合和口语的紧凑等等,都须比较其他的小说格外注意,那更不必说了。

侦探小说的内容，既然完全合乎文学的条件，那么在西方的文坛上，何以至今还没有得到普遍的承认呢？据我看来，至少有下列的两种原因：第一，侦探小说的历史还短。美国的哀迪笳挨仑波E. Allan Poe可算是侦探小说的草创者。他的《杜宾探案》的出版时期，在一八四一年，到现在还不过八九十年，时间既短，其间作家，虽也不少，但论到作品的数量方面，究竟还远不敌其他小说。第二，文学批评家批评的根据，虽说完全把艺术做标准，不至于挟持什么偏见，但他们批评的眼光，本来是习惯其他小说的，一旦见了侦探小说，便觉得扞格不入。譬如他们看惯了偏重于情感的或专写肉感的小说，偶然翻开了侦探小说，所感受的印象，却是另有一种风味，和他平日所感受的截然不同。他们因着口味的迥殊，不期然而然地发生了成见；同时侦探小说所包含的想像、结构技巧等等，也不幸受了忽视。因此，那些文学批评者所以不曾把侦探小说收容进文学领土里去，虽不能说是因着私见太深，但不期然而然的偏见，我敢说一定有的。这真像一个人戴惯了蓝色的眼镜，一旦教他换一副别色的眼镜，这个人不但要发生异样的感觉，恐怕连行动都要艰难不安。在这种情势之下，这人对于那一副异色镜片，当然不会有好感的了。

我说到这里，不能不补说一句。侦探小说的有好有歹，也是像其他小说一般。好的侦探小说，固然合得上文学的条件，那坏的自然也不能一例而论。例如美国的挨仑波氏（E. Allan Poe），安尼格林氏（Anna K. Green），弗利门氏（R. A. Freeman），玛列森氏（A. Morrison），法国的茄薄列氏（Emile Gaboriall），勒勃朗氏（M. Leblanc）和俄国的柴霍甫氏（Auton Chekhov）等等。他们的作品当然都合乎文学的条件，并且大都有永久的价值。假使把这种作品，和美国所流行的廉价侦探小说比较，自是不能同日而语。所以，我们说一句公道话，小说的有没有文学价值，应当就小说的本身而论，却不应把体裁或性质来限制。这句话似乎不必专限于侦探小说，对于其他小说，大概也同样适用的。

（下）

二、侦探小说的功利观

"为艺术的艺术"和"为人生的艺术",这两种对峙的见解,互相争持了好久,至今还是在那里混战着,分不出什么你死我活。在主张"为艺术的艺术"的人们以为艺术应得超然独立的。那些维持人生的道德、法则和功利等等,和艺术没有相干。所谓"艺术之宫"和"象牙之塔"都是建筑在道德、法则和功利现实等圈子以外的。还有那些主张"为人生的艺术"的,却认前一派人的见解,只是一种玄虚的空想。因为艺术是描写人生和慰藉人生的,所谓艺术生活,既然属于人们生活的一方面,当然也没有脱离了人生而独立的可能。因此那道德、法则和功利等等的使命,艺术先生也应当负担一部分了。

我们若使承认艺术的功利主义,那么,侦探小说又多了一重价值。因为其他小说大抵只含情的质素。侦探小说除了"情"的原素以外,还含着"智"的意味。换一句说,侦探小说的质料,侧重于科学化的,可以扩展人们的理智,培养人们的观察,又可增进人们的社会经验。所以若把"功利"二字,加在侦探小说身上,它似乎还担当得起。人们固然是理性的动物,但若使没有相当的训练,而希望理解力丰富,遇到了繁复的人事,而能有敏捷的应付力,那真是所谓"缘木求鱼",必不可能的。说到人们的观察力,那些不曾经过训练,委实薄弱得可笑,譬如你随便问一个人:"请你直接答覆我:你的左手的无名指和食指,那一个比较长些?"或问:"你夫人或你自己的眼珠,黄的呢,黑的呢,棕色的呢,还是淡棕色的呢?"我敢说一句放肆的话,这样的问句,虽是万分简易,但你若使在朋友们中测验一下,那合格的答语,我敢说成分一定不会太多。侦探小说情节总不外写一个侦探,在一件疑案上努力,至于他努力的方式,就着重于观察、集证和推理等几点。人们多读了侦探小说,在观察推理方面,往往会感受一种"潜移默化"的影响,而有所增进。想我凡爱读侦探小说的同志,大概总有这种经验,也许能够证明我这句话,并不是凭空杜撰的罢。

我们知道人类文明的产生和演进,不外乎两种动力:其一,由于实际的需要;其二,由于好奇心。我们每一个人都有天赋的好奇心,凭着这好奇心的活动,才能启发宇宙间的一切蕴藏,揭露大自然的神秘。侦探小说的成因和存在,就根据着人们的好奇心。侦探小说的情节,总包含一个重大的疑问,利用着"什么""为什么""怎么样"等等的疑问,以引起人们的好奇本能,而使他发展扩大。

西国人曾说:"每一个人都是天然的侦探。故而侦探小说实有受多数人爱读的可能。"这两句话,我以为是不尽然的,尤其在素来不注重科学的我国,更不能适用。因为好奇心虽是天赋的本能,但因着家庭的教育,传统的迷信和社会的影响,种种势力,前后夹攻,往往把好奇心压迫得无由发展。我们若把冷静的眼光,观察我们社会上的人物,除了儿童和一部分的少年以外,凡在中年以上的人,大多数的好奇心总是很薄弱的。无论怎样的疑问怪事,在他们眼中,似乎都不以为奇。他们都因着传统的习惯,千百年来,早已降伏在重重的迷信势力之下,以为一切都是自然而然的,用不着空费心思去探究。即是探究,也得不到什么。有人以为这种"见怪不怪"的态度,是由于修养而成的,也不能轻视。但据我个人私见,若使这种态度果真出于修养,那么,这修养应得换一个方向才好。否则,长此以往,把我们的好奇心修养到了零度以后,在我们民族的前途也许有些危险罢!

末了,我们的司法情形,就大体说来,委实也太可怜了!地方上出了一件凶案,那案情的缓急,往往视事主的阶级高下而定。假使事主是一个没财没势的平民,案子的破不破,原不成问题。发案时少不得虚行故事的敷衍一回,过了几天,这案子会得自然而然地烟消火灭。如果事主是有势力的,那也容易解决。那些负责的侦探,只须随便抓一个张三李四,算是案中的凶手,于是天大的巨案,也可以就此了结。这样办法,既然用不着什么科学的侦探方法,手续上当然简单得多,可是民众的性命,未免太贱些了!我记得某县里出过一件杀人的巨案。案发以后,那个侦探因着凶手逃遁无踪,便虔虔诚诚的点了三炷长香,在死者的脚上绕了几绕,又默默地祈祷了一回,希望因此可以使凶杀不能走远,而自投罗网。可是那死者的灵魂,竟偶然失效,凶手到底没有自投进罗网里来!我们瞧了这样奇妙的捕凶方法,那么对于侦探小说在现代的吾国,可以有相当的收获,并且有普遍提倡的必要的问题,谅必可以下一个肯定的答语罢。

选自1929年5月11、21日《红玫瑰》第5卷第11、12期。

【延伸阅读】

1. 程小青:《侦探小说做法之一得》,《小说世界》12卷6期(1925年)。

2. 程小青:《侦探小说的功利观》,《红玫瑰》第5卷第11期(1929年)。

3. 程小青:《侦探小说在文学上之地位》,《紫罗兰》第3卷第24号(1929年)。

4. 程小青:《侦探小说的多方面》,收入程小青《霍桑探案汇刊》系列,上海文华美术图书公司1933年版。

Lin Tongji　林同济

【题解】　林同济(1906—1980),笔名有独及、耕青等,福建福州人,现代作家、翻译家,民国时期"战国策"派主要代表人物。1920年随父到北京,入崇德中学读书。1922年考入清华大学,毕业后考取官费赴美留学。1934年获加利福尼亚大学伯克利分校比较政治学博士学位,是年回国在国立南开大学任教,聘为该校教授。抗战后随校迁往昆明,任文法学院院长。其间,与陈铨教授等人合编《战国策》半月刊、《大公报·战国》副刊。1945年应美国国务院文化部之邀赴美讲学。1947年游历欧洲,访问了英、法、德、意等国的文史哲学者和作家,次年回国,在上海创办海光图书馆。著有文集《天地之间》,译作《哈姆雷特》《哈姆雷特独白正字》等。

《寄语中国艺术人——恐怖·狂欢·虔恪》刊于1942年1月21日重庆《大公报》,署名独及。在文中,林同济以尼采式的抒情方式,阐述了"战国策"派的文艺思想,表达出"战国策"派文艺所推崇的三道生命母题,也即他所呼吁所要达到的三种人生的境界,即第一步是"恐怖",其内核是要"看透时间与空间的无穷",从中看出自家的脆弱,以及人生所不可避免的"死亡和毁灭"。只有这样,灵魂才会因此而发抖,然后因发抖方能有生命的追求,人生的创造。第二步是"狂欢",也即原始生命力的爆发。在他看来,狂欢生于恐怖,而又能战胜恐怖,"我思故我在,我在故我能"。让生命把握着宇宙的节拍,与宇宙打成一片,"我征服了宇宙,我就是宇宙。我就是创造,一个混乱的创造"。最后一步是"虔恪",其内核是在"自我外发现了存在,可以控制时空,也可以包罗自我"。在自我与时空之上,发现了一个无限的绝对体,它伟大、崇高、至善、万能,虔恪就是在"神圣的绝对体面前严肃屏息崇拜"。显然,他所阐释的"战国策"派的文艺思想,主要的理论依据是尼采的"权力意志"和"超人"哲学,所鼓吹的是"自我"的中心,推崇的是非理性主义文艺思想。在民国文坛上,他的文艺主张虽引起不同的争论,但所产生的影响也不容忽视,所代表的"战国策"派,是民国文坛上(抗战时期)的重要文学流派,所代表的文艺主张,也是民国时期的重要文学主张。

三十一 寄语中国艺术人——恐怖·狂欢·虔恪

一

我看尽你们的画了——花鸟画,人物画,山水画……不是说山水画乃是你们独步人间的创作吗?诚然,诚然,你们的山水画有一道不可磨灭的功用———种不可思议的安眠力!

然而,弟兄们呵,我消受不了一味的安眠!

或许你们所需要的也正是几晚上的失眠。晓得吗?弟兄们,多少人生的意义,不失眠,无法领会得来。

因此,我劝你们不要一味画春山,春山熙熙惹睡意。我劝你们描写暴风雪,暴风雪洌洌搅夜眠。

弟兄们,你们根本不该眠!暴风雪时辰,你们应该在旷野,寒无衣,饥无食,一望迷迷无际——无人,无

林同济肖像

动物,无一切,只有那无情的空间弥漫了那无情的暴风雪!莫道眠不得,坐不得,行也不得,而又——不得不行。暴风雪中挣扎,你们画一画!

斜风芍药,淡月梅枝——引不起什么灵魂的颤抖。让我先派定第一道颤抖的母题——恐怖!

是气压突降之夜,满天乌云,不晓得为什么,心魂一上一下,躺在床上,翻来覆去,眠不得也!想尽人间事,成、败、荣、辱、爱、憎、怨、慕……那一个真实?茫茫天地,我何所为而生,生何所为而去?钉着眼睥睨,只一段无穷的黑漆漆——由床上到门前,由门前到门外而到天之那一边。转回来,天边到门外,到床前,依旧一团黑漆漆!灵魂幽暗处,只寻着一束渺茫茫的彷徨——一切抓不住!最后,疲极了,昏迷迷地半合眼,整个身和魂悬荡在岌岌的半空……忽然霹雳一劈,雷电从九空罩下,就绕着卧室打滚,燃烧。滂沱,大雨如河倒泄下,院里东墙,戛戛几声,砰然山崩狱溃,狂狗叫不已,魔鬼四面跳出。在那连掣纸窗的紫电光中,你抓着薄被子,坐起来,一副错愕丧色的面孔——恐怖!

弟兄们奋起笔来,快快画一画!恐怖是人们最深入、最基层的感觉。拨开了一切,剩下的就是恐怖。时间无穷,空间也是无穷的。对这无穷的时空,生命看出自家最后的脆弱,看出那终究不可幸逃的气运——死,亡,毁灭。恐怖是生命看到自家最险暗的深渊:它可以撼动六根,可以迫着灵魂发抖。弟兄们呵!你们的灵魂到如今,需要发抖了!能发抖而后能渴慕,能追求。发抖后的追求,才有能力创造。我看第一步必需的工夫,是要从你们六根底下,震醒了那一点创造的星火。

二

第二步,让我墨淋淋标出另一道母题——就是狂欢。

弟兄们,你们还晓得狂欢吗!唉,数千年的"修养"与消磨,你们已失去了狂欢的本领了！然而生命必须重新发现狂欢！

微笑不可用，哈哈几声干笑更表现出生命力的枯涩。半笑等于半啼，半啼不算为笑。你们的需求：全副的笑或全副的啼！啼笑凭你们，但不可不全副。

要全副的啼吗？恐怖便是。

要全副的笑吗？那就是狂欢。

狂欢是恐怖的正对头，然而狂欢必生于恐怖。

那正是你看到人生最后深渊的刹那，六根颤，汗满身，血满面，你认定了生命是"无能"，忽然间不知从那里刮过来一阵神秘之风，揭开了前面的一角黑幕，你恍惚有所见，见得了一线的晨光，见得了陆地的闪烁。并不是一切渺茫茫！如果时空无穷，此刻此地却千真万实。"我思故我在"，我在故无能！"我能！我能！"拍案大叫，踢开门，大步走出来，上青天，下大地，一片无穷舞蹈之场。挺着胸呼吸，不发抖，不怕什么，你把握着自家，你否认了恐怖。你脚轻，你手松，你摸着宇宙的节拍。你摇摆前蹈，你耸身入空，你变成一只鸟，一个驾翼的安琪儿，翩跹，旋转。摆脱了体重的牵连。上下四方，充溢了阳光——丰草，花香，喷涌甘泉，俄听得钧天乐绕耳响。你眼花，你魂躁，你忍不住放声叫，唱，唱出来你独有之歌腔，追随着整个宇宙奔驰，激起，急转，滑翔！你和宇宙打成一片，不！你征服了宇宙，要变成宇宙的本身。你四体澎涨，灵魂澎涨——澎涨到无极之边。你之外，再无存在；你之内，一切油油生。你是个热腾腾，你是个混乱的创造！

狂欢！狂欢！它是时空的恐怖中奋勇夺得来的自由乱创造！没尝过恐怖的苦味的，永远尝不到狂欢的甜蜜。

狂欢是流线交射，是漩涡汇集，是万马腾骧，是千百万飞机闪电。狂欢是动，是舞———气贯下的百段旋风舞。

狂欢是铿锵杂沓，是锣鼓笙簧，是狼嗥虎啸，揉入了燕语莺歌，是万籁奋发齐鸣，无所谓节奏而自成节奏。狂欢是音乐，是交响曲的高浪头。

弟兄们呵！我要你们画狂欢，就是要你们画音乐，画那交响曲的高浪头！然而——你们不曾体验到狂欢的颤动的，那里会诞生出交响曲的高浪头？

你们的画，不是说画中有诗吗？唉！诗到如今，难言之矣！你们所谓诗，无病的呻吟，逸兴的硁硁。我的所谓诗，可以兴，可以发，可以舞，可以歌！硁硁的情绪，激不起巨大的音波。如果你们画中有诗，愿这诗不是三五字的推敲，而乃是整部民族史的狂奏曲！

三

史！这个字是一个如何可歌可泣的东西！一切史都硬要摆脱时空，但没有一个史摆脱得了。一切史——真正的史——都是狂欢，都是恐怖！

我不是说狂欢必由恐怖脱来吗？记着呵，狂欢终也必归恐怖去！

弟兄们，无穷时空的威胁，到处是，随时有，好个猛酷的真实。只有"历史外"的林林总总，自生自灭，他们感不到这个真实的赫赫，而这个真实也受不到他们荡漾之波。他们是古井，有水无波。他们是涸井，根本无水！历史外的人们有福了：一辈子安眠！唉，这"历史外"的安眠，更可使"历史上"的体魂不能合眼呵！

弟兄们！你们是"历史上"的体魂吗？那么，你们的心灵要永远是一个矛盾的结晶，你们对无穷的时空要永远感验到彼此宇宙性的孽缘：本体上是一种无由隔绝之亲，意志上却是两个不共戴天之敌！"自我"与"无穷"永远在斗法。恐怖是无穷压倒了自我，狂欢是自我镇伏了无穷。谁得最后胜利呢？弟兄们呵，是永远的斗争，没有"最后"两个字呵！每场恐怖必须创造出更高度狂欢，更高度狂欢必定要归结到骇人的恐怖！

因此呵，弟兄们，让我告诉你们生命的两大秘密。

狂欢必须大酒醉，虽然大酒醉不必是狂欢。因为狂欢的最高峰必引入恐怖的最暗谷,大酒醉所以支持最高峰的停留。因为狂欢的最高峰本即是恐怖的最暗谷,大酒醉所以否认最暗谷的来临。

狂欢必须异性伴,虽然异性伴不必是狂欢。因为狂欢的最高峰必引入恐怖的最暗谷,异性伴所以对待最高峰的告辞。因为狂欢的最高峰本即是恐怖的最暗谷,异性伴所以协助最暗谷的再征服!

大酒醉可以制造一时的幻觉,异性伴可以加强争斗的意力。

然而,这不足以与道德先生道,道德先生当不住酒色的"鸩毒"。至于聚在街头交鼻接耳的俗徒呵,他们一味畜生,那里认得了酒之仙,色之圣!

弟兄们,让我告诉你们吧! 街上俗徒没有见地来体验狂欢,道德先生没有活力来接受狂欢。他们意识的对象原来是纵欲,不是狂欢:俗徒只晓纵欲,道德先生不敢纵欲!

你们,认得时空意义的历史体魂呵,你们配得谈醉酒,谈异性——因为你们的狂欢乃是征服恐怖的创造。

创造之才呵! 奋起笔来,画一画狂欢,我并愿你们每次画狂欢,不要忘记了醉酒之香,异性之美!

四

弟兄们! 现在正襟危坐,静肃里受我第三道母题。

我不晓得你们还认得这两个字吗! 虔恪! 唉,世上民族再也找不出比你们更加缺乏虔恪了。然而呵,缺乏虔恪的民族,如何可以长留于世上?

虔恪是什么? 且慢慢为你们说。

狂欢是自我毁灭时空,自我外不认有存在。恐怖是时空毁灭自我,时空下自我无存在。虔恪呢? 虔恪是自我外发现了存在,可以控制时空,也可以包罗自我,由是自我时空的战场上,降下了一道濯濯白旗,彼此鸣镇收鼓。

归去安眠吗？蠢畜生！快快肃立，一齐合掌来参拜！

自我与时空之上，发现了一个绝对之体！它伟大，它崇高，它圣洁，它至善，它万能，它是光明，它是整个！

面对着这个绝对体，你登时解甲投降，你邪念全消，自认渺小，你不敢侵犯，不敢亵渎，你愿服从，愿自信，愿输诚，愿皈依，你放弃一切盘问，请求，你把整个生命无条件地交出来，在兢兢待命之中，严肃肃屏息崇拜！

什么是虔恪吗？那就是神圣的绝对体面前严肃肃屏息崇拜。

弟兄们！四千年的圣训贤谟，也为你们发现了一个绝对体没有？你们所谓神圣的是什么？你们所屏息崇拜的在那里？

唉！我访遍了你们的赫赫神州，还没有发现过一件东西真正叫做神圣，叫做绝对之精！

殿，庙，经，藏，天神，国家，女性，荣誉，英雄之墓，主义之花，……在哪一个面前，你们真晓得严肃肃合掌？在哪一个背后，你们不伸出你们那秽腻的指头，哼出你们那虚无的鼻中笑？

笑？原来你们自诩无须绝对体！你们的心灵根本感不到自我与时空，当然无须绝对体。你们最要是安眠，绝对体却迫你们立正！

弟兄们！不有恐怖，无由狂欢。不有恐怖与狂欢，也必定无由虔恪！你们要体验虔恪吗？先为我尝遍了一切恐怖与狂欢！

现在，弟兄们，准备好，要体验虔恪吗？我告诉你们吧！你们还需要斋戒，还需要洗澡——你们太不洗澡了！洗三日澡，跟我步行，渡过水，翻过山，来到大荒之野。人世远，尘念消，躺地上，过个露天夜。醒回来，无边的黑色与岑寂正凝伫着整个的宇宙。蓦然间，东方之下，辐射出一阵紫红光浪，一层一层荡漾，好像一幅展开的罗裙，一个起舞的孔雀，倒撒上天空，愈来愈艳。紧跟着，一轮黄金之球，地底涌出，庄严华丽，天后之容，上下四方，反映着都是光，都是热，都是颜色！你和我不由自主地张着口,呆着目,一齐站起来迎驾。万籁无声,一轮高耀——这刹那我们认识了她——绝对,这刹那我们严肃合掌皈依!这叫做虔恪!

弟兄们,我如此指出三道母题,拿去分别画一画。

什么?你们要开辟一个"特强度"的崭新局面吗?我只须再吩咐一句话——

猛把恐怖,狂欢与虔恪,揉着一团画出来!

——萨拉图斯达如是说。

选自1942年1月21日重庆《大公报》。

【延伸阅读】

1. 林同济:《力》,《战国策》第1卷第3期(1940年)。

2. 林同济:《中饱与中国社会》,《战国策》第1卷第12期(1940年)。

3. 林同济:《二十年来中国思想的转变》,《战国策》第2卷第17期(1941年)。

4. 林同济:《民族文学运动试论》,《文化先锋》第1卷第9期(1942年)。

Wang Renshu 王任叔

【题解】 王任叔(1901—1972),乳名朝伦,谱名运镗,字任叔,号愚庵,笔名巴人,浙江奉化人。现代作家、文学评论家、历史学家。1915年考入浙江省第四师范,"五四"运动中任宁波学生联合会秘书,毕业后曾在镇海、鄞县等地小学执教。1922年开始发表散文、诗作、小说,并加入文学研究会。1924年任《四明日报》编辑,主编副刊《文学》。抗战时期任上海文化界救亡协会秘书长,参与《救亡日报》编辑工作。"孤岛"时期,创办《鲁迅风》,先后出版了《生活·思索与学习》《横眉集》《边鼓集》等杂文集,后到香港、新加坡、印度尼西亚等地,参加华侨民主同盟,主编《前进周刊》、印尼《民主日报》,写成大型话剧《五祖庙》。主要著作有:短篇小说集《监狱》《破屋》《在没落中》《殉》,中篇小说《阿贵流浪记》《证章》,长篇小说《莽秀才造反记》,文学理论《巴人文艺论集》《文学论稿》《文艺短论》《文学初步》,杂文《巴人杂文选》《边风录》,史学著作《印度尼西亚史》等。

《中国气派与中国作风》》原载于1939年

9月1日《文艺阵地》第3卷第10期。在文章中，他解释道："什么是'气派'，什么是'作风'？'气派'也就是民族的特性；'作风'也就是民族的情调。特性是属于作品内容的，这里有思想，风俗，生活，感情；情调是属于作品的形式的，这里有趣味，风尚，嗜好，以及语言的技巧。但无民族的情调，不能表现民族的特性；没有民族的特性，也无以表现民族的情调。中国作风与中国气派，在文艺作品上，是应该看作一个东西——一种特征，而不是两件东西。"他还指出，一个作家必须具备深厚的"思想修养"，应加强"对传统文学作品的学习和理解"，以及"生活实践"三方面的基本素质，这样才能使所创作的作品真正具有"中国气派和中国作风"。对于如何建立"中国作风、中国气派"的创作途径，他也提出了"继承旧文学的优良传统"和"参加实际的斗争"的主张。他的这些主张，为克服"五四"以来所出现的"全盘西化"思潮，以及如何确立文学创作的民族风格，具有一定的理论意义。

三十二　中国气派与中国作风

毛泽东先生在《论新阶段》一书里,有过这样的话:"马克思主义的中国化,使之在其每一表现中带着必须有的中国的特性,即是说,按照中国的特点去应用它,成为全党亟待了解并极须解决的问题。洋八股必须废止,空洞抽象的调头必须少唱,教条主义必须休息,而代替之以新鲜活泼的,为中国老百姓所喜闻乐见的中国作风和中国气派。"

在文艺领域里,我以为同样需要提出中国的气派与中国的作风。这是一个非常重要的问题,希望全国的文艺同志予以密切的注意。

什么是文艺上的中国气派和中国作风?抽象的原则的规定是不大可能的,举例来说,鲁迅的《阿Q正传》是有中国的气派和中国的作风的。鲁迅的文艺杂感是有中国的气派和中国的作风的。

历史虽有突变,但没有飞越,新的事物是旧的继续。扬弃它否定的一面,但还得保留它肯定的一面。列宁不断的警戒着青年对于旧的知识的蔑视态度。"无产阶级的文化的建立,必须接受资

王任叔肖像

本主义社会的文化遗产,予以加工改造。"不懂得旧的历史的传统的人,也无法创造新的历史。中国旧文学的遗产,是否全都应该抛弃呢?不,我们可以坚决的说,其间有很多的优秀的作品,是值得我们学习的。简劲、朴素与拙直的《诗经》的风格;阔大、壮丽与放浪的《庄子》与《离骚》的想象,自然、和谐而浑然的汉魏六朝的古诗,杜甫对社会的关心与诗的格律的谨严,《西厢记》的口语运用的泼刺,《红楼梦》《水浒》《儒林外史》描写人物的逼真与记述的生动……这一切是否都是我们应该继承的遗产呢?我说,是的,是我们应该继承的遗产。然而,我们的新的作家,似乎都对这些投着鄙视的眼色。

鲁迅先生在五四的当初,反对青年读古书,这是对的。因为一种新的文化在开始产生的时候,对于旧的文化若是过分的亲近,那会妨害了它的生长。一面挂出"西学为用"的招牌,一面在出卖"中学为体"的实物,那就无法彻底的接受"西学"的优秀的"或物"。"为体"的"中学"妨害了"为用"的"西学"的输入,这就是鲁迅先生所目睹的事实。要接受,还得扫荡。这是第一个阶段,然而鲁迅先生的成功,六百万字的全集告诉我们,他是保存了中国文学的最好的传统,在这传统上,他贯彻了西洋文学对的优秀的精神,说鲁迅的小说是多半北欧风的,那也并不大错;但是,我们试把鲁迅先生编的《唐宋传奇集》和他的小说对照起来看,那风格的严谨,造句用语的简劲锤炼,神似,这里有一脉相通之处。因之,我们还可以说,这是具有中国气派与中国作风的作品。

《阿Q正传》更不用说。照小说的一般发展过程,大都是从叙述而到描写。这就是说,小说的最初的形式,是取叙述的体裁,而发展到晚近,则着重于描写了。在俄国被称为创造"国民文学"之父的普式根①,还有果戈理,他们固然接受了不少的英法先进国家的文学作品的优秀的"或物",但一样保留着本地风光的传说的神采,小说的形式,大都是叙述的

---

① 民国时多这样翻译,今通译为普希金。

成分较多。中国的小说,大概开始于平话,演义则是一种民间传说的写定。(《汉书》所说"小说家",那是应该看作另一类的)这和民间说书人就有多少关系。《阿Q正传》中那种以作者露面说话的手法,是和旧小说里的体裁有很大的因缘的。这一手法运用得好,颇能尽艺术的概括的功用。这固然也是讽刺文学的特质,但在《阿Q正传》里,我们确实看到了所谓中国气派与中国作风的特征。《阿Q正传》成为中国读书节最普遍的读物,决非无因的。

但新文学发展到今天,我们的文学的作风与气派,显然是向"全盘西化"方面突进了。这造成新文学与大众隔离的现象,大众没有可能把新文学当作他们精神的食粮。三四年前一折八扣的标点旧小说的盛行,张恨水的小说还始终是商人、小职员、家庭妇女的读物,小说租借处的最时行的作品,这说明了什么?这说明了新文学的悲剧的运命。抗战以还,这现象是改变了点,但像高尔基的《母亲》那样的作品,没有出现于暴风时代的中国的今天,这总值得我们思索的吧!建立文艺上的中国气派与中国作风,因之该是十分必要的吧。而这一运动,我们以为应该是新文学发展到现在这一阶段必须负起的任务。

但什么是"气派"?什么是"作风"?机械地说,"气派"也就是民族的特性;"作风"也就是民族的情调,特性是属于作品内容的,这里有思想,风俗,生活,感情;情调是属于作品的形式的,这里有趣味,风尚,嗜好,以及语言的技巧。但无民族的情调,不能表现民族的特性;没有民族的特性,也无以表现民族的情调。中国作风与中国气派,在文艺作品上,是应该看作一个东西———一种特征,而不是两件东西。

毛泽东先生对于我们青年的一般学习,有非常高明的指示:革命的理论,历史的知识,实际运动的了解,这是作为一个人,一个国民所必须具有的学问。这指示一样可应用在文学上;革命的理论,是属于作家思想修养方面的;历史的知识,是属于作家对于传统文学作品的学习方面的;实际运动的了解,是属于作家生活实践方面的。我们的作家是否做到这三点的修养呢？没有！周扬先生指责欧阳山先生的作品：人物的用语，全是一套哲学家的思索。这在我看来，主要还是我们的作家，过分重视作品中理论的说教，作家的修养，没有在这三方面平均发展的结果。同样，在相反方面，沈从文先生的作品里，确实保存了一部分中国旧的作风与中国旧的气派，但因为终究缺少思想的修养，也就缺少从万花八门的事物中看出它基本的东西——所谓"真实"的眼力，所以依旧不是我们要的中国气派和中国作风。

除掉思想修养不说，这问题包括的太广，不是这篇短文所能尽意；则旧文学的学习实际运动的参加，对于创造中国作风与中国气派的作品，是绝对的必要。有实际运动的参加，自然容易了解中国人民大众的感情、思想与语言的使用。这了解是一管标准尺，可以衡量中国旧小说以及旧作品里那些部分是活的，那些部分是死的。"天有不测风云，人有旦夕祸福"，这样的自慰语句，是否还在后方民众间发生？或者还是在打游击战的时候，咱们的兄弟全部一齐的说，"干呀！先下手为强"。这不过是一种比喻，不是真的我们要这样拿着本旧书，到民间去作对照，考证，比较的工作。语言学家要这么做，自然也可以，这不过是说，我们应该如何从旧的传统——表现于我们旧文学的民族的特性与情调——的了解上，再去了解在我们周围生活地活动着的人们。要不然，只以为农民农妇的拈香拜佛，是迷信，一脚把他们踢开，而不从他们是有怎样的社会的历史的传统，和阶级社会的生活苦难中来了解他们，那只有把自己和他们隔离很远很远的。"你"和"他"隔成了两个世界，要在"你"的世界里造出"他"的王国，那么你依旧是"你"的空想的王国，于"他"是没有关系的，"他"更没有方法来理解"你"美妙的梦了。此之谓"秀才造反，三年不成"，倒头来还是自己没落。

理解"他"，理解这社会的历史的传统，但不一定要你分担他的忧愁与苦痛，这也许你停留在传统里，引他们向原始的反抗的路上去。理解他，也理解他的忧愁与苦痛，和他们结下深切的爱。且你的思想、意见与感情,引上他们向正确的革命的路。这是中国作风与中国气派的作品之所以建立的,同时,也是我们所要的"现实主义的大众文学"的成长的路。

大众文艺是中国新文学发展的更高的一个阶段,决不是降低,或退后。若用一句哲学上的术语,自五四平民文学的要求,到一九二七年前后革命文学的出现,再到今天的大众文学的推进,是否定的否定。这不是名词的游戏,而是历史的真实。但"现实主义的大众文学"的建立,则首先有赖于作品中中国作风与中国气派的养成,我以为。

1939年9月

选自1939年9月1日《文艺阵地》第3卷第10期。

【延伸阅读】

1. 王任叔:《文艺短论》,上海珠林书店1939年版。
2. 王任叔:《常识以下》(文学论文集)上海多样社1936年版。
3. 王任叔:《生活、思索与学习》,香港高山书店1940年版。
4. 王任叔:《窄门集》,海燕书店民1941年版。

Mao Zedong　毛泽东

【题解】　毛泽东(1893—1976),字润之,湖南湘潭人。杰出的战略家、革命家、理论家、诗人,中国共产党、中国人民解放军和中华人民共和国的主要缔造者。

《在延安文艺座谈会上的讲话》是毛泽东关于文艺问题的重要论著,集中反映了他关于文艺的系列主张。1942年,中国的抗日战争正处于相持阶段。这一年,在中国共产党实际控制管辖的陕甘宁地区,开展了大规模的整风运动,史称"延安整风运动"。该年的5月2日至23日,中共中央邀请在延安的文艺家召开座谈会,毛泽东亲自主持了座谈会。在会上,毛泽东先于5月2日作了"引言"部分的讲话,说明开会的宗旨,提出问题,给大家座谈、讨论。5月23日,毛泽东又根据大家所讨论的问题,作了"总结"部分的讲话。同年10月19日,《解放日报》全文发表了他的《在延安文艺座谈会上的讲话》。这次会议及毛泽东的讲话,是后来中国共产党制定文艺政策的重要理论依据。在讲话中,毛泽东对文艺应该为什么人服务、普及与提高的关系、文艺的政治与艺术标准、文艺与生活的关系、文艺家的世界观等一系列问题,都发表了他的观点和主张。在民国时期,毛泽东的文艺思想对于中国共产党实际控制管辖的陕甘宁地区的文艺创作实践及其后续发展,产生了重要的影响。

毛泽东肖像

三十三　在延安文艺座谈会上的讲话(节选)

我们今天开会,就是要使文艺很好地成为整个革命机器的一个组成部分,作为团结人民、教育人民、打击敌人、消灭敌人的有力的武器,帮助人民同心同德地和敌人作斗争。为了这个目的,有些什么问题应该解决的呢? 我以为有这样一些问题,即文艺工作者的立场问题,态度问题,工作对象问题,工作问题和学习问题。

立场问题。我们是站在无产阶级的和人民大众的立场。对于共产党员来说,也就是要站在党的立场,站在党性和党的政策的立场。在这个问题上,我们的文艺工作者中是否还有认识不正确或者认识不明确的呢? 我看是有的。许多同志常常失掉了自己的正确的立场。

态度问题。随着立场,就发生我们对于各种具体事物所采取的具体态度。比如说,歌颂呢,还是暴露呢? 这就是态度问题。究竟哪种态度是我们需要的? 我说两种都需要,问题是在对什么人。有三种人,一种是敌人,一种是统一战线中的同盟者,一种是自己人,这第三种人就是人民群众及其先锋队。对于这三种人需要有三种态度。对于敌人,对于日本帝国主义和一切人民的敌人,革命文艺工作者的任务是在暴露他们的残暴和欺骗,并指出他们必然要失败的趋势,鼓励抗日军民同心同德,坚决地打倒他们。对于统一战线中各种不同的同盟者,我们的态度应该是有联合,有批评,有各种不同的联合,有各种不同的批评。他们的抗战,我们是赞成的;如果有成绩,我们也是赞扬的。但是如果抗战不积极,我们就应该批评。如果有人要反共反人民,要一天一天走上反动的道路,那我们就要坚决反对。至于对人民群众,对人民的劳动和斗争,对人民的军队,人民的政党,我们当然应该赞扬。人民也有缺点的。无产阶级中还有许多人保留着小资产阶级的思想,农民和城市小资产阶级都有落后的思想,这些就是他们在斗争中的负担。我们应该长期地耐心地教育他们,帮助他们摆脱背上的包袱,同自己的缺点错误作斗争,使他们能够大踏步地前进。他们在斗争中已经改造或正在改造自己,我们的文艺应该描写他们的这个改造过程。只要不是坚持错误的人,我们就不应该只看到片面就去错误地讥笑他们,甚至敌视他们。我们所写的东西,应该是使他们团结,使他们进步,使他们同心同德,向前奋斗,去掉落后的东西,发扬革命的东西,而决不是相反。

　　工作对象问题,就是文艺作品给谁看的问题。在陕甘宁边区,在华北华中各抗日根据地,这个问题和在国民党统治区不同,和在抗战以前的上海更不同。在上海时期,革命文艺作品的接受者是以一部分学生、职员、店员为主。在抗战以后的国民党统治区,范围曾有过一些扩大,但基本上也还是以这些人为主,因为那里的政府把工农兵和革命文艺互相隔绝了。在我们的根据地就完全不同。文艺作品在根据地的接受者,是工农兵以及革命的干部。根据地也有学生,但这些学生和旧式学生也不相同,他们不是过去的干部,就是未来的干部。各种干部,部队的战士,工厂的工人,农村的农民,他们识了字,就要看书、看报,不识字的,也要看戏、看画、唱歌、听音乐,他们就是我们文艺作品的接受者。即拿干部说,你们不要以为这部分人数目少,这比在国民党统治区出一本书的读者多得多。在那里,一本书一版平常只有两千册,三版也才六千册;但是根据地的干部,单是在延安能看书的就有一万多。而且这些干部许多都是久经锻炼的革命家,他们是从全国各地来的,他们也要到各地去工作,所以对于这些人做教育工作,是有重大意义的。我们的文艺工作者,应该向他们好好做工作。

既然文艺工作的对象是工农兵及其干部,就发生一个了解他们熟悉他们的问题。而为要了解他们,熟悉他们,为要在党政机关,在农村,在工厂,在八路军新四军里面,了解各种人,熟悉各种人,了解各种事情,熟悉各种事情,就需要做很多的工作。我们的文艺工作者需要做自己的文艺工作,但是这个了解人熟悉人的工作却是第一位的工作。我们的文艺工作者对于这些,以前是一种什么情形呢?我说以前是不熟,不懂,英雄无用武之地。什么是不熟?人不熟。文艺工作者同自己的描写对象和作品接受者不熟,或者简直生疏得很。我们的文艺工作者不熟悉工人,不熟悉农民,不熟悉士兵,也不熟悉他们的干部。什么是不懂?语言不懂,就是说,对于人民群众的丰富的生动的语言,缺乏充分的知识。许多文艺工作者由于自己脱离群众、生活空虚,当然也就不熟悉人民的语言,因此他们的作品不但显得语言无味,而且里面常常夹着一些生造出来的和人民的语言相对立的不三不四的词句。许多同志爱说"大众化",但是什么叫做大众化呢?就是我们的文艺工作者的思想感情和工农兵大众的思想感情打成一片。而要打成一片,就应当认真学习群众的语言。如果连群众的语言都有许多不懂,还讲什么文艺创造呢?英雄无用武之地,就是说,你的一套大道理,群众不赏识。在群众面前把你的资格摆得越老,越像个"英雄",越要出卖这一套,群众就越不买你的账。你要群众了解你,你要和群众打成一片,就得下决心,经过长期的甚至是痛苦的磨练。在这里,我可以说一说我自己感情变化的经验。我是个学生出身的人,在学校养成了一种学生习惯,在一大群肩不能挑手不能提的学生面前做一点劳动的事,比如自己挑行李吧,也觉得不像样子。那时,我觉得世界上干净的人只有知识分子,工人农民总是比较脏的。知识分子的衣服,别人的我可以穿,以为是干净的;工人农民的衣服,我就不愿意穿,以为是脏的。革命了,同工人农民和革命军的战士在一起了,我逐渐熟悉他们,他们也逐渐熟悉了我。这时,只是在这时,我才根本地改变了资产阶级学校所教给我的那种资产阶级的和小资产阶级的感情。这时,拿未曾改造的知识分子和工人农民比较,就觉得知识分子不干净了,最干净的还是工人农民,尽管他们手是黑的,脚上有牛屎,还是比资产阶级和小资产阶级知识分子都干净。这就叫做感情起了变化,由一个阶级变到另一个阶级。我们知识分子出身的文艺工作者,要使自己的作品为群众所欢迎,就得把自己的思想感情来一个变化,来一番改造。没有这个变化,没有这个改造,什么事情都是做不好的,都是格格不入的。

最后一个问题是学习,我的意思是说学习马克思列宁主义和学习社会。一个自命为马克思主义的革命作家,尤其是党员作家,必须有马克思列宁主义的知识。但是现在有些同志,却缺少马克思主义的基本观点。比如说,马克思主义的一个基本观点,就是存在决定意识,就是阶级斗争和民族斗争的客观现实决定我们的思想感情。但是我们有些同志却把这个问题弄颠倒了,说什么一切应该从"爱"出发。就说爱吧,在阶级社会里,也只有阶级的爱,但是这些同志却要追求什么超阶级的爱,抽象的爱,以及抽象的自由、抽象的真理、抽象的人性等等。这是表明这些同志是受了资产阶级的很深的影响。应该很彻底地清算这种影响,很虚心地学习马克思列宁主义。文艺工作者应该学习文艺创作,这是对的,但是马克思列宁主义是一切革命者都应该学习的科学,文艺工作者不能是例外。文艺工作者要学习社会,这就是说,要研究社会上的各个阶级,研究它们的相互关系和各自状况,研究它们的面貌和它们的心理。只有把这些弄清楚了,我们的文艺才能有丰富的内容和正确的方向。

……

那末,什么是我们的问题的中心呢?我以为,我们的问题基本上是一个为群众的问题和一个如何为群众的问题。不解决这两个问题,或这两个问题解决得不适当,就会使得我们的文艺工作者和自己的环境、任务不协调,就使得我们的文艺工作者从外部从内部碰到一连串的问题。我的结论,就以这两个问题为中心,同时也讲到一些与此有关的其他问题。

一

第一个问题:我们的文艺是为什么人的?

这个问题,本来是马克思主义者特别是列宁所早已解决了的。列宁还在一九○五年就已着重指出过,我们的文艺应当"为千千万万劳动人民服务"。在我们各个抗日根据地从事文学艺术工作的同志中,这个问题似乎是已经解决了,不需要再讲的了。其实不然。很多同志对这个问题并没有得到明确的解决。因此,在他们的情绪中,在他们的作品中,在他们的行动中,在他们对于文艺方针问题的意见中,就不免或多或少地发生和群众的需要不相符合,和实际斗争的需要不相符合的情形。当然,现在和共产党、八路军、新四军在一起从事于伟大解放斗争的大批的文化人、文学家、艺术家以及一般文艺工作者,虽然其中也可能有些人是暂时的投机分子,但是绝大多数却都是在为着共同事业努力工作着。依靠这些同志,我们的整个文学工作,戏剧工作,音乐工作,美术工作,都有了很大的成绩。这些文艺工作者,有许多是抗战以后开始工作的;有许多在抗战以前就做了多时的革命工作,经历过许多辛苦,并用他们的工作和作品影响了广大群众的。但是为什么还说即使这些同志中也有对于文艺是为什么人的问题没有明确解决的呢?难道他们还有主张革命文艺不是为着人民大众而是为着剥削者压迫者的吗?

诚然,为着剥削者压迫者的文艺是有的。文艺是为地主阶级的,这是封建主义的文艺。中国封建时代统治阶级的文学艺术,就是这种东西。直到今天,这种文艺在中国还有颇大的势力。文艺是为资产阶级的,这是资产阶级的文艺。像鲁迅所批评的梁实秋一类人,他们虽然在口头上提出什么文艺是超阶级的,但是他们在实际上是主张资产阶级的文艺,反对无产阶级的文艺的。文艺是为帝国主义者的,周作人、张资平这批人就是这样,这叫做汉奸文艺。在我们,文艺不是为上述种种人,而是为人民的。我们曾说,现阶段的中国新文化,是无产阶级领导的人民大众的反帝反封建的文化。真正人民大众的东西,现在一定是无产阶级领导的。资产阶级领导的东西,不可能属于人民大众。新文化中的新文学新艺术,自然也是这样。对于中国和外国过去时代所遗留下来的丰富的文学艺术遗产和优良的文学艺术传统,我们是要继承的,但是目的仍然是为了人民大众。对于过去时代的文艺形式,我们也并不拒绝利用,但这些旧形式到了我们手里,给了改造,加进了新内容,也就变成革命的为人民服务的东西了。

那末,什么是人民大众呢?最广大的人民,占全人口百分之九十以上的人民,是工人、农民、兵士和城市小资产阶级。所以我们的文艺,第一是为工人的,这是领导革命的阶级。第二是为农民的,他们是革命中最广大最坚决的同盟军。第三是为武装起来了的工人农民即八路军、新四军和其他人民武装队伍的,这是革命战争的主力。第四是为城市小资产阶级劳动群众和知识分子的,他们也是革命的同盟者,他们是能够长期地和我们合作的。这四种人,就是中华民族的最大部分,就是最广大的人民大众。

我们的文艺,应该为着上面说的四种人。我们要为这四种人服务,就必须站在无产阶级的立场上,而不能站在小资产阶级的立场上。在今天,坚持个人主义的小资产阶级立场的作家是不可能真正地为革命的工农兵群众服务的,他们的兴趣,主要是放在少数小资产阶级知识分子上面。而我们现在有一部分同志对于文艺为什么人的问题不能正确解决的关键,正在这里。我这样说,不是说在理论上。在理论上,或者说在口头上，我们队伍中没有一个人把工农兵群众看得比小资产阶级知识分子还不重要的。我是说在实际上，在行动上。在实际上，在行动上，他们是否对小资产阶级知识分子比对工农兵还更看得重要些呢？我以为是这样。有许多同志比较地注重研究小资产阶级知识分子，分析他们的心理，着重地去表现他们，原谅并辩护他们的缺点，而不是引导他们和自己一道去接近工农兵群众，去参加工农兵群众的实际斗争，去表现工农兵群众，去教育工农兵群众。有许多同志，因为他们自己是从小资产阶级出身，自己是知识分子，于是就只在知识分子的队伍中找朋友，把自己的注意力放在研究和描写知识分子上面。这种研究和描写如果是站在无产阶级立场上的，那是应该的。但他们并不是，或者不完全是。他们是站在小资产阶级立场，他们是把自己的作品当作小资产阶级的自我表现来创作的，我们在相当多的文学艺术作品中看见这种东西。他们在许多时候，对于小资产阶级出身的知识分子寄予满腔的同情，连他们的缺点也给以同情甚至鼓吹。对于工农兵群众，则缺乏接近，缺乏了解，缺乏研究，缺乏知心朋友，不善于描写他们；倘若描写，也是衣服是劳动人民，面孔却是小资产阶级知识分子。他们在某些方面也爱工农兵，也爱工农兵出身的干部，但有些时候不爱，有些地方不爱，不爱他们的感情，不爱他们的姿态，不爱他们的萌芽状态的文艺（墙报、壁画、民歌、民间故事等）。他们有时也爱这些东西，那是为着猎奇，为着装饰自己的作品，甚至是为着追求其中落后的东西而爱的。有时就公开地鄙弃它们，而偏爱小资产阶级知识分子的乃至资产阶级的东西。这些同志的立足点还是在小资产阶级知识分子方面，或者换句文雅的话说，他们的灵魂深处还是一个小资产阶级知识分子的王国。这样，为什么人的问题他们就还是没有解决，或者没有明确地解决。这不光是讲初来延安不久的人，就是到过前方，在根据地、八路军、新四军做过几年工作的人，也有许多是没有彻底解决的。要彻底地解决这个问题，非有十年八年的长时间不可。但是时间无论怎样长，我们却必须解决它，必须明确地彻底地解决它。我们的文艺工作者一定要完成这个任务,一定要把立足点移过来,一定要在深入工农兵群众、深入实际斗争的过程中,在学习马克思主义和学习社会的过程中,逐渐地移过来,移到工农兵这方面来,移到无产阶级这方面来。只有这样,我们才能有真正为工农兵的文艺,真正无产阶级的文艺。

为什么人的问题,是一个根本的问题,原则的问题。过去有些同志间的争论、分歧、对立和不团结,并不是在这个根本的原则问题上,而是在一些比较次要的甚至是无原则的问题上。而对于这个原则问题,争论的双方倒是没有什么分歧,倒是几乎一致的,都有某种程度的轻视工农兵、脱离群众的倾向。我说某种程度,因为一般地说,这些同志的轻视工农兵、脱离群众,和国民党的轻视工农兵、脱离群众,是不同的;但是无论如何,这个倾向是有的。这个根本问题不解决,其他许多问题也就不易解决。比如说文艺界的宗派主义吧,这也是原则问题,但是要去掉宗派主义,也只有把为工农,为八路军、新四军,到群众中去的口号提出来,并加以切实的实行,才能达到目的,否则宗派主义问题是断然不能解决的。鲁迅曾说:"联合战线是以有共同目的为必要条件的。……我们战线不能统一,就证明我们的目的不能一致,或者只为了小团体,或者还其实只为了个人。如果目的都在工农大众,那当然战线也就统一了。"这个问题那时上海有,现在重庆也有。在那些地方,这个问题很难彻底解决,因为那些地方的统治者压迫革命文艺家,不让他们有到工农兵群众中去的自由。在我们这里,情形就完全两样。我们鼓励革命文艺家积极地亲近工农兵,给他们以到群众中去的完全自由,给他们以创作真正革命文艺的完全自由。所以这个问题在我们这里,是接近于解决的了。接近于解决不等于完全的彻底的解决;我们说要学习马克思主义和学习社会,就是为着完全地彻底地解决这个问题。我们说的马克思主义,是要在群众生活群众斗争里实际发生作用的活的马克思主义,不是口头上的马克思主义。把口头上的马克思主义变成为实际生活里的马克思主义,就不会有宗派主义了。不但宗派主义的问题可以解决,其他的许多问题也都可以解决了。

二

为什么人服务的问题解决了,接着的问题就是如何去服务。用同志们的话来说,就是:努力于提高呢,还是努力于普及呢?

有些同志,在过去,是相当地或是严重地轻视了和忽视了普及,他们不适当地太强调了提高。提高是应该强调的,但是片面地孤立地强调提高,强调到不适当的程度,那就错了。我在前面说的没有明确地解决为什么人的问题的事实,在这一点上也表现出来了。并且,因为没有弄清楚为什么人,他们所说的普及和提高就都没有正确的标准,当然更找不到两者的正确关系。我们的文艺,既然基本上是为工农兵,那末所谓普及,也就是向工农兵普及,所谓提高,也就是从工农兵提高。用什么东西向他们普及呢?用封建地主阶级所需要、所便于接受的东西吗?用资产阶级所需要、所便于接受的东西吗?用小资产阶级知识分子所需要、所便于接受的东西吗?都不行,只有用工农兵自己所需要、所便于接受的东西。因此在教育工农兵的任务之前,就先有一个学习工农兵的任务。提高的问题更是如此。提高要有一个基础。比如一桶水,不是从地上去提高,难道是从空中去提高吗?那末所谓文艺的提高,是从什么基础上去提高呢?从封建阶级的基础吗?从资产阶级的基础吗?从小资产阶级知识分子的基础吗?都不是,只能是从工农兵群众的基础上去提高。也不是把工农兵提到封建阶级、资产阶级、小资产阶级知识分子的"高度"去,而是沿着工农兵自己前进的方向去提高,沿着无产阶级前进的方向去提高。而这里也就提出了学习工农兵的任务。只有从工农兵出发,我们对于普及和提高才能有正确的了解,也才能找到普及和提高的正确关系。

一切种类的文学艺术的源泉究竟是从何而来的呢？作为观念形态的文艺作品，都是一定的社会生活在人类头脑中的反映的产物。革命的文艺，则是人民生活在革命作家头脑中的反映的产物。人民生活中本来存在着文学艺术原料的矿藏，这是自然形态的东西，是粗糙的东西，但也是最生动、最丰富、最基本的东西；在这点上说，它们使一切文学艺术相形见绌，它们是一切文学艺术的取之不尽、用之不竭的唯一的源泉。这是唯一的源泉，因为只能有这样的源泉，此外不能有第二个源泉。有人说，书本上的文艺作品，古代的和外国的文艺作品，不也是源泉吗？实际上，过去的文艺作品不是源而是流，是古人和外国人根据他们彼时彼地所得到的人民生活中的文学艺术原料创造出来的东西。我们必须继承一切优秀的文学艺术遗产，批判地吸收其中一切有益的东西，作为我们从此时此地的人民生活中的文学艺术原料创造作品时候的借鉴。有这个借鉴和没有这个借鉴是不同的，这里有文野之分，粗细之分，高低之分，快慢之分。所以我们决不可拒绝继承和借鉴古人和外国人，哪怕是封建阶级和资产阶级的东西。但是继承和借鉴决不可以变成替代自己的创造，这是决不能替代的。文学艺术中对于古人和外国人的毫无批判的硬搬和模仿，乃是最没有出息的最害人的文学教条主义和艺术教条主义。中国的革命的文学家艺术家，有出息的文学家艺术家，必须到群众中去，必须长期地无条件地全心全意地到工农兵群众中去，到火热的斗争中去，到唯一的最广大最丰富的源泉中去，观察、体验、研究、分析一切人，一切阶级，一切群众，一切生动的生活形式和斗争形式，一切文学和艺术的原始材料，然后才有可能进入创作过程。否则你的劳动就没有对象，你就只能做鲁迅在他的遗嘱里所谆谆嘱咐他的儿子万不可做的那种空头文学家，或空头艺术家。

人类的社会生活虽是文学艺术的唯一源泉，虽是较之后者有不可比拟的生动丰富的内容，但是人民还是不满足于前者而要求后者。这是为什么呢？因为虽然两者都是美，但是文艺作品中反映出来的生活却可以而且应该比普通的实际生活更高，更强烈，更有集中性，更典型，更理想，因此就更带普遍性。革命的文艺，应当根据实际生活创造出各种各样的人物来，帮助群众推动历史的前进。例如一方面是人们受饿、受冻、受压迫，一方面是人剥削人、人压迫人，这个事实到处存在着，人们也看得很平淡；文艺就把这种日常的现象集中起来，把其中的矛盾和斗争典型化，造成文学作品或艺术作品，就能使人民群众惊醒起来，感奋起来，推动人民群众走向团结和斗争，实行改造自己的环境。如果没有这样的文艺，那末这个任务就不能完成，或者不能有力地迅速地完成。

什么是文艺工作中的普及和提高呢？这两种任务的关系是怎样的呢？普及的东西比较简单浅显，因此也比较容易为目前广大人民群众所迅速接受。高级的作品比较细致，因此也比较难于生产，并且往往比较难于在目前广大人民群众中迅速流传。现在工农兵面前的问题，是他们正在和敌人作残酷的流血斗争，而他们由于长时期的封建阶级和资产阶级的统治，不识字，无文化，所以他们迫切要求一个普遍的启蒙运动，迫切要求得到他们所急需的和容易接受的文化知识和文艺作品，去提高他们的斗争热情和胜利信心，加强他们的团结，便于他们同心同德地去和敌人作斗争。对于他们，第一步需要还不是"锦上添花"，而是"雪中送炭"。所以在目前条件下，普及工作的任务更为迫切。轻视和忽视普及工作的态度是错误的。

但是，普及工作和提高工作是不能截然分开的。不但一部分优秀的作品现在也有普及的可能，而且广大群众的文化水平也是在不断地提高着。普及工作若是永远停止在一个水平上，一月两月三月，一年两年三年，总是一样的货色，一样的"小放牛"，一样的"人、手、口、刀、牛、羊，那末，教育者和被教育者岂不都是半斤八两？这种普及工作还有什么意义呢？人民要求普及，跟着也就要求提高，要求逐年逐月地提高。在这里，普及是人民的普及，提高也是人民的提高。而这种提高，不是从空中提高,不是关门提高,而是在普及基础上的提高。这种提高,为普及所决定,同时又给普及以指导。就中国范围来说,革命和革命文化的发展不是平衡的,而是逐渐推广的。一处普及了,并且在普及的基础上提高了,别处还没有开始普及。因此一处由普及而提高的好经验可以应用于别处,使别处的普及工作和提高工作得到指导,少走许多弯路。就国际范围来说,外国的好经验,尤其是苏联的经验,也有指导我们的作用。所以,我们的提高,是在普及基础上的提高;我们的普及,是在提高指导下的普及。正因为这样,我们所说的普及工作不但不是妨碍提高,而且是给目前的范围有限的提高工作以基础,也是给将来的范围大为广阔的提高工作准备必要的条件。

除了直接为群众所需要的提高以外,还有一种间接为群众所需要的提高,这就是干部所需要的提高。干部是群众中的先进分子,他们所受的教育一般都比群众所受的多些;比较高级的文学艺术,对于他们是完全必要的,忽视这一点是错误的。为干部,也完全是为群众,因为只有经过干部才能去教育群众、指导群众。如果违背了这个目的,如果我们给予干部的并不能帮助干部去教育群众、指导群众,那末,我们的提高工作就是无的放矢,就是离开了为人民大众的根本原则。

总起来说,人民生活中的文学艺术的原料,经过革命作家的创造性的劳动而形成观念形态上的为人民大众的文学艺术。在这中间,既有从初级的文艺基础上发展起来的、为被提高了的群众所需要、或首先为群众中的干部所需要的高级的文艺,又有反转来在这种高级的文艺指导之下的、往往为今日最广大群众所最先需要的初级的文艺。无论高级的或初级的,我们的文学艺术都是为人民大众的,首先是为工农兵的,为工农兵而创作,为工农兵所利用的。

我们既然解决了提高和普及的关系问题,则专门家和普及工作者的关系问题也就可以随着解决了。我们的专门家不但是为了干部,主要地还是为了群众。我们的文学专门家应该注意群众的墙报,注意军队和农村中的通讯文学。我们的戏剧专门家应该注意军队和农村中的小剧团。我们的音乐专门家应该注意群众的歌唱。我们的美术专门家应该注意群众的美术。一切这些同志都应该和在群众中做文艺普及工作的同志们发生密切的联系，一方面帮助他们，指导他们，一方面又向他们学习，从他们吸收由群众中来的养料，把自己充实起来，丰富起来，使自己的专门不致成为脱离群众、脱离实际、毫无内容、毫无生气的空中楼阁。我们应该尊重专门家，专门家对于我们的事业是很可宝贵的。但是我们应该告诉他们说，一切革命的文学家艺术家只有联系群众，表现群众，把自己当作群众的忠实的代言人，他们的工作才有意义。只有代表群众才能教育群众，只有做群众的学生才能做群众的先生。如果把自己看作群众的主人，看作高踞于"下等人"头上的贵族，那末，不管他们有多大的才能，也是群众所不需要的，他们的工作是没有前途的。

我们的这种态度是不是功利主义的？唯物主义者并不一般地反对功利主义，但是反对封建阶级的、资产阶级的、小资产阶级的功利主义，反对那种口头上反对功利主义、实际上抱着最自私最短视的功利主义的伪善者。世界上没有什么超功利主义，在阶级社会里，不是这一阶级的功利主义，就是那一阶级的功利主义。我们是无产阶级的革命的功利主义者，我们是以占全人口百分之九十以上的最广大群众的目前利益和将来利益的统一为出发点的，所以我们是以最广和最远为目标的革命的功利主义者，而不是只看到局部和目前的狭隘的功利主义者。例如，某种作品，只为少数人所偏爱，而为多数人所不需要，甚至对多数人有害，硬要拿来上市，拿来向群众宣传，以求其个人的或狭隘集团的功利，还要责备群众的功利主义，这就不但侮辱群众，也太无自知之明了。任何一种东西，必须能使人民群众得到真实的利益，才是好的东西。就算你的是"阳春白雪"吧，这暂时既然是少数人享用的东西，群众还是在那里唱"下里巴人"，那末，你不去提高它，只顾骂人，那就怎样骂也是空的。现在是"阳春白雪"和"下里巴人"统一的问题，是提高和普及统一的问题。不统一,任何专门家①的最高级的艺术也不免成为最狭隘的功利主义;要说这也是清高,那只是自封为清高,群众是不会批准的。

在为工农兵和怎样为工农兵的基本方针问题解决之后,其他的问题,例如,写光明和写黑暗的问题,团结问题等,便都一齐解决了。如果大家同意这个基本方针,则我们的文学艺术工作者,我们的文学艺术学校,文学艺术刊物,文学艺术团体和一切文学艺术活动,就应该依照这个方针去做。离开这个方针就是错误的;和这个方针有些不相符合的,就须加以适当的修正。

三

我们的文艺既然是为人民大众的,那末,我们就可以进而讨论一个党内关系问题,党的文艺工作和党的整个工作的关系问题,和另一个党外关系的问题,党的文艺工作和非党的文艺工作的关系问题——文艺界统一战线问题。

先说第一个问题。在现在世界上,一切文化或文学艺术都是属于一定的阶级,属于一定的政治路线的。为艺术的艺术,超阶级的艺术,和政治并行或互相独立的艺术,实际上是不存在的。无产阶级的文学艺术是无产阶级整个革命事业的一部分,如同列宁所说,是整个革命机器中的"齿轮和螺丝钉"。因此,党的文艺工作,在党的整个革命工作中的位置,是确定了的,摆好了的;是服从党在一定革命时期内所规定的革命任务的。反对这种摆法,一定要走到二元论或多元论,而其实质就像托洛茨基那样:"政治——马克思主义的;艺术——资产阶级的。"我们不赞成把文艺的重要性过分强调到错误的程度,但也不赞成把文艺的重要性估计不足。文艺是从属于政治的,但又反转来给予伟大的影响于政治。

---

① 原文如此。

革命文艺是整个革命事业的一部分,是齿轮和螺丝钉,和别的更重要的部分比较起来,自然有轻重缓急第一第二之分,但它是对于整个机器不可缺少的齿轮和螺丝钉,对于整个革命事业不可缺少的一部分。如果连最广义最普通的文学艺术也没有,那革命运动就不能进行,就不能胜利。不认识这一点,是不对的。还有,我们所说的文艺服从于政治,这政治是指阶级的政治、群众的政治,不是所谓少数政治家的政治。政治,不论革命的和反革命的,都是阶级对阶级的斗争,不是少数个人的行为。革命的思想斗争和艺术斗争,必须服从于政治的斗争,因为只有经过政治,阶级和群众的需要才能集中地表现出来。革命的政治家们,懂得革命的政治科学或政治艺术的政治专门家们,他们只是千千万万的群众政治家的领袖,他们的任务在于把群众政治家的意见集中起来,加以提炼,再使之回到群众中去,为群众所接受,所实践,而不是闭门造车,自作聪明,只此一家,别无分店的那种贵族式的所谓"政治家"——这是无产阶级政治家同腐朽了的资产阶级政治家的原则区别。正因为这样,我们的文艺的政治性和真实性才能够完全一致。不认识这一点,把无产阶级的政治和政治家庸俗化,是不对的。

再说文艺界的统一战线问题。文艺服从于政治,今天中国政治的第一个根本问题是抗日,因此党的文艺工作者首先应该在抗日这一点上和党外的一切文学家艺术家(从党的同情分子、小资产阶级的文艺家到一切赞成抗日的资产阶级地主阶级的文艺家)团结起来。其次,应该在民主一点上团结起来;在这一点上,有一部分抗日的文艺家就不赞成,因此团结的范围就不免要小一些。再其次,应该在文艺界的特殊问题——艺术方法艺术作风一点上团结起来;我们是主张社会主义的现实主义的,又有一部分人不赞成,这个团结的范围会更小些。在一个问题上有团结,在另一个问题上就有斗争,有批评。各个问题是彼此分开而又联系着的,因而就在产生团结的问题比如抗日的问题上也同时有斗争,有批评。在一个统一战线里面,只有团结而无斗争,或者只有斗争而无团结,实行如过去某些同志所实行过的右倾的投降主义、尾巴主义,或者"左"倾的排外主义、宗派主义,都是错误的政策。政治上如此,艺术上也是如此。

在文艺界统一战线的各种力量里面,小资产阶级文艺家在中国是一个重要的力量。他们的思想和作品都有很多缺点,但是他们比较地倾向于革命,比较地接近于劳动人民。因此,帮助他们克服缺点,争取他们到为劳动人民服务的战线上来,是一个特别重要的任务。

四

文艺界的主要的斗争方法之一,是文艺批评。文艺批评应该发展,过去在这方面工作做得很不够,同志们指出这一点是对的。文艺批评是一个复杂的问题,需要许多专门的研究。我这里只着重谈一个基本的批评标准问题。此外,对于有些同志所提出的一些个别的问题和一些不正确的观点,也来略为说一说我的意见。

文艺批评有两个标准,一个是政治标准,一个是艺术标准。按照政治标准来说,一切利于抗日和团结的,鼓励群众同心同德的,反对倒退、促成进步的东西,便都是好的;而一切不利于抗日和团结的,鼓动群众离心离德的,反对进步、拉着人们倒退的东西,便都是坏的。这里所说的好坏,究竟是看动机(主观愿望),还是看效果(社会实践)呢?唯心论者是强调动机否认效果的,机械唯物论者是强调效果否认动机的,我们和这两者相反,我们是辩证唯物主义的动机和效果的统一论者。为大众的动机和被大众欢迎的效果,是分不开的,必须使二者统一起来。为个人的和狭隘集团的动机是不好的,有为大众的动机但无被大众欢迎、对大众有益的效果,也是不好的。检验一个作家的主观愿望即其动机是否正确,是否善良,不是看他的宣言,而是看他的行为(主要是作品)在社会大众中产生的效果。社会实践及其效果是检验主观愿望或动机的标准。我们的文艺批评是不要宗派主义的，在团结抗日的大原则下，我们应该容许包含各种各色政治态度的文艺作品的存在。但是我们的批评又是坚持原则立场的，对于一切包含反民族、反科学、反大众和反共的观点的文艺作品必须给以严格的批判和驳斥；因为这些所谓文艺，其动机，其效果，都是破坏团结抗日的。按着艺术标准来说，一切艺术性较高的，是好的，或较好的；艺术性较低的，则是坏的，或较坏的。这种分别，当然也要看社会效果。文艺家几乎没有不以为自己的作品是美的，我们的批评，也应该容许各种各色艺术品的自由竞争；但是按照艺术科学的标准给以正确的批判，使较低级的艺术逐渐提高成为较高级的艺术，使不适合广大群众斗争要求的艺术改变到适合广大群众斗争要求的艺术，也是完全必要的。

  又是政治标准，又是艺术标准，这两者的关系怎么样呢？政治并不等于艺术，一般的宇宙观也并不等于艺术创作和艺术批评的方法。我们不但否认抽象的绝对不变的政治标准，也否认抽象的绝对不变的艺术标准，各个阶级社会中的各个阶级都有不同的政治标准和不同的艺术标准。但是任何阶级社会中的任何阶级，总是以政治标准放在第一位，以艺术标准放在第二位的。资产阶级对于无产阶级的文学艺术作品，不管其艺术成就怎样高，总是排斥的。无产阶级对于过去时代的文学艺术作品，也必须首先检查它们对待人民的态度如何，在历史上有无进步意义，而分别采取不同态度。有些政治上根本反动的东西，也可能有某种艺术性。内容愈反动的作品而又愈带艺术性，就愈能毒害人民，就愈应该排斥。处于没落时期的一切剥削阶级的文艺的共同特点，就是其反动的政治内容和其艺术的形式之间所存在的矛盾。我们的要求则是政治和艺术的统一，内容和形式的统一，革命的政治内容和尽可能完美的艺术形式的统一。缺乏艺术性的艺术品，无论政治上怎样进步，也是没有力量的。因此，我们既反对政治观点错误的艺术品，也反对只有正确的政治观点而没有艺术力量的所谓"标语口号式"的倾向。我们应该进行文艺问题上的两条战线斗争。

这两种倾向,在我们的许多同志的思想中是存在着的。许多同志有忽视艺术的倾向,因此应该注意艺术的提高。但是现在更成为问题的,我以为还是在政治方面。有些同志缺乏基本的政治常识,所以发生了各种糊涂观念。让我举一些延安的例子。

"人性论"。有没有人性这种东西?当然有的。但是只有具体的人性,没有抽象的人性。在阶级社会里就是只有带着阶级性的人性,而没有什么超阶级的人性。我们主张无产阶级的人性,人民大众的人性,而地主阶级资产阶级则主张地主阶级资产阶级的人性,不过他们口头上不这样说,却说成为唯一的人性。有些小资产阶级知识分子所鼓吹的人性,也是脱离人民大众或者反对人民大众的,他们的所谓人性实质上不过是资产阶级的个人主义,因此在他们眼中,无产阶级的人性就不合于人性。现在延安有些人们所主张的作为所谓文艺理论基础的"人性论",就是这样讲,这是完全错误的。

"文艺的基本出发点是爱,是人类之爱。"爱可以是出发点,但是还有一个基本出发点。爱是观念的东西,是客观实践的产物。我们根本上不是从观念出发,而是从客观实践出发。我们的知识分子出身的文艺工作者爱无产阶级,是社会使他们感觉到和无产阶级有共同的命运的结果。我们恨日本帝国主义,是日本帝国主义压迫我们的结果。世上决没有无缘无故的爱,也没有无缘无故的恨。至于所谓"人类之爱",自从人类分化成为阶级以后,就没有过这种统一的爱。过去的一切统治阶级喜欢提倡这个东西,许多所谓圣人贤人也喜欢提倡这个东西,但是无论谁都没有真正实行过,因为它在阶级社会里是不可能实行的。真正的人类之爱是会有的,那是在全世界消灭了阶级之后。阶级使社会分化为许多对立体,阶级消灭后,那时就有了整个的人类之爱,但是现在还没有。我们不能爱敌人,不能爱社会的丑恶现象,我们的目的是消灭这些东西。

这是人们的常识,难道我们的文艺工作者还有不懂得的吗?

"从来的文艺作品都是写光明和黑暗并重,一半对一半。"这里包含着许多糊涂观念。文艺作品并不是从来都这样。许多小资产阶级作家并没有找到过光明,他们的作品就只是暴露黑暗,被称为"暴露文学",还有简直是专门宣传悲观厌世的。相反地,苏联在社会主义建设时期的文学就是以写光明为主。他们也写工作中的缺点,也写反面的人物,但是这种描写只能成为整个光明的陪衬,并不是所谓"一半对一半"。反动时期的资产阶级文艺家把革命群众写成暴徒,把他们自己写成神圣,所谓光明和黑暗是颠倒的。只有真正革命的文艺家才能正确地解决歌颂和暴露的问题。一切危害人民群众的黑暗势力必须暴露之,一切人民群众的革命斗争必须歌颂之,这就是革命文艺家的基本任务。

"从来文艺的任务就在于暴露。"这种讲法和前一种一样,都是缺乏历史科学知识的见解。从来的文艺并不单在于暴露,前面已经讲过。对于革命的文艺家,暴露的对象,只能是侵略者、剥削者、压迫者及其在人民中所遗留的恶劣影响,而不能是人民大众。人民大众也是有缺点的,这些缺点应当用人民内部的批评和自我批评来克服,而进行这种批评和自我批评也是文艺的最重要任务之一。但这不应该说是什么"暴露人民"。对于人民,基本上是一个教育和提高他们的问题。除非是反革命文艺家,才有所谓人民是"天生愚蠢的",革命群众是"专制暴徒"之类的描写。

"还是杂文时代,还要鲁迅笔法。"鲁迅处在黑暗势力统治下面,没有言论自由,所以用冷嘲热讽的杂文形式作战,鲁迅是完全正确的。我们也需要尖锐地嘲笑法西斯主义、中国的反动派和一切危害人民的事物,但在给革命文艺家以充分民主自由、仅仅不给反革命分子以民主自由的陕甘宁边区和敌后的各抗日根据地,杂文形式就不应该简单地和鲁迅的一样。我们可以大声疾呼,而不要隐晦曲折,使人民大众不易看懂。如果不是对于人民的敌人,而是对于人民自己,那末,"杂文时代"的鲁迅,也不曾嘲笑和攻击革命人民和革命政党,杂文的写法也和对于敌人的完全两样。对于人民的缺点是需要批评的,我们在前面已经说过了,但必须是真正站在人民的立场上,用保护人民、教育人民的满腔热情来说话。如果把同志当作敌人来对待,就是使自己站在敌人的立场上去了。我们是否废除讽刺?不是的,讽刺是永远需要的。但是有几种讽刺:有对付敌人的,有对付同盟者的,有对付自己队伍的,态度各有不同。我们并不一般地反对讽刺,但是必须废除讽刺的乱用。

"我是不歌功颂德的;歌颂光明者其作品未必伟大,刻画黑暗者其作品未必渺小。"你是资产阶级文艺家,你就不歌颂无产阶级而歌颂资产阶级;你是无产阶级文艺家,你就不歌颂资产阶级而歌颂无产阶级和劳动人民:二者必居其一。歌颂资产阶级光明者其作品未必伟大,刻画资产阶级黑暗者其作品未必渺小,歌颂无产阶级光明者其作品未必不伟大,刻画无产阶级所谓"黑暗"者其作品必定渺小,这难道不是文艺史上的事实吗?对于人民,这个人类世界历史的创造者,为什么不应该歌颂呢?无产阶级,共产党,新民主主义,社会主义,为什么不应该歌颂呢?也有这样的一种人,他们对于人民的事业并无热情,对于无产阶级及其先锋队的战斗和胜利,抱着冷眼旁观的态度,他们所感到兴趣而要不疲倦地歌颂的只有他自己,或者加上他所经营的小集团里的几个角色。这种小资产阶级的个人主义者,当然不愿意歌颂革命人民的功德,鼓舞革命人民的斗争勇气和胜利信心。这样的人不过是革命队伍中的蠹虫,革命人民实在不需要这样的"歌者"。

"不是立场问题;立场是对的,心是好的,意思是懂得的,只是表现不好,结果反而起了坏作用。"关于动机和效果的辩证唯物主义观点,我在前面已经讲过了。现在要问:效果问题是不是立场问题?一个人做事只凭动机,不问效果,等于一个医生只顾开药方,病人吃死了多少他是不管的。又如一个党,只顾发宣言,实行不实行是不管的。试问这种立场也是正确的吗?这样的心,也是好的吗?事前顾及事后的效果,当然可能发生错误,但是已经有了事实证明效果坏,还是照老样子做,这样的心也是好的吗?我们判断一个党、一个医生,要看实践,要看效果;判断一个作家,也是这样。真正的好心,必须顾及效果,总结经验,研究方法,在创作上就叫做表现的手法。真正的好心,必须对于自己工作的缺点错误有完全诚意的自我批评,决心改正这些缺点错误。共产党人的自我批评方法,就是这样采取的。只有这种立场,才是正确的立场。同时也只有在这种严肃的负责的实践过程中,才能一步一步地懂得正确的立场是什么东西,才能一步一步地掌握正确的立场。如果不在实践中向这个方向前进,只是自以为是,说是"懂得",其实并没有懂得。

"提倡学习马克思主义就是重复辩证唯物论的创作方法的错误,就要妨害创作情绪。"学习马克思主义,是要我们用辩证唯物论和历史唯物论的观点去观察世界,观察社会,观察文学艺术,并不是要我们在文学艺术作品中写哲学讲义。马克思主义只能包括而不能代替文艺创作中的现实主义,正如它只能包括而不能代替物理科学中的原子论、电子论一样。空洞干燥的教条公式是要破坏创作情绪的,但是它不但破坏创作情绪,而且首先破坏了马克思主义。教条主义的"马克思主义"并不是马克思主义,而是反马克思主义的。那末,马克思主义就不破坏创作情绪了吗?要破坏的,它决定地要破坏那些封建的、资产阶级的、小资产阶级的、自由主义的、个人主义的、虚无主义的、为艺术而艺术的、贵族式的、颓废的、悲观的以及其他种种非人民大众非无产阶级的创作情绪。对于无产阶级文艺家,这些情绪应不应该破坏呢?我以为是应该的,应该彻底地破坏它们,而在破坏的同时,就可以建设起新东西来。

五

我们延安文艺界中存在着上述种种问题,这是说明一个什么事实呢？说明这样一个事实，就是文艺界中还严重地存在着作风不正的东西，同志们中间还有很多的唯心论、教条主义、空想、空谈、轻视实践、脱离群众等等的缺点，需要有一个切实的严肃的整风运动。

我们有许多同志还不大清楚无产阶级和小资产阶级的区别。有许多党员，在组织上入了党，思想上并没有完全入党，甚至完全没有入党。这种思想上没有入党的人，头脑里还装着许多剥削阶级的脏东西，根本不知道什么是无产阶级思想，什么是共产主义，什么是党。他们想：什么无产阶级思想，还不是那一套？他们哪里知道要得到这一套并不容易，有些人就是一辈子也没有共产党员的气味，只有离开党完事。因此我们的党，我们的队伍，虽然其中的大部分是纯洁的，但是为要领导革命运动更好地发展，更快地完成，就必须从思想上组织上认真地整顿一番。而为要从组织上整顿，首先需要在思想上整顿，需要展开一个无产阶级对非无产阶级的思想斗争。延安文艺界现在已经展开了思想斗争，这是很必要的。小资产阶级出身的人们总是经过种种方法，也经过文学艺术的方法，顽强地表现他们自己，宣传他们自己的主张，要求人们按照小资产阶级知识分子的面貌来改造党，改造世界。在这种情形下，我们的工作，就是要向他们大喝一声，说："同志"们，你们那一套是不行的，无产阶级是不能迁就你们的，依了你们，实际上就是依了大地主大资产阶级，就有亡党亡国的危险。只能依谁呢？只能依照无产阶级先锋队的面貌改造党，改造世界。我们希望文艺界的同志们认识这一场大论战的严重性，积极起来参加这个斗争，使每个同志都健全起来，使我们的整个队伍在思想上和组织上都真正统一起来，巩固起来。

因为思想上有许多问题，我们有许多同志也就不大能真正区别革命根据地和国民党统治区，并由此弄出许多错误。同志们很多是从上海亭子间来的；从亭子间到革命根据地，不但是经历了两种地区，而且是经历了两个历史时代。一个是大地主大资产阶级统治的半封建半殖民地的社会，一个是无产阶级领导的革命的新民主主义的社会。到了革命根据地,就是到了中国历史几千年来空前未有的人民大众当权的时代。我们周围的人物,我们宣传的对象,完全不同了。过去的时代,已经一去不复返了。因此,我们必须和新的群众相结合,不能有任何迟疑。如果同志们在新的群众中间,还是像我上次说的"不熟,不懂,英雄无用武之地",那末,不但下乡要发生困难,不下乡,就在延安,也要发生困难的。有的同志想:我还是为"大后方"的读者写作吧,又熟悉,又有"全国意义"。这个想法,是完全不正确的。"大后方"也是要变的,"大后方"的读者,不需要从革命根据地的作家听那些早已听厌了的老故事,他们希望革命根据地的作家告诉他们新的人物,新的世界。所以愈是为革命根据地的群众而写的作品,才愈有全国意义。法捷耶夫的《毁灭》,只写了一支很小的游击队,它并没有想去投合旧世界读者的口味,但是却产生了全世界的影响,至少在中国,像大家所知道的,产生了很大的影响。中国是向前的,不是向后的,领导中国前进的是革命的根据地,不是任何落后倒退的地方。同志们在整风中间,首先要认识这一个根本问题。

既然必须和新的群众的时代相结合,就必须彻底解决个人和群众的关系问题。鲁迅的两句诗,"横眉冷对千夫指,俯首甘为孺子牛",应该成为我们的座右铭。"千夫"在这里就是说敌人,对于无论什么凶恶的敌人我们决不屈服。"孺子"在这里就是说无产阶级和人民大众。一切共产党员,一切革命家,一切革命的文艺工作者,都应该学鲁迅的榜样,做无产阶级和人民大众的"牛",鞠躬尽瘁,死而后已。知识分子要和群众结合,要为群众服务,需要一个互相认识的过程。这个过程可能而且一定会发生许多痛苦,许多磨擦,但是只要大家有决心,这些要求是能够达到的。

……

节选自《毛泽东选集》(一卷本),人民出版社,1964年版。

【延伸阅读】

1. 毛泽东:《青年运动的方向》,在延安青年群众的五四运动二十周年纪念会上的讲演(1939年)。

2. 毛泽东:《新民主主义论》,《中国文化》创刊号(1940年)。

3. 毛泽东:《反对党八股》,在延安干部会上的讲演(1942年)。

4. 毛泽东:《文化工作中的统一战线》,在陕甘宁边区文教工作者会议上的讲演(1944年)。

Hu Feng 胡 风

【题解】 胡风(1902—1985),原名张光人,又名张光莹,笔名谷非、高荒、张果等,湖北蕲春人。现代诗人、文艺理论家、文学翻译家。1925年进北京大学预科,一年后改入清华大学英文系学习,不久辍学,回乡后一度任职于国民党宣传、文化部门。1929年在日本留学期间参加日本共产党。回国后到上海,任中国左翼作家联盟宣传部长、行政书记,与鲁迅常有来往。抗战期间,任中华全国文艺抗敌协会常委,主编《七月》杂志,编辑出版《七月诗丛》《七月文丛》,扶植文学新人,对"七月诗派"的形成和发展起了重要作用。主要著作有:《文艺笔谈》《论民族形式问题》《民族战争与文艺性格》等。湖北人民出版社于1999年出版《胡风全集》。

《论民族形式问题》是胡风针对1939年至1940年间有关抗战文学"民族形式"问题大讨论所撰写的一部理论著作,由重庆生活书店于1940年12月出版。此节选的是其中的第五节和第九节,主要是反映胡风有关民间文艺和文学的"民族形式"的基本观点。胡风认为民间文艺"本质上是用充满了毒素的封建意识来吸引大众,但同时也是用闪烁着大众自己底智慧光芒的、艺术表现的鳞片的生活样相",所以,"一方面封建意识底传布力就特别强烈,……但依然能够透过它底曲线多多少少地看到民族底或自己底生活样相"。对于民间文艺,现实主义作家并不只是"运用"它底形式,而是"为了要从它得到帮助,好理解大众底生活样相,解剖大众底观念形态,汲受大众底文艺词汇"。对于民族形式的认识,他提出了"反映'新民主主义的内容'的'民族的形式'的文艺,它底内容要随着现实斗争底发展而发展,它的形式也要随着现实斗争的发展而发展。'民族形式',是在不断的发展过程上面"的观点。在当时的论争中,胡风的观点具有一定的代表性,在产生广泛影响的同时,对此也有诸多的不同意见。

胡风肖像

三十四　论民族形式问题(节选)

对于民间文艺的一些理解

不懂或者拒绝了文艺发展底这一法则，就会对于民间文艺或旧形式(这里且不说所谓"传统文艺"或"士大夫形式")发生"单相思"式的幻想，因而在对于它底理解上也不得不陷入了不可收拾的混乱里面。

这里也有一个公式：

　　……民间文艺，既不是纯粹的封建意识形态，又不是纯粹的大众的前进意识形态，而是在自己的内部存在着两个对立的契机或两个可能的前途底矛盾的统一物。(向林冰：《民间文艺的新生》)

　　……民间文艺的出现是封建社会自己矛盾的产物，民间文艺底抬头是封建社会自己炸裂的指标；总之，他是封建文艺的对立物，而不是同一物，它是由未成向完成发展的幼芽，而不是由残余向死灭的残骸。(向林冰：《封建社会底规律性与民间文艺底再认识》)

向林冰先生自己这以前所说的民间形式只有"几点严重的缺陷"(《旧形式的新评价》)，艾思奇先生所说的"旧形式并不仅仅是旧的，而且也有许多地方是很发展，很确当的"(《旧形式运用的基本原则》)，以及其他的类似的理解(周扬、方白、光未然等)，在这一公式里面算是得到了完整的理论表现。"新质"的"胎"居然被理论家找着了。

到这里，我们就需要看一看民间文艺底"两个对立底契机"或"封建文艺底对立物"实际上是什么情形。然而，限于材料也限于时间，这里只好就这一理论的坚持者向林冰先生所提出例证来取得我们底理解。

先看一看从内容上、"社会背景的认识上"所分的三类(《封建社会底规律性与民间文艺底再认识》)罢。

第一类："封建统治底巩固与存续，……需要将自身所必要的意识形态注输于人民大众。……这就使统治者群不得不于自己所熟悉的古文形式之外，采用民间白话的口头告白的通俗形式，以期大众易于理解和欣赏。"这当然是"纯粹的封建意识形态"，不在话下了。

第二类："封建社会的失意官吏或落魄文士，每多对于封建统治的暴露、攻击与讽刺，……尤其在民间文艺中表现得最为露骨与具体。"作为实例，他举出了《水浒传》，刘时中的《端正好》，蒲松龄的《问天词》，贾凫西的《木皮鼓词》，说这些虽然"在本质上者还导不出革命的结论"，但却是"发自二心的叛逆之音"。

后面三种里面的《问天词》，我能够读到了。在那里面，作者替封建道德底忠实履行者所受的不平待遇——如忠臣受害，孝子含冤，向苍天提出了质问，表白了他对于这些"战士"的一片真心，那么，这分明是"诤臣"的苦谏，决不是什么"发自贰心的叛逆之音"了。至于《水浒传》，向林冰先生自己就作过这样的评价：

> ……即以封建叛逆著名的《水浒传》这一农民革命的作品而论,其反抗的终极目的,也不外是使封建王朝的统治合理化。我常说《水浒传》的全部政治意义,在于下面两首山歌：第一首,是十五回"吴用智取生辰纲"白胜所唱："赤日炎炎似火烧,田野禾苗半枯焦;农夫心内如汤煮,公子王孙把扇摇。"第二首是十八回"晁盖梁

山小夺泊"阮小五所唱："打鱼一世蓼儿洼，不种青苗不种麻。酷吏赃官都杀尽，忠臣报答赵官家。"前一首是反抗的动因，后一首是反抗的限界，所以梁山泊一百单八名好汉，结果达到于招安，是封建的艺术机构的必然归宿。(《旧形式的新评价》)

这还是能够是"发自贰心的叛逆之音"么？

第三类："封建社会下被压迫被剥削的人民大众的自己创作，如像歌谣、谚语、歇后语、传说故事、俗曲土调、乡土剧等口碑文艺——特别富于反封建的意义，……"但作过了这样评价的也正是向林冰先生自己：

> 民间流行的小调山歌之类，多为和平时代或粉饰太平的作品，故其形式不为靡靡之音，即为苦闷的呻吟，而非表现战斗反抗的适切形式，其描写反抗者，亦多属封建权威的卫护，鲜有反抗权威的民主成分。(《旧形式的新评价》)

连"反抗权威的民主成分"都"鲜有"，就更不论作为封建意识底对立物的、人权平等底个性主义(人本主义)和它底政治要求了。所以，这民间文艺底"基本来源"的第三类，即令是"封建社会自己矛盾底产物"，但我们依然找不到作为"封建文艺的对立物"是在那里。

这只是少数的例子，而且用的是向林冰先生自己的说明，但我们却看不到"还未能发展到完成形态的民主革命文艺"。现代市民阶级勃起以前，几千年的中国文化史上，自然有反映劳动人民的梦想的、民主主义思想的成分，但一方面由于封建文化底强大压力，一方面由于创造民主主义底物质地盘还没有存在，这些成分不是摧毁了就是被阻留在梦想性的原始状态里面，没有能够发展成为作为认识现实改造现实的、群众性的、科学性的、实践的思想体系或生活态度。所以，即使在历史上发生过多少带有民主要求的群众行动，但由于这一原因，不但被注定了溃败的命运，而且在文艺上也得不到民主主义观点的反映，甚至略略带有民主主义观点底要素底反映也很难被我们发现了。作为生活现实底反映的文艺，虽然是"封建社会下被压迫被剥削的人民大众的自己创作"，但客观上既没有民主主义的现实存在,主观上又没有民主主义的战斗观点,他们底不平、烦恼、苦痛、忧伤、怀疑、反抗、要求、梦想……就只有在封建意识里面横冲直撞,恰像追求光明的苍蝇乱碰在玻璃窗子里面;不但不能使那些"反抗的动因"得到合理的"归宿",而且也不能使那些反抗的实际内容在历史真理底照明下面呈露出真像,因而封建文艺再也不能向前发展了。说民间文艺在走着下坡路(郭沫若),说民间文艺只有死灰的前途(葛一虹),正是反映了这一意义。

然而,当封建文艺(民间文艺)依靠着"历史的惰性"在发挥它的威力时候,市民阶级作为一个强大的物质力量在中国土地上站了起来,以它为盟主的中国人民爆发了一个伟大的文学革命,从先进国累积了几百年的、一般意识形态上的和文艺上的民主主义的斗争经验里面,惊喜若狂地找着了能够组织他们对于现实生活的认识,能够说出他们对于现实生活的感应的、创作方法上的丰富的源泉。二十年来文艺运动,就是为了实现民主主义的要求,为了和封建文艺(民间文艺)争夺读者的运动,说它"均和民间文艺的高场保持着分进合击的友军协同的对立统一关系"(向林冰),只是一个没有事实说明也不能有理论说明的臆断。

那么,它底形式上的特征又是怎样的呢?如果"也有许多地方是很发展、很确当的"(艾思奇)不能算是说明,如果"民间的旧有艺术形式中底优良成分"(周扬)也不能算是说明,那理论家就不得不提出更具体的论点。

第一位依然是向林冰(《旧形式的新评价》)。他首先指出了民间形式底"几点严重的缺陷":第一,是缺乏发展的观念的形式;第二,是反生产性的支配形式;第三,是缺乏反抗战斗的澈底性的形式;第四,是宿命论的大团圆的形式。姑不论这些"缺陷"是不是形式上的问题,也不论这说明是不是能够提示问题底内的关联,但他总算是从形式方面感到了民间文艺被封建意识底内容所规定了"宿命的"性格。但他接着又指出了"这只是真理的一面","另一面又有其不可忽视的优点"。什么是优点呢？在他底意见里面我们看到了能够成为形式本身的特征的，有三点：

一，是群众性的（口头告白性的）形式；

二，是故事化的形式；

三，是直叙化的形式。

那么，从后面两点里面，我们又看到了"内容决定形式"这一法则的鲜明的实例，这些形式上的特征正是封建意识的内容所要求的、能够和它适应的表现手段。因为，"神机妙算的诸葛亮，常胜将军的赵子龙，统统是用具体的故事逐渐建造起来的人物"，这种"故事化"正是由于粗粗一看好像适得其反的、封建的认识方法（对于历史和人的认识方法）底观念性的结果："叙述一件事物，必先照事物的原有顺序，依次叙述……而且每件事实，都要有因有果，有首有尾，……如新形式中的突然而来嘎然而止的笔法，是绝无仅有的"，这种"直叙化"也正是封建农村的社会基础上所形成中的认识方法底限界，看人从生看到死，看事从发生看到结束，宿命论或因果报应的思想就是它底根源。至于"口头告白性"，那并不是封建的民间文艺所独有的，市民文艺和新兴文艺都采用了这个和人民取得联系的方式，因为，它底获得作为形式的特征，并不在于口头告白，而是在于怎样告白，告白了什么，把山歌小调和救亡歌曲一比较，事情就会非常明显的。

其次是艾思奇先生（《旧形式运用的基本原则》）。

> ……中国的旧形式并不离开先生，而是反映现实的一种特殊的方式、方法或手法。这种手法的特点在于把现实事物底重要的方面作夸张的格式化的表现，这在旧小说和旧戏剧方面都有最明显的表现。在这种意义上，我们可以说旧形式不是写实的，而是（借中国画术语来说）写意的。……因为它底夸张性，所以能够很强烈地反映现实，把它的要点放大，因此也就更有群众性。

> 对于旧形式要把握的是它的"合理的核心"。它底强调要点，适度夸张的手法。

和向林冰先生的说法相比较,这虽然显示了理论的追求,但依然有几个问题摆在我们前面。第一,这"强调要点、适度夸张的手法"(暂沿用艾先生底术语),从艾先生在前面说过新文艺主要地是接受了"外来的写实主义的形式"以及"形式的写实手法不能充分地反映抗战的现实"看来,分明被他认为是和现实主义(写实主义)对立的,至少是不能被现实主义含有的;和现实主义对立的,既不能被现实主义含有的"手法",又怎样"能够很强烈地反映现实","充分地反映抗战的现实"?为什么"适度的夸张"非和"形式的写实手法"对立不可?第二,艾先生认定了旧形式底"格式化",像"旧戏的不自然的脸谱,不合时代习惯的台步"是旧形式负的方面,主张我们"首先要酌量解放了它的一些生硬不化的格律"。但旧形式的"格式化"并不是这样简单的事情。就旧戏说,不只是"不自然的脸谱"和"不合时代习惯的台步",连表现喜怒哀乐的动作、声调,甚至词意,都有着一定的"格式",那不是特定环境下的特定形象底"新鲜活泼的"反映,而是通过它可以唤起特定封建意识的情绪的、象形文字式的符号。所以,即使"旧戏新编时我们取消了脸谱",但仅仅这也还不能"还他现实的面目",但如果去掉了一切"格式",却又很少有什么留下了。这形式上的符合性("格式化"),结合着内容上的固定性(封建的意识形态)和发源于特定生活基础的,观众的低的理解力所能生的反应,在艾思奇先生底眼里就幻化成了"适度夸张",甚至变为"能够很强烈地反映现实"的"合理的核心"了。

所以,说"旧形式具有悠久历史,在人民中间曾经、现在也仍然是占有势力,这是中国封建社会长期停滞(?——胡风)[①]及半封建的旧经济旧政治尚在中国占优势底反映"(周扬:《对旧形式利用在文学上的一个看法》),是非常正确的见解,只可惜它并没有得到胜利。提出了反对论点的,主要地依然是向林冰先生:

[①] 原文如此,这是作者的按语。

……在另一方面，民间形式由于是大众所习见常闻的自己作风与自己气派，由于是切合文盲大众欣赏形态的口头告白的文艺形式，所以便为大众所习见乐闻，而成为大众生活系统中所不可缺乏的精神食粮。这也是无可否认的事实。（《论民族形式的中心源泉》）

这"无可否认的事实"使他得出了民间形式"另方面又是民族形式的同一物"的结论。就是周扬先生自己，提出了上面的正确见解以后，又忽跌进了这"无可否认的事实"的陷阱：

……要说明人民旧的爱好，不能以作品之旧内容正投合人们底旧的感情、心理、意识这个事实为唯一理由，旧形式为它们所熟悉、所感到亲切，因而容易为他们所接受，这一点有很大关系。（同上）

"大众所习见常闻"，"为他们所熟悉、所感到亲切"，这和"形式底能动性不过是用着特殊的形态表现发展过程底内容本身底能动性的东西"这一科学的真理没有任何共通之点，只能是对于"存在的皆是合理的"这一反动命题底呼应。发展下去，势非达到这个地步不止：

……无可否认地，中国的读者大众始终还在《说岳传》《薛仁贵征东》《包公案》《施公案》的势力之下。虽然那种形式不健全，那种内容是有毒的，却是千百年来中国土壤、中国水份的灌溉下长成的产品。所以它们是中国自己的、特别能发现中国民族色彩的。所以要建立小说底民族形式，我们不得不注意这种旧小说旧形式底感染力量。所以第一，对于旧小说中底某些手法，如刻划人底方法及特别富于感到中国大众的词句，都该接受。（夏照滨：《关于建立文艺的民族形式》）

说的是什么？第一，"形式不健全"，"内容是有毒的"却"特别能表现中国民族色彩"，第二，为了"旧形式的感染力量"，"不健全"的"有毒"的"某些"东西也"都该接受"。这叫做"饮鸩止渴"主义。

但民间文艺在大众中间的"占有势力"，却的确是"无可否认的事实"。如果"不能以作品之旧内容正投合着人们底旧的感情、心理、意识这个事实为唯一理由",那么,我们可以这样说罢:因为它不仅是反映了认识生活的封建观点,而且虽然是通过封建意识的世界感和世界观,但依然在某一限度上反映了民族的生活样相。或者是民族底、大众底过去的生活(故事、乡土戏等),或者是大众的经验上的智慧(谚语、歇后语、格言、譬喻、寓言等),或者是大众底抒情表现(山歌、民谣、小调等),或者是关于宗教或迷信的神话(传说、乡土戏等)。这些,本质上是用充满了毒素的封建意识来吸引大众,但同时也是用闪烁着大众自己底智慧光芒的、艺术表现的鳞片的生活样相来吸引大众,正因为封建意识是体化在生活样相里面,所以,一方面封建意识底传布力就特别强烈,一方面即使意识上对于封建意识本身抱有反感,但依然能够透过它底曲折线多多少少地看到民族底或自己底生活样相,而不能不感到某种"亲切"。一切对于民间形式的幻想,都是由于不理解这一理论而来的。对于民间文艺的汲取,无论如何也不能不把握住这一个基点。

所以,现实主义的作家虽然应该深澈地研究民间文艺,但并不是为了要"运用"它底形式,而是为了要从它得到帮助,好理解大众底生活样相,解剖大众底观念形态,汲受大众底文艺词汇。前二者溶化到现实生活里面,得接受作家底一定观点(创作方法)底组织,成为创造新内容的题材,后者溶化到大众底口头语言里面,也得接受作家底一定观点(创作方法)底组织,成为创造和那新内容相应的新形式的材料。而且,不是为了运用形式,也不是为了接受内容,而是为了得到帮助,对于"现实生活"和"口头语言"的知识更加丰富,更加能够理解大众底表现感情的方式,表现思维的方式,认识生活的方式,就是所谓"中国作风和中国气派"。向林冰先生自己虽然引用过但却没有看懂的两段话,就可以和我们底理解印证:

  普式金劝告青年作家研究简单的民间故事,以便认识俄国语言底特性。虽然在民间的创作中也有幻想,但在多方面的形式中,最后地深刻之真实地反映出民众底真正的意见和要求。……

大家知道,在十月革命后的几年内,列宁空出时间来研究俄国底语言。他有兴趣于民间成语、俗语、故事,他指出对于研究劳动群众底期望和趋向,这些东西是有极大的价值。(《发扬五四时代的文艺史观》中所引)

这是为了要"运用"民间形式么?列宁没有"运用民间"形式创造过"民族形式",固不用说,就是普式金,不但不是民间形式底"运用"者,而且是新形式底创造者,这一点,不"甘于盲目无知"的向林冰先生是应该知道的。

还有一个附带的小问题。向林冰先生又引剧歌德底《浮士德》,莎士比亚底《罕姆雷特》《奥德罗》等为运用民间形式的例子(《封建社会底规律性与民间文艺底再认识》),然而,第一,丹麦底关于罕姆雷特的故事和意大利的关于奥德罗的故事甚至并不是莎士比亚本国底"民间文艺",第二,作者只把那些故事当作题材,那题材经过他们底观点熔铸以后,就成了新的内容也成了新的形式。这一点,不"甘于盲目无知"的向林冰先生也是应该知道的。

……

从民族解放运动看文艺运动,从文艺运动看民族形式问题

所以,我们所要求的文艺,现实主义的文艺,"五四"革命传统主动地争取发展的文艺,替民族革命战争服务的文艺,为了反映"新民主主义的内容"的"民族的形式"的文艺,它底内容要随着现实斗争底发展而发展,它的形式也要随着现实斗争的发展而发展。"民族形式",是在不断的发展过程上面。我们所要争取的固然也在于它底某一完成,但尤其在于它底不断的发展。

不能把握住这个基本的观点，就会脱离现实的客观基础，而从主观的幻想或计划上来看问题。

第一个幻想是，虽然他们自己也说不出明确的轮廓，但却在观念里面立下一个完成了的"民族形式"，说以前和现在都还没有存在过，是一种尚待创造的东西（向林冰、方白、光未然等）。这样的幻想是使人焦躁的。有趣的是，不知道是因为对于民间文艺或旧文艺的拜物情绪呢，还是因为对于新文艺的先天敌意，焦躁的结果就反而把从前和现在都还没有存在过的"民族形式"变成了从前存在过现在也存在着的民间形式或旧形式底借尸还魂。这样的幻想家们不懂，民族形式是由于活的民族斗争内容所决定的，能通过具体的活的形象，即中国作风与中国气派成功地反映了特定阶级的民族现实，就自然是民族的形式。就鲁迅说吧，虽然受着他自己曾经慨叹过的文字上的限制（《坟》底后记），但却在被限制的文字底最大限度上通过深刻的现实主义的方法写出了特定时期的中国人民底典型，因而他底形式不但是他底文学斗争时代的民族形式，而且，在创作意志和斗争意志的深刻结合上，在人物底现实性和典型性的高度的统一上，也就是思想力和艺术力的高度的统一上，正是现在的以至将来的文艺形式底典范或前驱。没有形式上的成功，就不会有反映真理的文艺斗争任务上的成功，说鲁迅底形式不是民族形式，就等于否认了他在文艺史上因而也就是在民族革命史上的伟大的存在意义了。

第二个幻想是，把民族形式当做民族全体无往不通的形式，现在的任何一个人民都喜闻乐见的形式。这样的幻想也说使人焦躁的，焦躁的结果就是尽力使文艺"低降"，虽然还没有办法"低降"到能够使文盲、色盲、聋子、哑子都一律喜闻乐见的地步。这样的幻想家不但忘记了人民（大众）底现实文化生活状况，而且也不懂：文艺既然是民族的现实斗争底反映，就不能不受能发展也有阻力的主导的斗争力量或斗争观念底领导，不能也不应是一个使人人皆大欢喜的交际明星，为什么不得不通过现实主义的方法,是因为这个原因,由于通过现实主义的方法而产生了艰苦的斗争过程,也是因为这个原因。如果拒绝了这一观点,那"民族形式"底提出就成为只是为了打开"文艺批评只长期寂寞"的一件"文坛趣事"了。

和这些幻想家的幻想相反,争取"民族形式"底发展,实际上是争取"新民主主义的内容"能够更胜利地得到艺术的表现。这就不是一个单纯的形式问题,而是只有从属到总的文艺斗争里面才能够有前途的问题,只有从属到总的文艺运动里面才能够有前途的问题。说"新民主主义文化的内容,……要从对现有的实际状况战斗出来,它的形式,民族形式,同样也要从对现有的实际状况战斗出来"(潘梓年),就提出了正确的暗示。

文艺运动,是民族解放运动底一翼。一方面,要投身到实际斗争里面,为达到和大众结合而斗争;另一方面,要坚持而且加强现实主义传统,为提高大众底认识能力而斗争。前者要接受后者底领导,只有接受这领导才能够把握住方向,后者要接受前者底营养,只有接受这营养才能够在活的基础上丰富自己、加强自己。如果说,现实主义的传统只有深入到实际斗争也就是和大众结合里面,才能够领导大众的文艺斗争也能够在活的基础上丰富自己,加强自己,那么,深入到实际斗争也就是和大众的结合里面,这正是文艺运动在今天的主要任务。

然而,这一个和大众的结合过程,决不是写一些大众化的作品,把它"仍旧放在民间,让它在民间生长,让它在民间流变,让它和广大民众生活在一起,汲取民众生活的营养,同时,它也影响民众的生活"(方白)似的自然流变的过程,而是一个实践行动的艰苦的斗争。作家们投身到或生长自大众中间,和大众生活在一起,或者参加在血火的战斗里面,或者启发大众底文化生活(读报、读书、晚会等),或者组织大众底文艺活动(演剧运动、壁报运动、朗诵运动、通讯员运动等),一方面扩大文化文艺运动底影响,由这来推动实践斗争,加强地争取文化文艺发展底前提条件,一方面感受、把握活的生活现实,把大众的感情、欲望、思想等化成自己底内的经验,由这来具体的活的形象(中国作风与中国气派)上溶化一代底生活真理;把大众底活动语言和表现感情、思维的方式等化成自己底主观能力(技术),由这来在具体的活的形象(中国作风与中国气派)上表现一代底活的人生。只有通过这一个过程,现实主义的方法才能够成为作家底主观和实际斗争的客观中间的血脉,使作家能够在和内容相应的完全的艺术表现上创造突击的小型作品或综合大大型作品。只有通过这一个过程,才能够推进现实主义的传统,使文艺上的普及工作和提高工作统一在现实主义的传统里面。民族战争向前发展,实际斗争向前发展,在实际斗争里面的或者从实际斗争生长的作家所把握到的内容和形式也向前发展。随着"新民主主义的内容"底向前发展,为了反映"新民主主义的内容"的"民族形式"也就向前发展了。

伟大的民族战争一定要胜利,现实主义的文艺传统也一定要胜利,但它底胜利只有通过这条道路才能够得到。为开辟这条道路而斗争,是我们今天的任务。

节选自胡风《论民族形式问题》,重庆生活书店,1940年12月出版。

【延伸阅读】

1. 胡风:《文艺笔谈》,上海生活书店1937年版。
2. 胡风:《民族战争与文艺性格》,重庆南天出版社1942年版。
3. 胡风:《置身在为民主的斗争里面》,《希望》第1集第1期(1945年)。
4. 胡风:《胡风文集》,上海春明书店1948年版。

Zhu Guangqian 朱光潜

【题解】 朱光潜(1897—1986),笔名孟实、盟石,安徽桐城人。现代著名的美学家、文艺理论家、教育家、翻译家。儿童时代接受严格的私塾教育,中学毕业后,入免费的武昌高等师范学校中文系学习,不久考取北洋政府教育部派送生资格,于1918年至1922年就读于香港大学,学习英国语言与文学、教育学、生物学、心理学等课程。1925年出国留学,分别就读于英国爱丁堡大学、伦敦大学,法国巴黎大学、斯特拉斯堡大学,获文学硕士、博士学位。1933年回国,先后在国立北京大学、国立四川大学、国立武汉大学、国立安徽大学任教。主要著作有《西方美学史》《给青年的十二封信》《谈美》《文艺心理学》《美学批判论集》《谈美书简》等。中华书局、安徽教育出版社先后出版了《朱光潜全集》。

《自由主义与文艺》刊于1948年8月6日《周论》第2卷第4期。在文中,朱光潜首先界定了"自由"和"自由主义"的内涵,重点论述了文艺与自由的关系,分别从文艺的特性、功效等多个维度论述了文艺的自由本质,提出了"自由是文艺的生命"的观点,指出:"文艺的自由就是自主,就创造的活动说,就是自生自发。"他旗帜鲜明地反对文艺奴役化、工具化,指出:"我反对拿文艺做宣传的工具或是逢迎谄媚的工具。文艺自有它的表现人生和怡情养性的功用,丢掉这自家园地而替哲学宗教或政治喇叭或应声虫,是无异于丢掉主子不做而甘心做奴隶。"他的这种思想,为中国现代自由主义文学,奠定了坚实的理论基础,在民国文坛上,产生了重要的影响。

朱光潜肖像

三十五　自由主义与文艺

"自由主义"这个名词在意义上不免有一点含混,尽管人们在热烈地拥护它或者反对它,它究竟是什么,彼此所见,常不接头。"自由"有时是自私自便的借口,随意破口骂人,说这是言论自由;它也有时是防止旁人干涉的借口,自己行为不检,旁人不用议论,这是私人行为的自由。一种争论(无论是政治的,宗教的或道德的)有左右两个对立的立场时,你如果一无所属,你的超然的态度也有时叫作"自由的";所以"自由的"说好一点是"独立的",说坏一点是"骑墙的","灰色的"。既然有这含混,我不能不把我个人所了解的"自由主义"略加说明。

一个人的观念的形成大半取决于他所受的教育。我分析我自己的"自由"观念,大约有两个源头。头一个是我的浅薄底西文字源学的知识。在起源时"自由"这个字是与"奴隶"相对立的。古代社会中人往往分两等,一等人自己是自己的主子,对于自己的所属有权处理;另一等人须奉他人主子,自己的身家财产都要听他摆布。前者是自由人而后者是奴隶。我所了解的"自由"就是这种与奴隶相对立的一种状态;我拥护自由主义,其实就是反对奴隶制度,无论那是强迫他人做自己的奴隶,或者自己甘心做他人的奴隶。我主张每个人应有他的自主权,凭他的理性的意志发为理性的行为。

其次,我学过一些生物学和心理学,"自由"这观念常和"发展"联在一起。一般生物(连人在内)都有一种本性,一种生机。他们的健康与否就要看这本性或生机能否得到正常的合理的发展;如果得到正常的合理的发展,我们说他们能"自由发展"。自然的发展通常是自由的发展。一种生物如果不能自由发展,那必定由于有一种不自然的压力在压抑它,阻止它,例如一颗花生芽出土,就被石头压起,逼得它不能自由发展,因而拳曲衰萎。这个意义的"自由"是与"压抑""摧残"相对立的。我拥护自由主义,其实就是反对压抑与摧残,无论那是在身体方面或是在精神方面。我主张每个人无牵无碍地发展他的"性所固有",以求达到一种健康状态。不消说得,"自由"的这两个意义是相因相成的,奴隶离不了压抑,能自主才能自由发展。谈到究竟,我所了解的自由主义与人道主义(humanism)骨子里是一回事。

本着这个了解,我在文艺的领域维护自由主义。

第一,文艺应自由,意思是说它能自主,不是一种奴隶的活动。奴隶的特征是自己没有独立自主的身份,随在都要受制于人,就这个意义说,人都多少是自然需要的奴隶,脱离不掉因果律的命定,没有翅膀就不能高飞,绝饮食就会饿死,落在自然的圈套,便要受自然的限制。惟有在艺术底活动方面,人超脱了自然的限制,能把自然拿在手里玩弄,剪裁它,重新给予它一个生命与形式。而他的这种作为并不像饮食男女的事有一个实用的需要在驱遣,他完全服从他自己的心灵上的要求。所以艺术的活动主要地是自由的活动。大哲学家如康德,大诗人如席勒,谈到艺术时,都特别着重它的自由性。这自由性充分表现了人性的尊严。在服从自然限制而汲汲于饮食男女的营求时,人是自然的奴隶;在超越自然限制而自生自发地创造艺术的意象境界时,人是自然的主宰,换句话说,他就是上帝。人的这一点宝贵的本领我们不能不特别珍视。

我所要说的第二点与第一点正密切相关:文艺的要求是人性中最宝贵的一点,它就应有自由的发展,不应受压抑或摧残。人性中有求知、想好、爱美三种基本的要求。求知,才有学问的活动,才实现真的价值;想好,才有道德的活动,才实现善的价值;爱美,才有艺术的活动,才实现美的价值。一个完全人在这三方面都应该有平均的和谐的发展,所谓"实现人生"就是实现这三方面底可能性。如果因为发展某一方面而要摧残另一方面,那就是畸形的发展,结果就要产生精神方面的聋子瞎子。一个人在精神方面是聋子瞎子,他就不健康,他也就不是一个自由底人,因为像一颗被石头压住的花草一样,他没有得到自由的生发。就这个意义说,文艺不但自身是一种真正自由的活动,而且也是令人得到自由的一种力量。西方人常说:"艺术是使人自由底"(Art is liberative),而不带工业性的艺术如音乐图画文学之类通常也冠上"自由的"(Liberal arts)一个形容词。这"自由的"和"解放的"有同样底意义。艺术使人自由,因为它解放人的束缚和限制。第一,它解放可能被压抑底情感,免除弗洛伊德派心理学所说的精神的失常。其次,它解放人的蔽于习惯的狭小的见地,使他随在见出人生世相的新鲜有趣,因而提高他的生命的力量,不致天天感觉人生乏味。

从以上两点看,自由是文艺的本性,所以问题并不在文艺应该或不应该自由,而在我们是否真正要文艺。是文艺就必有它的创造性,这就无异于说它的自由性;没有创造性或自由性的文艺根本不成其为文艺。文艺的自由就是自主,就创造的活动说,就是自生自发。我们不能凭文艺以外的某一种力量(无论是哲学的,宗教的,道德的或政治的)奴使文艺,强迫它走这个方向不走那个方向;因为如果创造所必需的灵感缺乏,我们纵然用尽思考和意志力,也决定创造不出文艺作品,而奴使文艺是要凭思考和意志力来炮制文艺。文艺所凭借的心理活动是直觉或想象而不是思考和意志力,直觉或想象的特性是自由,是自生自发。这并非说,文艺可以与人生绝缘,它其实就是人生的表现,人生好比土壤,文艺是这上面开的花,花的好坏有赖于土壤的肥瘠。但是花的生发是自然的生发,水到渠成,是怎样人生的观照就产生怎样文艺。我们不能凭某一个人或某一部分人的道德的或政治的主张来勉强决定文艺生展的方向。在历史上屡次有人想这样做——例如柏拉图,中世纪耶稣教会以及许多专制君主和政客——以为文艺走某一方向便合他们的主张或利益,于是硬要它朝那个方向走,尽箝制和奸污之能事,结果文艺确是受了害,而他们自己也未见得就得了益。因此,我反对拿文艺做宣传的工具或是逢迎谄媚的工具。文艺自有它的表现人生和怡情养性的功用,丢掉这自家园地而替哲学宗教或政治做喇叭或应声虫,是无异于丢掉主子不做而甘心做奴隶。损人利己是人类的普遍的劣根性,宗教家和政治家之流要威迫利诱文艺家做他们的奴隶,或属情理之常;而文艺家自己却大声嚷着:"文艺本来只配做宗教,道德和政治的奴隶,做奴隶是文艺的神圣底义务!"这就未免奴颜屈膝而恬不知耻了。

选自1948年8月6日《周论》第2卷第4期。

【延伸阅读】

1. 朱光潜:《给青年的二十封信》,开明书店1931年版。
2. 朱光潜:《谈美》,开明书店1932年版。
3. 朱光潜:《诗论》,国民图书出版社1943年版。
4. 朱光潜:《文学与人生》,《中央周刊》1943年5月24日。

Fu Lei 傅 雷

【题解】 傅雷(1897—1966),字怒安,号怒庵,笔名迅雨,上海人。现代著名的翻译家,文艺评论家。早年就读上海天主教创办的徐汇公学,因反迷信、反宗教被开除。1928年留学法国巴黎大学,学习艺术理论,受罗曼·罗兰影响,酷爱音乐,期间游历瑞士、比利时、意大利等国,领略欧洲艺术和文化。1931年秋回国,专门从事法国文学翻译与介绍。1981年,安徽人民出版社出版《傅雷译文集》,共15卷。

《论张爱玲的小说》刊于1944年5月《万象》第3卷第11期,署名迅雨。在文中,他高度评价了张爱玲的小说创作,认为她的《金锁记》是当时文坛"最美收获之一",并从结构、节奏、色彩、心理、风格、创作手法等多个维度对这部小说进行了精辟的艺术分析,重点是以"情欲"为中心来分析主人公曹七巧的个性和悲剧,指出张爱玲在这部小说中的心理分析少用"独白",但仍然精彩绝伦,尤其是采用电影的"节略手法",凸显小说美学独有的意境,这应是张爱玲的小说创作当中的"最完满之作",颇有鲁迅的《狂人日记》中"某些故事的风味"。但对张爱玲的另一部小说《倾城之恋》则颇有微辞,指出两个主人公个性肤浅,缺乏现实感。而其他的作品也还存在类似的问题,如《连环套》,它的主要弊病就是内容的贫乏,人物缺少真实性,用语错乱并且俗气。不过,傅雷还是非常欣赏张爱玲的才气和艺术天赋,认为她是"有多面的修养而能充分运用的作家(绘画,音乐,历史的运用,使她的文体特别富丽动人)"。傅雷对张爱玲小说所作的评价,中肯、细腻、精到,艺术品位极高,为民国文坛佳话。

傅雷肖像

三十六　论张爱玲的小说

前　言

在一个低气压的时代，水土特别不相宜的地方，谁也不存什么幻想，期待文艺园地里有奇花异卉探出头来。然而天下比较重要一些的事故，往往在你冷不防的时候出现。史家或社会学家，会用逻辑来证明，偶发的事故实在是酝酿已久的结果。但没有这种分析头脑的大众，总觉得世界上真有魔术棒似的东西在指挥着，每件新事故都像从天而降，教人无论悲喜都有些措手不及。张爱玲女士的作品给予读者的第一个印象，便有这情形。"这太突兀了，太像奇迹了"，除了这类不着边际的话以外，读者从没切实表示过意见。也许真是过于意外怔住了。也许人总是胆怯的动物，在明确的舆论未成立以前，明哲的办法是含糊一下再说。但舆论还得大众去培植；而且文艺的长成，急需社会的批评，而非谨慎的或冷淡的缄默。是非好恶，不妨直说。说错了看错了，自有人指正——无所谓尊严问题。

我们的作家一向对技巧抱着鄙夷的态度。五四以后，消耗了无数笔墨的是关于主义的论战。仿佛一有准确的意识就能立地成佛似的，区区艺术更是不成问题。其实，几条抽象的原则只能给大中学生应付会考。哪一种主义也好，倘没有深刻的人生观，真实的生活体验，迅速而犀利的观察，熟练的文字技能，活泼丰富的想象，决不能产生一样像样的作品。而且这一切都得经过长期艰苦的训练。《战争与和平》的原稿修改过七遍；大家可只知道托尔斯泰是个多产的作家（仿佛多产便是滥造似的）。巴尔扎克一部小说前前后后的修改稿，要装订成十余巨册，像百科辞典般排成一长队。然而大家以为巴尔扎克写作时有债主逼着，定是匆匆忙忙赶起来的。忽视这样显著的历史教训，便是使我们许多作品流产的主因。

譬如，斗争是我们最感兴趣的题材。对。人生一切都是斗争。但第一是斗争的范围，过去并没包括全部人生。作家的对象，多半是外界的敌人：宗法社会，旧礼教，资本主义……可是人类最大的悲剧往往是内在的外来的苦难，至少有客观的原因可得诅咒，反抗，攻击；且还有廉取时情的机会。至于个人在情欲主宰之下所招致的祸害，非但失了泄愤的目标，且更遭到"自作自受"一类的谴责。第二斗争的表现。人的活动脱不了情欲的因素；斗争是活动的尖端，更其是情欲的舞台。去掉了情欲，斗争便失去了活力。情欲而无深刻的勾勒，便失掉它的活力，同时把作品变成了空的躯壳。

在此我并无意铸造什么尺度，也不想清算过去的文坛；只是把已往的主张缺陷回顾一下，瞧瞧我们的新作家为它们填补了多少。

一 《金锁记》

由于上述的观点，我先讨论《金锁记》。它是一个最圆满肯定的答复。情欲（Passion）的作用，很少像在这件作品里那么重要。

从表面看，曹七巧不过是遗老家庭里一种牺牲品，没落的宗法社会里微末不足道的渣滓。但命运偏偏要教渣滓当续命汤,不但要做儿女的母亲,还要做她媳妇的婆婆——把旁人的命运交在她手里。以一个小家碧玉而高攀簪缨望族,门户的错配已经种下了悲剧的第一个原因。原来当残废公子的姨奶奶的角色,由于老太太一念之善(或一念之差),抬高了她的身份,做了正室;于是造成了她悲剧的第二个原因。在姜家的环境里,固然当姨奶奶也未必有好收场,但黄金欲不致被刺激得那么高涨,恋爱欲也就不至压得那么厉害。她的心理变态,即使有,也不至病入膏肓,扯上那么多的人替她殉葬。然而最基本的悲剧因素还不在此。她是担当不起情欲的人,情欲在她心中偏偏来得嚣张。已经把一种情欲压倒了,才死心塌地来服侍病人,偏偏那情欲死灰复燃,要求它的那份权利。爱情在一个人身上不得满足,便需要三四个人的幸福与生命来抵偿。可怕的报复!

可怕的报复把她压瘪了。"儿子女儿恨毒了她",至亲骨肉都给"她沉重的枷角劈杀了",连她心爱的男人也跟她"仇人似的";她的惨史写成故事时,也还得给不相干的群众义愤填胸地咒骂几句。悲剧变成了丑史,血泪变成了罪状;还有什么更悲惨的?

当七巧回想着早年当曹大姑娘时代,和肉店里的朝禄打情骂俏时,"一阵温风直扑到她脸上,腻滞的死去的肉体的气味……她皱紧了眉毛。床上睡着她的丈夫,那没生命的肉体……"当年的肉腥虽然教她皱眉,究竟是美妙的憧憬,充满了希望。眼前的肉腥,却是刽子手刀上的气味。——这刽子手是谁?黄金。——黄金的情欲。为了黄金,她在焦灼期待,"啃不到"黄金的边的时代,嫉妒妯娌,跟兄嫂闹架。为了黄金,她只能"低声"对小叔嚷着:"我有什么地方不如人?我有什么地方不好?"为了黄金,她十年后甘心把最后一个满足爱情的希望吹肥皂泡似地吹破了。当季泽站在她面前,小声叫道:"二嫂!……七巧"接着诉说了(终于!)隐藏十年的爱以后:

七巧低着头,沐浴在光辉里,细细的喜悦……这些年了,她跟他迷藏似的,只是近不得身,原来,还有今天!

"沐浴在光辉里",一生仅仅这一次,主角蒙受到神的恩宠。好似项勃朗笔下的肖像,整个人地都沉没在阴暗里,只有脸上极小的一角沾着些光亮。即是这些少的光亮直透入我们的内心。

季泽立在她眼前,两手合在她扇子上,面颊贴在她扇子上。他也老了十年了。然而人究竟还是那个人呵!他难道是哄她么?他想她的钱——她卖掉她的一生换来的几个钱?仅仅这一念便使她暴怒起来了……

这一转念赛如一个闷雷,一片浓重的乌云,立刻掩盖了一刹那的光辉;"细细的音乐,细细的喜悦",被暴风雨无情地扫荡了。雷雨过后,一切都已过去,一切都已晚了。"一滴,一滴,……一更,二更,……一年,一百年……"完了,永久的完了。剩下的只有无穷的悔恨。"她要在楼上的窗户里再看他一眼。无论如何,她从前爱过他。她的爱给了她无穷的痛苦。单只这一点,就使她值得留恋。"留恋的对象消灭了,只有留恋往日的痛苦。就在一个出身低微的轻狂女子身上,爱情也不曾减少圣洁。

七巧眼前仿佛挂了冰冷的珍珠帘,一阵热风来了,把那帘子紧紧贴在她脸上,风去了,又把帘子吸了回去,气还没透过来,风又来了,没头没脑包住她——一阵凉,一阵热,她只是淌着眼泪。

她的痛苦到了顶头(作品的美也到了顶),可是没完。只换了方向,从心头沉到心底,越来越无名。忿懑变成尖刻的怨毒,莫名其妙地只想发泄,不择对象。她眯缝着眼望着儿子,"这些年来她的生命里只有这一个男人。只有他,她不怕他想她的钱——横竖钱都是他的。可是,因为他是她的儿子,他这一个人还抵不了半个……"多怆痛的呼声!"……现在,就连这半个人她也保留不住——他娶了亲。"于是儿子的幸福,媳妇的幸福,在她眼里全变作恶毒的嘲笑,好比公牛面前的红旗。歇斯底里变得比疯狂还可怕,因为"她还有一个疯子的审慎与机智"。凭了这,她把他们一齐断送了。这也不足为奇。炼狱的一端紧接着地狱,殉难者不肯忘记把最亲近的人带进去的。

最初她用黄金锁住了爱情,结果却锁住了自己。爱情磨折了她一世和一家。她战败了,她是弱者。但因为是弱者,她就没有被同情的资格了么?弱者做了情欲的俘虏,代情欲做了刽子手,我们便有理由恨她么!作者不这么想。在上面所引的几段里,显然有作者深切的怜悯,唤引着读者的怜悯。还有"多少回了,为了要按捺她自己,她迸得全身的筋骨与牙根都酸楚了"。"十八九岁姑娘的时候……喜欢她的有……如果她挑中了他们之中的一个,往后日子久了,生了孩子,男人多少对她有点真心。七巧挪了挪头底下的荷叶边洋枕,凑上脸去揉擦一下,那一面的一滴眼泪,她也就懒怠去揩拭,由它挂在腮上,渐渐自己干了。"这些淡淡的朴素的句子,也许为粗忽的读者不曾注意的,有如一阵温暖的微风,抚弄着七巧墓上的野草。

和主角的悲剧相比之下,几个配角的显然缓和多了。长安姊弟都不是有情欲的人。幸福的得失,对他们远没有对他们的母亲那么重要。长白尽往陷坑里沉,早已失去了知觉,也许从来就不曾有过知觉。长安有过两次快乐的日子,但都用"一个美丽而苍凉的手势"自愿舍弃了。便是这个手势使她的命运虽不像七巧那样阴森可怕,影响深远,却令人觉得另一股惆怅与凄凉的滋味。Long, long ago的曲调所引起的无名的悲哀,将永远留在读者心坎。

结构,节奏,色彩,在这件作品里不用说有了最幸运的成就。特别值得一提的,还有下列几点:

第一是作者的心理分析,并不采用冗长的独白,或枯燥繁琐的解剖,她利用暗示,把动作、言语、心理三者打成一片。七巧,季泽,长安,童世舫,芝寿,都没有专写他们内心的篇幅;但他们每一个举动,每一缕思维,每一段对话,都反映出心理的进展。两次叔嫂调情的场面,不光是那种造型美显得动人,却还综合着含蓄、细腻、朴素、强烈、抑止、大胆,这许多似乎相反的优点。每句说话都是动作,每个动作都是说话,即使在

没有动作没有言语的场合,情绪的波动也不曾减弱分毫。例如童世舫与长安订婚以后:

> ……两人并排在公园里走着,很少说话,眼角里带着一点对方的衣裙与移动着的脚,女子的粉香,男子的淡巴菰气,这单纯而可爱的印象,便是他们的栏杆,栏杆把他们与大众隔开了。空旷的绿草地上,许多人跑着,笑着,谈着,可是他们走的是寂寂的绮丽的回廊——走不完的寂寂的回廊。不说话,长安并不感到任何缺陷。

还有什么描写,能表达这一对不调和的男女的调和呢?能写出这种微妙的心理呢?和七巧的爱情比照起来,这是平淡多了,恬静多了,正如散文,牧歌之于戏剧。两代的爱,两种的情调。相同的是温暖。

至于七巧磨折长安的几幕,以及最后在童世舫前毁谤女儿来离间他们的一段,对病态心理的刻画,更是令人"毛骨悚然"的精彩文章。

第二是作者的节略法(racconrci)①的运用:

> 风从窗子里进来,对面挂着的回文雕漆长镜被吹得摇摇晃晃。磕托磕托敲着墙。七巧双手按住了镜子。镜子里反映着翠竹帘和一幅金绿山水屏条依旧在风中来回荡漾着,望久了,便有一种晕船的感觉。再定睛看时,翠竹帘已经褪色了,金绿山水换了一张丈夫的遗像,镜子里的也老了十年。

这是电影的手法:空间与时间,模模糊糊淡下去了,又隐隐约约浮上来了。巧妙的转调技术!

第三是作者的风格。这原是首先引起读者注意和赞美的部分。外表的美永远比内在的美容易发见。何况是那么色彩鲜明,收得住,泼得出的文章!新旧文字的糅和,新旧意境的交错,在本篇里正是恰到好处。仿佛这利落痛快的文字是天造地设的一般,老早摆在那里,预备来叙述这幕悲剧的。譬喻的巧妙,形象的入画,固是作者风格的特色,但在完成整

---

① 此为法语"节略"、"节省"之意。

个作品上,从没像在这篇里那样的尽其效用。例如:"三十年前的上海一个有月亮的晚上……年轻的人想着三十年前的月亮,该是铜钱大的一个红黄的湿晕,像朵云轩信笺上落了一滴泪珠,陈旧而迷惘。老年人回忆中的三十年前的月亮是欢愉的,比眼前的月亮大,圆,白,然而隔着三十年的辛苦路往回看,再好的月色也不免带些凄凉。"这一段引子,不但月的描写是那么新颖,不但心理的观察那么深入,而且轻描淡写地呵成了一片苍凉的气氛,从开场起就罩住了全篇的故事人物。假如风格没有这综合的效果,也就失掉它的价值了。

毫无疑问,《金锁记》是张女士截至目前为止的最完满之作,颇有《狂人日记》中某些故事的风味。至少也该列为我们文坛最美的收获之一。没有《金锁记》,本文作者决不在下文把《连环套》批评得那么严厉,而且根本也不会写这篇文字。

二 《倾城之恋》

一个"破落户"家的离婚女儿,被穷酸兄嫂的冷嘲热讽撵出母家,跟一个饱经世故,狡猾精刮的老留学生谈恋爱。正要陷在泥淖里时,一件突然震动世界的变故把她救了出来,得到一个平凡的归宿——整篇故事可以用这一两行包括。因为是传奇(正如作者所说),没有悲剧的严肃、崇高,和宿命性;光暗的对照也不强烈。因为是传奇,情欲没有惊心动魄的表现。几乎占到二分之一篇幅的调情,尽是些玩世不恭的享乐主义者的精神游戏;尽管那么机巧,文雅,风趣,终究是精练到近乎病态的社会的产物。好似六朝的骈体,虽然珠光宝气,内里却空空洞洞,既没有真正的欢畅,也没有刻骨的悲哀。《倾城之恋》给人家的印象,仿佛是一座雕刻精工的翡翠宝塔,而非莪特[①]式大寺的一角。美丽的对话,真真假

[①] 原文如此,"莪特"今通译为"哥德",或"哥特"。

假的捉迷藏,都在心的浮面飘滑;吸引,挑逗,无伤大体的攻守战,遮饰着虚伪。男人是一片空虚的心,不想真正找着落的心,把恋爱看作高尔夫与威士忌中间的调剂。女人,整日担忧着最后一些资本——三十岁左右的青春——再另一次倒帐;物质生活的迫切需求,使她无暇顾到心灵。这样的一幕喜剧,骨子里的贫血,充满了死气,当然不能有好结果。疲乏,厌倦,苟且,浑身小智小慧的人,担当不了悲剧的角色。麻痹的神经偶尔抖动一下,居然探头瞥见了一角未来的历史。病态的人有他特别敏锐的感觉:

　　……从浅水湾饭店过去一截子路,空中飞跨着一座桥梁,桥那边是山,桥这边是一块灰砖砌成的墙壁,拦住了这边的山……柳原看着她道:"这堵墙,不知为什么使我想起地老天荒那一类的话……有一天,我们的文明整个地毁掉了,什么都完了——烧完了,炸完了,坍完了,也许还剩下这堵墙。流苏,如果我们那时候再在这墙根底下遇见了……流苏,也许我会对你有一点真心。"

好一个天际辽阔、胸襟浩荡的境界! 在这中篇里,无异平凡的田野中忽然现出一片无垠的流沙。但也像流沙一样,不过动荡着显现了一刹那。等到预感的毁灭真正临到了,完成了,柳原的神经却只在麻痹之上多加了一些疲倦。从前一刹那的觉醒早已忘记了。他从没再加思索。连终于实现了的"一点真心"也不见得如何可靠。只有流苏,劫后舒了一口气,淡淡地浮起一些感想:

　　流苏拥被坐着,听着那悲凉的风。她确实知道浅水湾附近,灰砖砌的一面墙,一定还屹然站在那里……她仿佛做梦似的,又来到墙根下,迎面来了柳原……在这动荡的世界里,钱财,地产,天长地久的一切,全不可靠了。靠得住的只有她腔子里的这口气,还有睡在她身边的这个人。她突然移到柳原身边,隔着他的棉被拥抱着他。他从被窝里伸出手来握住她的手。他们把彼此看得透明透亮,仅仅是一刹那彻底的谅解,然而这一刹那够他们在一起和谐地活个十年八年。

两人的心理变化,就只这一些。方舟上的一对可怜虫,只有"天长地久的一切全不可靠了"这样淡漠的惆怅。倾城大祸(给予他们的痛苦实在太少,作者不曾尽量利用对比),不过替他们收拾了残局;共患难的果实,"仅仅是一刹那的彻底的谅解",仅仅是"活个十年八年"的念头。笼统的感慨,不彻底的反省。病态文明培植了他们的轻佻,残酷的毁灭使他们感到虚无,幻灭,同样没有深刻的反应。

而且范柳原真是一个这么枯涸的(Fade)人么?关于他,作者为何从头至尾只写侧面?在小说中他不是应该和流苏占着同等地位,是第二主题么?他上英国的用意,始终暧昧不明;流苏隔被拥抱他的时候,当他说"那时候太忙着谈恋爱了,哪里还有工夫恋爱"的时候,他竟没进一步吐露真正切实的心腹。"把彼此看得透明透亮",未免太速写式地轻轻带过了。可是这里正该是强有力的转折点,应该由作者全副精神去对付的啊!错过了这最后一个高峰,便只有平凡的、庸碌鄙俗的下山路了。柳原宣布登报结婚的消息,使流苏快活得一忽儿哭一忽儿笑,柳原还有那种Cynical的闲适去"羞她的脸";到上海以后,"他把他的俏皮话省下来说给旁的女人听";由此看来,他只是一个暂时收了心的唐·裘安,或是伊林华斯勋爵一流的人物。

"他不过是一个自私的男子,她不过是一个自私的女人。"但他们连自私也没有迹象可寻。"在这兵荒马乱的时代,个人主义者是无处容身的。可是总有地方容得下一对平凡的夫妻。"世界上有的是平凡,我不抱怨作者多写了一对平凡的人。但战争使范柳原恢复一些人性,使把婚姻当职业看的流苏有一些转变(光是觉得靠得住的只有腔子里和身边的这个人,是不够说明她的转变的),也不能算是怎样的不平凡。平凡并非没有深度的意思。并且人物的平凡,只应该使作品不平凡。显然,作者把她的人物过于匆促地送走了。

勾勒得不够深刻,是因为对人物思索得不够深刻,生活得不够深刻；并且作品的重心过于偏向顽皮而风雅的调情，倘再从小节上检视一下的话，那么，流苏"没念过两句书"而居然够得上和柳原针锋相对，未免是个大漏洞。离婚以前的生活经验毫无追叙，使她离家以前和以后的思想引动显得不可解。这些都减少了人物的现实性。

总之，《倾城之恋》的华彩胜过了骨干；两个主角的缺陷，也就是作品本身的缺陷。

三　短篇和长篇

恋爱与婚姻，是作者至此为止的中心题材；长长短短六七件作品，只是variations upon a theme。遗老遗少和小资产阶级，全都为男女问题这恶梦所苦。恶梦中老是霪雨连绵的秋天，潮腻腻，灰暗，肮脏，窒息的腐烂的气味，像是病人临终的房间。烦恼，焦急，挣扎，全无结果，恶梦没有边际，也就无从逃避。零星的磨折，生死的苦难，在此只是无名的浪费。青春，热情，幻想，希望，都没有存身的地方。川嫦的卧房，姚先生的家，封锁期的电车车厢，扩大起来便是整个社会。一切之上，还有一只瞧不及的巨手张开着，不知从哪儿重重地压下来，压瘪每个人的心房。这样一幅图画印在劣质的报纸上，线条和黑白的对照迷糊一些，就该和张女士的短篇气息差不多。

为什么要用这个譬喻？因为她阴沉的篇幅里，时时渗入轻松的笔调，俏皮的口吻，好比一些闪烁的磷火，教人分不清这微光是黄昏还是曙色。有时幽默的分量过了份，悲喜剧变成了趣剧。趣剧不打紧，但若沾上了轻薄味（如《琉璃瓦》），艺术就给摧残了。

明知挣扎无益，便不挣扎了。执着也是徒然，便舍弃了。这是道地的东方精神。明哲与解脱；可同时是卑怯，懦弱，懒惰，虚无。反映到艺术品上，便是没有波澜的寂寂的死气，不一定有美丽而苍凉的手势来点缀。

川嫦没有和病魔奋斗,没有丝毫意志的努力。除了向世界遗憾地投射一眼之外,她连抓住世界的念头都没有。不经战斗的投降。自己的父母与爱人对她没有深切的留恋。读者更容易忘记她。而她还是许多短篇中刻画得最深的人物!

微妙尴尬的局面,始终是作者最擅长的一手。时代,阶级,教育,利害观念完全不同的人相处在一块时所有暧昧含糊的情景,没有人比她传达得更真切。各种心理互相摸索,摩擦,进攻,闪避,显得那么自然而风趣,好似古典舞中一边摆着架式(Figure)一边交换舞伴那样轻盈,潇洒,熨帖。这种境界稍有过火或稍有不及,《封锁》与《年轻的时候》中细腻娇嫩的气息就会给破坏,从而带走了作品全部的魅力,然而这巧妙的技术,本身不过是一种迷人的奢侈;倘使不把它当作完成主题的手段(如《金锁记》中这些技术的作用),那么,充其量也只能制造一些小古董。

在作者第一个长篇只发表了一部分的时候来批评,当然是不免唐突的。但其中暴露的缺陷的严重,使我不能保持谨慎的缄默。

《连环套》的主要弊病是内容的贫乏。已经刊布了四期,还没有中心思想显露。霓喜和两个丈夫的历史,仿佛是一串五花八门,西洋镜式的小故事杂凑而成的。没有心理的进展,因此也看不见潜在的逻辑,一切穿插都失掉了意义。雅赫雅是印度人,霓喜是广东养女,就这两点似乎应该是《第一环》的主题所在。半世纪前印度商人对中国女子的看法,即使逃不出玩物二字,难道没有旁的特殊心理?他是殖民地种族,但在香港和中国人的地位不同,再加上是大绸缎铺子的主人。可是《连环套》中并无这二三个因素错杂的作用。养女(而且是广东的养女)该有养女的心理,对她一生都有影响。一朝移植之后,势必有一个演化蜕变的过程;决不会像作者所写的,她一进绸缎店,仿佛从小就在绸缎店里长大的样子。我们既不觉得雅赫雅买的是一个广东养女,也不觉得广东养女嫁的是一个印度富商。两个典型的人物都给中和了。

错失了最有意义的主题,丢开了作者最擅长的心理刻画,单凭着丰富的想象,逗着一支流转如踢哒舞似的笔,不知不觉走上了纯粹趣味性的路。除开最初一段,越往后越着重情节,一套又一套的戏法(我几乎要说是噱头),突兀之外还要突兀,刺激之外还要刺激,仿佛作者跟自己比赛似的,每次都要打破上一次的纪录,像流行的剧本一样,也像歌舞团的接一连二的节目一样,教读者眼花缭乱,应接不暇。描写色情的地方,(多的是)简直用起旧小说和京戏——尤其是梆子戏——中最要不得而最叫座的镜头!《金锁记》的作者不惜用这种技术来给大众消闲和打哈哈,未免太出人意外了。

至于人物的缺少真实性,全都弥漫着恶俗的漫画气息,更是把Taste"看成了脚下的泥"。西班牙女修士的行为,简直和中国从前的三姑六婆一模一样。我不知半世纪前香港女修院的清规如何,不知作者在史实上有何根据,但她所写的,倒更近于欧洲中世纪的丑史,而非她这部小说里应有的现实。其实,她的人物不是外国人,便是广东人。即使地方色彩在用语上无法积极地标识出来,至少也不该把纯粹《金瓶梅》《红楼梦》的用语,硬嵌入西方人和广东人嘴里。这种错乱得可笑的化装,真乃不可思议。

风格也从没像在《连环套》中那样自贬得厉害。节奏,风味,品格,全不讲了。措词用语,处处显出"信笔所之"的神气,甚至往腐化的路上走。《倾城之恋》的前半篇,偶尔已看到"为了宝络这头亲,却忙得鸦飞雀乱,人仰马翻"的套语;幸而那时还有节制,不过小疵而已,但到了《连环套》,这小疵竟越来越多,像流行病的细菌一样了;——"两个嘲戏做一堆","是那个贼囚根子在他跟前……","一路上凤尾森森,香尘细细","青山绿水,观之不足,看之有余","三人分花拂柳","衔恨于心,不在话下","见了这等人物,如何不喜","……暗暗点头,自去报信不提","他触动前情,放出风流债主的手段","有话即长,无话即短","那内侄如同箭穿雁嘴,钩搭鱼腮,做声不得"……这样的滥调,旧小说的渣滓,连现在的鸳鸯蝴蝶派和黑幕小说家也觉得恶俗而不用了,而居然在这里出现。岂不也太像奇迹了吗?

在扯了满帆,顺流而下的情势中,作者的笔锋"熟极而流",再也把不住舵。《连环套》逃不过刚下地就夭折的命运。

四 结 论

我们在篇首举出一般创作的缺陷,张女士究竟填补了多少呢?一大部分,也是一小部分。心理观察,文字技巧,想象力,在她都已不成问题。这些优点对作品真有贡献的,却只《金锁记》一部。我们固不能要求一个作家只产生杰作,但也不能坐视她的优点把她引入危险的歧途,更不能听让新的缺陷去填补旧的缺陷。

《金锁记》和《倾城之恋》,以题材而论似乎前者更难处理,而成功的却是那更难处理的。在此见出作者的天分和功力。并且她的态度,也显见对前者更严肃,作品留在工场里的时期也更长久。《金锁记》的材料大部分是间接得来的:人物和作者之间,时代,环境,心理,都距离甚远,使她不得不丢开自己,努力去生活在人物身上,顺着情欲发展的逻辑,尽往第三者的个性里钻。于是她触及了鲜血淋漓的现实。至于《倾城之恋》,也许因为作者身经危城劫难的印象太强烈了,自己的感觉不知不觉过量地移注在人物身上,减少客观探索的机会。她和她的人物同一时代,更易混入主观的情操。还有那漂亮的对话,似乎把作者首先迷住了:过度的注意局部,妨害了全体的完成。只要作者不去生活在人物身上,不跟着人物走,就免不了肤浅之病。

小说家最大的秘密,在能跟着创造的人物同时演化。生活经验是无穷的。作家的生活经验怎样才算丰富是没有标准的。人寿有限,活动的环境有限;单凭外界的材料来求生活的丰富,决不够成为艺术家。唯有在众生身上去体验人生,才会使作者和人物同时进步,而且渐渐超过自己。巴尔扎克不是在第一部小说成功的时候,就把人生了解得那么深,那么广的。他也不是对贵族,平民,劳工,富商,律师,诗人,画家,荡妇,老处女,军人……那些种类万千的心理,分门别类的一下子都研究明白,了如指掌之后,然后动笔写作的。现实世界所有的不过是片段的材料,片断的暗示;经小说家用心理学家的眼光,科学家的耐心,宗教家的热诚,依照严密的逻辑推索下去,忘记了自我,化身为故事中的角色(还要走多少回头路,白花多少心力),陪着他们身心的探险,陪他们笑,陪他们哭,才能获得作者实际未曾的经历。一切的大艺术家就是这样一面工作一面学习的。这些平凡的老话,张女士当然知道。不过作家所遇到的诱惑特别多,也许旁的更悦耳的声音,在她耳畔盖住了老生常谈的单调的声音。

技巧对张女士是最危险的诱惑。无论哪一部门的艺术家,等到技巧成熟过度,成了格式,就不免要重复他自己。在下意识中,技能像旁的本能一样时时骚动着,要求一显身手的机会,不问主人胸中有没有东西需要它表现。结果变成了文字游戏。写作的目的和趣味,仿佛就在花花絮絮的方块字的堆砌上。任何细胞过度的膨胀,都会变成癌。其实,彻底地说,技巧也没有止境。一种题材,一种内容,需要一种特殊的技巧去适应。所以真正的艺术家,他的心灵探险史,往往就是和技巧的战斗史。人生形相之多,岂有一二套衣装就够穿戴之理?把握住了这一点,技巧永久不会成癌,也就无所谓危险了。

文学遗产的记忆过于清楚,是作者另一危机。把旧小说的文体运用到创作上来,虽在适当的限度内不无情趣,究竟近于玩火,一不留神,艺术会给它烧毁的。旧文体的不能直接搬过来,正如不能把西洋的文法和修辞直接搬用一样。何况俗套滥调,在任何文字里都是毒素!希望作者从此和它们隔离起来。她自有她净化的文体。《金锁记》的作者没有理由往后退。

聪明机智成了习气,也是一块绊脚石。王尔德派的人生观,和东方式的"人生朝露"的腔调混合起来,是没有前程的。它只能使心灵从洒脱而空虚而枯涸,使作者离开艺术,离开人,埋葬在沙龙里。

我不责备作者的题材只限于男女问题,但除了男女以外,世界究竟还辽阔得很。人类的情欲也不仅仅限于一二种。假如作者的视线改换一下角度的话,也许会摆脱那种淡漠的贫血的感伤情调;或者痛快成为一个彻底的悲观主义者,把人生剥出一个血淋淋的面目来。我不是鼓励悲观。但心灵的窗子不会嫌得太多,因为可以免除单调与闭塞。

总而言之,才华最爱出卖人!像张女士般有多面的修养而能充分运用的作家(绘画,音乐,历史的运用,使她的文体特别富丽动人),单从《金锁记》到《封锁》,不过如一杯沏过几次开水的龙井,味道淡了些。即使如此,也嫌太奢侈,太浪费了。但若取悦大众(或只是取悦自己来满足技巧欲——因为作者可能谦抑地说:我不过写着玩儿的)到写日报连载小说(Fcuilleton)和所谓Fiction的地步,那样的倒车开下去,老实说,有些不堪设想。

宝石镶嵌的图画被人欣赏,并非为了宝石的彩色。少一些光芒,多一些深度,少一些词藻,多一些实质,作品只会有更完满的收获。多写,少发表,尤其是服侍艺术最忠实的态度。(我知道作者发表的决非她的处女作,但有些大作家早年废弃的习作,有三四十部小说从未问世的记录。)文艺女神的贞洁是最宝贵的,也是最容易被污辱的。爱护她就是爱护自己。

一位旅华数十年的外侨和我闲谈时说起:"奇迹在中国不算稀奇,可是都没有好收场。"但愿这两句话永远扯不到张爱玲女士身上!

卅三年四月七日

选自1944年5月《万象》第3卷第11期。

【延伸阅读】

1. 傅雷:《刘海粟论》,《艺术旬刊》第1卷第3期(1932年)。

2. 傅雷:《现代中国艺术之恐慌》,《艺术旬刊》第1卷第4期(1932年)。

3. 傅雷:《现代法国文艺思潮》、《研究文学史的新趋向》,《时事新报》"星期学灯"专栏连载(1932年)。

4. 傅雷:《艺术与自然的关系》,《新语》第5期(1945年)。

Li Guangtian 李广田

【题解】 李广田（1906—1986），号洗岑，笔名黎地、曦晨等，山东邹平人。现代散文家，诗人，教育家。1923年考入山东济南第一师范，开始接触"五四"新思潮、新文学。1929年入国立北京大学外语系，先后在《华北日报》副刊和《现代》杂志上发表诗歌、散文，与卞之琳、何其芳合作出版三人诗歌合集《汉园集》，被人称为"汉园三诗人"。1935年大学毕业，回济南教中学，继续创作散文，后结集为《画廊集》《银狐集》。1941年秋到昆明，任教于西南联大。在教学之余，除继续散文创作外，还创作长篇小说《引力》，后任云南大学副校长。1983年，《李广田文集》由山东人民出版社出版。

《谈散文》作于1948年，后收入文论集《文学枝叶》，由益智出版社于1948年在上海出版。该文结合作者自己的散文创作实践，在与小说、诗歌等文体比较的基础上，具体阐述了散文文体独特的艺术特征，提出了"散文以处理主观的事物为较适宜，或对于客观事物亦往往以主观态度处理之"的观点，并指出"散文的语言,以清楚、明畅、自然有致为其本来面目。散文的结构,也以平铺直叙、自然发展为主"。对于散文创作来说,该文具有很强的指导意义。

李广田肖像

三十七　谈散文

散文的特点就是"散"。

"散"的解释很多。从散漫、散乱、松散、萧散等等，都是散，究竟哪一个是散文的散呢？很难说。也许合起这许多意思来就恰到好处，因为从这些字义上看，是既可以见出散文的长处，也可以见出散文的短处。它的长处大概在于自然有致，而无矜持的痕迹。它的短处却常常在于东扯西拉，没有完整的体势。自然，这都是比较的看法，尤其是把散文和诗歌小说互相比较的时候显得更清楚。

以散文与小说相比较，我们可以看出以下几点：

小说中或有故事，或无故事，但必有中心人物，散文中或有故事，或无故事，却不必一定有中心人物。

小说宜作客观的描写，即使是第一人称的小说，那写法也还是比较客观的，散文则宜于作主观的抒写，即使是写客观的事物，也每带主观的看法。

小说以人物行动为主，其人物之思想、情感、性格等，都是在行动中表现出来，即使偶然描写一些自然景物，也还是为了人物的行动，散文则不必以人物行动为主，只写一个情节、一段心情、一片风景，也可以成为一篇很好的散文。

小说须全作具体描写，即使是议论，是感想，或是一种观念的陈述，也必须纳入具体的描写之中，散文则可以作抽象的言论，如说明一种思想、一种感情、一种论断等。

以散文与诗相比较，我们又可以看出以下几点：

诗须简练，用最少的语言，说最多的事物，散文则无妨铺张，在铺张之中，顶多也只能作委曲弯转的叙述。

诗的语言以含蓄暗示为主，诗人所言，有时难免恍兮惚兮，散文则常常显豁，一五一十地摆在眼前，令人如闻如见。

诗人可以夸张，夸张了，还令人并不觉得是夸张，散文则常常是老实朴素，令人感到日用家常。诗可以借重音乐的节奏，音乐的节奏又是和那内容不可分的，散文则用说话的节奏，偶然也有音乐的节奏，但如有意地运用，或用得太多，反而觉得不对。

从以上这些比较的看法，我们可以得出以下的结论，就是：

散文的语言，以清楚、明畅、自然有致为其本来面目。散文的结构，也以平铺直叙，自然发展为主。其所以如此者，正因为散文以处理主观的事物为比较适宜，或对于客观事物亦往往以主观处理之的缘故。写散文，实在很近于自己在心里说自家事，或对着自己人说人家的事情一样，常是随随便便，并不怎么装模作样。

但这些话还是相对的，因为散文之中有偏重描写的，有时就近于小说，又偏重说明的，有时就近于理论，又有偏重于抒情的，有时也就近于诗了。

绝对的话是没有方法说的。我们还是再打一个比喻吧：如把一个"散"字作为散文的特点；那么就应当给小说一个"严"字，而诗则给它一个"圆"字。如把散文比作行云流水，那么小说就是精心结构的建筑，而诗则为浑然无迹的明珠。

说散文是"散"的，然而既已成为"文"，而且假如是一篇很好的散文，它也绝不应当是"散漫"或"散乱"，而同样的，也应该像一座建筑，也应当像一颗明珠。

三十二年尾答某报

选自《文学枝叶》,益智出版社,1948年版。

【延伸阅读】

1. 李广田:《诗的艺术》开明书店1943年版。
2. 李广田:《创作论》,开明书店1948年版。
3. 李广田:《文学枝叶》,益智出版社1948年版。
4. 李广田:《文艺书简》,开明书店1949年版。

Cao Yu 曹　禺

【题解】 曹禺(1910—1996),原名万家宝,字小石,祖籍湖北潜江,生于天津。现代杰出的戏剧家、戏剧理论家、戏剧教育家。早在天津南开中学期间,就参加戏剧活动,曾担任易卜生《玩偶之家》等剧的主角。1933年毕业于国立清华大学外国语文系,后继续就读国立清华大学研究生院,毕业后曾在保定中学、复旦大学任教。1946年赴美讲学,回国后任上海文华影片公司编导。主要创作有剧本《雷雨》《日出》《北京人》《原野》《家》,《曹禺全集》1996年7月由花山文艺出版社出版。

《悲剧的精神》是曹禺1942年2月在重庆储汇局同人进修服务社的讲演记录稿,后刊发在《储汇服务》第25期。曹禺认为,日常生活的悲惨事件,尽管令人悲伤,但这不是悲剧,"真正的悲剧,绝不是寻常无衣无食之悲",而是"与国家、社会"存在着"内在关系","多少是要离开小我的利害关系的",只有那些具有"崇高的理想,宁死不屈的精神的人,才能成为悲剧的主人"。因此,"悲剧的人物,首先要赋有火一样的热情",要"遇事绝不采取和平、中庸、妥协的办法。凡事有真知,全力以赴。信得准确,宁可以死赴之,决不中途而废"。与此相关,悲剧的精神要素主要有"崇高的理想""雄伟的气魄""伟大的胜利的灵魂",只有这样的悲剧精神,才能够"使我们振奋,使我们昂扬,使我们勇敢,使我们终于看见光明,获得胜利"。曹禺结合悲剧的创作论述悲剧和悲剧精神,非常有见地,对于戏剧(特别是悲剧创作)具有很强的指导意义。

曹禺肖像

三十八　悲剧的精神

今天要讲的题目是:"悲剧的精神"。

在我们中间,有这样一类人,一向是在平和中庸之道讨生活,不想国家的灾难,不愿看人间的悲剧,更不愿做悲剧中人物,终日唯唯诺诺,谋求升发之道,取得片刻安乐,对一切事物都用一幅不偏不倚的眼睛来揣摩,吃饭穿衣,娶妻生子,最后寿终正寝。

这自然是"悲剧",一个庸人的"悲剧"。

我说的悲剧是另外一种。它是抛去萎琐个人利害关系的。真正的悲剧,绝不是寻常无衣无食之悲,一个小公务员,因为眼前困难,家庭负担重,无法过下去,终日忧伤,以至病死,一再表演,都被拒绝,终于跳江自杀。这些能称为悲剧吗?他们除了表现个人的不幸外,与国家、社会,没有其他任何内在关系。这不能称为悲剧。悲剧要比这些深沉得多,它多少是要离开小我的利害关系的。这样的悲剧不是一般人能做它的主角的。有崇高的理想,宁死不屈的精神的人,才能成为悲剧的主人。

悲剧的精神,应该是敢于主动的。我们要有所欲,有所取,有所不忍,有所不舍。古人说:"所爱有甚于生者,所恶有甚于死者。"这种人,才有悲剧的精神。不然,他便是弱者,无能。无能的行为,反映到文章上,号悲诉苦,乞怜于恶人、敌人(无论是自然的、社会的、政治的)的脚下,便是可笑的庸人，不是悲剧中人物。不想轰击现实，一再忍受无理的摧残，不想举起刀剑反击，那是一只躲进洞里，永不见阳光的耗子，是令人厌恶的动物。活着，像一条倒卧的老狗，捶下去不起一点反应，从这里怎能生出悲剧？我们试举一两例子来谈谈，说明我所指的悲剧精神。

罗马古时号称共和国。当时，罗马当政者与一些市民（其实都是奴隶主），认为他们是为罗马共和国，为罗马公民的自由而生的。共和思想被认为神圣的。恺撒大将当时是一位大政治家和军略家，经他南征北讨，罗马成了威武赫赫的大帝国。恺撒建立了独裁统治。罗马市民把他奉为半神。他的贪婪无厌的属下也看出他有不可测的野心。恺撒有一位他最信服的朋友，叫勃鲁托斯。这人真诚单纯，他忧心忡忡，担心恺撒毁灭罗马的共和、自由，决心制止恺撒独裁专制。他性格执拗，他的祖先就赶走过错误的统治者。他认为再好的朋友可抛弃，却不能使罗马失去自由和共和，罗马人永远不能沦为奴隶。

有个野心的贵族叫凯歇斯，褊狭、暴躁、阴谋暗杀恺撒。他了解正直的勃鲁托斯，向他劝说："大家呻吟于当前的桎梏之下……和恺撒一样，你我都生来是自由的。难道他有什么超过凡人的地方么？"勃鲁托斯（他也是贵族）回答说："勃鲁托斯宁愿做一个乡野的贱民，也不愿在这种要加在我们身上难堪的重压之下，自命为罗马的儿子。"

勃鲁托斯成为凯歇斯阴谋的亲密好友。

恺撒年轻的好朋友安东尼，察觉罗马当时的情势对恺撒不利。恺撒要到元老院演讲，安东尼预知有人要行刺恺撒，阻止他去。但是恺撒以为他的权势是神给他的，他的威信可以慑服一切，不听安东尼的话。到了元老院，果然，阴谋者们围了上来。某些人提出要求，恺撒坚决不肯，参加暗杀的人们呼喊起来，向恺撒刺去。恺撒是健壮有力的武人，便和暗杀者奋起抗击，然而在暗杀者中，恺撒却瞥见了一张熟悉的面孔，定睛看时，就是勃鲁托斯，不禁喊出："啊，你也在内么？……"说完，他蒙住自己的脸，任他们又砍又刺，浸在血泊里。元老们纷纷逃去。安东尼请求把恺撒的尸体抬到广场，他作为一个恺撒的朋友参加丧礼，并讲几句话。广场上，勃鲁托斯登上高台，向群众说："诸位罗马市民，请听我讲。不是我不爱恺撒，我更爱罗马。世界上再没有人对恺撒的情谊比我更崇高、隆重了。我爱恺撒，恺撒成功了，我庆祝，恺撒每打一次胜仗，我就为他的辛苦而流泪。可是他要成为暴君时，我就第一个刺死他！试问你们愿意让恺撒活在世上，而大家做奴隶而死呢？还是让恺撒死去，大家做自由人呢？这里有谁愿意自甘卑贱，做一个奴隶……请站出来……我等待答复。"其实，他知道安东尼不满意他们，他肯让安东尼在这种场合发表意见，这是危险的。这里，看出勃鲁托斯的悲剧的崇高精神。

安东尼和一群悲痛的送葬人，抬着恺撒的尸体来到了。果然安东尼讲话了，他说："我是来埋葬恺撒，不是来赞美他的。勃鲁托斯说恺撒是有野心的，要真有这样的过失，那诚然是一个重大的过失，恺撒也为了它付出残酷的代价了。勃鲁托斯是个正人君子，他们都是正人君子。我来到这儿，只是来对我的朋友说几句追悼的话。"安东尼一次一次举出恺撒把他取来的俘虏的赎金，全部充实了公家的财库；穷人哀苦时，恺撒为他流泪；安东尼三次把王冠献给恺撒，三次都被恺撒拒绝了。"难道恺撒有野心么？就在昨天，恺撒的一句话可以抵御整个世界，现在他躺在那儿……没有一个人向他致敬。……可是我这儿有一张恺撒的遗嘱。"市民们喧嚷着宣读遗嘱，安东尼指着恺撒尸体那一处处洞口，哪里是凯歇斯刺的……哪里是勃鲁托斯刺的，'啊！这是最无情的一击！刺穿心脏的一击，伟大的恺撒就蒙着脸倒下去了！'人心总该有点是非的。……我曾亲见恺撒耀武扬威地在罗马凯旋门下走过，许多金银财宝也带进了国库，无限光明充满了每个国民的心头。就是不久前，我们大家还在喊着'恺撒是我们的救主'。当然，我提这些来对大家讲讲，也不是有什么特别的用意的，勃鲁托斯是一位正人君子，我想他不致错会了我的意思。虽然这次变动中，勃鲁托斯也曾参预其间，可是恺撒生前爱他的程度真如春风拂面，吹得再大一点，或小一点，都会觉得不恰当的，不过像

381

这样的一个人,如果把他的好友,恺撒,也杀掉了,那么这个人还靠得住吗?当然勃鲁托斯是位正人君子。这里我不想,也不能攻击他。"

群众有些骚动了,安东尼知道群众心里已在慢慢移向自己这边,于是他用着沉着的步子走近恺撒尸边,垂下头说道:"我看到了这个人就要哭。"却真个哭起来了。"五分钟前还是叱咤风云的恺撒,想不到转眼竟会变成这样灰土不如的东西。看他这红袍,几个月前,跨在马上曾被我们崇拜得偶像似的,那又是一个什么样子,我真不忍再想当时的情况了。以恺撒这样的健壮体魄,刚才他绝不是无力抵抗他的对手的,可是当他看见勃鲁托斯这样的好朋友也参预其间,他的心该比十万把利刀刺他还难过吧!心究竟不比木石,你们看他身上的每个伤口,似乎都要长出舌头来说话:你们要给我复仇啊!"

安东尼是越讲越激昂,使得大家要动作起来时,却又顿了一下:

"不!大家都先慢一点,我还有一件事没有告诉大家哩。如果大家事前知道这件事,那就可以知道恺撒生前是这样好,或许也就不忍反叛恺撒了。唉!恺撒是这样的英明勇武,想不到一旦竟毁于阴谋家之手。我所要对大家讲的这件事就是,恺撒生前曾留有一篇遗嘱,这个遗嘱始终装在他的宝匣里,上面说:他要给每个罗马市民七十五块德拉克马。他要把私人所有的花园财产都变为公产。"

"啊,仁慈的君主!"听到这里,大家不禁轰动起来,竟一口气把勃鲁托斯的家烧掉。

勃鲁托斯匆忙逃出罗马,和他的侄子另组新军。自此,罗马就分为安东尼等和勃鲁托斯与凯歇斯两派,发起内战。起初勃鲁托斯屡次战胜,凯歇斯劝他凡事都要稳健。勃鲁托斯不听,最后交锋,大败,凯歇斯战死。正直、真诚的勃鲁托斯为了争取罗马的共和和自由和市民的幸福,不惜一切对抗恺撒。可是大势已去,没奈何,拿了把剑,请他的部下把他杀死,个个摇头不干,最后有个仆人握着那柄剑,转过了脸,勃鲁托斯一下向剑锋扑了上去。

安东尼殡葬勃鲁托斯尸体说:"所有的叛徒们都是因为妒忌恺撒而下毒手,只有他才是激于正义的思想,为了大众的利益,而去参加他们的战线。他一生善良,交织在身上的各种美德,可以使造物主肃然起立向全世界宣告:'这是一个汉子!'"

勃鲁托斯一生充满了悲剧的精神。只有莎士比亚才能写出这样的人物。

屈原是有悲剧精神的,他一生忠贞,在同反动贵族斗争中,遭谗去职。他揭露反动贵族昏庸腐朽,忧念国事,为理想献身。屡次进谏,楚怀王始终不听,楚怀王终于质押于秦。顷襄王继位,屈原又被放逐,长期流浪在沅水湘水的地域,无力挽救危亡,忧愤激昂,作了《离骚》,投身汨罗江水。

伟大的屈原是有悲剧的精神的。

诸葛武侯是有悲剧精神的。他在政治上的才智与节操,彪炳千古。他不负重托,扶持那无法扶持的阿斗。诸葛亮一生兢兢业业,劳瘁终身。从他前后《出师表》中就看出他"鞠躬尽瘁,死而后已"的悲剧精神。祖国的历史上这样可歌可泣的如岳飞、文天祥等等人物,照耀汗青,是不可胜数的。

究竟怎样才是悲剧的人物呢?

悲剧的人物,首先要赋有火一样的热情。"晚来唯好静,万事不关心",一味恬淡,超脱的人不会有什么悲剧。聪明自负,看破一切,是可鄙的人,这种人可以"不滞于物"。自命修养上"可贵",但这种人多了,一个民族也就可悲了。

可以称得有"悲剧性"的人物如诸葛武侯、屈原、勃鲁托斯等,他们有热情,有"至性",有真正男子汉的性格。他们有崇高的理想,追求着,奋斗着,愿为这一理想的实现而抛弃一切。屈原说:"余固知謇謇之为患兮,忍而不能舍也,指九天以为正兮,夫唯灵修之故也。"他又说:"长太息以掩涕兮,哀民生之多艰。"惟有热情、至性的人才能演悲剧;为公众的高尚的热情和"至性"才是构成悲剧精神的要素。

不为那些孜孜为利的人生观所影响。遇事绝不采取和平、中庸、妥协的办法。凡事有真知，全力以赴。信得准确，宁可以死赴之，决不中途而废。"那种革命不成，做做官也不错，一生演一出小喜剧吧。"这是一幅卑劣的嘴脸。我们应该有自己绝对的喜怒。不能对任何事情，说喜欢吧，不见得；说不喜欢，倒也过得去。这是不生不死的态度。

要立下一个崇高的理想，不断地为它努力，为这个理想的实现，舍开一己的利害，是超出了小我的范围的。

要有一种雄伟的气魄。贝多芬某次在宫廷里演奏音乐，一些贵族和他们的贵妇们，都来了。当时的风气，贵族们觉得如果音乐动人，大家就该流泪，表示欣赏。贝多芬演奏成功，他们都举起了擦过眼泪的小手帕向他摇摆祝贺。贝多芬跑出宫廷，见了他的朋友说："我的音乐不是演奏给这般哭哭啼啼的人们听的！"悲剧也是这样，他也不是为只会哭哭啼啼的人们领会的。悲剧是男性的。宋玉某次陪伴楚襄王在大殿中观赏风景，正是秋天，一阵大风吹来，吹得襄王满身舒服，不禁讲道："大哉风乎，而吾与庶民共之。"宋玉立时答话："此大王之雄风也，庶民安能与共哉！"楚襄王并非那样爱庶民，宋玉也不一定那样吹捧。世界上有一种难以解释的气魄，无以名之，我们就叫它"雄风"吧。前面举的几个例子，都是雄风的表现。现在我们每个人脑中确是要有这个"雄风"，诸位如能多看真正的悲剧，也许就能体现这一点了。当然，现在"悲剧"这个名词太滥用了，如滥用"摩登"，把"胭脂"叫作"摩登红"一样，以致悲剧的真正的意义倒迷失了。

外国的哲学家研究悲剧的理论，是数不胜数的。我只谈今天我个人的看法。

我们当中有一种人，太超脱了。台上信奉儒教，下台便讲道教；在朝时贪污苟且，下野后定要做得潇洒超脱。最能把生活安排怡然自得的，莫如晋朝陶渊明了，在乱纷纷，杀人如麻的晋朝，归耕田园，自得其乐。

那种超逸而淳厚的诗境,后人总是挖空心思,因循蹈袭,故作雅人的。如果中国人全停留在"采菊东篱下,悠然见南山"的心境中,中国的历史真个停留在晋朝那个竞尚清谈的时代,就怪不得今天的侵略者、独裁者同声赞颂泱泱哉中国的数千年的文化了。大家苦恼的,平价米不好买,物价指数日高,生活津贴不足维持,这是现实。但是民族要存在,中国要立足于世界,我们要救亡,要反抗,自来中国人民是吹着雄风的。

一般人不大爱看悲剧,因为悲剧的主人大都是失败者。但"失败"的人物中不少是伟大的胜利的灵魂。"成者王侯,败者寇"的观念应该推翻。这种观念的基础,只着眼于"成与败",不想到"是与非"。立足真理,有所作为的人,是正义与信念激扬砥砺他这样做。学习成功者,容易。从失败中看见真理而为之奋斗,那是难得的。伟大人物,常常在悲剧中才能看见。理想是推动的力量,失败尽管失败,但绝不妥协。正因为悲剧人物有一种美丽的,不为成败利害所左右的品德。他们的失败,不是由于他们走错了路,而是由于当时种种环境的限制。艰难苦恨的道路,早晚总有走通的一天。一时走不通,他却勇于承担真理的重任,追求苦恨的道路,早晚总有走通的一天。一时走不通,他却勇于承担真理的重任,追求到底。这就是中外古今的革命家、文学家、科学家,使人永远敬仰的力量。悲剧的精神,不是指成功的精神。如果能从坚持不懈,勇往直前的气魄去体会悲剧的精神,中国的将来便会脱离混沌的局面,成为一个自强不息,独立富强的中国。

悲剧的精神,使我们振奋,使我们昂扬,使我们勇敢,使我们终于看见光明,获得胜利。

我的话像是讲完了。笨拙的嘴舌,是说不明白真理的。不过巧妙的言词不见得就是一件好事。有人说:"巧妙的言词是一面窗帘,可以算是一个美好的装饰,但却把阳光遮住了。"所以说真正的精神是在言词之外的。言词本身时常是件靠不住的东西。今天我所讲的,不过是言词,至于精神,却要大家去体会了。

原载1942年2月《储汇服务》第25期。

作者附记：这是我于一九四二年二月，在重庆"储汇局同人进修服务社"的讲词，经李家安同志记录。这记录今天看，似不甚准。大约，当时我讲得不清楚。此外，也因为我想讲，又不能讲透。现在追忆当时的情势和那种愤慨的心情，尽量按照彼时环境可能讲的写了，写得还不透彻。当然，也不该用今日眼光写透彻了，但我在原讲话里说"悲剧的精神是要极端的"。这个论点，只代表我的心情，我删去了。

选自《曹禺全集》（第5卷），花山文艺出版社1996年版。

【延伸阅读】

1. 曹禺：《<雷雨>序》，《雷雨》文化生活出版社1936年版。
2. 曹禺：《<日出>跋》，《日出》文化生活出版社1937年版。
3. 曹禺：《编剧术》，收入《战时戏剧讲座》，正中书局1940年版。
4. 曹禺：《中国戏剧之历史与现状》，在美国纽约的讲座，1946年4月。

后 记

编完这本《民国文论精选》,我内心深处倒是有一种沉甸甸的感觉。深究其缘故,还在于阅读民国时期文论家们的文章和著作时,深感到了他们对于现代中国文论建构所作的艰辛努力和重要贡献。如果不是这些先驱者们在那个由传统向现代转变的时代,致力于"破"与"立"的理论建构,也许,现代中国文论的建设与发展,就只是一句空话。我想,我内心之所以会有那种沉甸甸的感觉,最主要的还是我作为后学者,在学习、编撰先驱们那厚实的文章和著作时所产生的敬佩之感。因为民国时期的文论都表现出了一种厚实、新颖、富有创造性的理论建构特点,一种融古通今,中西交汇的文化创新特点。在中国现代化历程中,民国时期的文论对于现代中国的文化建设、文学建设,立下了不可磨灭的功绩。

由于民国时期的文论著作和文章较多,本书对此进行了精选,基本上是按照时间的顺序来进行编排,同时也是为了保持历史发展的客观性或原真性。本书所选的均是民国时期的文论大家,也是这一时期文化名人的文论著作和文章。虽然有些人士主要的活动是在政治、军事方面,如毛泽东,他在延安文艺座谈会上的讲话,作为一个特定历史时期的文论文章,也是民国时期多元文化发展的一个有机构成部分,更何况他的讲话对特定时期和特定区域的文学发展也是产生过重要影响的,故本书也将其作为一种特定的文论现象，予以节选而编入其中。我认为，民国时期的文论家的思想和学说，反映了民国时期思想和文化所具有的现代性价值特征和所达到的时代高度，同时也反映出与整个近现代中国思想文化发展相一致的特点。因此，在编撰的过程中，本书也就尽可能地照顾到民国时期文论的各种不同思想主张、不同流派学说的文章，力图整体地呈现出民国时期文论建设与发展的情况。此外，所精选的文章，在同一性质和水准当中，也尽量照顾到当今读者阅读的需要，尽量精选那些既具有深厚的理论性内涵，又具有学术通俗性的文论文章，以使后人能够更加清晰地认识民国时期文论的精深博大、深入浅出和厚积薄发的特点。不过，需要说明的是，有些文章因为篇幅较长，或论述的内容较多，一部分甚至偏离了文论的内容，本书则采取了节选的方法，在保留其精华部分的基础上，也尽可能地完整地展现出文章的主旨思想。还需要说明的是，民国时期的诗论，本应是文论的重要构成部分，但由于出版社决定单独成书，专门编撰《民国诗论精选》。这样，本书所精选的文论就不包括诗论，而是着重择取包括文学观念、文学思潮、文学主张、文体建设（小说、散文、戏剧、电影等）、艺术范型、话语方式和批评风格等方面的文章，根据民国文论建设和发展的特点与成就来进行编撰，在此也特别要说明一下，以免给人一种"不全"的感觉。

本书的编撰得到西泠印社出版社的大力支持，并纳入该社的"民国文学艺术理论精选丛书"出版系列。从责任编辑叶康乐先生那里获知，该社领导认为民国时期文论、诗论、书论、画论、印论等，是民国文化和艺术发展的一个整体，相互关联度比较大，也均具有世界性的视野和新的文化创造特质，因此对此套丛书的精选工作给予了充分的肯定。我对此也深有同感，并对该社的专业眼光和学术水准表示由衷的赞赏。

非常感谢责任编辑叶康乐先生，如果不是他的热情邀请和催促，也许我不会投入如此多的时间和精力来编撰本书，至少不是这么快地完成此项任务。他的工作认真负责，细心周到，为本书的编撰和出版做了大量的辛苦工作。在此,我要向他真诚地说一句:"谢谢!"感谢他及西泠印社出版社为本书的出版所给予的大力支持!

　　说到与本书编撰结缘,还要感谢孙敏强兄。敏强兄与我是同事、朋友,与我一道在浙江大学中文系任教。他的专业研究范围就是文论,尽管侧重于古代文论,但作为整个文论体系构架中的民国文论,实际上也是他的拿手好戏,而我虽然主要讲授和研究中国现代文学,平时侧重的还是作家作品的专题研究。说实在的,专门来全面系统地认识和研究包括民国文论在内的现代文论,还真的没有像这样认真地做过。在文学思潮和作家作品研究中,基本上还是"按需所取",要做某一个专题研究,就专门去找与这一专题相关的文献资料。这次敏强兄将自己擅长的研究交给我,向责任编辑叶康乐先生引荐,也就促成了我对这项编撰工作的担当。这样,以编撰本书为动力,我花了大半年的时间跑图书馆,找那些平时不大有人去翻的民国报刊文章和出版的著作,复印、誊校、书录、核对等,全都是我一人去干。本想找研究生代为帮忙,但我觉得像我们专门从事现代文学研究,也就是专门研究民国文学的学者,如果不去真正地接触民国时期出版的报刊、文章和著作,可以说,对民国历史的认识,就不会有最直接,也是最基本的感觉。所以,我还是亲自去做,虽然花费一些时间,但的确非常值得。因此,在这里要感谢敏强兄提供这样的机缘,也让我在编撰的过程中,较为全面系统地认识了民国文学、文论的内在逻辑关联、发展路径和规律特征。

　　由于我的学识和水平有限,本书的编撰肯定还存在诸多的不足之处、不成熟之处,敬请广大的读者朋友们多提宝贵的意见,以便将来有机会再版时,再予以认真的调整与修改。

黄　健
二〇一三年仲夏写于西子湖畔